薪火传家

郭万新 著

人民日报出版社

有多么厚重的土地，就有多么厚重的人
——长篇纪实文学《薪火传家》代序

邱华栋

作家郭万新在推出广受评论界关注的长篇纪实文学《耕读世家》之后，不到两年间又创作完成了长篇纪实文学《薪火传家》，我首先为他甘于寂寞埋头耕耘的精神所感动，同时也欣喜地发现，他扎根农村脚踏实地，终至厚积薄发，对典型的中国乡村故事讲述以及对历史和现实的把控能力日渐纯熟，正如著名评论家白烨先生中肯评价说：郭万新"用文字的方式记录下了即将消失的农耕文明的耕读文化，用图文并茂的形式建立了一个文字的纪念馆，将对今后乡村文明的延续起到其应有的作用"。

2015年度的诺贝尔文学奖获奖者是白俄罗斯的纪实文学作家斯维特兰娜·阿列克谢耶维奇。这是一位持续关注俄罗斯历史和现实的作家，我之前就预言她会获奖，因为她的非虚构文体在当代俄语文学中首屈一指。自从她得奖至今，非虚构写作和纪实文学，受到包括中国在内的全世界文学界的高度关注，这也是继丘吉尔因自传类非虚构获奖之后的第二位非虚构作家获奖，必将推动非虚构、纪实报告文学的发展。

实际上，非虚构、纪实文学或说报告文学，已经成为中国当代文学一支不容忽视的主要文学门类，不管如何称呼和界定这一文体，这一文体的发展确实空间很大。作协相关部门也很重视，比如，我就职多年的《人民文学》，从2010年起，就一直在推动非虚构文学的写作，开设了专门的栏目，推出了《中国在梁庄》等一批好作品，以及阿来、慕容雪村、李娟等一批非虚构作家。后来，我调到了鲁迅文学院，我记得，鲁院曾于2014年的9月份，还专门开办过一期中青年作家报告文学高级研讨班，这也是为报告文学、纪实文学把脉、鼓劲，推动这种活泼的、接地气的文体大力发展，现在看来，已经收到预期的成效。

我的印象里，山西一直是非虚构文学、纪实、报告文学的传统文学重镇，尤其是在最近的二三十年来，出了著名的写非虚构文学、纪实报告文学的作家赵瑜。他已经出版的十多部作品，包括他还没有出版的大著《牺牲者》，都是很重要的作品，无论是深度还是广度，无论是写作技巧，还是情怀境界，都使得非虚构类纪实文学得到了很大的提升，是当代中国最重要的非虚构作家。因此，我感觉到，在赵瑜的感召和影响下，山西一批从事非虚构写作的中青年作家纷纷脱颖而出，这其中，就包括了郭万新这样的作家，不断受到文学界的充分肯定。比如，在2013年赵树理文学奖评选之际，首次设立报告文学奖项，获奖名单中就有作家郭万新的名字，可以说，这标志着郭万新从此跻身备受瞩目的、山西实力派报告文学作家的行列。

我知道郭万新从小生活在山西农村，他曾经挥汗如雨务农数年，三晋大地的苦与乐，他体会很深。后来，好不容易才进入城镇，一步步地写作，一步步地发展。这是一个典型的草根出身、却不断顽强超越自己的人。虽然有学历的局限，但并不影响他本人的努力和追求以及理想的实现。一时的困顿，也从来没有让他灰心丧气，可能有时候，挫折感会使他在文学道路上走得坎坷和无助，但他很顽强。我记得，他曾在一篇文章中介绍说，在2004年他参加过山西省青创会，当时，一些作家的新潮写法很受热捧、风头正劲，以至于他怀疑自己是不是太笨太土，写得太保守，使他怀疑自己的创作手法十分落后，因而感到了迷茫悲观，几欲搁笔。好在他后来终于回过味儿来了，文学最重要的，不是外在的花哨的形式，而是内在的精神气度，而是找到自己的根。这一点开悟，对他很重要，他从此更加执着，不管境遇如何改变，最终都没有放弃文学，而是踏踏实实、默默无闻地一路走来了。他除了获取赵树理文学奖，他的另一部长篇纪实文学《吉庄纪事》还获得山西省第十届"五个一工程奖"。从更高的层面考量，他获得的这些奖项，或许算不上最重量级的，但作为一位半生置身基层的作家，那就难能可贵了。

那时，我对他有所注意。我看到，郭万新获得赵树理文学奖的篇目是

《2012：吉庄的三户人家》，他把一个名不见经传的塞北小村庄展示给人们，折射了改革开放三十余年农村社会所受到的巨大冲击；《吉庄纪事》则更是把吉庄近百年的历史，以文化编年和小史记的方法，将文学、民俗学、地理志、人类文化学结合起来，再现于读者面前，被有的评论家称为"一部农民中国的非虚构力作"，另一部《草根吉庄》则入选 2015 年全国农家书屋重点推荐书目，成为十分耀眼的作品。

由此可见，在郭万新的灵魂深处，他一直没有离开过养育他的那片沉厚的黄土地，有多么厚重的土地，就会有多么厚重的人。在雁门关外桑干河畔那一座著名的古城——朔州，他的视线一直盯着他的父老乡亲，他脚下的大地，山川，河流，以及煤和煤的燃烧。以至于赵瑜欣慰地评价说："郭万新成了吉庄人。"实践也证明，只要扎根生活、扎根底层，将视野投放到大地之上的人群里，走进他们的内心，文学之树就能结出该结的果实，郭万新拿出来的作品，也总是叫人感觉沉甸甸的，包括之前的《耕读世家》，也包括我刚刚看到的《薪火传家》。

中国本来就是一个数千年的农业社会，千千万万的农民可谓创造历史的主角，近当代文学选择农村为载体，顺理成章。我们这些作家，即使自己不是农民出身，祖辈、父辈也绝对出身农家，我们的骨子里流淌着乡愁的血脉，绵延不绝。

不过，一个不容忽视的现象是，有时候，农民形象在一些文学作品中，成了愚昧、贫穷和守旧的代名词，比如，有些文学作品中的农民形象很不立体，他们的姓名，动辄是狗剩、石头、王大、李二之类，全无一点文化蕴含。因此，如何还原一个真实的中国乡村，就需要作家抛却偏见，去深刻了解中国乡村的历史，才能客观地看待乡村的现在，才能对乡村的认识不至于失之偏颇。古代的中国文学，尤其是明清小说，不少是帝王将相、才子佳人的形象居多，乡村社会史、生活史、人物史，几乎是一片空白，无疑算是文学史的缺憾所在。早在 1961 年，著名历史学家翦伯赞一路踏访了内蒙古大草原后，曾经感慨万千地写下这样一段文字："……这个历史学宝库，直到现在，还没有完全打开，至少没有引起史学家足够的注意。"引起他震撼的,就是沉淀在乡间民间厚重的历史文化资源。作家梁晓声先生曾经出版过一本著作《真历史在民间》,深刻表达了作家的满腔忧思,正如书中传达出的观点:一个社会好不好,或有没有希望,有多大希望,不仅看官员是怎样的官员,富人是怎样的富人,精英是怎样的精英,也还要看到民间,是怎样的民间。民间是万民所在,民间是万物生长。

我想,郭万新一定从大地深处,从芸芸众生中,看到了某种契机,他寻找着自己写作的方向,他果然从这一路径,找到了自己通达成功顶峰的方法。他的《耕读世家》和《薪火传家》两部长篇纪实文学,既是恢弘厚重的北方乡村史,又是浩瀚繁复的民俗风情画。通过书中描述的一张张似曾相似却又迥然不同的面孔,让我真切地感受到,中国农民的伟大,中国传统文化有着不断再生的力量。的确,传统农民血脉延续、家风传承的家国梦想和文化内涵,在郭万新笔下记录得详尽生动,读来让我耳目一新,也赋予了鲜活的、新的、当下的时代价值。郭万新以一种"中国味道的中国故事,中国情感的中国叙事,中国乡土的中国时间",对漫长乡村历史进行了个性化的触摸,将极具人类学、中国文化符号的典型意义的山西小村落的乡风、乡情,逐渐积淀成难舍难割、挥之不去的绵长的北中国的乡愁,这是郭万新超越了他自己,也超越了别人的地方,更体现了他坚定的文化自信。

我期待更多的读者喜欢郭万新的纪实文学作品,希望郭万新在文学道路上走得更远,走出属于他的一片新的天地。在此也盼望当代文学中的非虚构、纪实文学蓬勃兴旺,走出来更多像郭万新这样优秀的作家。因为,郭万新告诉我们,最厚重的,始终是土地和人。

(作者系著名作家、诗人、评论家,

鲁迅文学院常务副院长)

目　录 CONTENTS

●引子/004

第一章　见善而迁 / 011
　　一　吉壤传说
　　二　家道渊源

第二章　五世其昌 / 027
　　一　其女其父
　　二　九子九院

第三章　超群越辈 / 041
　　一　二茬监生
　　二　一块断碑

第四章　随遇而安 / 055
　　一　佣耕落脚
　　二　攀附姑舅

第五章　隔墙有别 / 073
　　一　口德难存
　　二　命蹇时乖

第六章　左支右绌 / 089
　　一　达则不达
　　二　红也未红

第七章　木秀于林 / 103
　　一　谷子老财
　　二　纾难图存

第八章　大起大落 / 125
　　一　善辩易怒
　　二　其兴也勃

第九章　田畯野老 / 139
　　一　宅心知训
　　二　道在吾往

第十章　西口漫道 / 157
　　一　金尽裘敝
　　二　独木成荫

第十一章　往事纷繁 / 173
　　一　暴风骤雨
　　二　生不逢时

第十二章　身既零丁 / 191
　　一　破岩立足
　　二　孤蓬自振

第十三章　坏裳为裤 / 211
　　一　老兵本色
　　二　和平年代

第十四章　沉舟侧畔 / 229
　　一　穷根蒂固
　　二　时移势迁

第十五章　泽被无声 / 245
　　一　学而不辍
　　二　师者不惰

第十六章　留守以待 / 263
　　一　何去何存
　　二　在人在天

第十七章　去意徊徨 / 283
　　一　若了不了
　　二　背井难离

第十八章　何为命运 / 307
　　一　颠沛殊途
　　二　始于足下

尾声 /333

后记 /338

——·引子

九塞尊崇雁门关／朔州南城门／朔州老城文昌阁

依旧把目光对准塞外古城山西朔州，依旧来领略朔风浩荡的山西朔州。

登临恒山之脉的长城一段，北出九塞尊崇的雁门雄关，但见朔州踞守在桑干河源头，揽采风物，方舆形胜，正如清代雍正《朔州志》"遥控长城，外连大漠，襟山带水，四塞为固"之述，被喻为三晋锁匙、边陲首要。

恰恰因为扼守漠北通往中原的咽喉要冲，所以自古以来朔州就成为农耕文明和草原文明发生碰撞的毗连临界。同样因为碰撞的渊源，朔州才出现在历史的版图上。当然，最初的朔州叫作马邑。

　　史料记载，秦始皇三十二年也即公元前215年，大将蒙恬将兵三十万北击匈奴，"筑城武周塞内以备胡，城将成而崩者数焉。有马驰走，周旋反复。父老异之，因依马迹以筑城，城乃不崩。遂名马邑"。马邑的诞生极具神奇，也清楚地表明如此一座不崩之城的作用就是"备胡"。由此而起，马邑就和"胡"字这个特定的名词开始休戚相关。

　　"胡"的本义不过是形容北边的部族男子的特征，都长着大胡子而已；匈奴单于也曾自称"胡"，并附带解释为"天之骄子"。但一经进入汉文化的层面，

朔州大佛也长胡子

"胡"的概念被外延开了,包含了胡闹、胡作非为之意,是被妖魔化了的"破坏者"或"野蛮人"的代称;既定成俗,匈奴及其兼并过的鬼方、犬戎、猃狁等,包括以后的游牧部族如乌桓、鲜卑、突厥、契丹、鞑靼、女真,无不被以胡相称,继而还搭配出一个词语:"胡虏。"其歧视、其藐视、其排斥的口吻可见一斑。

大约就从先秦而起,农耕文明和草原文明的碰撞,很直观很通俗地叫作胡汉相争。一部中国古代史,将近 4000 年的文字可考,凝缩胡汉之间矛盾冲突的剧目一再上演,也留下不可磨灭的历史印痕,诸如千金一笑、马邑之谋、昭君出塞、五胡乱华、安史之乱、澶渊之盟、靖康之耻、土木之变、剃发易服、驱逐鞑虏等等,比比皆是。信手拈来还有许多类似的古诗,无不闻胡而动容:"独留青冢向黄昏""渔阳鼙鼓动地来""不破楼兰终不还""长缨直请系单于""壮志饥餐胡虏肉""登坛誓饮月氏头"……好像除了忧心忡忡,就是怒发冲冠。

可能习惯了对胡人胡地失之偏颇的认识,以至于北疆重镇马邑留给中土一方的普遍想象是基本上不太适合人类生存:朔风萧萧,八月飞雪,塞上苦寒,荒蛮无边……结果到北魏时候,马邑被干脆更名为朔州——顾名思义,不折不扣的北方之州。而唐代又在朔州的西北一隅另筑了马邑城,从朔州辟出一块,另称马邑县,直到清代嘉庆年间才重新归辖朔州。

当今朔州的一位文化学者赫志刚这样来定义朔州地理位置的重要性:"北方游牧民族要想进入中原,就必须占领朔州,把朔州作为跳板,跨过雁门关方能得逞,而中原王朝针对北方少数民族的军事行动也必须将朔州和雁门关当成战略依托或据点,进可攻,退可守。"据说自公元前 4 世纪以来,发生在雁门关口的战事多达140余次，那么雁门关外的朔州，毫无疑问见证过数不清的金戈铁马、黑云压城，朔州的历史，也正是一部战争机器所谱写、所镌刻出来的跌宕史诗。而在如今的朔州市境内，最具有胡汉相争活化石意义的地方，应该非平鲁区莫属；更为难得的是，平鲁还亲历了胡汉双方由碰撞并最终走向交融的时代转折。

谁也无法想象，一场旷世仇怨居然把句号画在了朔州平鲁。

说起平鲁，事实上在古代几乎一直是朔州地界的一部分，至于其单独作为一个地名问世，相对而言历史并不久远，最多也就500多年光景，而且最开始还是一个别名：平虏卫。

背景还在大明一朝。其时被逐回漠北草原的蒙元势力并未消歇，仍然不断南下骚扰抢掠，以图卷土重来，与明军在事实边界的长城一线拉锯作战。明廷也无法釜底抽薪，最终决定继续依赖万里边墙作为屏障，拒敌于国门之外。于是投入人力物力加固原有的内长城，还在山西、河北一线另外修筑了一道外长城拱卫京畿，沿线增加大量附属防卫设施，如城池、堡寨、烽火台等；同时实行都司卫所军事制度，派驻大军开始驻防军屯。参照洪武二十三年的数字，全国一共设有内外卫547个、所2563个。卫、所分属于各省的都指挥使司指挥，一卫军人5600名，一般是统领5个千户所，每所1120名军人。

具体到山西，行都指挥使司设在大同，大致相当于军区司令部，初领26卫，后来固定为14卫，其中的朔州卫于洪武三年就设立了，下属左、中、前、后、右五所。到了"土木之变"后的成化十七年也即1481年，根据防卫形势，才增设了平虏卫，与朔州卫平级，驻扎大同府，直到嘉靖年间才移驻朔州地界，就在现在的平鲁凤凰城镇，往南距离朔州市区70公里，那里原先是个老军营。四年后，在现在的平鲁井坪城再设一个单列的井坪千户所，往东南距离朔州市区约30公里，专为守御外长城杀胡口直通内长城雁门关的唯一要道。环列平虏卫和井坪所的军堡，一共有18座之多，其中名列清代《朔平府志》的就有7座：灭胡堡、威胡堡、大水堡、败胡堡、迎恩堡、阻胡堡、乃河堡。

除了虏，就是胡，说来说去，不外乎仍是"备胡"。

外长城关隘——杀虎口 / 明代朔州城文昌阁北门镇虏门门额，清代避讳将"虏"凿去

"今古河山无定据。画角声中，牧马频来去。"备来备去，大明江山终于还是崩塌在草原文明的游牧铁蹄下，不过入主中原的不是蒙元，而是满清。究其原因，不在于胡虏厉害，这一道理唐代杜牧在《阿房宫赋》已经讲透彻了："灭六国者六国也，非秦也。族秦者秦也，非天下也。"一朝改朝换代后，大清康熙皇帝显然对长城不屑一顾，他说："秦筑长城以来，汉、唐、宋常修理，其时岂无边患？明末我太祖统大兵长驱直入，诸路瓦解，皆莫能当。可见守国之道，惟在修德安民。民心悦则邦本得，而边境自固，所谓'众志成城'者是也。"康熙英明啊，所以才使得中华民族实现超越前人意义的"大一统"、文明的大融合。

就是这位康熙皇帝，于1696年挥师出塞平定准格尔部，返回途中驻跸外长城杀胡口，琢磨着"胡"字实在别扭，于是下旨将杀胡口更名杀虎口。紧随其后，周围所有的附属涉胡军堡比如阻胡、败胡、威胡、灭胡等，其"胡"一律由"虎"来取代；再过30余年，朝廷撤卫归州，军户落籍地方，又将平虏以谐音改为平鲁。鲁的本意，是指鱼儿摆尾不好约束，显然平虏的"平定胡虏"变成平鲁的"改造不驯"，好像平鲁原本粗野之乡由于沐浴皇恩教化而实现了文明和谐——一字之差，匠心独具。

不论如何，平鲁的改名，标志着"胡虏"一词就此被宣告沦为一个过时的概念。胡之不存,争又何来?在历史的舞台上,胡汉相争徐徐落幕,继而随着浩浩荡荡的天下大势,所谓农耕文明和草原文明的地理学界限,同样日渐式微日渐模糊日渐淡去,朔州以及平鲁,责无旁贷担当了历史的见证者。

清雍正三年,即1725年,山西增设朔平府,下辖一州四县,包括朔州及右卫县、左卫县、平鲁县、马邑县。从此平鲁作为一个县治,正式从朔州分割出来,官衙就设在原平虏卫所在,俗称老平鲁城。其时的朔州仍为府辖的散州,表示地位显要,级别仍高于县份,所谓"大邑为州,小邑为县",有个区别。民国之际,朔州降格为县,到底与平鲁平起平坐了。再往后新中国成立,平鲁的县府迁往原千户所井坪,1958年平鲁曾又并入朔县,短暂的三年后两县再次分开了,都属于雁北地区;1989年经国务院批准朔州建市,朔县与平鲁同时撤县,改为朔州市辖的两区朔城区和平鲁区,也算应验了合久必分、分久必合。

有道是蓦然回首处,狼烟散去铸剑为犁,换了人间。

相关资料介绍,朔州市平鲁区辖内现有352个行政村。由于平鲁地处北方

现在的平鲁城,原来的井坪千户所遗存的一处城墙

山区，又极具鲜明的边塞文化积淀，因此村庄的取名，很有地理性和历史性规律，一目了然，可以归纳出两大特点：其一，山岭沟洼崖峁坡窑，比如高家沟、陶卜洼、潘家窑、石崖湾等等；其二，堡寨铺营墩口关界，比如败虎堡、八墩子、郑家营、歇马关等。总而言之，似乎平鲁就是因战乱而造就的典型的一方穷乡僻壤。

然而，仔细盘点平鲁的一众村庄，居然发现也有例外，比如白堂村，其名字就特别与众不同。光闻其名，白堂难免令人遐想起古典名著《红楼梦》中"护官符"的一句："贾不假，白玉为堂金作马。"按照惯有思维，总也平添一种金玉满堂式的豪门显贵色彩，抑或类似于深山遗珠。

白堂村现今隶属于朔州市平鲁区白堂乡，距离朔州市区西北方向25公里，距离平鲁城5公里多。截至20世纪80年代改革开放时，全村900多人口，以杂姓而居，其中张姓为大户，大约300多口，其余包括高姓、徐姓及郭姓等，人口不等。

探究白堂村的来历，果然大有来头。村中的张姓正是朔州望族"仪善堂"的裔支之一，与本地知名的清代翰林张炜同宗，而最初的始迁鼻祖名叫张瀚勋，字建功。

第一章 见善而迁

一 吉壤传说

白堂村坐落在黑垛山东麓，借用东晋大诗人陶渊明《归园田居》的诗句来说，是一个塞上的"暖暖远人村"。

提起黑垛山，在山西名气不大，但在朔州范围绝对不同凡响。清雍正《朔州志》的条文介绍："高出群山之表，邻郡百里外望之皆见，云起西北，紫气氤氲，为朔山来龙。"可见别有一番气势。黑垛山距离朔州市区西北约20里，属于吕梁余脉的管涔山系北段，南北绵延30多里，最高处海拔2147米，远望突兀起伏，好像森森的驼垛，山名就由此而来。一说又像驼峰，因而还叫黑驼山。山上有一座唐昭宗三儿子丰王李祁的陵墓，人称"丰王古墓"，位列古代朔州传统的八景之一，明代弘治年间朔州知州李邦直留诗为证："千载空余埋玉处，寒烟暮雨锁荒邱。"

从白堂村西上黑垛山，山道还算舒缓。沿着村西的西涧沟往上先走8里，翻上一座杏儿梁，就是山脚了。民国时期阎锡山政府曾在那里开挖煤矿开设牧场，并有若干的石窑遗存，附近村民不明底细，随便俗称"大工厂"。再往前就上了五里坡，形象说明爬坡5里即可到达山顶。

正是黑垛山的褶曲隆起，其东麓一带造化出黄土缓坡的丘陵地貌，只见许

多沟梁参差,几乎一律平行东向,看似经历了鬼斧神工的梳琢一般。其中一道山梁名叫黄草梁,梁脊相对较高,又称黄草梁山,附近百姓还叫黄春梁。白堂村就位于黄春梁南坡,因势利导倚坡成村。村前有一道南沟湾,梁后有一道后河湾,远远近近还有八岔沟、财神爷沟、西涧沟、和尚窑沟等等,其中南沟湾和后河湾深阔嶙峋,截至近三十年前上游常年泉水丰茂,流水潺潺不绝,最终往东十几里汇成一条较大的圩涧河,是桑干源头之一七里河的主要支流。

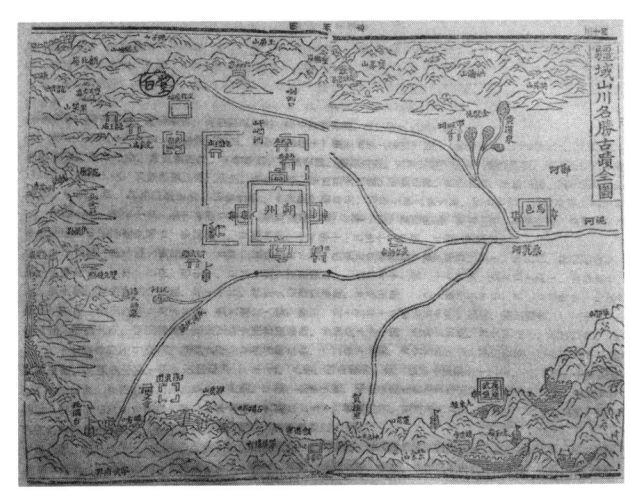

白堂村在朔州的大体位置

白堂村背梁临沟,交通肯定不便。过去只有一条不起眼的细窄小路,弯弯曲曲往北 5 里多与朔州通往杀虎口的官道衔接,而往南前往 30 里外的朔州城,则要翻越更多山峁。但在从前的自然经济时代,又处于特定的边塞州郡,随时可能碰上战乱,类似白堂的村庄不啻为安稳系数较高、世外桃源式的宜居所在。再看村子的布局,沿着梁坡东西大约 2 里,南北大约 1 里,基本呈矩形,并且对称式上宽下窄;站在南沟湾对面的红土梁上向北眺望,细心的人可以发现整

背梁面沟的白堂村

个村子就像一只展开翅膀的蝴蝶。村中建有一座龙王庙，庙前一道沟壕，如同蝴蝶的身子，壕首左右支出两条细沟，正好如同蝴蝶的触须，一家一户的居舍往左右错落有致地散开，组成了蝴蝶的四块翅片。想来不可能经过刻意规划，那么只能是"暗与理合，匪由思至"。

若是虎踞龙盘，定然要头角峥嵘，但若换成了蝴蝶，其寓意那就内敛低调多了。不能不承认，最初选定来白堂村安身立命之人，可谓眼光独到。

那个人就是张瀚勋。

早在康熙年间，本已有过《朔州志》，却因残缺不全，称为"残本"，查阅"坊里"一节，找不到白堂这个村子。而雍正十三年重新编修完善了的《朔州志》，在"里庄"部分，白堂村的名字才首次出现，被划分在中里。也就是说，起码在那一年即1735年之前，朔州还没有白堂村。那么，张瀚勋究竟怎么来到白堂的呢？

根据清雍正《朔州志》记载，清初平鲁县境南北85里，东西110里，地盘比现在要小，井坪城以南、黄草梁一线包括白堂在内的村庄仍由朔州所辖。朔州南北145里，东西95里，辖有北关里、养政坊里等6里，裁卫归州后，军

龙王庙遗迹

屯转民，把 5 个千户所各编为前、后、左、中、右里，于是增加为 11 里，总计 415 个村庄。古代所谓"五家为邻，五邻为里"，里就相当于现在的乡，但是冠之以乡要有一定的户数条件，不够格则用里来代替，"只可以里分，难以乡贯"，后来乡、里才混同了。毫无疑问，朔州村庄大多规模不大，雍正三年上报 16 岁到 60 岁的当差人丁不过 1594 人，再加老残妇孺，也多不到哪里去；至于耕田，能够保证正常纳赋的"成熟起科地"记录为 2435 顷 83 亩 2 分，以每顷 100 亩换算，总计大约 25 万亩。上述史料数字肯定不太准确，参考而已，侧面印证朔州地广人稀，仍是边塞特点。

按照比较合乎常理的分析，首先与特定的时代背景有关。众所周知，自从康熙开始，朝廷实施顺应形势的"摊丁入亩"制度，就是废除人头税改为以土地多少征收丁银，从而放松了对户籍的控制，为人口的流动搭造了平台，也促成人口的爆炸性激增，据统计全国人口由顺治十八年的 1913 万猛增到乾隆五十五年的 3 亿多。当时张瀚勋的祖辈自从落籍朔州北关里小堡村以来，经过十数代的筚路蓝缕艰苦创业，已经跻身有名的鄯阳望族，到张瀚勋的父辈，更出来一位代表性人物张声达，"弱冠游庠，肆志农桑，祖业大振"，以至得到郡守的倚重，送来一块旌表的匾额"守道存诚"，成为其仪善堂宗族的荣耀。

或许正是为了缓减家族日见沉重的人口压力，张瀚勋才敢为人先主动来到距离小堡村不到 20 里的白堂，有分析说可能张家在白堂一带置有耕地，他过来定居是为了耕作方便。但也不排除属于响应官府号召。雍正年间，朔州许多百姓"躲避粮差，宁可口外佣工"，致使土地大量闲置，为此朔平府知府刘士铭曾发布过《力劝开垦晓谕》："……凡在朔平境内，无论土著外来之户，但有愿行开垦者，许即拣择可以耕种成熟地亩，指出条段座落，禀明州县，认地开垦……"一来官府"以供正赋"，二来"为小民谋恒产"，没准张瀚勋就是主动认领了不少土地，为日后起家奠定了基础。

寻找客观原因，肯定就流于平淡无奇。张瀚勋的后辈却更愿意认同一个传说，一代代传下来，总会引人身临其境，三百多年前的情景好像历历在目。

都说张瀚勋是一位满腹学问的读书人，当年应聘在高家沟村的私塾教书。

那时候黄春梁下的白堂村所在地尚无人烟,与高家沟村相隔一道宽阔的南沟湾,两地仅有2里多;高家沟村北也有一道不高的山梁,因为被雨水冲刷,露出的是红色黏土,与周围满目的土黄一色形成对比,人称红土梁。每当空暇,张瀚勋总喜欢登上红土梁转转,无论霞霭掩映的日出日落,还是岁岁枯荣的春华秋实,难免令他触景感怀,说不定也要吟诵诗文,抒发他不甘平庸的人生抱负。

具体在某个冬天,适逢大雪纷飞,张瀚勋又一次伫立在红土梁顶,久久地将惟余莽莽的北国风光尽收眼底,忽然间他愣住了,原来发现对面梁下的一片坡地非同寻常,别处早被大雪覆盖,唯独那一块却落雪即融,雾气袅绕,景色神奇,似真似幻。黑垛山下煤炭资源丰富,或许地下的煤层自燃可以形成局部地热,但张瀚勋哪能从科学的角度思考?他一定谙熟周易八卦之类的学问,脑海里立刻判定:"那是一处风水宝地,一处不可多见的吉壤。"

于是,他离开家族聚居的小堡村,到黄草梁下安家扎根。因为是在白茫茫的大雪中得到的昭示,故而筑庐后叫作"白堂",直至成了一个名号与周边的堡寨沟坪类比独显个性的村庄。至于那块落雪即融的吉壤,就在村子往东偏南大

自古以来,雪景都是文人心目中的最美境界。图为油画《冬日》,玉林书画院提供,江向东作品

约500米处，位置相对比较平坦，村里都叫"东坪"，被张瀚勋停为祖坟，迁葬来他的父亲树碑立祖。

好像为了证明张瀚勋独具慧眼得到福报，白堂村另外流传着一则故事，越发有板有眼。故事讲述说，张瀚勋在白堂村落脚以后，一共育有九个儿子，但开始时生活并不富足，最初在南沟湾的崖畔掏了土窑居住，就算实现了五亩之宅、鸡豚狗彘之畜、百亩之田等等，不过初级小康的温饱而已。随着儿子们长大，他家陆续娶过九房媳妇，其中不知哪个媳妇运气好得不得了，一天扭着缠过的尖尖小脚走过院子，冷不防踩开一个藏宝的小窨窖，无意间获得一顶价值连城的王帽，自然是金丝编就镶满了珠宝，从而让张瀚勋吉星高照。据说张家只折了王帽其中的一翅卖掉，竟能一口气建起了豪华气派的九进大院，一举成了地方首富。故事还说，张瀚勋明白物忌太盛的哲理，凡事都留有余地，所以仍把缺了一翅的王帽重新埋藏起来，究竟下落何处，村民都说还在白堂村，一直无缘再次出世。

细细想来，王帽的传说经不起推敲。假如白堂真的出土过一顶王帽，而张家又去持宝变现变卖，所谓纸里包不住火、没有不透风的墙，迟早会引发街谈巷议，即使在消息闭塞的清代，肯定也要传为沸沸扬扬的热点奇闻。但是除了在白堂附近，整个朔州多少年来民间或官方压根儿没有传出过什么王帽之类的内容，所以判断张家一夜暴富的故事，基本属于小范围的天方夜谭。细想故事的产生，可能是张瀚勋家业的积累非常迅速，难免就要引发好事者的无端遐想和猜测。

王帽不曾见过，但张林举家保存下凤冠的银饰

当然，传说的演绎，多也离不开一定的历史性基础。客观事实是，张瀚勋确有九个儿子，张家确有九进大院以及说不清多少的大量田地。

总之，张瀚勋的发家，不排除家族实力，但根本还在其本人。

二　家道渊源

了解张瀚勋，需要首先探究他的家族，从而寻找他尽可能真实的人生轨迹。

朔州鄯阳望族小堡张姓，堂号"仪善堂"，其根祖及世系在张永来编撰的宗谱中都进行了努力梳理。

据载，张姓最早的始祖为轩辕黄帝与第三妃肜鱼氏所育的长子张挥。张挥因为发明了弓箭，得以被赐姓为张，担任"弓正"，也即负责制造弓箭的长官，弓长张的说法也由此而来。张挥的封地在冀州范围的清河郡，于是又有"天下张姓出清河"之说。往后子孙繁衍向各地辐射，形成诸如清河郡、范阳郡、太

清河张姓老祖张挥塑像

燕贻堂先祖张说，大唐名相

原郡、京兆郡等24处郡望，郡望下来又有房支，知名的包括百忍堂、燕贻堂、精忠堂等。

按照宗谱溯源，朔州仪善堂就传自燕贻堂，先

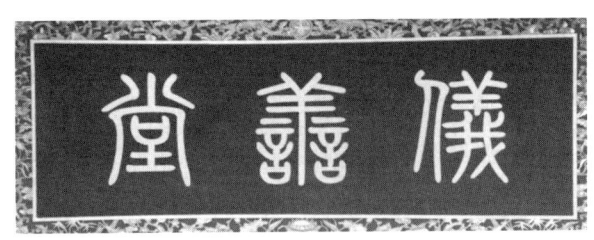

小堡村张氏堂号"仪善堂"

祖为大唐开元盛世时代的燕国公张说。张说被唐玄宗李隆基评价为"当朝师表、一代词宗"，一生前后三次拜相，执掌政坛三十年，后人以他立祖，堂号"燕贻堂"，含义是"燕翼贻谋"。燕不是燕子也不指燕国，而是平安、安康的意思，翼是帮助、遮护，贻与诒一样是留下；把燕翼贻谋翻译过来，大体是说为子孙远虑深谋使他们代代平安顺畅。在朔州小堡村保存下的张姓先人墓碑上，其中两处出现了"燕贻"的字样：其一，十二世张锵的碑额上四个字"燕翼贻谋"清晰可见；其二，十四世张炜墓前的左右望柱上，镌刻着一副墓联："世德作求龙章锡命荣三代"、"书香永继燕翼贻谋寿万年"，又是"燕翼贻谋"。因而可以认定，小堡仪善堂张姓与张说一支的燕贻堂一脉相承。

小堡村，位于白堂村东南大约10里

第一章 见善而迁 019

东胜州故城，今内蒙托克托县

有关资料显示，燕贻堂张说后人基本分布在京兆长安周边，其中一支定居在胜州，也即如今的榆林。唐末胜州为党项人所占，公元916年，辽兵攻取已属西夏的胜州，将所有百姓迁过黄河东岸的土默川安置，先修筑了一座东胜州，又在就近再筑起一座云内州，被习惯合称"东胜云内"，故城在现在的内蒙古自治区托克托县城西北。明代嘉靖年间，蒙古族土默特部首领阿拉坦汗的义子脱脱占城驻牧，所以当地百姓也把东胜州称为脱脱城，汉名演变为托克托，西北方向距离朔州200多公里。

在辽朝时，契丹人奉行"以国制治契丹，以汉制待汉人"，因此迁来东胜云内的汉人并未受到歧视，"多耕稼以食，城郭以居"，到了元代，越发繁荣一时。不过，1368年大明王朝建立后，明军出塞挥师攻下东胜云内，先是设立了东胜卫，但在与北元对峙过程中防线南移，干脆将东胜一带制造无人区，所谓"徙其民，空其地"，《洪武实录》记载："六年八月，大将军徐达之师至朔州，徙其边民人居内地。"

在南迁的庞大队伍中，就有仪善堂张姓的鼻祖张伏受。张家老坟内张伏受

的九世孙辈张鸿翱墓碑保存最完整,碑文有其中一段叙述祖源:

> 公上世本东胜州人,鼻祖伏受……(洪)武初年迁朔之北关里,从龙行武,皆隶军卫,而时独系籍郡中。卜世者已知其脱介胄而习礼乐,后必以儒起家矣!历传六叶,至玉冈先生,为公之曾祖……

碑文交代,东胜云内,就是仪善堂张家祖先的发祥之地。张伏受一行于洪武初年离开故地,南下迁来朔州,先编入卫所从军,参与屯垦戍边,随即唯独他一人卸下甲胄脱离军户,落籍北关里为民,安家小堡村传承香火,抱定"以儒起家"的宗旨。关于礼乐,是孔孟之道以"礼乐仁义"为核心的儒学文化系统,礼是各种礼节规范,乐则包括音乐和舞蹈等,通俗解释,礼为规矩,乐为文艺,二者相辅相成,内涵博大精深,这里不作深究。具体到张伏受选定的家族目标,其实就是要努力培养后代读书立业,出人头地。其后辈之所以把家族取名"仪善堂",正是旗帜鲜明地表达其仁义道德、崇礼向善的儒家价值取向:恪守仁义修养,秉持行善积德。

张家口口相传,张伏受育有三子张谧、张让、张谦,后人分开长门、次门、三门。本来往下始终不容易说清,幸亏老坟里发现了九世传人张鸿翱的墓碑,使得长门一脉得到有机衔接,相反其余次门和三门由于缺少类似的考据,可惜从二世到十二世之间断代了。

张鸿翱碑文记载说,张伏受下传第六世叫张玉冈,张玉冈又传

张鸿翱墓地,在小堡村南,人称"南老坟"

仪善堂始迁鼻祖张伏受画像　孟喜元　作

五子，其中老五名叫张郧台，张郧台再传三子，老大名叫张敬之，张敬之也有五个儿子，老大即为张鸿翱，老二张鸿翀、老三张鸿羽，老四张鸿翘，老五名字看不清了。张鸿翱生于壬午年，即明代天启二年的1622年，卒年又是壬午年，即清代康熙四十一年的1702年，享寿81岁。他是岁贡生出身，由秀才被推荐进入国子监读书，虽说没能更进一步考中举人进士，却也十分优秀了，经朝廷挑选分别担任过晋南垣曲县和万泉县的教谕，也算官居八品。垂暮之年他致仕退休回到朔州，依旧赢得地方上的敬重，被录入清雍正《朔州志·事功》一节，条文如下：

张鸿翱字凌霄，本州人，由岁贡除平阳府垣曲县训导，以内艰归。复关，补万泉县司训。县故僻邑，环万山中，人未知学。翱殚心教育，文风不变。平生严气正性，不可干以私。至与乡人处，则谦卑逊顺，平易近人，里党咸钦仰之云。

同时进入《朔州志·列女》名录的，是张鸿翱的续妻周氏，也为张家争得了莫大荣誉：

周氏，万泉县训导张鸿翱妻，翱殁，氏方二十八岁，遗子玶、珫，俱幼，氏誓不二夫，抚二子读书成立，皆其青衿，孙永灏亦饩于庠，且抱子矣，见年六十四岁，苦节三十余年，州守汪旌其门曰"敬共遗范"。

夫唱妇随，都称得上清代朔州一地有口皆碑的道德典范。

正如仪善堂宗谱评述，张鸿翱不仅成为张家"学而优则仕"标志式的打头人物，而且堪称张家承前启后的关键先生。

张鸿翱的立碑时间为清乾隆六年也即1741年的三月十一日。碑记说他去世时，留下三个儿子，除了前妻所生的长子张瑞，还有续妻周氏拉扯的张玥和张珑。因为张玥张珑都是小孩，家里没条件操办挖墓凿穴一干事宜，只好将他停棺"浮厝"，直到康熙四十八年也即1709年，张瑞弟兄才在小堡村张家老坟的下首另择坟地，正式为父亲举办葬礼，乾隆六年又隆重立墓祭奠。

其时鸿翱一脉已然人丁兴旺儿孙满堂：3个儿子张瑞、张玥、张珑，6个孙子张永定、张永宁、张永溥、张永灏、张永清、张永洁，7个曾孙张镳、张锦、张铨、张钦、张立功、张立德和张立言，两个玄孙为张体乾、张瀚勋。

虽然张瀚勋的名字出现在他的曾祖父墓碑上，但并未交代他的祖父和父亲是谁，只能依据现有文字资料大体推断。可以列出有价值的信息包括这么几点：

一、张鸿翱6个孙子，看排序取名规律可以认定，永定、永宁之父张瑞，永溥、永灏之父张玥，永清、永洁之父张珑；雍正十三年重修《朔州志》时在记录的捐款名单中，有一条"生员张玥，男永灏，二两"，也是一个佐证。

二、张鸿翱碑记又说其次孙张永宁还在"妙龄"，其年纪看来青春年少，最多有了儿子，但孙子绝不会出生。

三、张瑞为张鸿翱原配吴氏所生，而张玥、张珑为张鸿翱继配周氏所生。碑记显示，张瑞娶妻边氏，大概是邻村全武营人。分析张瑞的年纪，与两个弟弟相差起码有50多岁。吴氏，娘家及生卒不详，碑记评价"有妇德，先公卒"，去世较早，张鸿翱续娶时已经年逾七旬，周氏却20岁不到，也不清楚哪里人氏。

四、到丈夫1702年去世，周氏才28岁。根据时间推算，当她64岁抱上曾孙、得到朔州太守汪嗣圣的旌表门匾，应该是1738年，乾隆三年了，乾隆六年那位曾孙顶多才4岁，玄孙无从谈起。

所以很明显，张瀚勋只能是张鸿翱长子张瑞的曾孙，其祖父可以肯定为张永定；其父嘛，正如宗谱所说，待考；想来排行最前的张鐄、张锦可能性较大，但不好妄加揣测。

不管怎么说，从鼻祖张伏受再到十三世张瀚勋，张家已经在"以儒起家"的道路上走出一番气象。依然参阅张鸿翱的碑记，可见一斑——

六世张玉冈，"乐道安贫，聿昌厥后"，脚踏实地，宁静致远。七世张郧台，仗义执言、治家有方，"曾以布衣伏阙上书，陈边民灾伤疾苦状，得旨发帑金三千振恤，事详郡乘中；与其兄四人终身共饮而食不析爨"。八世张敬之，"幼攻制举业，中年不乐仕进，惟究心于宗支图牒之考，为能博闻强识，以彰往诏来；居常训饬诸子侄，罔使乖于方者。其族之人莫不爱且畏之"。到九世张鸿翱，"生有异姿，长而即青其衿，寻以高等食饩积序而成岁进士"，其殚心教育，谦卑逊顺，严气正性，劲骨如在，更不乏可表可赞之处。

往下沿袭，青出于蓝：张瑞，"笃信谨守，年及耆，犹殷殷若孺"，诚信谦和；张玥、张珑，"皆能读父书，为郡博士"，尤其张玥，"刻苦办学，蜚声艺苑"；张永宁，"头角峥嵘，以妙龄而登上庠首"，全县头一二名的优学秀才，前程不可限量的后起之秀；张永灏，朔州庚辰岁贡士、候选儒学训导，曾在乾隆四十年一展才华，为朔州重修林衙寺撰写了碑文……

横向再看张鸿翱的其他弟兄，老三、老五世袭条文不详，但老二张鸿翀、老四张鸿翘及其家人子弟均也值得褒赞：张鸿翀一脉，"光前烈裕后昆"，祖业大振，其孙张声达，一力栽培子弟，获得过郡守赠匾"守道存诚"，张声达长子张书绅担任过稷山县教谕，三子张书忍，"笃实不求人知"，他的次子就是大名鼎鼎的道光二十一年进士张炜。另一个张鸿翘，虽然没有留下子嗣，但其妻子徐氏因为守贞节烈，也进入《朔州志·列女》，说是丈夫去世时她年仅23岁，"子女俱无"，但发誓从一而终，"吾必随夫棺而葬！"凭着家有的三间土房和五十亩土地，一辈子守节未嫁，"寿八十六岁卒，与鸿翘棺同葬"。

就如唐代孙樵《祭梓潼神君文》中"跛马愠仆，前仆后踣"所刻画的那样，朔州小堡张家能够同心同德去践行始迁鼻祖张伏受教诲，经过一代一代不懈努力，终至世泽绵长、光大门庭，为乡间树立了榜样，因此在1859年即咸丰九年，朔州籍进士牛宜为翰林张炜的父母撰写墓志铭时对张家发出感慨:"源之远者流必长,积之厚者光莫掩。"牛宜还不吝赞美,为张炜之父张书忍老先生写了一段铭辞,实际也等于总结了张家的令人由衷称道:

砥行砺节,孝友宽仁;
爰得嘉耦,桓孟其伦;
淑身善世,俗美风纯;
贻谋裕后,彩凤祥麟……

第二章 五世其昌

一　其女其父

出生在门风谨严的仪善堂张家，身为张鸿翱的直系玄孙，张瀚勋确实没有辜负家族血脉延续所赋予的使命。至于张瀚勋的生平及生卒，宗谱介绍比较简略，需要另行寻找可靠的线索。

俗话说：有其父必有其女。而白堂张家中唯一载入史册的，竟是张瀚勋的闺女。她没有留下名字，惯例被称为"张氏"。

大清康熙四十年，为莫逆之交张鸿翱撰写过碑记的朔地名士霍燝编修了《马邑县志》。到民国时期，他的后人霍殿鳌增补资料再次重修，在《列女传》部分，录入一位张氏的人物传记，条文如下：

张廷俊老宅的壁龛，现由张存家保留

张氏，朔邑庠生瀚勋公之女，邑人元沛之妻也。氏年二十于归。其夫时年十七，性敏好学，邑人绅士皆器重之，无何竟遘疾而殁。殁之日，氏年二十二岁，遗孤建中甫八月耳。氏呼天号痛，矢死靡他。尝与家人曰："吾生为名门女，长为儒者妇，从一而终，敢有二心？吾不难捐生以从夫于地下，顾兹襁褓中物不及见其成立，将何以慰夫子之灵乎？"于是守节抚孤，治家以勤俭，而奉养祖父母，衣食则丰美精洁，不敢稍缺于供。以故，祖父母甚爱怜之，至临终而犹惓惓也。厥后，建中稍长，延师训教，年十七入泮，二十三而食饩，氏心稍慰。嘉庆十年，氏五十八岁，邑之咸里绅士投牒，公举于学，学师申请入奏，奉旨旌其闾也。至二十年，建中由廪入贡，长孙名复亦食饩，次孙循入泮，三孙、四孙延师课读，斯时家世较前颇丰，凡此皆氏之力也。嘉庆二十四年，学官卫钟元述其事而入之于志，且为之赞曰："贤哉张氏，节孝且慈。表兹令德，闾闻其师。"

文中交代，张氏的故事取材于旧志中嘉庆二十四年学官卫钟元的原作。学官的概念属于泛指，另有资料显示，卫钟元的具体职务为马邑县儒学训导，负责县学的教学事务。训导也算文职从八品的朝廷命官，比教谕低一格，类似现在的副科级别。要知道旧日讲究女生外向既嫁从夫，女儿甚至没有资格进入娘家宗谱，但就是卫钟元这位比芝麻还小的学官，不仅为张瀚勋的女儿"述其事而入之于志"，而且也为张家留下很珍贵的一笔历史依据。

把文章换成白话文翻译一下，大体情节就是说，瀚勋公的女儿张氏，20岁时嫁给马邑县一位青年才俊元沛。元沛比妻子张氏小三岁，敏而好学，出类拔萃，深受当地名宿士绅的器重。谁也想不到，新婚刚刚两年的他不幸患病早逝，张氏无奈从22岁守寡，生下的一个男孩才8个月。张氏悲伤不已，呼天痛哭，矢志不再改嫁。她曾和亲人起誓："我是名门之女，读书人之妻，决心从一而终，不能辱没了家门。对我来说，最难的不是殉夫捐生于九泉，而是看着褟褓中的儿子长大成人，否则拿什么告慰丈夫的在天之灵？"于是她苦守贞节，含辛茹苦抚养幼子，并且勤俭治家，尽心竭力孝敬公婆，好吃好喝洗洗涮涮丝毫不敢懈怠，公婆也很怜爱她，临终都对她难舍难分。之后，儿子元建中稍微长大些，张氏就请来先生教他读书，他也十分争气，17岁就考中秀才进了县学，23岁获得廪生待遇，得享官府的廪膳补贴，张氏才稍微心安。嘉庆十年，张氏58岁，经县里的亲戚邻居士绅等共同推举，报请朝廷旌表于她。嘉庆二十年，元建中被选拔成为贡生，他的四个儿子齐齐楚楚都有出息，老大廪生，老二也入泮，老三、老四请来老师教课，家境也比原来丰裕多了，无不是张氏的心血换来。所以卫钟元将她记入县志，夸赞她是节孝且慈的典范、妇德的楷模。

张氏的事迹，读来感人至深，尤其她的一席誓语："吾生为名门女，长为儒者妇，从一而终，敢有二心？吾不难捐生以从夫于地下，顾兹襁褓中物不及见其成立，将何以慰夫子之灵乎？"简直重义轻生，令人唏嘘动容，大家闺秀的风范显露无遗。事实证明，闺阁的女儿，又怎能不为父亲光耀门庭、青史留名呢？

通过张氏的传记，可以知道张瀚勋的第一个头衔是朔郡庠生。

在明清时候，郡庠生代表学历，也即科举最低一级的秀才。古代的学校叫庠序，县府设立的学校就是县学，也叫郡庠、邑庠，以此类推，往上为州学、府学，最高学府就是国子监了。童生经过县考、府考、院考，都合格了，就成为秀才，然后才可进入县学，以备参加乡试角逐举人，叫"进学"或"入泮"。普通的秀才称为庠生，很优秀的则叫廪生，另有官府的米粮补贴。多数秀才，中举的几率很小，但已经获得功名，享有一定的特权，比如免除徭役、见到知县时不用下跪、知县不可随意对其用刑、有事可以直接对话知县等等，当之无愧属于乡间间的头面人物。

接下来就去白堂村东坪张家最早的祖坟探究一番。

坟里一共留存下四块墓碑，其中居中在上立祖的是张瀚勋父亲，但因为年代久远，石质风蚀严重，只能认出乾隆五十年的字样，其余几乎空白。

乾隆五十年即1785年，距离张鸿翱立碑的1741年，又已过去了44年。类似张鸿翱和周氏的老夫少妻，一般比较特殊。古人结婚较早，假若按20年一代的正常规律传辈，乾隆五十年时张瑞在140多岁，张永定就是120多岁，张瀚勋的父亲差不多将近100岁。所以综合时间节点分析，张父之前就去世了，被张瀚勋于

张家老坟地，右二为张瀚勋墓碑

乾隆五十年迁葬而来。最合乎逻辑的推理应该是，其时张瀚勋已经开创了白堂基业，不再打算终老于故里小堡，继而决定在白堂立祖，从仪善堂分支出白堂一裔。

毫无疑问，从1741年到1785年的44年间，张瀚勋在世。而雍正十三年也即1735年，《朔州志》出现白堂村名，肯定张瀚勋前来定居了，至少他也得二十多岁成年吧。由此说明，张瀚勋出生的时间差不多在康熙五十几年，大约1710年之后几年吧，到他为父亲立碑勒铭时，差不多年过古稀，甚至近于耄耋之年，是个得享高寿之人。他的女儿张氏在嘉庆十年即1805年的年纪是58岁，按旧日年龄都以虚岁计的习惯，她应该生于1748年即乾隆十三年，父女之间的年龄段相吻合。

张瀚勋的墓碑立于道光壬辰年，对应道光十二年也即1832年，文字多数比较清楚，断断续续内容如下：

宗派源流

皇清乡饮介宾张公讳瀚勋字建功府君墓志

妻 原配程氏 继配勾氏 继配冯氏 继配卢氏 继配节妇王氏

男 廷俊 廷（） 廷（） 廷（） 廷（） 廷（） 廷枢 廷（） 廷楷

孙 煜 勋 焯 炜 （）（）

曾孙 九墀 九州 九（）

元孙 珠 珍　　　　　　立石

道光壬辰年七月二十四日

碑文信息显示，张瀚勋字建功，首先值得标榜的头衔为"乡饮介宾"；"皇清"的意思，即指大清王朝。

所谓乡饮介宾，是官府传统而隆重的乡饮酒礼所邀请的嘉宾。《礼记》有云："乡饮酒之礼者，所以明长幼之序也。"《朔州志》也有一句："乡饮之礼，自古行之，尊年高，崇有德，为风励俗，典至重也。"清代乡饮酒礼于每年正月十五与

乡饮酒礼

十月初一各举行一次，由各府、州、县的正印官主持，地点设在文庙的明伦堂，参加酒礼的嘉宾统称乡饮宾，都有严格的名额限制，人选由学官考察，并出具"宾约"，类似现在的聘书，然后逐级复核上报，最后经吏部奏请皇帝批准。总之能够成为乡饮宾的，莫不引以为荣，都是本地的退休高官或德高望重的知名乡贤，分作大宾、介宾、耆宾。以大宾为最尊，名额仅为一人；其后是介宾，名额有少数几个；之后又是上年纪的耆宾，名额人数多一些。有人不太恰当地比喻说，当年的乡饮宾就像现时的政协委员。

显然，张瀚勋跻身于朔州德高望重的乡贤人士之列。古人的名字，都有讲究，小孩三岁时，一般由长辈取名，弱冠时自

张廷俊碑文字样

相传张瀚勋初来白堂，住过类似的土窑

己再取字号。《颜氏家训》说过："名以正体，字以表德。"张瀚勋名瀚勋，本意就是要取得了不起的功名，代表了家族在他身上寄予的厚望；字"建功"又做了通俗的解读，即要建功立业。

试想他本来已经考取了秀才，只待一搏闱战金榜题名，但他或许意识到自己的资质有限，或许是俗务拖累，所以才果断地面对现实，没有像《儒林外史》的范进之流一样把科举入仕当作死板的奋斗目标，而是毅然决然舍弃了待在家人父母身边的舒适生活，独自离开祖居的小堡村，到白堂村置地拓土，选择了相对更为艰辛的人生模式。或许现在想来，没有考上举人进士算不上功成名就，过去实则不然。古人讲求"耕读传家"，耕田可以"事稼穑，丰五谷，养家糊口，以立性命"，读书可以"知诗书，达礼义，修身养性，以立高德"，所以张瀚勋毕其一生养家立命、修身立德，岂非照样施展了抱负、建立了另外一番功业？"智者无忧，全在于能审时度势，能进能退"，他做到了。

抚碑遐思，总会想起仪善堂老祖宗、唐代燕国公张说《起义堂颂》的一句："源浚者流长，根深者叶茂"，感觉张瀚勋的白堂裔支，祖祖父父、子子孙孙、曾孙元孙，果然如同一棵大树，植根吉壤，枝叶扶疏，与小堡祖族遥相呼应，代有才俊。

而张瀚勋身为朔郡庠生、皇清乡饮介宾,在当地的声名地位绝不同于寻常百姓;白堂张姓,相应也成为周边数一数二的大户望族,响当当的朔州名门。

二　九子九院

通过碑文了解,张瀚勋一辈子娶过五任妻子,原配程氏及继配勾氏、冯氏、卢氏都比丈夫早逝,唯独第五个王氏去世于丈夫之后,守寡并且守贞,留下节妇之名。五位夫人前前后后为张瀚勋生下九个儿子,当然还有至少一个女儿元门张氏。在碑面看清名字的子辈只有老大张廷俊、老七张廷枢、老九张廷楷,接着是孙辈若干个:张煜、张勋、张焯、与小堡翰林重名的张炜等,再往下又是曾孙辈几个张九墀、张九州等,以及元孙也即玄孙辈两个——张珠、张珍。

在张家的东坪祖坟内,除了张瀚勋父子的两块墓碑,剩余两块各自属于张瀚勋长子张廷俊、九子张廷楷;不过张廷俊之子张煜一脉另行往东停坟,坟内就以张煜立祖,也有他的一块墓碑。不妨把张廷俊、张廷楷、张煜三块墓碑的碑记分别解读一回。

先看张廷俊夫妻之碑,碑文如下:

五世其昌

皇清乡饮张公讳廷俊字世英妻苏氏墓志

男　煜　监生　勋　庠生　焯　生员

孙　九州　九墀　九龄　九皋　九圻　立石

道光十二年孟秋月穀旦

碑文说明,张廷俊字世英,也是乡饮宾,妻子苏氏,娘家不详。夫妻的三个儿子都是读书人,老大张煜,监生,老二张勋,庠生,老三张焯,生员。孙子有 5 个，张九墀、张九皋、张九龄、张九圻、张九州。监生，是指有资格进入最高学府国子监的读书人，生员一般指刚刚进入县学的秀才，类似廪生、庠生的学弟吧。张廷俊三个儿子都是读书人，张家当之无愧该称书香门第。

张廷俊立碑时间为道光十二年即 1832 年，孟秋月则是七月。很巧合，张瀚勋立碑时间也是道光十二年七月，充分说明到张廷俊

张廷俊断碑

去世后，儿子张煜等很有头面了，决定同时为祖父、父亲立碑。这里首先需要搞清一个误区，墓主的去世和立碑日期有时候并不在同一时间，并且没有规律，具体情况而定。但是为什么张瀚勋的碑文两个曾孙辈九墀、九州，怎么在张廷俊碑文中又多出三个九龄、九皋、九圻？是不是点明张瀚勋在世时，九墀等两个曾孙已经降生，而九龄等降生在曾祖父去世之后？只能这样猜测。

再看张瀚勋九子张廷楷墓碑：

皇清乡饮介宾讳廷楷字世贤妻朱氏墓志
咸丰八年十月初一日

张廷楷又是乡饮介宾，字世贤，妻子朱氏，子孙空白。立碑时间咸丰八年，也即公元 1858 年。后辈口传，朱氏的年龄比侄子张煜的年龄还小。

最后一块是张廷俊长子张煜夫妻的墓碑，立于咸丰十年，比九叔张廷楷立碑迟了两年，碑文如下：

皇清例赠乡饮介宾

> 故职佐
> 张公煜妻苏刘氏墓志
> 　男　九龄　九逵
> 　　孙　映蟾
> 　　　　咸丰十年

看得出，张煜娶了两位妻子，一位姓苏，一位姓刘，没提娘家。儿子也是两个：张九龄、张九逵；孙子一个，张映蟾。前边知道，张煜已是监生，看来又承袭父亲的衣钵被例赠为乡饮介宾；故职佐，意思说生前还是"职佐"，全称叫修职佐郎。

现居平鲁县城的退休教师张敬是张映蟾曾孙，当年曾参与编撰仪善堂宗谱，他去抄录张煜的碑文时，在"故职佐"一侧还发现隐约的四个字"（ ）议（ ）功"，其中两字好歹莫辨，因此他百思不得其解，也就没在宗谱体现。在这里光凭"议、功"猜想，应当与清代例授制度有关。张煜身为监生，也获得了做官的资格，大概没能候补上位，但是极有可能通过评议贡献而受到褒彰，朝廷按照定例授予他一个虚衔，大体就像现在的荣誉职称，也叫"散阶"。其中的"修职佐郎"，为文职从八品，看似级别不高，但在郡县范围内，荣誉度的含金量不可小觑。

全亏因为有了张煜墓碑的依据，张廷俊一脉的世系得以前后贯穿起来。

张氏家族曾经有过详尽的布料先茔图，但土改时候被同村一位外姓穷汉乘机弄去，洗净墨迹缝为内衣，也曾经辟出专阁供奉过祖宗牌位，但"文革"爆发时都被悄悄撤下，无一例外挑去坟地点起一把火烧为灰烬，现在只剩下支离的口传信息：其一，廷字辈老二的一脉搬迁往正南5里远的太溪村落户，繁衍聚居成为仪善堂太溪裔支。其二，老七张廷枢与老九张廷楷一样，也没传下后代；张廷楷寿数也不大，可能由女儿或侄子们为他立碑，然后八门上与张映蟾同辈有个张步清，传下两个儿子张来德、张敬德，比赛一般的好吃懒做，结果双双破产，共度光棍岁月，说是他俩曾继承了七祖张廷枢、九祖张廷楷的财产，

前院的正房

保存完好的东门

九进院南门

等于把八门、七门、九门集聚一起,最终却把传辈的挑子撂了。这样只能知道长门承续、次门外迁、七八九门断绝,剩下四门的廷字辈名字不详,口传九字辈一共15个弟兄,可是除了张九龄、张九逵,其余13个九字辈难以连贯,无法上下衔接。

凡此满缺盈昃，终归也是后话。只遥想张瀚勋在世之日，九子环列，肯构肯堂，人丁兴旺，家大业大。据说现在著名的平朔露天煤矿开挖区域的安太堡一带、黄春梁北的罗家坪、树儿庄、后河湾、斯达梁一带，当年都属于张家老员外旗下田产，数量蔚为可观，只是已经无法统计。

但是，在朔州最知名的标志性庄园，还是他家的九进大院，竟值得由传说中的出土王帽来渲染其气派。听白堂村民异口同声赞叹说："整个一片瓦房！过去正月十五闹元宵，秧歌队伍进了大院沿门表演，整整半天时间才能转完出来。"典型的深宅大院啊。

随着时光流逝，如今张家的九进大院多数房舍已经塌毁，但是走进残留部分，还能基本还原旧有的建筑规模。

九进大院就坐落在村子蝴蝶状布局的右边大翅片上，各院以坡就势，从南向北逐渐起高。从外看砖墙相围浑然整体，内部却单独隔为九院，错落有致而层次分明，通过回廊及过厅相通，"九进"的说法当因此来；应该是各家院子依据位置朝不同方向都开大门，现存南大门一座、东大门两座，只见高脊翘檐、斗拱柱石，高约丈余，设计排场。

观察发现，每处院子的建造各具特点：有的属于四合院，有的属于三合院，有的是正窑下房，有的是正房下房；窑为石基土碹，外墙贴砖，房为砖木结构瓦房；其中坡脚靠南的一处楼院，正面甚至是小二层，底层为窑，上层盖房，这样的民居在晋北农村绝对罕见。院内的每间正房大小，估计在宽3米深4米

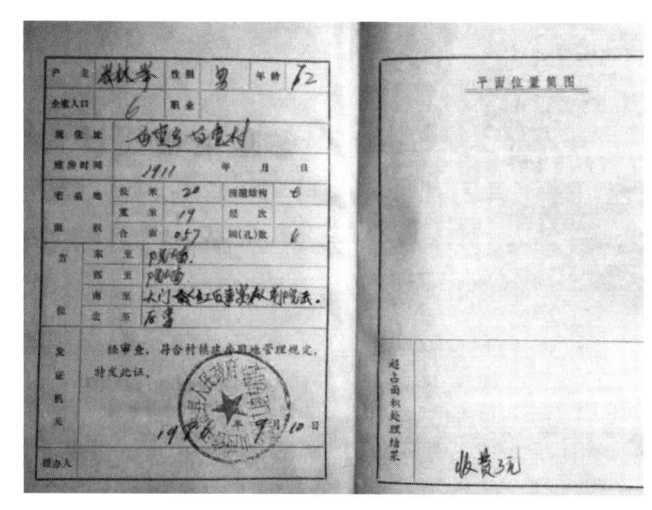

绣楼院的产权证书内页

的样子，凡卧室都盘有火炕，今天看来似乎不算宽敞，但在普通人家傍崖掏窑、茅屋栖身的时代，已然足够高端，无异于广厦细旎了。

根据后人描述，每家院内都用小卵石铺设，而且在正房或正窑与西房或东房的夹角处，另外再盖三间略低的小瓦房，布置为书房，子弟们的朗朗书声彼此呼应，可不营造了书香门第的浓郁氛围？

具体到九处院子大小，名字就包括楼院、东院、西院等，据说面积都差不多。张映蟾的后人张林举留下他家继承的其中一处宅基地产权证书，由平鲁县政府于1986年颁发，无疑是经过精确丈量的：

宅基地使用证

户主：张林举　性别：男　年龄：72　全家人口：6

现住址：白堂乡白堂村　建房时间：1911年

宅基地面积：长（米）20　宽（米）19　合亩：0.57

房屋结构：土　间（孔）数：4

方位：东至院墙　西至院墙　北至后掌　南至大门（红白事宴从前院去）

经审查，符合村镇建房用地管理规定，特发此证。

山西省平鲁县人民政府征用土地专用章
1986年9月10日

说明三点：1. 到新中国成立后，九处院落早就几易其主，各自封闭不再相通，张林举家出门只有细窄弯折的通道，因此标注凡有婚丧事宴需要从前院借道；2. 建房时间1911年，可能是估摸的，大概承认自民国建立吧；3. 农村的宅基地是房屋及院子占地的总和，那么这处院落占地为380平方米，每亩约合666.66平方米，所以总计换算为0.57亩。

每院380平方米，九处即为3400多平方米，一共5亩还多，并且在九进大院之外的东南街角，另有一处附属配套院落，属于张家曾经建起的后勤场所，名为"牛犋院"，包括长工居舍、牲畜棚圈、碾磨设施等，虽说现已无迹可寻，但据说相当于大院内的三处房院大小。由此计算，九进大院外加牛牿院，整个占地足够4560多平方米。横向对比，晋南太谷县号称过山西首富的孔祥熙家大院，占地总面积也就6279平方米。

九进大院中保存最为完整的就是张林举院子的大门和临街的一座独间的二层小楼，现在已由张林举之子张良请人整修恢复原貌。结构为下层楼窑，上层瓦房，总高8米多。楼窑为西门南窗，横宽2.2米，入深5米，火炕灶台齐全。二层要沿着外砌砖阶上去，房子见方不到3米，室内的一半是土炕，也是向南开窗，左右墙壁另开一尺见方的圆窗；室外四下又用青砖铺出1米多宽的平台，围转一圈，视野开阔。

据说大院内最初没有这座小楼，到张煜手里时，缘以他的一门后继乏人，因此受高人指点才特意建起来，专为旺嗣求吉，取名"吉星楼"。由于吉星楼精致小巧、孤然而立，后辈就作为小姐的闺阁，渐渐地传开成了绣楼，给人有如唐代沈佺期诗句"璇闺窈窕秋夜长，绣户徘徊明月光"的威威印象。还说正月十五秧歌进院，艺人及闲杂人等不敢往绣楼瞅瞄，也算传统的一大禁忌。富家的闺女，可不真像笼子里的金丝鸟嘛。

到了民国末期，张家的十九世后人张俊举小时候，看到绣楼里居住过他的两个本家姐姐，一个叫改枝，一个叫佛吉。她们之后，绣楼在中国就彻底失去了用途，摇曳消失在尘封的历史中去了。

第三章 超群越辈

一 二茬监生

推敲自张煜往下三辈,明显出现一处反常。张家传辈取名,一直是两字完了三字,以此循环往复。故而祖辈张煜两字、父辈张九龄三字,之下该取两字了,但子辈张映蟾居然又是三字,跳离了固定的节拍。张煜立碑时间已到了咸丰十年即1860年,距今也就150多年,后辈的口传都已可靠,能够解开这一疑惑。

已知张煜两个儿子为张九龄、张九逵,但在张廷俊碑文上只有张九龄,张煜碑文才出现了张九逵。中间从道光十二年的1832年到咸丰十年的1860年,相隔28年,说明张九龄与张九逵的年龄差距大于28年。他俩属同父异母,老大是张煜原配苏氏所生,老二则由继配刘氏所生。张九逵绝对算得上张煜的老生子,想来娇生惯养吧,反正不太成器并且最终打光棍断后,后人都称"赖二爷"。

张九龄妻子为西山卧场村的苏氏,亲戚间一直往来,她婆婆也姓苏,没准还属于姑姑作婆。偏偏苏氏好呆没能生育,公公张煜虽然盖起一座吉星楼虔诚祈愿,终归无济于事,而且张九龄不幸早逝,只活了36岁。张煜没得奈何,只能在家族中协商,为张九龄过继一个侄子来顶门立户,俗称"嗣子"。当时张勋一门已经搬迁到西北不远的阻虎村繁衍生息,分出张姓的阻虎裔支,张煜唯有选择三弟张焯的孙子张映蟾作为自己的嗣孙,也即张九龄的嗣子,过继时张映蟾年仅12岁,没有循例改名。张焯那边共有4个孙子,分别名叫张映悦、张映蟾、张映存、张映福,张映蟾排在老二。看来是映字辈兄弟取名打破的常规,虽说张映蟾之子张达、张立、张齐恢复了两字,但家族后辈的取名从此基本失去严格的规矩了。

至于张映蟾的生父是谁,不外乎张九犀、张九皋、张九州、张九圻四人之中的某位，他们弟兄究谁该排在张勋或张焯膝下，张瀚勋碑记上的玄孙辈的张珠、张珍怎么就在宗谱或口头都消失了，后人均没能考证出来，统统无法推断，这些恐怕永远都是未解之谜。倒是张映蟾的过继和传递，终至张九龄往下的辈分没有断档现象，世系链条一枝独秀似的保持了完整无缺。

实践证明，单从传宗接代的意义而言，家族内部的过继行为堪称为祖宗负责为香火负责的上上之选。说不上无奈不无奈，在漫长的"男女不一样"时代，不孝有三，无后为大，所以无论皇家或民间，嗣子实属正常现象，比如唐代大诗人白居易长子早夭，就"以其侄孙嗣"。

事实上张瀚勋有一个孙子，也是过继出去的，那就是仪善堂宗谱中翰林张炜的叔伯侄子张耀祖。

说来话长。

重新回往小堡村，仍旧追溯到白堂张瀚勋的曾祖父张鸿翱，其二弟名叫张鸿翀。张鸿翀下来曾孙辈二人，名叫张钜、张锵，被尊称"钜爷""锵爷"。其中锵爷育有三子张书绅、张书田、张书忍，张书忍即张翰林张炜之父。而老大张书绅最为传奇，宗谱记载他是廪贡生出身，相貌"丰姿奇伟，魁然玉立"，曾经外出担任过晋南稷山县教谕，后来不知为何退职回乡，广置耕田，开办煤矿，积蓄了万贯家财，号称朔州著名的四大乡绅之一，在小堡村建起的豪宅，族人叫作"大书房院"，正厅门头悬匾"积善堂"。据说翰林张炜早年丧父，最终能够步入殿试，金榜题名，除了天赋异禀，也离不开大伯张书绅的一力栽培。

张书绅如此人物，唯一不如意是后继乏人。他一生娶过一妻两妾，希望多传子嗣，但直到上了年纪才有了独子张四维，所谓"礼义廉耻，国之四维"，很有深意。张四维字文斗，号仲言，推算生于嘉庆元年即1796年，未及弱冠就担任了州衙的九品巡检，可以说少年得志。他娶妻李婉，生子张迈祖。嘉庆十七年即1812年，也是祸从天降，不到18岁的张四维从小堡村坐马车进城，怎料马惊车翻，他竟为车载的麦糠所埋，抢救不及活活闷死。妻子李婉矢志殉夫，不出一个月断然举剪自尽，导致幼子张迈祖也夭折，没能存活下来。

一朝子孙断绝的张书绅受到了灭顶打击，好在他并不绝望崩溃，而是面对

清代国子监

现实退求其次,准备着手过继侄子为嗣,并且独具慧眼相中了三弟张书忍的次子张炜。那时候张炜刚刚三四岁,长相不凡、聪明过人,深受父母喜爱。听了大哥的意图,张炜母亲蔚夫人竟然婉言回绝,说:"我家长子张焕、老三张灼都可任凭过继,唯独老二张炜不行,我们实在舍不得。"和弟媳协商无果,张书绅好生郁闷,大侄子、三侄子却又看不上眼,大概二弟张书田那边也没有合适的嗣子人选,结果他负气之下来到白堂求援,打算在他的本家兄长张瀚勋的子弟中再行物色目标。他跟张书绅排辈没出五服,终归血浓于水,亲疏不考虑那么多了。

按推算其时张瀚勋已经不可能在世,自然由张廷俊接待了族叔张书绅,一听来意,毫不迟疑地满口答应,恭请张书绅尽管挑选。仔细分析,张书绅也面临难题,侄子辈如张廷俊等,肯定七老八十的胡子一大把了,如张廷枢、张廷楷等,本身都有断嗣之虞。怎么办呢?张乡绅就是张乡绅,总也不乏匪夷所思之举,他竟决定干脆一劳永逸、一步到位,跳过侄子辈直接过继张廷俊一个儿子作为嗣孙。常理应该排除人家的老大,因为对方也要顶立家门。谁知张书绅偏是除了老大别的不选,反正张廷俊同意了,当即将自己的长子过继给张书绅为嫡孙,相当于张四维之子,沿袭张迈祖改名为张耀祖。也可以说,张书绅为张四维过继回一个儿子。

这就说明,张廷俊碑记上的三个儿子张煜、张勋、张焯,排行应该是老二、老三、老四,后面也有文书资料得以证实,而张耀祖的原名叫什么,天知道呢。

小堡村传说张耀祖搬回张书绅那边的时候,一行浩浩荡荡两大马车13口人,让偌大的大书房院终于一改寂寥,门庭顿时为之兴旺。宗谱记录,张耀祖与原配妻子蔚氏育有三子张鸣科、张鸣丘、张鸣岐;后人又公认说,张书绅不仅对嗣孙视同亲出,还嫌人丁不够,居然又给张耀祖娶了一房侧室陶氏,鼓励继续生育后代,多多益善。陶氏也还争气,一口气再生张鸣纲、张鸣銮、张鸣( )及张鸣誉四个儿子。这样张耀祖共计育有七子,其中老大鸣科与没留下名字的老六早卒,剩下的五子各自传延后代,至今是小堡村张姓人口最多的一支族裔。

关于张耀祖的年龄,没有确切说法,只能根据后世的一点资料推测。

其一,在小堡村张家祖坟留下的张锵墓碑上,张耀祖已经作为曾孙露面;那块墓碑立于嘉庆二十五年也即1820年,张四维死去8年多了,无疑过继已是

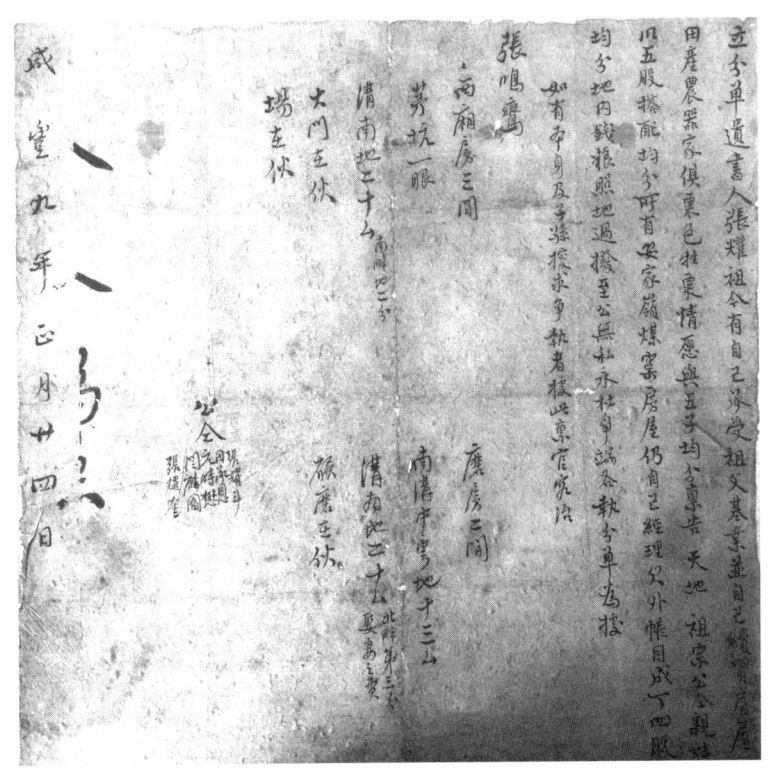

咸丰九年分家契约,表明张耀祖"承受祖父基业"

既成事实。

其二，张耀祖年纪最少不得小于张四维十几岁，否则怎称父子？所以张耀祖出生起码在1810年之后才是。

另外，就在张耀祖直系后辈张月明手中，至今保存下一份张耀祖为儿子们分家的契约，内容如下：

> 立分单遗书人张耀祖，今有自己承受祖父基业并自己续买房屋、田产、农器、家具、粟色、牲畜，情愿与五子均分，禀告天地、祖宗，公仝亲族，以五股搭配均分所有；安家岭煤窑、房屋，仍自己经理。欠外账目成丁四股均分，地内钱粮照地过拨。至公无私，永杜争端，各执分单为据。
>
> 如有本身及子孙搜求争执，据此禀官究治。
>
> 张鸣銮：西厢房三间；磨房二间；茅坑一眼；南沟中弯地十三亩，沟南地二十亩，南畔地二分；沟南地二十亩，北畔第三分娶妻之费；大门在伙；碾房在伙；场在伙。
>
> 公仝：张耀斗　田承恩　元时懋　阎麟园　张耀奎
>
> 咸丰九年正月二十四日

大体研读，可以知道张耀祖名下产业除了一处安家岭煤窑由他自己经营外，土地五股均分，张鸣銮分得53亩多，因他尚未成亲，另有一份额外的娶妻补贴；均衡肥瘠因素，张耀祖的田产基本也在300亩左右。"成丁四股"，所指五子中最小的不到16岁成丁年龄，应为张鸣誉。契约的书写时间为咸丰九年，公元1859年，恰是翰林张炜的逝世之年。

根据契约分析，张耀祖小儿子年少，自己还能经营煤窑，显然远不到昏聩垂暮时候，估计不到60岁，距离张锵立碑的1820年已过去40多年。张炜卒年51岁，虽比张耀祖大了一辈，但看来年纪比张耀祖略小几岁。由此充分说明，张耀祖是少年时代被过继了的，不知13口人回归的说法从何而来，内中夸张的水分不少，极可能是前来欢送的队伍很庞大吧。

据后辈回忆，在当年的大书房院，张耀祖一直保存着爷爷张书绅亲笔写给他的一幅戒谕："谕耀祖：凡今往后，独尊儒家，不与外道往来。"还有人见过东厢房供奉了家谱雕版，展开首页赫然是八字家训："孝悌忠信礼义廉耻。"由此可见，张书绅是一位坚定的儒家文化捍卫者，在他心目中，孔孟之道高于一切。所以他对嗣孙张耀祖寄托的希望极大，相应地要求必然极严。再看张耀祖的分家契约，请来签字做证的都是家族大有身份之人，比如张炜的二公子张耀奎。因为五个儿子分别由原配和侧室所生，很有可能出来厚此薄彼的闲话，因此张耀祖特别在契约中写下一句话："至公无私，永杜争端。"更道出他的良苦初衷，相信也是他做人处世的原则底线。他属于过继的后辈，想必越发严于律己，谨慎守成，终也算是没有辜负张书绅的殷殷期望。

张锵的碑记交代，张耀祖已经成了监生。清代监生分为恩监、荫监、优监、例监，前两种需是三品以上高官的儿子，张耀祖不具备条件；既然那时候他还年少，地方推荐优监的可能性似乎不大，那么途径只能通过家族来操办例监，也即捐监，"未入府州县学而欲应乡试，未得科举而欲入仕做官者，必须先行纳捐取得监生出身"。清代获取监生的名额需要捐粮43石，合银47两，不论张书绅还是张廷俊，花这么一笔钱不算困难。不过，毕竟监生顶着最高学府国子监的金字招牌，在地方上绝对称得上出人头地的象征，声望地位往往高于出入县学的廪生、庠生之类的秀才，所以张耀祖的监生身份，当仁不让属于朔邑名流，自然而然让家族引以为豪。

清代翰林张炜　孟喜元　作

白堂村张家后人，历来也把监生传为美谈，说是本家出来过二茬监生。查寻张瀚勋的后代，获得监生称谓的只有张煜。作为首位监生张耀祖的亲弟弟，"陈其弓冶，戴其簪缨"，"二茬"一说那就非张煜莫属。口传还说，小堡的翰林张炜有才，白堂的二茬监生有钱，双双齐名一时，两人年纪相仿，惺惺相惜，彼此常来常往，交情深厚。再结合张耀祖过继的纽带使然，白堂张姓传到张煜一辈，虽说从小堡仪善堂分支出来不下七八十年吧，足见两家的宗亲关系仍旧维持亲密，一损俱损，一荣俱荣。

二　一块断碑

白堂的村东一带，基本都呈东西走向的梯田，南北间平整的横切面有限，所以张家的东坪祖坟，无法像一般的坟地那样讲究葬满五代，到张瀚勋的孙辈入葬后，往下殊少再有余地。因此张煜的独子去世后，在与老坟隔过一条沟岔的东南500多米处另行停坟，那儿人称东阳坡，不过登记在册的地名又作"里北坊坟"，好像原来就有过一处来历不明的古坟。

据说东阳坡坟地，还是张煜出于祖坟大小的局限而提前选定的，准备自己百年后过来立祖。后人相传，他带着请来的阴阳先生勘察风水，走到东阳坡时，阴阳顾盼说："往上走走再看。"上面也是张煜的田地，那年种了豌豆，正好有几个穷人偷摘豆角，张煜好心，说："别把他们惊吓了。"阴阳诡异一笑，大概意识到天命难违，却不能泄露天机，于是指指脚下说："那就这儿吧。"定下方位，只有张煜一人知道，但等于先给他自己停了空坟，不料犯了人还在世择选新坟的大忌，致使张九龄受到妨犯而先于父亲撒手人寰，葬在张煜预留墓位的下首。风水一说很难值得信

张煜的断碑

服，或许张九龄命运使然吧，不过以后张家留下一条忌讳：千万不敢停空坟！

而丧子之痛令张煜一蹶不振，他给守寡的媳妇苏氏过继了嗣子张映蟾后，没几年竟也郁郁而终，享年56岁。他本该埋入东阳坡新坟，家族却又有反对，按迷信说法没生女孩者不宜立祖，还说不超过60岁去世者也不能立祖。张映蟾还在少年，肯定无法力排众议实现祖父来东阳坡坟地立祖的夙愿，结果张煜依旧葬入东坪老坟。过几年张映蟾长大了，大概觉得父亲张九龄在坟地立祖似乎更不合适，终于到咸丰十年即1860年做主把祖父张煜迁葬过来立祖立碑。

本来张煜的旧穴已临埂畔，出棺回填之后又被雨水渗浸，天长日久形成一处塌陷，不知什么时候，竟使上首张廷俊的墓碑顺势倾斜，继而倒下断作两截，其中半截已被黄土荒草掩没，却也间接保护了碑面免遭风蚀，抚出碑记字迹，依旧刻痕宛然，清晰如初。相反，迟后30多年立起的张煜墓碑，字迹反而模糊严重。

或许真的宿命，或许完全巧合，张煜的墓碑与父亲的墓碑一样，竟也从中断开，不过依旧好端端立在坟前，可以发现断处露出一线胶痕，而且前后各用两块8字形木楔铆固，修复的痕迹很明显，所以绝非自然因素造成。而在断碑的下首，并肩的两座坟丘形状对比迥然不同。第一座的封土高低长宽正常，埋葬张九龄；第二座却低矮顶秃，埋葬张九遒。后人凡遇添坟的年景，每个坟丘一视同仁都会加土，张九遒的坟丘始终太小，只能反映他去世当初就落得草草下葬之嫌。

张映蟾的曾孙张敬小时候每到清明就跟三叔张林举来坟地祭祖，三叔往往指着张九遒的小坟丘苦笑说："咱们这位老老二爷，一辈子不成气候，没娶过媳妇，连个后代也没传下。"张敬问起老老二爷怎么个差劲，听张林举讲述了一段故事，说是张映蟾当年迁葬祖父时，张九遒不仅分文不掏，而且赌气反对，跟侄子作对闹起矛盾，他看看立起墓碑，上来想把父亲的墓碑推倒，可又力气不够，于是回家赶来一个毛驴，套了缰绳硬生生将碑拖翻，跌成两截。张映蟾无奈，只好找工匠修接断碑并重新立起，也把张九遒蛮横桀骜的印迹世世代代留在祖坟里。

关于张九遒大闹祖坟、破坏其父墓碑一节，总算很不光彩的家丑，张林举肯向侄子道出原委，对外却得掩饰一二，只说有人放牛路过坟前，其中一头牛不太省心，举头抵碑去蹭痒痒，结果把碑弄断了。这样的借口好歹也能搪塞过去，总怪白堂一带的石质脆弱吧。

而在张林举手中，一直保管着祖父张映蟾传下的一纸分家契约，最终再传给他的次子张良。如今160多年过去，那张名为"仁字号分单"的纸页已有几处残损，但仍是一个家族无比难得的文物资料。尽量句读整理一番，抄录如下：

仁字号分单

执分单人张映蟾，遵祖遗命将祖遗田产粟色牲畜账目，与胞叔九遂两股均分，以预免后日争端。

自己应分到内院一所，正房三间，西厢房三间，东厢房五间；后园房三间，碾磨扇车在内，圈窑一间，茅房一间，东南二门一座；二门外小院一所，圈窑一间，楼子在内；南……一所，棚圈、圈窑在内，随墙外茅坑一眼；南场面一块，草窑在内；原买到后街东头窑院一所，随南墙外空地一块。

太溪、潘家窑二村地十二顷，随二村窑房院二所照旧，红契管业；下马蹄村地十五顷，东村窑房棚圈院在伙；本村地五顷五十亩，地内树株随地各管各业。

房屋四至地名详注，于后永执为凭。地内粮银两股过拨，均分交纳。

计开住房四至：北至后园房外墙根，南至过庭后滴水，东至官街，西至四胞祖；二门外小窑院：东至官街，西至过庭山墙，南至门房北山墙，出水出路各行至官街；

城内果木市路南缸房市铺一半，面铺产一半，下窑子村西缸房随地在内一半，饭铺店一半，石崖湾东店一所，井坪城北街路西市铺一所。以上市产俱两股在伙。

大花犍牛一条，小狸犍牛一条，黑花牛一条，黄骡骡一条，画眉小草驴一头、随驴驹一头，黑骟驴一头，老灰骟驴……

下窑村东缸房店市产二所，粪两股均分；……为养老，如有修造，两股均摊；如有歇业，叔侄各供给钱十五千文；待祖母百年之后，两股均分。

咸丰五年十一月初三日　立

公同：

家长：七曾祖 进修　九曾祖 嗣贤　三胞祖 勋　四胞祖 焯

亲友：韩斌　刘德元

不看不知道，一看吓一跳。张映蟾所执的分家契约，给人的第一感觉就是：张九龄的家业好大，简直难以置信。

把张映蟾与叔父均分来的财产粗略做一盘点：分得各处房院6所，本村外村、有大有小；分得田地32顷零50亩，村里都按每顷100亩计，那么一共3250亩；城里铺面包括缸房、饭店、旅店等，其中4处有张映蟾1/4，应是张煜和家族其他人家合伙开办，其中两处有张映蟾、张九逵各一半，应属张煜独资；牲口分了3牛1骡4驴。另有下窑村缸房两处，暂留为张煜的遗孀苏氏养老，积粪两家伙分，修葺两家分摊；如果倒闭歇业，叔侄每人交付老太太15000文钱，清代1000文为1吊，折合白银1两，所以总计15两银子；待老太太百年后，两处房产再由叔侄均分。

从契约能够看出，张家的致富途径已经较早向商业伸出触角。朔州城内开有酿酒的缸房、面铺，平鲁的井坪城开有杂货市铺，在平朔大路旁的下窑村和石崖湾村开有客店及饭铺，而且有的实行家族之间的股份合作制，显露出资本属性的萌芽状态。在传统中国社会，素来重农轻商，种田致富叫作本富，经商淘金叫作末富，张家一方面投资赚钱，一方面广置耕地扩大再生产，是当时仍旧倡导的以本守末，跳出老祖宗单纯的"以儒起家"宗旨的局限，终于积累了堪称惊人的财富，可以说跟上了时代发展的潮流趋势。

既然涉足生意，儒家传统中孝道的恪守，也渗透了在商言商，而不仅仅置于道德自觉的范畴来约束。张映蟾叔侄的分家契约明文规定，下窑村东的一处缸房一处店铺，属于张映蟾祖母的养老产业，经营收入全凭苏氏支配，张映蟾

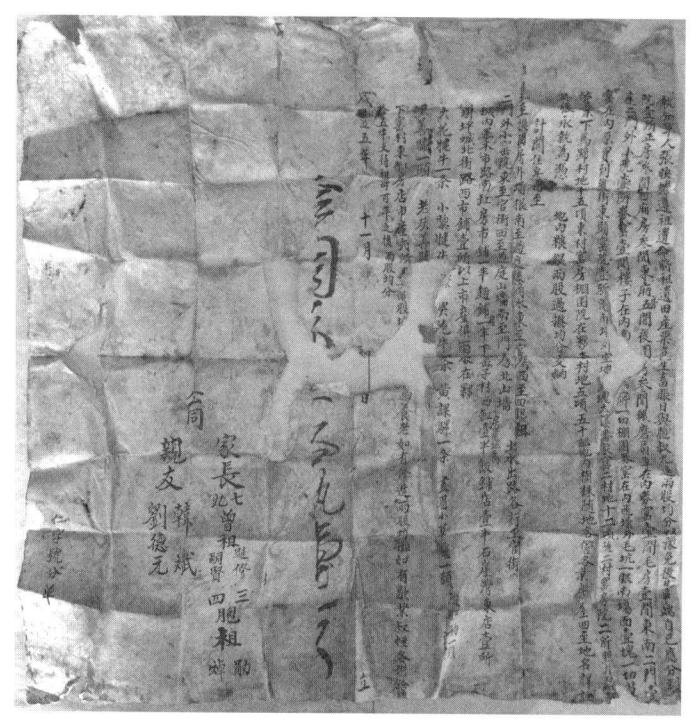

张映蟾张九逵叔侄分家契约

叔侄还要承担维修责任，获益就是分那些往来牲口遗落的粪肥；即使歇业，叔侄则要分别拿出15吊银钱供养苏氏，直至她终老，两间铺产叔侄才能均分。这样的考虑，相当周全。

契约签字的时间为咸丰五年，即1855年，看来张煜刚刚去世，一抔之土未干。以此算计，张煜的出生年代应该在1800年也即嘉庆五年，其父张廷俊去世时，张煜也就30多岁；他比小堡村翰林张炜大9岁，张炜于咸丰九年即1859年谢世，两位仪善堂张家最优秀的精英，好像双子星座闪耀一时，又前后消逝在家族的漫长延续途中。

在分家契约的公证人中，包括廷字辈曾祖老七、老九，委实生得很晚，依然健在，对照张瀚勋碑文，老七张廷枢字进修，老九张廷楷字嗣贤；祖父辈两个张勋、张焯也在世，标明排行老三、老四，那排行前边的无疑加上了过继走

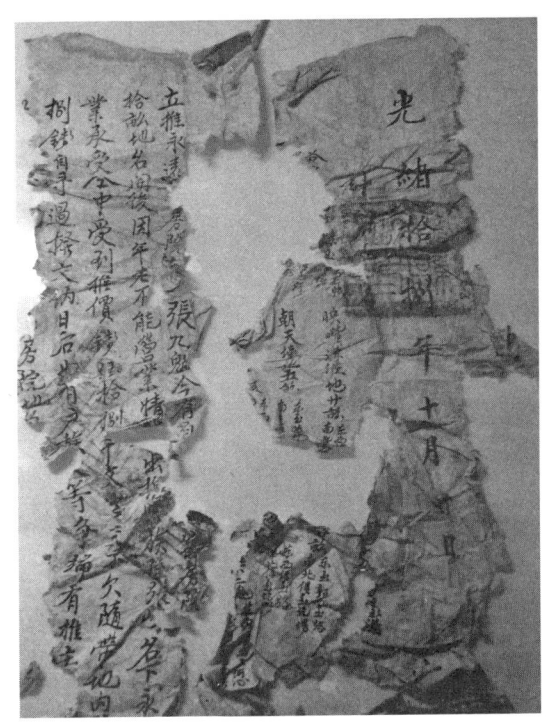

张九逵卖地契约残片

的张耀祖。前边已知,1832 年祖父张廷俊立碑,张九逵还没生下,到父亲张煜立碑的 1860 年他才露面,时间过了 28 年,因此 1860 年他一定低于 28 岁;1855 年分家写契,相应的低于 23 岁,看样子比侄子张映蟾年长在十几岁以内。

张九逵为什么急不可耐要与侄子操办分家事宜?想来原因有三:其一,本来他和大哥张九龄是同父异母,年龄差距不小,情感不会深厚,彼此有些芥蒂也未可知;其二,张映蟾属于过继,旁观者看来似乎拣了大便宜,让张九逵容易产生抵触情绪,抑或粉碎了他本可单独继承祖业的盘算;其三,是二茬监生张煜的临终遗命,预防叔侄间发生不必要的财产纠纷。

以后的事实证明,张九逵果然没能把握巨额遗产带给的机会。诸如他为何没有成家、去世时怎么料理后事等,家族没有相关轶事流传。按照正常猜想,既然他最终无嗣,到头来仍得将自己的财产留给亲侄子吧?其实不然。也有一

第三章 超群越辈 053

张关于他的契约留存下来，间接反映了他的桑榆晚景。可能保管不当，契约早已损毁得不成样子，内容剩下零星的字句：

立推永远……房院……

张九遼今有自……房院……拾亩，地名开后。因年老不能营业，情愿出推……族孙张……名下，永业承受。仝中受到推价钱五十八千文，……不欠。随带地内粮银捌钱，自寻过拨交纳。日后如有户族人等争端，有推主……

光绪十八年十一月廿日

计：……沟堰地二十亩，东西南北……朝天壕地五亩……

费了牛劲只能看出这些。

解读一二：残契中，推的意思是指土话"推手"，急于出手、出卖的意思。立推，就是写下卖契，推主是卖主，推价也即成交价。推价58千文，是58吊，合58两银子。地内粮银，就是田赋为8钱；清代自康熙一朝开始"永不加赋"，粮银一项始终没有更改，而朔州一带赋税不高，见过一块山区坡地的粮银15亩仅有2钱，8钱差不多40多亩的纳赋数额。买家张某，只能看见名字有山字旁的半个字，但说明了族侄，那肯定不是张映蟾的三子张达、张立、张其。

光绪十八年为1892年，距分家的1855年又过去37年，张九遼恍然年近花甲。可以这样替他复述契约：本推主由于年老体衰，不能经营田产了，心甘情愿把房院和几处耕地折价58吊甩卖给本村的一个族侄，一手交钱一手交割；日后族中无论谁来打麻烦，与买主无关，让他直管找我张九遼本人。

所以说，无儿无女的张九遼，全凭出售祖产为自己养老度日，他不至于拮据到身无分文，甚至还算滋润。光棍嘛，大同小异，一般情况下，临终都要把家财基本卖光并挥霍掉的。据说张九遼寿数不低，但到底活了多大，没人清楚了。

相反，张映蟾没让祖父张煜走眼，广大二荏监生门庭的责任，由他一肩挑着了。

第四章 随遇而安

一 佣耕落脚

仪善堂张家的太溪村裔支,应该是最先从白堂村迁出去的张瀚勋一脉传人。

且说张瀚勋之下,廷字辈九个弟兄分居九进院落的其中一处,相应地形成九大分支。到了清末光绪十八年的1892年,以长门的张九逵出卖房院为节点,九门人家多半已经物是人非,各自生聚。其中大门留在原址,地段居中热闹,称为当街,排在十七世即为张映蟾;三门搬到龙王庙一侧的三庙梁上,十七世后人名叫张史业;四门也在当街的西段,十七世不详,十八世接续了张文焕;六门到了全村地势最高处,名为垴头街,十七世代表人物张步荣,其父张九功,其孙也即土改前的大老财张善计;五门莫名其妙消失了,连坟地坟头都没有痕迹;八门传下张敬德、张来德弟兄两个,又继承了七门、九门的家业,然后一

太溪流水,已是煤矿的废水排放渠

并断嗣无后。

而二门就是迁出去的太溪村裔支，但祖坟仍在白堂村的东阳坡半坡，比张煜的东坪坟地靠上一截，立祖为十五世的张荣，与张廷俊的儿子张煜、张勋、张焯同辈。宗谱的世系名录显示他有一子张九诗，张九诗一子名叫张连。不过张敬提供过二门的一张裔支簿，张九诗写作张九时，无疑是凭借读音口传，究竟时、诗二字哪个准确，很难判定。据传张家十六世的九字辈一共15人，二门之下只有张九诗一人，再往下张连又是一人，三世独子说不准，最起码也维持了两世单传。

宗谱太溪裔支中关于张连的条文，相对比较完整："九诗子，妻陶卜洼村徐，子四长成业、次巨业、三收业、四立业，女妙香生于1906年5月26日，卒于1997年9月28日，适西易村苗秀。"分析张连为儿子取名的意图，全都与创业有关，因此老二张巨业、老三张收业应该为张聚业、张守业才合理，恐怕也由读音传下，缺少原始的文字印证，可以想象不可能属于读书人家了。

张成业三子张英追忆说，祖父张连确实一介白丁，当年从他开始才去了太溪村，受雇给家族的老财种地，最初暂时寄住，直至落户定居，繁衍下父亲张成业等兄弟4人及姑姑张妙香。

说起受雇种地，古人早有定义叫"佣耕"。众所周知，在《史记》中的陈胜造反一节，其中一句是："若为佣耕，何富贵也？"宋代诗人范成大也写过一句"佣耕犹自抱长饥"，很明显在小农经济范畴，佣耕往往与贫穷受苦如同连理之木，共生共存，由此说明二门到张连在世时已沦入最底层的农民群体中。长门张映蟾的分家契约证明分到太溪村地界的不少田产，张连与张映蟾同辈，那么可以肯定张映蟾就是张连的雇主，雇佣的方式抑或长工抑或佃户性质吧。同出于九进大院，传到第五世时，兄弟辈的光景贫富已成悬殊，差距就这么大。

张连的具体年龄，后人无法提供准确信息。2016年，张连的孙子张悦年已93岁，依然健在，他属鼠，生于1924年。据张悦回忆，祖父去世时大概80多岁，他刚刚十几岁的样子。如此粗略估计一下，张连出生于1854年之后，卒于20世纪30年代。寻找相对应的时间，张映蟾大约出生于1843年，大

张悦夫妇,见证了太溪村历史将近百年

约比张连大十几岁,应该比较合理。

那么张连什么时间佣耕外出的?在太溪村,也还侧面留下一点线索。

太溪村位于白堂村正南5里,距离朔州城不到40里,但进城不必绕行白堂。一般从市区沿平朔公路走出30里,途经石崖湾村时左折下坡进入知名的大东沟,穿沟而行十几里上去,村子就到了。据称大致在20世纪80年代,太溪全村1000余口村民,大户为高姓,张姓不过60多口,属于典型的单门小户。

太溪村的地理环境与白堂村相似,处在黑垛山往东的沟壑之间,村后一道土崖后名叫太溪梁,村前一条小溪名叫太溪,土崖和村子都也因水得名。比较一下,太溪村远没有白堂村的沟壑深阔,后太溪梁也比较低缓,全村所有窑舍房院一律东西散布在溪水的北岸,典型的临水而居,风水不错。太字的本意特指首屈一指,比如太湖、太后、太医等等,敢把一条泉水冠名以太溪,应该经过一番掂量。

清雍正《朔州志》记载,在州西北35里,有一座毗邻黑垛山主峰的三塔巍山,又名党家山,半山有泉四季长流,泉边建有一座知名的龙王庙,祈雨十分灵验,堪称地方名胜之一;又说泉下在山下聚起一口圣水井,雨涝不溢,大旱不涸。那么局限于朔州西山一带而言,此泉称为最大或第一,可能无可争议。太溪村相距党家山下的党家沟村仅仅2里,太溪是否就是三塔巍之泉流淌下来,没人予以考证,不过在村子居中的小桥边也建了一座龙王庙,现在唯有一排4间傍崖的石窑残留,看着比普通的民宅气派不了多少,据说原先只有壁画,不

太溪龙王庙遗迹

立塑像，这类简易庙宇被称为"台庙"。

太溪龙王庙难得地留存下两块石碑。

第一块石碑较大，断为三截散落在庙院内，其中一截是碑额，题字"永垂不朽"；另两截为碑身，登记了修庙捐钱捐地名单，全部为高姓，落款时间为清嘉庆二十五年，即1820年。

第二块石碑不算太大，立在西侧第一间檐下，碑体非常完整，只是半截湮没在杂草乱石丛中，而且前后颠倒了，将正面换在背面。扒开草石先看正面，起首刻有"龙王庙重修碑记"，收尾一行的落款时间写着"清光绪丁亥"，以下字迹不清，努力辨认出几行："盖弗闻鬼神之为德""太溪村素有乐楼""同心合意各输尺笔"等，基本可以理解大意说，太溪村一直就有尊神敬神传统，早年盖有一座戏台，但因年久破损，光绪丁亥年村民齐心合力集资重修。

再看石碑另一面，碑额四个大字"福缘善庆"，题头一行写着："重修众姓捐资开列于后"，然后密密麻麻登记了重修庙宇的捐款名单及数字，其中高维捐银最多，为19两，其次是高云中等二人，各自10两，下来零星也有9两、8两、

重修龙王庙时的石碑，能看见张连捐银的字样

4两的，而1两的居多。捐银人员共3列，每列19人，合计57人，高姓占了80%以上，剩下张、李、解、杜等杂姓不到10人，其中包括张连，他排在靠后的位置，捐银区区1两。

由碑文可知，1820年太溪村只有高家聚居，不见杂姓人等；到67年后的光绪丁亥年即光绪十三年的1887年，增加了杂姓，张连也已迁来，参与村里维修龙王庙时，他的年纪差不多在三十四五岁。张家的老院子位于龙王庙西侧，与庙院只隔一条小路，也在后太溪梁下，最先张连夫妻还是傍崖打窑，掏出一间土洞栖身，往后有了4个儿子，这才碹起三间土窑以及院内的三间西窑，那间土洞就此成为其中一间正窑的内室，暗黑无光，都叫黑窑。张连次子张巨业曾说，他小时候家中极其穷困，冬天住在西窑，窑壁从来是积冰堆叠不化，就像冰窖一样。如此状况下，张连能够拿出1两银子认捐，可不勉为其难？表明他竭力想在太溪村显示自己的存在，取得高姓大户的接纳。当然，他绝对没有准备扎根，因为死后仍旧埋回白堂祖坟。

下面再说张连的4子：

老大张成业，生肖属鼠，生于1888年，享寿82岁，应该卒于1969年；1888年恰是重新龙王庙的第二年。无疑张连结婚很迟，大概在35岁，妻子徐氏的年纪也一定比他小不少。张成业娶妻峙峪村落氏，属羊，生于1895年，比丈夫小7岁，1972年78岁去世。夫妻育有三子一女：张昭、张悦、张英、张月梅。

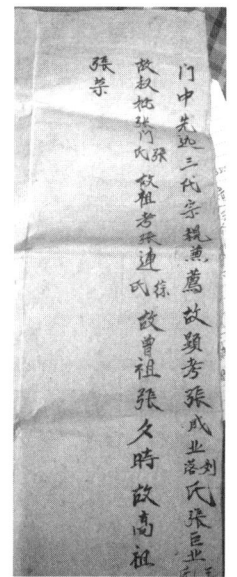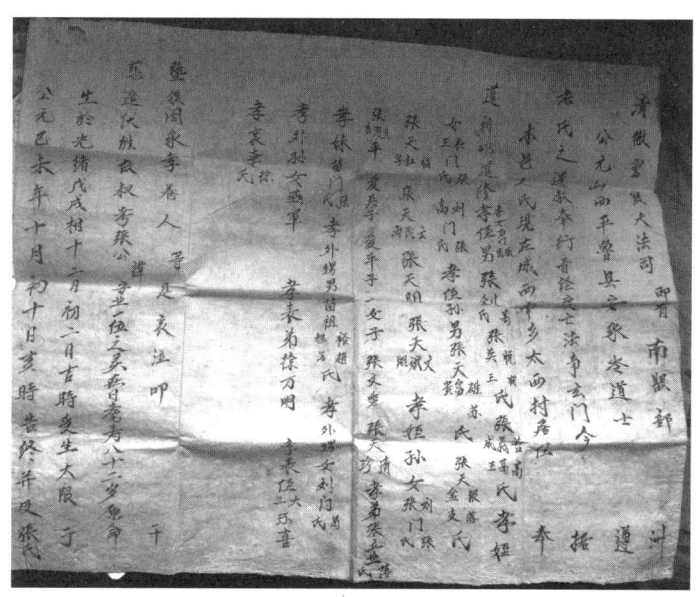

张守业裔支簿

老二张巨业，55岁死于脑痧，其时三子张成还得蹬着板凳上炕，5岁左右；张成属龙，2016年77岁，生于1940年。那么张巨业大约生于1890年，卒于1945年左右，年纪比大哥小一两岁；娶妻卧场村王月娥，比丈夫迟四五年死于白带，卒年也在55岁左右。张巨业夫妻三子两女：张善、张义、张成、张月娥、张玉英。据说张巨业种地十分辛苦，还跟别人合股开过陶卜洼村西小阳坡煤矿，早年光景在四兄弟中拔尖，攒下120个大洋私埋在父亲掏开的黑窑里，他一死钱也黑了，相传被三弟不客气地收入囊中。

老三张守业，享寿82岁。现有他葬礼时的裔支簿，写明生于光绪戊戌年，也即戊戌变法的1898年，卒于1979年；娶妻白堂村徐氏，卒于丈夫之后，只有一女叫张补存。张守业一生八面玲珑，很会来事，善于察言观色，曲意逢迎，抗战期间担任过村里的甲长，又被本家张红举雇去当过白堂村的甲长，还曾与当年中共朔县的抗日游击队负责人康世恩熟悉。解放后一直在东易煤矿做饭，相对而言手头宽裕；他去世后因为断嗣，本要入葬白堂祖坟，但好像其妻徐氏舍不得给侄子们携带所需的干粮，于是将他就近埋在太溪村的南圪梁，至今孤

唯一的一处住宅顽强不倒

坟一座。

老四张立业，享寿也是82岁。他比生于1906年的妹妹张妙香大三岁，那就是生于1903年，卒于1984年。娶妻崎峪村落翠香，卒年79岁。夫妻只一个女儿张翠英，嫁给陶卜洼村高龙。张立业特别能干活，但也胃口过大，特别能吃，冬天一贯出去要饭。他去世时，已经包产到户，侄子们不必再为一点干粮作难，协力将他埋回白堂祖坟。

张连最小的女儿张妙香，宗谱记录很清楚，她1906年出生，1997年寿终，活了92岁，丈夫为西易村苗秀。

从1888年有了张成业到1906年张妙香降生，18年间张连夫妻连续生育了5个孩子，徐氏足够忙碌的。张悦很模糊地记得，他最多两三岁时奶奶去世，时间在1927年左右，至于徐氏多大年纪，没什么印象。由此可见，仪善堂太溪村裔支，实际就由张成业、张巨业支撑起来，哥俩停坟也在太溪村地界的南圪梁。

或许因为外来迁户、家境贫寒，太溪张家一概低调，安分守己。在张英次子张天茂的印象中，祖父张成业始终弯腰驼背，拄着一条拐杖，或许年轻时劳累过度伤损了身体，不过他为人古道热肠急公好义，村里凡有红白事筵，他都要担任总管，组织协调滴水不漏，在太溪村受到一致认可，不过他全靠承佃租种高家老财百十亩耕地收些粮食，始终难以摆脱贫困。好像长子张昭成亲时，父亲多少有些积蓄，全力以赴为他求娶了高家的闺女高桂新，与高家联姻也图长远立足，到了次子张悦长大，家里已经囊空如洗。

据张悦回忆说,截至土改之前,他先给村里的王义当过一年长工,继而又去山阴的元营村盐场干活,每月收入三五个大洋不等。1945年,他的二妹白女未嫁病死,被本村赵家娶作鬼妻,按乡俗也有120元大洋的聘礼。打鹰沟村丁万贵是太溪村女婿,借机替他保媒说合,与潘家窑村胡翠花成亲,彩礼正好120个大洋,丁万贵额外收取了10个大洋的中介费。张悦夫妻育有5子1女,分别是张天银、张天金、张天福、张天红、张天宇及张彩琴,除了老四张天红早卒,其余都是国家工作人员,其中老二张天金担任过朔州市政法委副书记,妻子支秀兰是下木角村人氏,担任过朔州市妇联主席,如今都已退休。

张成业三子张英,生于1933年,他自小喜欢唱戏,善于担纲男旦,1954年随戏班子在上窑村演出,被王家闺女王翠英相中,想必没用花钱,靠自己的舞台风采解决了终身大事。王翠英生于1937年,比丈夫小4岁。夫妻共有三子两女:张天荣、张天茂、张天君以及张天花、张天秀。张英半天书都没读过,但脑筋好使,精于算账,大集体期间就当了生产队的队长,长子张天荣则在1984年到1987年担任太溪村党支部书记。可能与父亲的遗传有关,老二张天茂先天对数字敏感,入学前无师自通,居然可以口头完成一些生僻的数学运算,因此深受祖父的看重,膝下一干小孙辈11个,他唯独对张天茂宠爱,让他骑在自己弯驼的背上,乐呵呵地"俯首甘为孺子牛"。张英也觉得二儿子挺长脸,串门时经常带着他出去露一手,乡亲们纷纷将日常生活中的数学难题让张天茂解

大东沟内农业社时代的果树园

张天茂在太原读书留影

张天茂高中毕业

答,几乎难不住他;上学以后,他的数学成绩自然不在话下,3位数的乘法从来不需动笔。1978年恢复高考,他正好应届高中毕业,即行报名应考,当时中专、大专要选择报考,他看看当时不少老师也是考生,有些不摸底细,只敢选择了中专,谁知成绩下来,均分84分,全省都拔尖了,上大专也绰绰有余,最终却上了中专,被太原电力学校录取,毕业后分配到神头电厂上班。1985年张天茂脱产考入中国政法大学,1994年就任朔州市司法局副局长,2015年12月当选为朔州市副市长。想想他从十足的草根之家出来,无一点背景,能够走到这样一个高度,如果老祖宗张连地下有知,还不学着那位也曾佣耕的老前辈感慨一声:"宁有种乎?"

再说张巨业那边,因为夫妇早亡,丢下5个孩子都没交代,各自受尽一番坎坷。长子张善,头一个妻子娶了安太堡刘家,也是刘懋赏本家侄女,可惜脑子有些差迟,被休掉了,张善再娶了本村的高桂莲,育有一子张天林;老二张义,娶妻平鲁城葛清香,育有一子张天文;次女张玉英,嫁给耿庄王家;她的大姐张月娥先嫁给马蹄沟村高家,丈夫早早死于矿难,她带着一对儿女再嫁下团堡村的杜六。杜六在内蒙包头的石拐子陶瓷厂上班,看看妻弟张成26岁娶不过媳妇,就把他带去石拐子掏卖瓷土,二年之后张成带着攒下的 800 元回村，经三叔张守业介绍，1967 年与陶卜洼村小他 8 岁的王桂花成亲，传下两个儿子张天斌、张天峰；王桂花的叔叔王振国担任乡办东易煤矿的矿长，张成得以被提携到矿上干事，从 1989 年起还担任过几年机电副矿长，跻身社会上的高薪一族。

盘点仪善堂张家的太溪村裔支，130 多年来，从十七世的张连一人繁衍到如今二十世天字辈弟兄 15 人，也算枝枝蔓蔓，独树成林。可惜的是，近年来因为中煤平朔露天煤矿向地下挖掘煤炭资源，一直延伸到黑垜山下，制造了大面积的采空区，2013 年，太溪村子被整体拆除，村里所有人家拿到每亩土地 2.7 万元的补偿后搬迁离去，分散开来各谋生计。

作为一个村庄，太溪村再也不复存在，或许只存在于村民们户口本的"原籍"一栏了。

二　攀附姑舅

在张映蟾与张九逵分家的咸丰五年即 1855 年，张煜的弟弟张勋依然在世；仪善堂宗谱表明，张勋一脉迁往平鲁阻虎堡，这一去向白堂家族也确认无疑，至于其迁居的原因，传说好像张勋的儿子是做生意才过去的，具体在何

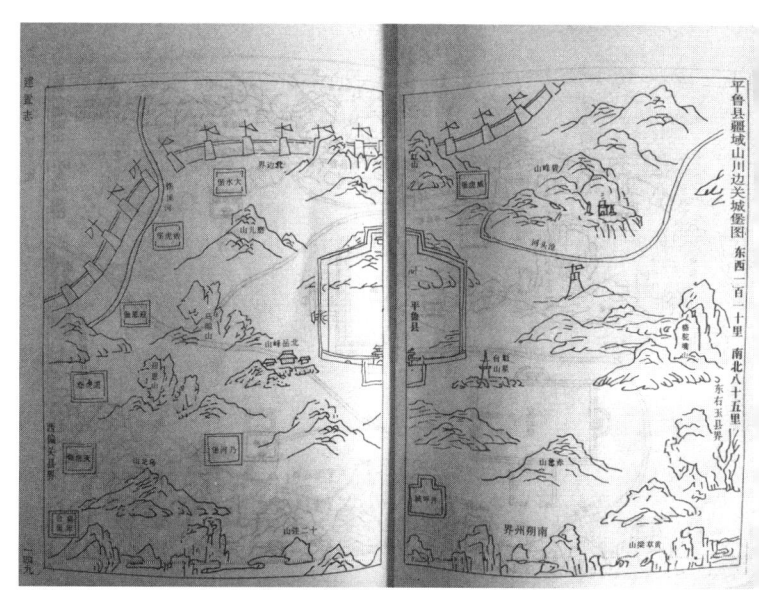

阻虎堡在平鲁卫的位置，右下角黄草梁也即白堂村后的黄春梁

年何月，至今早已没人能说出一个子丑寅卯。

据张映蟾的曾孙张润福讲述，张勋最早的墓地选在村后的斯达梁，那里同样有一处古坟，地名为郭家坟。张勋的坟前不见立碑，倒是摆有奉祭的石桌，做工比较考究。大约民国年间，张勋的后辈前来白堂村，将张勋迁葬回阻虎立祖，族人记得启坟开棺后，张勋妻子可能去世较晚，寿衣档次不低并且完好如新。在场的张映悦之孙张国华家穷，觉得将寿衣丢弃可惜，竟敢带回家里，交给妻子看看能否再穿，谁知寿衣转瞬间褪色飘零，随风灰飞烟灭。

当时出面与白堂宗族接洽协商有关迁坟事宜的，是仪善堂十八世传人、张勋的孙子张继业，与张映蟾属于三代内的堂叔伯弟兄。

相传张继业回到白堂村，长袍马褂，头戴礼帽，手持文明棍，很有气派。而且他相貌堂堂，高大魁梧，关键是吐谈不俗，办事有始有终，非常妥帖，给族人留下了良好印象。事后都说张继业在阻虎一带确实素著威信，每到庄稼将熟时节，包揽替人护秋，大小蟊贼慑于他的名头，往往不敢轻举妄动偷田行窃。

在宗谱中的阻虎裔支部分，立祖之人排在十五世，生平无以考证，只写清他育有四子：其中老大就是张继业的父亲，老二、老三之下标注未嗣，老四将近老年才娶了一个二婚妻子，带来一个男孩二达改了张姓。老三、老四到20世纪30年代还在人世，后人因而得知他俩名字，三则张昌喜、四则张四旦，老大、老二的名字生卒却不详了。如此看来，阻虎张家也只有张继业算个人物，以单门小户之家而闯出一片天地，其一不大容易，其二不可小觑。

需要把张继业的祖父和父亲的情况做一简单探寻。

首先立祖的张勋，已有结论，可是他怎么育有四子？根据张廷俊碑记，张煜、张勋、张焯为白堂张姓二世张廷俊的儿子，下来九字辈除了张九龄为张煜的儿子，张九墀、张九圻、张九皋、张九州之父只能是张勋、张焯。张焯立祖的坟地就在白堂村边的斜尖地，他往下有两个子辈的坟丘，结合张九墀等人的取名特点，张勋、张焯每人应该两个儿子靠谱。可能为父亲立碑之后，张勋夫妻又生了两子，方能凑齐4个之数。如果属实，阻虎裔支排在十六世的张继业父亲与其二弟，必定是张廷俊碑上的其中两个九字辈；老三张昌喜和老四张四旦一听就知是乳名，官名应该带有九字，但显然没有叫响。

无论如何，该去阻虎了解张勋裔支的来龙去脉。

北出朔州市区，沿着途经白堂、太溪岔路的那条雁门关直通杀虎口的西口古道前行，到阻虎大约 70 公里车程。当然今非昔比，但见车流如潮，往来不绝。先到平鲁的井坪城不足 30 公里，两旁竖起牌子的煤矿扎堆，大型煤车争先恐后呼啸骇人；不过一出井坪煤车明显少了，公路开始蜿蜒穿行在山区，而且视野里烽火台的残墩接二连三，开始感受到平鲁的历史文化特色，特别是走出 30 公里时，路边出现一个村庄，名叫"屯军沟"，愈发好像把时光穿越回朱明王朝的军屯戍边时代。

从屯军沟折而西行，再走 10 公里，迎面立起一座拱门，顶部的大红字分外醒目——平鲁区阻虎人民欢迎您，左右门柱还有门联——穿林海山野品田园风光，临长城古堡读边塞文化，口气似乎还很自信。然后翻过一道梁坡，进入一处山包环围的坳地，阻虎村就在眼前了，看着不过一个很寻常的山村而已，前不见长城，后不见古堡，想读边塞文化，"念天地之悠悠，独怆然而涕下"吧。

《朔平府志》记载：阻虎堡在"县西三十里"，"西至边墙 10 里，明嘉靖二十三年筑堡，隆庆六年砖包，周一里一分，高连女墙三丈五尺，南门上有楼，外有东南二关"。遥想有明一朝，边塞重地，马蹄声碎，阻胡堡绝非等闲，即使在清朝，堡内仍然"驻扎千总一员，守兵 64 名"，谁知最后只能算是剩下一个汉语的名词。

村里在世的最年长的张姓老者之一张宽友，排在仪善堂十八世，基本上耳聪目明，自言属狗，2016 年 83 岁，算来生于 1934 年。张宽友一辈子生活在阻虎，据他介绍，自他小时候古堡还有一座南门楼，上面的石雕砖雕装饰齐全，而且村里号称"全庙宇"，一共 24 座庙宇，诸如文昌庙、老爷庙、真武庙、黑虎庙、十王庙等等，有的是窑，有的是房，规模都也不大，却也香火不绝，但是往后破除迷信，陆陆续续全部塌毁，到二十世纪六七十年代，最后遗存的堡门被公社一位姓刘的书记组织社员彻底拆除。

提及张姓祖辈，张宽友仅仅可以提供的信息是：不知什么年月，他的一位祖上跟姓郭的亲戚一起上来，二人是嫡亲姑舅；其中郭姑舅在阻虎居官立威，人称"郭府爷"，被张姑舅依托为靠山买地立业，最终两家的后人也就落户阻虎了。

姑舅也即表兄弟的别称，也即本人与姑姑或舅舅的儿子互

两位述古的老者：张宽友、郭有官

相称谓。由此张郭间唯有两种姻亲关联：或者郭姑舅是张姑舅的姑姑之子，或者郭姑舅是张姑舅的舅舅之子。在白堂张廷俊不曾有过女儿嫁给郭姓的一门老亲，所以只能说明张勋所娶的妻子姓郭，但同样缺少口传和佐证。

关于郭姑舅的身份，张宽友好歹一头雾水，只说"府爷"是很了不起的大官。阻虎一位郭姓后人郭有官说，他们的老祖郭府爷祖籍朔州南关，确实从军起家，最先到了大同，然后前来阻虎堡任职，好像担任总兵官。古代一些地方有过府爷庙，用于供奉军旅出身的杰出武官，府爷只是乡间间习惯的恭称，与具体职衔高低无关。那么郭府爷真是总兵官吗？

郭家的祖坟就在村西的黄叶寺地，选在一处倾斜的阳坡，占地大约四五亩，虽已荒草覆盖，但是甬道两侧蹲踞的石兽依然恪尽职守、大体完好。坟内立祖之处，有一块倒下的石碑，碑额雕有二龙戏珠图案，上了档次。可惜黄土淤盖了半边碑面，只能抚出这么两行字迹：

　　皇清敕授

　　武略骑……

　　安人……

男　广武千总候推守备郭元龙

孙　登鳌　曾孙　尚仁　尚文　尚质　奉祀

武略骑，该是武略骑尉，乾隆五十一年即 1786 年朝廷始设的武官正六品散阶；安人，六品贵妇封号；千总属正六品武官，守备则为正五品了。可以看出，墓主人生前由朝廷敕授武略骑尉，妻子敕授安人，其子郭元龙担任广武千总候补守备，孙子名叫郭登鳌，曾孙三个郭尚仁、郭尚文、郭尚质。立碑时间看不到了，但起码在 1786 年之后。墓主是郭府爷还是其子郭元龙，这里无从知晓，但一定做到区别于八旗兵、专门招募汉人的绿营兵千总，而且担任过阻虎驻军的首长。

如今郭府爷曾经坐镇的衙门院还在阻虎堡内，居住了一户韩姓人家。院子大小跟普通民居差不多，正面 6 间石窑，看不出特别阔气，不过阶前铺着石板，其中一块 1 米见方，比较引人注目，另外院子东南角还有一间极其低矮的小窑。韩家邻居、合作化时担任过村干部的老者吴殿英解释说，这处房院在郭府爷之后确实做过衙门，老早以前常年安扎一队官府的差役，专司丈量附近的田地并催缴粮银，百姓凡有拖沓逃漏，往往在那块大石板上被罚跪，甚至要在那间小窑关押，因此人们都把小窑叫作班房。资料也说，清朝末年，绿营兵被裁汰，民国初年又改编为治安警察部队，显而易见，所谓衙门院，就是民国的一处

郭家坟的石兽及半截入土的石碑

衙门院的班房

住乡役所。吴殿英又说，郭府爷的后辈中有人曾在衙门院当差，后来不知怎么院子就成为郭家的产业，土改时才分给韩家。

郭姓后人郭有官还说：郭府爷最先到了阻虎，以后张姑舅才来寻亲攀附，两人当初并非结伴同行。同行不同行无关紧要，关键在于郭家如此背景，张姑舅过来，总有"背靠大树好乘凉"的好处。

与郭家祖坟往西相隔一箭之地，就是张家祖坟。张勋在白堂埋在郭家坟，来阻虎又与郭家坟为邻，虽说此郭非彼郭，总也阴世有缘。

张家祖坟的地形和郭家祖坟相似，都在向阳的缓坡，后人张培模曾经画过一张简单的坟谱，只见立祖的张勋之下，却有三座坟丘，已知是张继业父亲、张昌喜及张四旦，唯独缺个老二，据说早卒无后。平朔露天煤矿1984年左右建设占地，白堂张敬隐约记得张勋旧坟里还有两三个坟丘，那就有可能埋了老二和他未嗣的儿子。回头细看仪善堂宗谱，张继业的曾孙张树和生于1923年，张继业弟弟张四旦的儿子张二达生于1922年，年龄差距足在两代，而且根据现有线索分析，张继业跟三叔四叔年纪接近。

可以这样推测：张勋四个九字辈儿子，老大上阻虎后，二弟也去世了，三弟四弟年幼没人管顾，最终由老大带走了之。如果分析合理，张昌喜、张四旦应该在白堂生活过，反正同样香火堪忧，还得依靠带头大哥一脉，支撑起阻虎张家的世系主干。按宗谱排列，这位张姑舅育有四子，张继业排在老大，老二叫张二汉，老三外号鬼张三，老四没留名字，另有一女，嫁给下水头村贾家。

前边出现的张宽友正是张二汉的孙子，他说祖父辈的四个弟兄，最数张继业出息,读过书,还是秀才,擅长写状子打官司,并且往往能够打赢,因此光景首屈一指,从来不缺吃穿。他传下5个儿子,学名龙元、泽元、应元、三元、延龄。这一脉张龙元人丁最旺,仍是5个儿子,村里都叫小名,大、二、三、四、五毛旦,齐头的五个,其中大毛旦、二毛旦迎娶的还是周家沟村李家的一对叔伯姊妹。前边

五个毛旦的旧居

四个毛旦一直在阻虎传辈立后,老五延龄却被井坪城的一户张家收养,传下两个儿子,长子张狗栓参加了国军,最后去了台湾;次子张铁栓加入八路军,后人曾与阻虎张家联系过。

  关于鬼张三,据说属于江湖人士,花言巧语,能说会道,谙懂江湖黑话,跟外边交往广泛。村里有个故事说,当年邻村前马莲沟唱戏,鬼张三去了,散戏后却没人留他吃饭,地主焦骡子说:"叫我一声爹,我就留下你。"不料鬼张三马上跪下磕了三头,连呼父亲,焦骡子作法自毙,只好把鬼张三带回家吃饭,鬼张三并不罢休,理直气壮用牲口驮了焦骡子的粮食出卖,焦骡子感觉不妙,急忙再给鬼张三若干银钱才将事情摆平。鬼张三育有两女一子,女儿分别嫁给小洼村杨家和二道梁陈家,儿子张连元没有男孩,过继了堂侄五毛旦。

  再说张二汉,70多岁去世时孙子张宽友4岁,该在1937年。他的两个儿子名叫鹏娃、二鹏,都遭际离奇。张宽友含含糊糊回忆说,他母亲郑彩英出身响水营村富户人家,先嫁给阻虎地主安家,丈夫死得早才改嫁了父亲张二鹏;张二鹏曾在内蒙清水河县的石湾入了什么稽查队,大概为伪蒙疆国效力,1939年死于八路军枪口下;同期大伯张鹏娃也在口外跟羊眉洼有名的地主穆大万、穆

二万发生了血拼，结果落败，被挖去双眼，大约 1944 年去世，留下两个儿子张仁和、张二宽。

扫尾一个张老四，男丁中断，只有一个女儿，嫁入二墩村高家……

总结仪善堂张家的阻虎裔支，除了张继业父子两辈的名字含有文化意蕴，其余无论昌喜、四旦，还是这个毛那个旦，听着无不足够土俗。固然老辈里好像黑道白道都有沾染，但既非书香长继、以儒起家，亦非农商结合、以本守末，终归普通山村里世代务农的草根一族。现在阻虎杂姓一共 400 多口人，张家也能占到 50 多口，传宗接代，生生不息。

第五章 隔墙有别

一　口德难存

细想白堂村张姓家族，张映蟾在同辈中的地位确实举足轻重，他不仅身处世系延续的唯一衔接点，而且见证了九进大院走向富甲一方的非常时期。

更关键在于，张映蟾还是继高祖张瀚勋、祖父张煜之后又一个受到官府倚重的乡贤代表人物，当年郡守曾经为他送来一块门匾褒赞其德，张悬在现今张林举传下的吉星楼主院大门的门楣之上。后辈张润福见过那块匾额，他记得大约5尺多宽、2尺多高，上面刻下四个大黑字——口德难存，可惜没注意落款有什么字样。

说到口德，指说话积德，言语极其掌握分寸。孔夫子说"敏于事而慎于言"，

中国农村，宅院取名"安之居"的不少，反映了农耕民族的共同祈愿

《弟子规》讲"话说多，不如少"，朱子家训还有"言多必失，慎养口德"，苦口婆心都讲同一道理。仪善堂十二世有一位张声达，"生平以诚心为主，耻言刻薄攻讦之事，不形人短，不道己长"，同样获得过郡守赠匾"守道存诚"，因为口德使然，他在社会上倍受敬仰。

大凡每个人都长嘴巴，舌头又没脊梁，说话很容易率性随意，也是普遍现

象,甚而夸大其词、信口开河有之,无中生有、捕风捉影有之,以至于古人对口德绝对注重,认为事关其人修养,还征兆其人运势。所以"口德难存",既把口德概念做出扼要注解,也对张映蟾的品格魅力以资鼓励,表达的用意不言而喻:张映蟾能够慎存口德,引领世风,难能可贵,善莫大焉,值得推崇。毫无疑问,"口德难存"还被张映蟾作为处世格言、行为指南来警示后人,也是白堂张姓所秉持的家风传统。

据张润福回忆,在"口德难存"的门匾下,另外悬挂了一块略小的门匾,上书"安之居"三字,应该是张映蟾为自家九进大院所取的宅名。过去大户人家多要给宅院取名,诸如《红楼梦》的贾府名为大观园、山西晋中的曹家大院

吉星楼,也即后来所说的绣楼

名为"三多堂"等,一来题匾装饰门面,二来反映主人的人生态度和价值取向。"安之居"含有安分守己、安定平安、安居乐业之类的寓意,但又隐约流露出一种淡泊求安、不争名利的思想倾向,好像与苏东坡"此心安处是吾乡"的意境有些似曾相近。

一说"安之居"该当反过来读才是,为"居之安",这就大有来头,取自《孟子》的一句"自得之则居之安,居之安则资之深",论及君子的居安之道;清光绪皇帝的瑾妃就曾在永和宫题写过一块"居之安"匾额。

不论"安之居"还是"居之安",总之张映蟾绝非俗人一个。

其实他的名字本身最具诗意,虽说跟另外三个一母同胞,同样含有映字,但无论映悦、映存、映福,都不如映蟾听起来卓尔不群。古人把蟾宫指代月亮,

第五章 隔墙有别

口德难存　张永来　书

传说月亮上有一只三足金蟾，专司招财进宝，李白的《雨后望月》有两句："四郊阴霭散，开户半蟾生。"描写的就是月光映照下的澄澈夜色，似乎暗合了"映蟾"。也不知是谁给张映蟾取名，反正饱读诗书、灵感乍现，令人佩服。

关于张映蟾的故事，好像只流传下一个，说他小时候无意间捡到一个钱袋子，里边有两个元宝和别的值钱东西，他一直等候失主，曾有一百多人企图冒领，都被他问出破绽婉言打发走了，直到最终物归原主，并且坚决拒绝任何酬谢。据说失主也送了一块大匾，想来不是口德难存或安之居。或许真有其事，说明张映蟾从小立德、宅心仁厚。除此以外，后辈口传多是他的过继一节，传说还颇费了一番纠结。当时张煜弟弟张焯膝下包括张映蟾在内的四个孙子中，最小的张映福尚未出生，老三张映存却夭折了，如果将老二张映蟾过继，张焯膝下就只剩一个孙子，这是其一；其二，张煜下边的次子张九逵灰名在外，张映蟾过来可能麻烦太多。出于自己的担心，张焯对过继一事顾虑重重，好不为难，但毕竟还是同情兄长，最终答应了。

过继来了，张映蟾才12岁，虽说这边可以得到苏氏更加贴心的养育，而且两家都在九进大院内，但毕竟与待在亲生父母身边不同，况且没人和他玩耍，他不免经常跑回去，没准会哭上一眼。至于张九逵，很难说是否因为过继了侄子而与父亲寻衅惹气，反正张煜很快去世，张映蟾最终顶起门户，完成了"吉星楼"一代向"安之居"一代的过渡。

可信的说法是张映蟾活了63岁，在东阳坡祖坟内的男子中除了张九逵卒年不详外，比较而言还算他的寿数最大。前边已知叔侄分家于 1855 年，就算张映蟾 12 岁多一点，那么他出生于 1843 年左右，卒于 1906 年前后。他娶妻东驼梁村孙氏，夫妻前后育有两个女儿及三个儿子张达、张立、张齐。孙氏去世较晚，时间是张达的三儿子张红举刚刚订亲之际，那会儿张红举的媳妇高银付年仅 14 岁。高银付属蛇，推算生于 1917 年，她 14 岁应该是 1930 年，也就是孙氏的卒年。猜测孙氏跟丈夫年纪差距不大，那么孙氏活了 87 岁左右，得享长寿。

1930 年距今不远，后辈都可以回忆出来。孙氏去世时儿孙满堂，因为家庭富裕条件允许，请了道士念经，居然连做七七四十九天的法事道场；每天还要"放饭"，就是摆开流水素席，谁来都可以入座管饱。七七忌日过完，阴阳却好歹挑不出一个满意的下葬吉日，结果孙氏的棺材竟在家中供奉了两年有余，叫作"浮厝"。所谓"浮厝"，也是过去一种不足为奇的风俗，暂时没条件没时间安葬或其他原因，就把灵柩停在宅里上房，暂不入土归葬，当然也有相应的空气清洁措施吧，当年仪善堂的九世老祖张鸿翱就曾浮厝过 7 年之久。

孙氏的丧事极其排场，为她的神主牌位点朱之人，还是当时姓杨的县长，这么大面子，主要在于张家的两个女儿争气，全都门当户对嫁入显赫的夫家。张氏姐妹的名字年龄都没传下，权且就叫张大小姐、张二小姐，当时拘囿在朔州一地，妻随夫贵，大概类似于三国时候的江东二乔了吧？

其中张大小姐的女婿竟是曾经叱咤山西的风云人物刘懋赏，在民国时代大名鼎鼎。

查阅有关历史资料，刘懋赏字劝功，生于清同治九年即 1870 年，祖籍平鲁施庄村，父亲刘朝栋手里才迁往白堂村往北

刘懋赏　来源：《山西晚报》

7里地的安太堡村。刘懋赏自幼聪明过人，早年考中秀才。1900年因八国联军入寇，庚子年山西乡试推迟两年，壬寅年重新开科，刘懋赏入闱应考，相传刘家大门外的红纱灯夜间忽然自己亮了，家人大惊小怪，赶紧报告刘老太爷，刘老太爷呵呵一笑说："懋赏一定中举啦。"果然应验，刘懋赏榜上有名，在140名举子中排在63位，那年他31岁。1904年他又被保送到日本明治大学留学，然后加入同盟会，致力于推翻满清帝制。辛亥革命成功后，他当选为中华民国第一届参议院议员，当属无可争议的辛亥元勋。据说两家结亲时，刘家光景一般，常年以高粱面为食，全亏张映蟾夫妇独具慧眼，特别喜欢读书人，才使张大小姐找了如此快婿。她和刘懋赏一共育有一儿一女，儿子名叫刘小泉，女儿则名字不详，白堂张润福只知道她嫁给宁武的大富户水家，1949年太原解放时，她还在世，先是随家躲往重庆，继而再去上海，最终落脚东北，在哈尔滨去世。她的外甥女姓常，一直在太原化工学校当老师，如今已经退休。

1918年，山西省第二届省议会选举，刘懋赏当选为副议长，相当于现在的省人大副主任了，随后与阎锡山不大融洽，去职从商，堪称活跃于山西政商两界的头面士绅之一，并且还迎娶了应县曹家的女儿为二房，都说曹小姐是一名大学生，又生了三子一女。但出于时代习俗，原配继配相互兼容，也不冲突。等刘懋赏回来为老岳母服丧举孝，家族都说他风度翩翩又毫无架子，虽已上了年纪，漫长劳人的跟经跪灵却一次不缺，还和亲友人等坐在一起讲些国家大事。可惜的是，刘懋赏于1931年5月不幸在北京病逝，享年62岁，而张家大小姐也已早于丈夫几年去世。白堂张家记得，刘懋赏亡故后，刘家子女曾用高档銮驾将刘懋赏夫妻二人的两副棺椁运回安太堡村的祖坟合葬，邀请亲朋故交举办了隆重的葬礼。谁知20世纪70年代安太堡修路占了刘家坟地，棺材双双打开，竟然空空如也，只在其中一副内放了一条拐杖，留下解不开的谜团。

而张二小姐则嫁入另一乡村豪门，丈夫是朔州西山利民堡大老财，本名不详，外号"周六猴"却叫得响亮，以胡麻榨油起家，发展到架起12条油梁，垄断了朔州西山一带的胡麻加工业务。那时候人们的生活水平普遍不高，胡油就算奢侈品了，周家的生意当然高大上。同时期白殿沟村也有一个知名老财名叫陈全，长得下巴短小相貌古怪，人送外号"陈三怪"，全凭种植莜麦起家。相传有一次与周六猴碰面，两人话不投机斗嘴比富，陈三怪夸下海口说："我能把元宝从我们白殿沟一个接一个摆到你们利民堡……"两村相距六七十里，摆了元宝可了不得，而周六猴针锋相对说："扳倒我的油坛，胡油能把你的元宝都冲到朔州城！"西山一带到朔州城平均不下 70 里，

榨油作坊

得有多少胡油？张二小姐的婆家光景如何，想象起来可不财大气粗？

不过周家太太张二小姐，晚境并不太好，日军入侵时，因为利民堡不算安全，她带着二儿子周孝儒跑回娘家避乱，最终病死在白堂村。长子周某某、三子周存儒及其子弟们后来都在太原生活，周存儒现在也有 80 多岁。

这是后话了。

回头再说张映蟾，他的人生轨迹怎样，基本都被时光湮没，大概波澜不惊。不过他妻子孙氏的传说不少，据说她是一个类似《红楼梦》里的王熙凤式的精明女性。好像九进大院只有当年张九遴单干出去，其余人家一直由孙氏统一掌管收支事务，她能够打理安排得井井有条，而且颇有心计。有一年孙氏主持九进大院的维修，纷传资金出现紧张，可是又说她在绣楼院后面院子的东房地下踩出一窖银元，一下子解决了问题。据说当时正值端午节期间，锄禾一片大忙，孙氏心情大爽，竟给一共 56 个长工每人派发两个银元，而且还给大家放假一天。老是踩出王帽啊银元之类，似乎"安之居"实在神奇，其实说不准孙大管家一直有钱，刻意放出风声，制造拮据假象，然后再拿钱出来，让家人承认修缮工程得益于她的福泽，顺便收买了长工的人心——那时候雇长工的行情是每人每月 3 个大洋，张家 56 个长工，每月工资将近 170 多大洋，想想土地该有多少？真个是家大业大。

等到院落修完，孙氏自忖年纪大了，精力不济，大概物色不下交班的合适人选，或者也有方方面面别的原因吧，所以首先与其他各户将共同持股的店铺门面清产核资，决算分割了财产，继而着手给三个儿子分了家业，让他们门户独立，她从此凡事放手不管，开始颐养天年。据说二女儿二女婿经常过来看她，周姑爷一般挎着布搭子，每次里面都装不少银元，给老太太丢下。大女儿大女婿走得远，见面不多，却有钱物动辄捎回来。后辈回忆说，老太太的身边老是放满了各种精美的吃盒，不乏写满洋文的外国糕点糖果，但她轻易不吃，直到有些变味，才给孙子孙女们零星分发，有的小辈背后表示不满说："哪如早点给我们？硬是放得不好吃了！"嘴里说是说，却没人敢去主动索要。

最后孙氏是无疾而终的。据说也在夏日热天的一个过响时候，住在街外牛犋院的二儿子张立牵了牲口准备出地放牧，孙氏从主院出来拦住他说："你今天不能走，妈恐怕不行了。"张立急忙拴回牲口，来到母亲的屋子时，发现迟了一步，眼见母亲已经安详地驾鹤西游。为什么她唯独想跟二儿子交代什么后事？或许觉得张立比较佼佼？很难说，到底没留下只言片语的遗嘱。

前后院相通的过厅

曾经使用的石磨

当时孙氏共有孙辈 11 男 3 女，其中最大的孙子是张达之子张益举，很有文化，教书为业，最大的孙女是张齐的女儿名叫改枝，而最有胆识的怕是张立的女儿张爱喜，她已嫁给石洼村的留日学生王老财之子王利山。祖母既殁，大家不免私下议论，认定老太太也有值钱东西，因为平素她有两个大瓷坛，坛盖和坛口预留四个小洞，可以插入特制的铁条，一端加粗卡住，一端开孔加锁，俗称"插罄"，一旦插上了，瓷坛就变成"保险坛"。可能大家都对祖母的瓷坛大费琢磨，却不知插罄的钥匙在哪里，张爱喜不大顾忌，抢先找了斧头独自砸破坛子，上演了一出挑战权威的"张爱喜砸坛"，堪比司马光砸缸。究竟爱喜得了什么神秘宝物，好像谁都没能分享。

自从孙氏过世，"安之居"的光景，也就江河日下，开始走向低谷。

罪魁祸首，就是臭名昭著的鸦片。

二　命蹇时乖

这是一位绝对少见的老年女性，虽然头发尽白，老眼略花，但是干练睿智、口齿清晰，根本无法将她跟"耄耋"两字相提并论。事实上，她已经 89 岁，自言属龙，提起自己的毕生遭际，还要唏嘘调侃一下："老头子都死去 49 年了，我还没完没了地活到如今，叫人都难为情了！"

活着多好啊。阅尽沧桑，思绪条理，为白堂张姓留下烙印在她心扉的深刻印记，听她娓娓诉来，好像展开一册无形的书页，几多往事历历在目、鲜活生动，谁说不是字句如金呢？

她叫张秀兰，祖父就是仪善堂十七世张映蟾的一母兄弟张映福。张秀兰的父亲名叫张升，是张映福的儿子，现在她的二弟张俊举排在举字辈最末一位，年龄仅比族侄张润福大两岁。为什么他俩隔代同龄呢？就因为张映福一脉人丁不薄，他下来一共 5 个儿子张发、张如、张银、张兴、张升，其中老大和老五

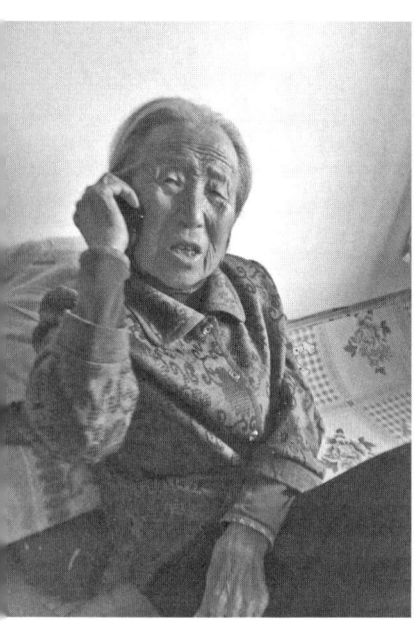

89 岁的老太太，耳聪目明。
摄于 2016 年 5 月

之间相差 30 多岁，到了老五的儿子，自然在家族同辈中遥遥落后了。

出生于 1928 年阴历六月十九的张秀兰，生日有点奇异，正好是家族的一代贤妇张映蟾妻子孙氏去世的第二天。这样一下子就能确定孙氏原来卒于那年的六月十八，公历 1928 年 8 月 3 日，星期五。孙氏的孙媳高银付既然记得参加过老太太葬礼，那她才 12 岁，一定是订婚了但还没有迎娶过门。还能表明，时年张家姑爷刘懋赏 59 岁，其夫人的具体情况，张秀兰没多听人说过，名字也就不得而知。不过说起堂二姑，也即嫁入利民堡周家的张二小姐，张秀兰知道小名叫作菊金；大约她十六七岁，张菊金在白堂病逝，看来时间已是日本投降前夕。张秀兰说，菊金二姑的次子周孝儒和女儿周美玉竟然都疯了，不知到底怎么回事。

张秀兰常听母亲说过，她一生下来，就一个劲地打气嗝，好像刚刚受了多大的委屈，奶奶感到大惑不解，因此神神叨叨猜测说："这闺女啊，一生下来气性这么大，哎呀多半是她二奶转生的，活时候没把后事交代好，心里怨恨呢。"说得大伙心里发毛。不过张秀兰长大后理解，她自己本身命不咋地，一辈子坎坷磨难，委实不得顺气。

据张秀兰回忆，她 12 岁时祖父大约 70 多岁去世，那么张映福出生时间在 1859 年左右，比张映蟾小了十五六岁；祖母杜大女，娘家是附近上团堡村的，比祖父晚死两年，好像活了 73 岁；祖父祖母除了育有五个儿子外，还有两个女儿，张秀兰从来都喊大姑二姑，名字反倒没啥印象，其中一个嫁给细水村的路家，一个嫁给党家沟村的聂家。

前边已知，张映福是张焯的孙子，他的父亲嘛，依旧那句话：张九墀、张九圻、张九皋、张九州等中的其中一位，但兄弟们分开家业，肯定也一视同仁。

穿廊院的石窑

到了张映福时候，居住在九进大院内与东院即绣楼院对应的西院。西院也叫穿廊院，大概位置居中，正面同样二层，下窑上楼，前边的穿廊都有露明立柱，出行要走西大门。西院光景和东院张映蟾相比，自然相形见绌，不过张映福的辛苦和节俭非常有名，他养了两头毛驴，农闲之余就到黑垛山半腰的官办煤矿驮炭，前往六七十里之外的利民堡出售，每天要赶来回，大概只带很少的干粮，所以村里流传下俚语说："张映福老汉上利民卖炭，只吃一个枣就回来了。"养活七个子女，也只有勒紧裤带埋头苦干，全凭靠自虐了。张秀兰记得祖父身材高大，长脸方额，跟孙子张俊举的模样差不多。

说来小农经济外加小商小贩，张映福也算以本守末，而且儿多就是生产力，家境好像维持在有地有牲口的自觉户水平，陆陆续续，弟兄5个全都成亲。村里传下一句话，有趣地形容五兄弟的特点："大宝贝，二买卖，三跑外，四骡夫，五秀才。"其中唯有老五张升最受父母娇惯，父亲还创造条件送他读过几天私塾，因此人送外号"五秀才"。五秀才属马，生于1906年，他妻子是马鞍山村的苗双喜，属狗，生于1910年，比丈夫小4岁，娘家那边家庭也还凑乎，饲养了一匹毛驴，相当于半犋牛的农户水平。

第五章　隔墙有别　083

婚后的张升夫妻很快有了长子，名字没留下；1928年张升23岁，苗双喜19岁，女儿张秀兰出生了，取了小名改娃。乡下人取名，凡带改字，父母多数觉得日子不如人意，寄托一种寻求改变的愿望，大概张升亦然，立志振兴家业。当时张映福已给五子分家，前边4个抢先，瓜分了祖遗大院内的房舍，轮到张升挤不进去了，得到大院往西打粮场的4间土窑，俗称"场面窑"，另有耕地一二十亩吧，不多却也够种。本来维持一家4口的温饱不算问题，但偏偏遇到了朔州历史上一段黑暗的特定时期。

那就是1926年国民政府打响的北伐战争。

次年10月份，山西土皇帝阎锡山率领的北方国民革命军与奉系军阀张作霖的部队在河北宣化一带决战，阎军失利，退往雁门关一带依托长城固守，与奉军对峙。这期间，奉军相继占领雁北各县，其中的董怀清骑兵旅兵临朔州城下。危急关头，全凭刘懋赏挺身而出，登城与董怀清谈判，要求和平接收。刘懋赏毕竟担任过国民政府的议员，奉军当然敬畏三分，最终折服于他的威望，答应不使用武力，从而使得朔州古城免遭战事和被洗劫。刘懋赏的功德，一直在地方上口口传颂，但知道他是白堂张家姑爷的人并不多。

当年接防朔州的是奉军新编第二师，师长名叫白凤翔，后来曾在西安事变中率部捉蒋而声名远扬。此公一贯吸毒无度，绰号"白三烟王"，在朔州纵容手下胡作非为，名头很臭，尤其还让全县大种鸦片。1929年阎锡山虽然收复了失地，但那一年朔州一带罂粟遍野，花开烂漫，鸦片的流毒泛滥成灾，一发不可收拾，导致老百姓遭殃了。据说短短几年，有钱的没钱的不少人吸毒上瘾，好像形成风潮，赶时髦似的，白堂村虽在山区，却非世外桃源，很快培养起一批瘾君子，其中也包括五秀才张升。

自从张改娃记事，家里已经因为父亲吸食鸦片而穷得一塌糊涂，而且哥哥8岁时不幸夭折。张改娃刚刚三四岁时，就被订婚给20多里外的下磨石沟村刘家之子刘汉成，媒人是上团堡村的杜周，杜大女的堂弟，收取彩礼20个大洋，全部让张升买了鸦片，随即耕地被卖了大部分，居住的场面院也被卖给四哥张兴。当时老大张发娶来本村姓郭的妻子病逝了，留下一个女儿，虽然他又续娶回仓

庙梁的土窑

房坪村姓吴的妻子，总归人口不多，就将自己穿廊院的三间石窑让出一间收留了五弟，免了张升一家无处栖身，好歹保住家没散。到1939年张映福去世，张升夫妻的次女二改7岁，又一个儿子张文举两岁，张改娃记得她抱着弟弟在祖父葬礼上跟经，已经很懂事了。而二改也被定亲给潘家窑村郭家，与改娃同样属于预收大洋的娃娃亲。

也在那一年，张升决定走西口。

面临的窘境是家中断炊，张升再也没有财源可挖，竟对妻子说："我出口啦，给你们娘儿们挣几个钱。"然后步出井坪城扬长而去。听来他似乎有所悔悟，实则不然，也另有原因。那时候日军已经入侵，造成山西历史上的鸦片再度泛滥，伪华北临时政府好像良知未泯，严厉禁毒，而口外的伪蒙疆政府却允许鸦片的生产消费，张升的动机实际还在鸦片诱惑上。

就像现代的一首歌曲所唱，张升"一走就是两年多"。在那两年间，苗双喜母子的日子如马尾提豆腐，不堪回首。张改娃说，大冬天寒风呼啸却衣衫单薄，她要跟母亲下南沟湾拿木桶抬水，因为土坡太陡，中间不能歇脚，只能硬撑，两手露出袖口，冻得皲裂纵横，肿胀如同茄子一样，拳头都握不住。党家沟村二姑家的女儿少年病死，祖母前去探望，拿回一件死者穿过的白茬子山羊皮袄，交给张改娃穿了过冬，在出嫁前一直是她最值钱的宝贝寒衣。

俗话说：有钱钱护脸，没钱脸护钱。人穷志短，马瘦毛长，穷困之下就得求人，就顾不得尊严。

家里日常吃些粗糙的糜子黍子，勉强只够果腹，有时吃一顿莜麦，稀罕得好像盼星星盼月亮。粮食实在不够吃，张改娃每到秋收都去村里两家大地主张善计和张立的地里拾田，搜寻一些遗漏的禾穗土豆之类，一般得等人家收获完了才行。不过张立是亲近的堂二大爷，张改娃常常恃无忌惮，拾田竟敢腆了脸面半捡半夺，最多一次抱回一件整捆，拾掇了两三升黍子。张立即使发现了，也基本视而不见，完了还将梁后的顺路地8亩耕田无偿送给侄媳妇苗双喜，类似授之以渔。

有一次天降大雨，张改娃母子居住的穿廊院石窑破旧漏雨，居然坍塌了，张改娃还得去找张立，大哭着说："二大爷，我们没地方住了，怎么办呢？"张立原有庙梁的三间土窑，借给本村安家的女儿寄居，他带着张改娃过去，对安家女儿下逐客令说："你们走吧，改娃一家住呀。"这三间土窑，同样成了赠品，以后归属在张升名下。

到1941年，张升终于回来了，虽然身无分文，但给张改娃买回一件廉价的粉绒衣，左右下摆绣了两朵绒花。张改娃喜爱得不得了，那件绒衣就此一辈子留在她的记忆里，好像承载了全部的父爱。张升计划带着全家到口外谋生，消息传出去，下磨石沟村的亲家着急了，连忙过来绥靖，再给加了十个大洋交付，提出条件是立即迎娶张改娃，于是，14岁的张改娃匆匆结束了她的少女时代，懵懵懂懂上了婆家来的骡驮花轿。那天全家吃了一顿油糕，借了喜气改善伙食。

成亲时候，张改娃清楚地记得，没有属于自己的嫁衣，只能向峙峪村丈夫刘汉成的舅母借来一身缎子嫁装的红袄蓝裤，典礼一完即行奉还。婆家送她的妆新衣服，却是一身称为洋花缎的蓝袄蓝裤，质量差劲极了。此外，还有一副八棱银镯、5个银钗子、一对银耳环。相对而言，刘家的光景还可以，自家开了一处小煤窑，租给上磨石沟村的贾维经营，多少能有租金进账，可惜刘汉成也有一段时间沾染鸦片，土改已是贫农。后来有一年村里来了货郎，大儿子眼馋小吃，张改娃手中没钱，一狠心拿出银镯为孩子换了混糖的米面糕。

张改娃农历三月出嫁，祖母6月就撒手人寰。打发了老母亲，张升最终再也没走，又因找不到鸦片可买，居然将毒戒了，看样子真的准备好好过日子。1943年夫妻生下小儿子张俊举，因为上边死过一个哥哥，所以人们习惯称他张三，次年他二姐二改也是14岁出嫁了。

1947年阴历二月，张改娃生下大儿子，她万万没有想到，5月的一天竟然有人捎话，说她父亲张升去世。听得噩耗，张改娃悲伤欲绝，毕竟父亲时年仅仅42岁。又很巧合，那一天张升的堂侄张红举之子张润福呱呱坠地。

当时张升的穷困状况并未改变，又是张立那边支援了一副棺材才把他草草装殓，身裹一件旧棉袄顶如寿服。之后，苗双喜苦苦拉扯两个年小的儿子文举、俊举，自己躬身种地，受尽苦难。土改后全家分得31亩土地，分别在沟岔间的驮炭道、张官坡、山枣湾等地，苗双喜缠过小脚，春种秋收在土里刨食，光是翻沟爬坡，想想都够呛。据说春天的时候，她背着篓筐往地里送粪，为了容易出苗，粪团需要尽量保湿，结果一路的蜗牛式踟蹰中，粪水顺着她的脊沟往下流淌，于是村里传下一句老话："要见五秀才老人，沿着粪水的印迹就能找到她。"新中国成立后，张文举兄弟前后出去当了工人。1987年，苗双喜在白堂家中去世，终年78岁。她的一生，前半截饱经忧患穷困，后半截寡居寂寥，但也用泪水、汗水浇灌了丈夫留下的根苗，保证了子裔传递。

关于张映福的其余四个儿子，老大张发丧妻再娶，留下儿子富举；老二张如，大约1942年饿困而死，妻子改嫁潘家窑，育有一子张艳举，因为患了羊羔疯，30多岁就去世，好歹留下儿子张成，被妻子改嫁带去潘家窑村；老三张

张秀兰早年单人照

银，生病早死，一个女儿叫娥女由奶奶带大，后来嫁给上磨石沟庞家。相比只有老四张兴特别勤俭，而且没遭遇什么节外生枝的波折，家门基本顺利，其次子张诚华1948年入伍，参加过平津战役、辽沈战役及抗美援朝，获得了"解放勋章"和"和平纪念章"，成为从白堂村走出去的一位后起之秀。

再说张改娃，土改后似乎苦尽甘来，她还上了扫盲夜校，张秀兰就是夜校老师为她所取的学名。她从20岁起连续生了四个男孩刘杰、刘俊、刘耀、刘应，总是想追个女孩，终于到1968年8月如愿以偿，生下一个掌上明珠叫五润，谁知就在女儿出生的第二天，丈夫刘汉成在村办的煤窑下作业，不幸卒于矿难，终年43岁。这是张秀兰人生遭遇最无情最沉重的一次打击，而且丧偶的年纪与母亲又何其相似！但她顽强地面对现实，守节不嫁，将孩子们一个一个抚养成人。

2016年4月23日，张秀兰最大的玄孙娶亲典礼，全家一起拍照，环守在她周围的小辈，已有60多人。

老太太儿孙满堂

第六章 左支右绌

一　达则不达

想当年张映蟾将家业经营得风生水起，明显对文化很注重，宅院题字"安之居"就是直观的体现。

老宅子人去屋空

过厅还在，却堵上了

他给三个儿子取名，同样大有深意。张达、张立、张齐，各自与传统的经典格言相对应：一句"穷则独善其身，达则兼济天下"，出自《孟子》；一句"太上有立德，其次有立功，其次有立言，虽久不废，此之谓三不朽"，出自《左传》；一句"身修而后家齐，家齐而后国治"，出自《礼记》。这些名句数千年历久不衰，充满孔孟之道的浓郁理想主义色彩，大概也是张映蟾教育子弟时老生常谈的内容之一，包含了他对自己家族未来"燕翼贻谋"式的长远设想。想想土豪和贵族，也就一个文化区别嘛。

俗话说"龙生九子，各有不同"，何况芸芸苍生？弟兄之间，性格、造化、机缘等等有别，人生道路多由不得自我主宰。比如张家老大张达，按理要为两个弟弟起榜样作用，但他的命运就很糟糕，穷则穷矣，最终还未能独善其身。

话题要从三兄弟分家说起。那年应该在1919年，因为据说分开第二年遭遇了罕见的"民国九年北方大旱"。

当时张映蟾名下三处房院，包括九进大院内的主院过厅院、绣楼院和外边的牛犋院。三兄弟成家后，老大张达与老母亲孙氏住在过厅院，老三张齐住在绣楼院，老二张立则住在牛犋院。前边两处都是瓦房大宅，后边一处土窑院则无法相比，因此分家时除了其他家产比如大洋、田地、粮食、牛犋等平均分配外，孙氏额外补偿了张立三匹脚力骡子及30担即将变质的陈年储谷。看似没多大实惠，但就是谷子和骡子，让张立抓住契机发了大财——具体以后交代。

且说张达居占的主院，修造最为排场，典型的四合院布局，三间正房、三间东房、三间西房，一律青砖灰瓦，檐前立柱相间，四下回廊围起；大门则向南打开，出去就是绣楼院房后的一条胡同，往东走下十几级台阶，与绣楼院大门外南北向的官街相通；再往南几十米的街口左侧才是牛犋院。老大毕竟是老大，起码在房产继承权方面好像占了先机。他的三儿子张红举迎娶媳妇高银付时，张家为亲家那边给出的聘礼之一是位于后坪的耕地20垧。那时候村里每垧按3亩换算，20垧也即60亩。稍前的民国三年即1914年白堂村张德与刘聚魁交易土地的地契，29亩一共卖价15两白银。由此参照，张达的光景也差不到哪里，土地倒没留下数字，但也被定性为一犋牛的庄户人家，那么或牛或驴起码两个配套，可以满足自耕之需。

张达活了63岁，去世的年代难以具体化，大致在日军入侵期间。他娶妻井坪城李氏，卒于丈夫之前，肯定在婆婆发丧的1928年已经不在人世。夫妻育有三子一女，长子张益举也即张映蟾最大的孙子，次子张兰举，三子张红举。只能知道张红举去世于1971年的1月份，终年59岁，那么推算生于1913年，比妻子高银付大出4岁，也差不多。他的两个哥哥生卒不详，据说张益举比张红举年长15岁左右，他的独子面换只比张红举小三五岁，而张兰举也比张红举年长 10 岁以上。估计张达出生于 1878 年左右,又说李氏去世时三儿子张红举不足 12 岁,应该在 1924 年之前,可能 50 岁左右。再就是张达的独女,堂妹张改娃记得她叫向枝,比弟弟张红举大 17 岁。

李氏死于一个秋天,也并未生病,大伙出地回来发现她陈尸在家,传闻说可能自尽。酿成她悲剧的原因有二:其一丈夫张达疯了,其二两个儿子张益举、张兰举抽洋烟不能自拔。老的少的将李氏煎熬得万念俱灰,想不开时抑或选择一了百了,自寻解脱,只苦了小儿子张红举,小小年纪就没了娘亲,奶奶亡故两年后的 1930 年,他跟曹庄村高家的闺女高银付成亲。据高银付回忆,她嫁来时祖母的棺材仍摆在正房堂屋的正面,用麻纸做成的白幔挡住,但常有羊跑进来将纸幔啃破,却要等清明才能再粘,所以几乎常年露出棺角,叫人感觉冷飕飕的,想必气味也不会正常。

说到张达的病况,形容是"疯得天日也不知道"。张润福听父亲张红举说,祖父不知多大年纪疯的,反正痴痴傻傻,不打人不骂人,却偏偏不好回家里吃饭,那时候只管跑到长工居住的牛犋院碾盘旁蹲着,由长工随便扔过一点吃食充饥,他好像乐此不疲。长子张益举本算学问满腹的一位才俊,坐堂教书也颇受人尊重,谁知鼓捣上吸毒的调调儿,而且积瘾很深,最终连教师都当不成了。据说日占时期山西这边禁毒,他就大老远跑过二道梁前往内蒙地界的桦树梁村购买鸦片,怕被入晋的关卡搜出来,竟然把鸦片用锡纸包住填进肛门里夹带。张益举寿命不大,只有 50 多岁,他的妻子是南寺儿村武家大老财的女儿,脑子不太聪明,嫁入张家可能家庭条件起了作用,阳寿也不大,死于丈夫之前。夫妻留下一个儿子面换,一辈子打了光棍,其智商连母亲的成色都不如,父母死后到姥姥家过活,完了流浪无着,让麻黄头村的苏大来喜收留在私家林场干活,只挣一口饭吃,1953 年公私合营,居然捞了个国家林场的正式职工,老来无所依托,侄子张润福领他回白堂养老送终,记得他傻乎乎只懂得说一句话:"嘻嘻,我爹是个豆黄先生……"分析张益举破罐子破摔,与老婆、儿子智力不行也有关系。

另一个张兰举,娶了本村的郭氏。或许在老大张益举的诱引下,也加入了鸦片爱好者一族，夫妻 30 多岁时遇到瘟疫，双双染病不治，没留下一男半女。

正是上述一塌糊涂的局面，致使张达一门家庭成员的生卒大多含糊。即使是张红举，因为年龄不大，甚至不清楚自己的出生日期，所以一生不曾过一次生日。他对小时候记忆最深的事情，就是 1924 年为姑姑向枝当了一次"人主"——所谓人主，特指娘家的做主人。

可能因为父亲是疯子，向枝的婚事好歹不顺，拖到 29 岁才出嫁，丈夫是朔州东南乡贾庄村的大老财，姓李，外号"淘猫虎"。这位淘猫虎论年纪大概 50 出头，只因头一个老婆死了，才再娶了张家的大剩女向枝，张向枝比淘猫虎前妻生下的儿子年龄都小。大概过了一两年吧，忽然淘猫虎往白堂送话，说是向枝坐月子死了。自然张家要去做主问责，但是"蜀中无大将"，派出本家叔叔张升挂帅，带领举字辈的 5 个侄子包括张益举、张兰举、张红举等，兴师动众征发贾庄村，张红举年纪最小才 12 岁，属跑龙套性质。

到了贾庄村，张升一行受尽淘猫虎高规格款待，好像钦差大臣驾临，好吃好喝不在话下。据说除了张红举年少外，其他几个都吸毒，淘猫虎准备了鸦片满足供应，再一解释，那时候妇女坐月子大出血也属常见，谁也没啥可说。等把向枝入土，大家依旧徒步打道回府，路过朔县城留宿一晚，正好与丧礼做完法事的一帮道士同行，而且入住同一家客栈，有道士不知憋不住说漏嘴还是仗义，问张升："知道你家的女眷是怎么死的吗？"张升一愣说："不是说生孩子送命的？"道士说："才不是。告诉你们吧，死者刚坐了月子，淘猫虎正好修房子，叮叮当当聒噪不休，她受不了，就让他们声小一点，结果淘猫虎的儿子随手拿一块栈板进去，作势要打小妈，不小心打中太阳穴颞颥要害……打死或惊死很难说，但肯定不是生孩子死的。"张升等一听，这还了得？当夜同仇敌忾折返贾庄村讨还公道，可惜继续被淘猫虎收买蒙哄，到底摆平了，据说送了不少鸦片，事情不了了之。死者家属也没有报官，默认了向枝之死非为他杀。

后来张家议论起来，一致怪怨张升贪图鸦片贿赂，都说他的失职使向枝白白被打死。实际他也才 19 岁，最大的侄子张益举却有二十七八岁，更应难辞其咎，真所谓"百无一用是书生"。还说明奉军并非雁北鸦片的始作俑者，早年山西内蒙一带就有民谣"咸丰登基十一年，口里口外种洋烟"。资料显示，1906年山西的罂粟种植面积达96万亩，位居华北数省之首，到1917年，阎锡山为巩固政权，发表了"六政宣言"，积极推行水利、养蚕、植树与禁烟、禁女人缠足、禁男人留辫子，鸦片之祸才收敛了。而1924年，或许鸦片恢复了紧俏，因此淘猫虎对岳父家的人主投其所好，才能顺利瞒去真相。反正把一门亲戚断了关系，不知向枝生下的女儿怎样了，只相传解放后淘猫虎落魄讨吃，很有可能。

再说向枝事件后，不觉之间家里的老太君孙氏去世。1930年，看看张红举18岁了，叔辈兄辈主持为他举办了婚礼。据说他们三个弟兄始终没有分家，不过慢慢地祸不单行，张益举、张兰举各自家破人亡，房院、田产客观上最终都由张红举所有，张红举开始挑起生活负担。一段时期内家境应该还不太差，在家族中他好像也算一个人物，有些棘手事情别人束手无策时他竟能办到。相传本家有一位张烈，订下红沟村的媳妇，择日备了花轿前去迎娶时却碰了钉子。眼看女方可能悔婚，张烈急忙向张红举求助，张红举说："我就不信娶不回来！"当即跟迎亲队伍再去红沟村，跟女方交涉，说出一句听来经典的话："娶过再嫁也行，但今天不去不行。"也许慑于他的气场，反正促成张烈顺利将媳妇娶回，以后再离婚那是后话了。

老照片：1932年，阎锡山工兵部队参与修筑北同蒲铁路

又说张红举善赌,坐庄一把好手。民国二十二年即 1933 年,阎锡山的晋绥公署组织军民上马北同蒲铁路工程,从各县大量抽丁应差,白堂村轮到四个,一个张红举、一个张三牛筋、一个张某昌、一个苗重庆,自带毛驴被派往宁武工地驮运道木,为期一个月。大概工头严苛虐待,打打骂骂的,张红举不免嘟囔说:"我可是刘懋赏的亲妻侄,你们注意点吧。"当时刘懋赏已经去世,但一来名头很大,二来其女婿据说担任工业厅的厅长,因此工头一听这层关系,立马态度大变,再不让张红举干重活了。三牛筋几个顿时开窍,异口同声都说是刘懋赏亲戚,同样落了好处。收工后工头每天都会聚赌敛财,大家都叫"官赌",张红举自然要一试手气,大概被工头发现他的长处,因此安排他为赌局坐庄,一概的赢多输少,让工头赏识不已,一月期满居然又单独留他多待了两个月,专职赌博,临回家还被赏了几个大洋。

1935 年,张红举跟高银付的第一个男孩出生,但是 3 岁就夭折了,名字没人记得。直到 1938 年,夫妻才有了一个女孩名叫张润娥,长大后嫁给马营堡村的陈生财,现在已经繁衍了 30 多口后代;1947 年晋绥土改轰轰烈烈之际,张红举的第一个男孩张润福降生,在宗谱中顺递排为长子;下来次子张荣,1951 年出生,三子张斌,1953 年出生,时代已然进入新中国。

二　红也未红

不管怎说,长期的兵荒马乱绝对是滋生罂粟的原始温床,也是近代致使农村凋敝的关键原因之一。

"覆巢之下,岂有完卵",白堂张红举不啻为个体的一个缩影。

想想如果没有其他意外,按说他的光景基础尚可,不会在短时间内败光家业,谁知道偏偏就遇上特殊情况——最为祸国殃民的日本侵略者打进来了!

1937 年,卢沟桥事变爆发。9 月 28 日,阴历八月廿四,一支日军叫铃木旅

早期的罂粟种植（源自网络）

团从绥远也即呼和浩特南下，途径平鲁城后，与大同方向而来的另一支日军酒井旅团会合，经过激战攻下朔县，屠城杀掉3800多人，血腥制造了抗日战争八大惨案之一的"九二八朔县惨案"。从这年开始，往后8年间，雁门关外与全国大片领土一起沦丧在日寇的魔爪下。

尽管城里大肆杀人，对于终归是偏僻乡村的白堂来说，暂时没有陷入枪林弹雨民不聊生的绝境，类似"城头变幻大王旗"吧，好像与十几年前奉军打来一样，最初的戕害依然是允许种植罂粟了。史载日军侵占山西期间，实行鼓励鸦片产业的毒化政策，仅在1939年，蒙疆伪政权管辖下的雁北13县，罂粟种植面积就达15.5万亩。

大概也就1939年，张红举曾经种植过罂粟，因之还吸毒上身，好像要与大哥、二哥看齐，而不去汲取前车之鉴。事实上鸦片这东西，虽说容易上瘾，却又是一剂治疗头疼脑热咳嗽气短拉肚子的猛药，吸食几口浑身舒坦、兴奋提神；近代以来中国的医疗资源极其匮乏，老百姓有病乱求医，将鸦片视为溺水抓住的救命稻草；国人又素来喜欢盲从或摆谱，因此给鸦片需求提供了可乘之机，一旦失之管控，甚而掌权集团为了利益而恶意推动，不泛滥才怪。

据老者回忆，抗战初期朔县在村里管事的叫维持会长，1937年的年底，伪蒙疆国成立，管辖什么晋北自治政府，在乡村设立联合村，类似乡一级机构。白堂一带的联合村名叫"十大村"，村公所定在西易村，下面各村实行保甲制，维持会长改为甲长。或许在白堂有些声望，张红举竟被"十大村"强制委任为村里的甲长，相当于村长，而且连干两届，每届三年时间。而白堂的末代甲长好像另有其人，所以张红举的任职时段大致在1938年到1943年之间，不一定精确。

张红举这个人，虽然当甲长身不由己，但是以身事敌很不情愿，亏他居然花钱雇来太溪村本家三叔张守业替他供职，他只掌握账目，手下也有会计，名叫"甲金"，负责记账。张润福曾经见过父亲遗弃的账本，米面以碗为单位，烟土单位则是泡，何年何月谁来提走几碗面、何年何月谁又提走几泡烟土等等，科目倒还详细——除了为日本人提粮派差，断不了要偷偷帮助山区下来的八路军游击队，所支付的粮秣肯定不能公开下账了。

也不知是甲长任上，还是卸任之后，张红举遭遇了一场大难。当时日军凌驾于扶植的汉奸政府之上，另行网罗密探，专门收集情报。这一类家伙更坏，狐假虎威，狗仗人势，到处横行无忌。其中在黑垛山一带活动的密探有一个姓孙，是党家沟村人，有一年替鬼子物色当地富户，惯例要以莫须有的"通红"罪名敲诈勒索。孙密探相中了白堂村大老财张立之子张鹏举，可是因为粗心，报上名单时阴差阳错将张鹏举写成了张红举，结果县城的伪警察前来按名索骥，二话不说把张红举带了就走，说要进城交差。他们都穿黑色制服，又绑着黑色裹腿，

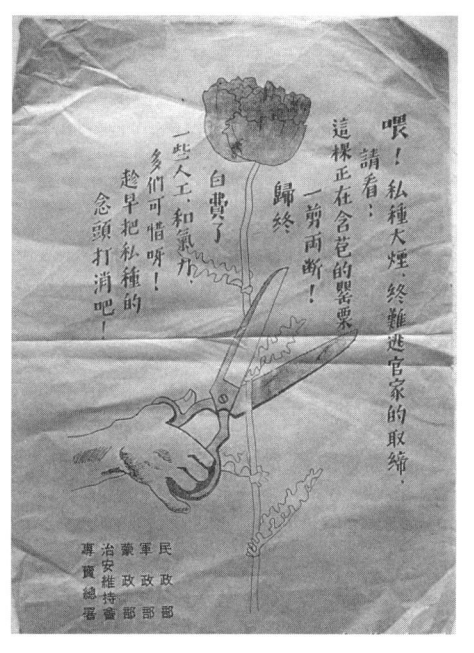

当年的山西曾经禁止私种罂粟

日军占领时期的朔县城

人称"黑腿军"。

出了村东走到东坪,几个黑腿军左看右看张红举的行头,怎么都不像有钱的员外,因此疏于防范,张红举如果瞅个空子完全可以开溜脱身,但张红举竟没那念头,主要是心里不怕,首先自己没犯啥事,而且自忖上面有人。原来黑腿军有一个头目许泉,朔县许家河村人,也算日本人手下的红人,他娶了白堂张映福长子张发的女儿张顺娃为妻,是张红举的堂姐夫,彼此常有来往,所以张红举认定只要许泉出面,完全可以万事大吉。但他想错了,那年头警察密探一路货色,素来认钱不认亲。结果他被押到警察局,说是许泉的小舅子没用,照样要求缴纳一笔天价赎金。张红举哪能答应?立刻被塞入木制的站笼,连关三天三夜,到底没盼来许泉搭救。张红举本人足够一米八的大个子,站笼枷住脖子,只能半蜷身躯,那就受尽洋罪了,简直生不如死,也不知怎么熬过来的。

随后,他又被投进监所将近百天,堂姐夫许泉这才露面,并且扮演了说客角色,说:"我好不容易才谈成800大洋,你应承吧,再不能少了。"一听依然是天文数字,张红举说:"若有800大洋,还用我受罪?"许泉说:"我打听了,你是顶替咱二哥来的。你回去就找二哥,这钱他给掏呀,没问题。"无奈张红举答应交钱,得以获释回家,才知道就在他坐牢期间父亲张达死了,永远解脱了疯病折磨。偏偏张益举原因不明也让警察抓去了,三媳妇高银付守在灵前,妇道人家束手无策,族人有的建议等回张益举张红举再说,有的反对说一时半会儿等不回怎办?商量半天最终决定不等孝子,由张鹏举主持,召集族人办理丧事,数日里为张达出殡。

或许性格倔强,或许出于负气,或许感觉会碰壁,总之张红举回来并未

站笼,也叫立枷

找堂兄张鹏举要钱,而是想方设法独自筹措。后面警察跟着监视催逼,慢了都不行,大概卖了不少耕地,又把宅院的西房卖给本村大郭权拆走砖瓦木料,据说高银付仅有的三个大洋都凑上了,总算够了800大洋,张红举自己再往城里送去,转由许泉上缴。不料堂姐张顺娃要他承情,借机留他连推了三天碾子加工米面。想想莫名其妙被抓,毫没来由破财,没见父亲最后一面,堂姐两口子不仁不义,凡此种种,无不让张红举品味奇耻大辱,刻骨铭心。以后说起日本人和许泉,他一样的切齿痛恨,并且一辈子都不能原谅堂姐顺娃,临死还念叨:"真叫顺娃姐欺苦了。"

补充一下顺娃那边。抗日胜利之际,许泉担任过神头碉堡的伪警察队长,摇身一变被阎锡山顽固军收编重用,混为驻防朔县的所谓"四十二团"的连长,团长叫李梦书,是神头人。1946年2月7日,阴历正月初六,国共还在和谈阶段,但李梦书率四十二团一部就在神头向共产党地方组织突然发动攻击,将区长刘永胜等6名干部杀害,制造了朔州历史教科书上记载的"神头惨案"。之后,许泉连队就驻扎在神头邻村新磨,军纪散乱,名声很差,有人见过他神气活现,骑着高头大马,风头正劲,一天晚间留宿吉庄村,却遭到八路军悄悄包围。凌晨经过战斗,许泉当了俘虏,百般求饶无济于事,立即被一位八路军的郭连长枪决,丢下张顺娃及两个女儿,其中大女儿与张改娃同岁,生于1928年,由此猜测,张顺娃那时候不到40岁,她带着女儿改嫁朔县南关人张国忠,举家到了太原,跟随她的弟弟张富举跑回村里,后来也疯了。正因为感觉无颜面对张红举,张顺娃毕生再未回过白堂,直到2000年后在太原去世,高寿九十几岁。她生前与堂弟张诚华一直保持联系,曾经托付张诚华向张红举一再解释当年的对不起之处。

对起对不起倒在其次,要紧的是经过一场劫难,张红举彻底沦为穷汉,全家生活水平已达不到温饱线。虽然家有砖木豪宅,但冬天取暖烧不起炭,冷冻难熬,只好搬出来寻房住院,只图冬暖夏凉节省燃料,先是借居三庙梁高家的土窑,两三年后再次搬入本家张科举的窑洞,眼看堂堂九进大院的主院,居然荒废到蛛网尘埃里。大致在日本人败退阶段,当地土匪祸乱,有一次抢劫大老财张鹏举，惊动了张红举等举字辈弟兄，大家齐心合力将土匪打跑，张二老汉好像顿悟，觉得还是血浓于水，开始周济穷困族人，其中把二铺村的小煤窑送给张红举，扶持张红举大小成了煤老板。那处煤窑好像老鼠洞一样，只有三五个背炭的矿工，办公场所也就半间石窑，经营谈不上赚钱，不过好歹解决了张红举的烧炭困顿，额外还能换些豌豆莜麦。张润福记得，他曾得到过驮炭的骡夫送给的一根麻花。合作化时，公家派来一位叫冯杰山的干部，跟张红举说："煤窑无偿收归国有了。"张红举无话可说，只有照办。后来煤窑改造为国营二铺煤矿，但都和张家半点关系没有了。后话不提。

还说1945年日寇投降时，白堂村已属八路军的解放区，农会主席由郭如担

如今这座煤矿想不到原先是张红举的私产

任。同时村里组织起民兵队，队长是村里最早的共产党员，另外一家张姓的张生发，他带领白堂民兵队还参加过1946年6月17日解放朔县城的战斗。之后，34岁的张红举也主动向新生政权靠拢，踊跃报名加入了民兵队，看似表现积极上进，实则很不合格，自然不会成为红人。本来革命队伍决不允许吸毒参赌，可是张红举两样俱全，不怎么好戒，当然转入地下，据说鸦片要到全武营村的一个私藏的窝点去买，每3天一次，每次1个大洋。

从1945年后半年起，晋绥各县就响应上级号召，动员开展大规模的反奸清算运动，清算对象是日伪汉奸特务、恶霸地主等，接踵而至又是三查斗争及土改运动。白堂村的运动，好像清算和三查、土改混同进行，普通群众搞不清概念上的区别。下来的工作组由绥蒙公安队组成，组长人称顾政委，驻村待了两

年多，作风相对稳妥，直到1947年夏天，才开始布置着手抓人。其间周边充满火药味的消息纷沓至来，比如下木角打死40多号有钱的老财，南寺儿村张益举岳父全家送命等等，总之平鲁一地出了不少人命。风声鹤唳之下，白堂土地最多的两家地主张鹏举、张善计早已逃跑无踪，因为缺少斗争对象，关押起来没几个，虽然还没有涉及当过甲长的张红举，但他忐忑地感觉迹象似乎有些不妙。

另有一位姓徐的小地主上了被清算名单，但他不在村里，跟四儿子徐步云走了；当时徐步云在八路军中职务不低，据说后来担任过本溪钢厂领导。村里所要斗争的，主要针对徐家老三徐步来。徐步来曾在西易村的联合村公所干过村警，日本人走后投奔过顽固军，最后又加入共产党一边，已在朔县东南乡的南榆林那边担任了区长，虽说随波钻营，民愤却莫须有。但既然有日顽走狗的过往，自然不能放过，工作组即行派出两位民兵曹礼和另一户外来张姓的

晋绥土改记忆

张宗昌，拿了介绍信前去南榆林，于7月13日将徐步来捉拿，押回白堂。徐步来本来参与运动，还能不了解后果？不过迫于形势也得面对，表现还算视死如归，路过村东小泉子沟时，发现蓄起一池泉水，他和曹礼二人说："这一回去我肯定活不成。让我在这儿洗洗吧，死也落个干净鬼。"洗完回村，公安队将他关进南沟湾朱家的下窑，特意指派张红举晚上看守，并且悄悄向他下令说："我们今晚准备将徐步来带走。你等天亮后太阳出山，去沟里喊一声'徐步来跑了'，再就别管了。"张红举只能一个劲点头。

果然半夜时分，人家前来行动，还摘下窑门，布置了徐步来出逃的现场，随即徐步来被拉到村外的葫芦沟用石头砸死。张红举根本不明细里，早上也去

高银付晚年

沟里大喊,不料揽事上身了,公安队立刻控制住他,看情况要追究责任。他吓坏了,心想人家到底不把他当自己人和同志看待,可能为了一石二鸟,专门设计了一个策略,在解决徐步来的同时顺便跟他清算老账。情急之下,他央求公安队的顾政委说:"昨晚我家就没水了,老婆眼看即将临产,我能不能先回去挑一担水?"顾政委通情达理,说:"可以。"也没派人盯随。张红举瞅准这一活命良机,回家挑了水担扔到井台边,急急好像漏网之鱼,一口气跑到20多里外的上团堡村,找到一个叫杜增的人求助。杜增是吹鼓班子成员,常在各村走动,跟张红举交好,一听根由,就此留下张红举在他家藏匿下来。其间张红举又害病了,结果一待40多天,病愈潜回白堂,发现顾政委率领公安队已经开拔,居然没人再追究他。

可见,当下跑就跑了,运动的浪头一旦过去,再没啥事。非常时期,事情说复杂也非常复杂,说简单也非常简单。

就是张红举逃离白堂的那一天,1947年7月14日,农历五月廿六,他的堂叔张升离世,他的儿子张润福出生。

第七章 木秀于林

一　谷子老财

一直以来，在白堂村知道张映蟾次子张立名字的人不是很多。不过，一说他的尊号张二老汉，那可另当别论。

遥想 70 年前，白堂村及其方圆 5 里范围内，多数耕地属于张二老汉所有，高家沟村、潘家窑村的耕地基本被他买光；甚而向外蔓延，北至平鲁的井坪城、南到朔城区的峙峪村，纵横 50 多里都有辐射，更远在利民山的杨家圪台村还有田庄。究竟多少田产，恐怕连张二老汉自己都难以掌握准确，真正的不计其数。能够打造起如此巨无霸的庄户实体，张二老汉在人们心目中极具神秘色彩。

回望张二老汉的发家之旅，起点还要着落在最初的三兄弟分家。

按照张二老汉孙子张福柱的说法，张映蟾妻子孙氏采取了抓阄的办法，将三处房院分归张达、张立、张齐名下。不过族人张润福则说，张达老大占先，分了气派的主院；老三张齐生来强势，分得稍次的绣楼院；轮到老二张立，只能去九进院外最下等的牛犋院了。为公平起见，老太太又把三匹骡子和 30 担陈年谷子补贴给张立。比较起来，第二种说法相对可信，得到公认，也就充分说明张二老汉孝悌谦让、以和为贵。村

牛犋院就在停车的位置，如今一点痕迹都不见了

里留下一句歇后语:"张二老汉骂狗,没人胚。"说是当年30多名长工锄田回来,在院内蹲了一圈吃粥,家养的一只狗大煞风景,麻溜溜跑进人圈的正中拉下一坨,张二老汉见了,说:"这狗的,没人胚。"长工都笑,说:"原本是狗,如果有了人胚就坏了。"看得出老掌柜的性格随和,没有架子,所谓和气生财嘛。还说张二老汉爷俩都是庄稼把式,耕地耩田无不是行家里手,务农劳作亲力亲为,绝非偏见意义上的作威作福或不劳而获。孙氏去世时,过来想把张立叫住有所交代,一来长子张达已经疯了,二来可能觉得张立踏实可靠,值得她另眼相待。

中国农民的图腾

张福柱说,张二老汉大约卒于1958年大炼钢铁之前至少三四年,卒年72岁,推算生于1883年左右,还在大清光绪年间,比大哥张达略小几岁。他娶妻平鲁井坪城的翟氏,夫妻育有一个儿子张鹏举和一个女儿张爱喜。翟氏1945年亡故,只活了60多岁,她生前曾经当过接生婆,媳妇王白女记得她死后还给戴了一副红布手套辟邪。儿子张鹏举娶妻施庄村刘二女,竟是刘懋赏的本家侄女,一说亲侄女;女儿爱喜嫁给石洼村老财之子王利山,王利山的五叔人称王五,曾经留洋日本,引进并开创了山西的电灯泡产业。张爱喜1981年去世,终年74岁,生于1906年。

且说兄弟分家就按1919年时,张立不到40岁,将近不惑之年,正在人生的黄金时期,而且一举把握住了立业的机会。

固然最初分到不少土地,也是基础扎实,但仅仅依靠种田不足以短期暴发。或许张立自己根本不会料到,全赖牛祺院附庸的两宗赠品,让他有了意外收获,那就是骡子和谷子。骡子属于富人的脚力,只供出门之需,对过光景没啥帮助,再者还是三匹,要产生不小的费用,明眼人看来,等如鸡肋一般;至于30担谷子，每担 300 斤，一共 9000 斤，据说即将变质，也生了虫子，继续储存说不准就会霉烂，可是若想变卖出手都没人肯瞧一眼。

正如朔州的一句俗话所说："命里有 5 斤，不用起五更；命里 2 斤半，累死也扯淡。"类似谋事在人成事在天吧，反正在张立身上应验了。分家的第二年，也即民国九年的 1920 年，中国北方罕见大旱，一年多不见下雨，资料显示山东、河南、山西、陕西、河北等省的旱情 40 多年未遇，灾民 2000 万，死亡 50 万人。相邻山西的内蒙同样赤地千里，寸草不生，山西平遥的金融大户祥泰隆老板董得峰多方收购并运进口外粮食 5000 石，从而发了大财。祥泰隆

太谷元宝

派出的采购员是否来到白堂也很难说，反正是内蒙那边的客商打听到白堂张立手中存有谷子，不问质量如何，悉数高价购买，总之让张立一下子赚得盆满钵满，收到大洋无数，另有 9 个元宝，其中两个还是马蹄金的。金元宝可能是谣传，银元宝却有人见过，底部铸有"太谷库平 50 两"的字样。

不言而喻，张立囤积居奇一夜暴富，获名"谷子老财"。

大灾之年的粮价肯定飞涨，难以想象。民国九年有个知名的故事，说是有人在河南许昌火车站用 50 斤小米换了一个 15 岁左右的小女孩，坐车到了河北得知女孩价格才值 20 斤小米，为此后悔不已。民国时期寻常年景的米价大致浮动在每担 7 元左右，有数字说民国九年涨价到每担 10 元左右。究竟张立的谷子卖了什么价钱，现在已经无据可查，不过即使 5 倍 10 倍的价钱翻番，毕竟存谷有限，收入也不会夸张到出奇的程度。因此，卖谷子投机一把，顶多是他淘到的第一桶金，又说他另有外财的渠道。

大致在辛亥革命后，张映蟾的大女儿跟着丈夫刘懋赏到太原定居，娘家年年都要去人探望，长途跋涉全靠张立分到的骡子，因此老太太都指定张立包揽

了太原出差，惯例每年一趟，去时三匹骡子驮满土特产之类，返程也是刘夫人赠送的满垛物品。张红举童年曾跟二叔走过一次，他记得只在督军府住一晚上，来回却一共需要13天，单程200公里，差不多颠簸一周，可见赶骡子也算个高强度的辛苦活。据说，张立带回食物及用品，全部交由母亲给家人分配，收到大姐的现金，他却不予上缴，统统自装腰包。后来张立年纪大了，儿子张鹏举替他代劳太原的探亲事宜，照样按老规矩亏人自肥。族人想象，刘懋赏夫人一定出手大方，因此张立父子每年的现金进账，不是个小数目，也算由骡子带来的福利，别人看来骡子累赘，在张立手中就变成了香饽饽。

这一猜测，似乎经不起推敲。虽说朔州和太原两地通讯不便，但亲人之间总会见面，万一到时候说出真相，张立父子的一己之私岂不曝光？怕是不好交代。应该说，偶有掖藏可能，全部侵吞未必，爷俩出骡出力，疑似还背了黑锅。

客观分析张立的财富来源，肯定离不开分家打下的基础和谷子的坐收增值，但是，最根本原因还在于他不失时机滚雪球式囤地，"治本于农，务兹稼

1907年，法国汉学家爱德华·沙畹游历山西，拍摄了太原府迎泽门

当年到太原的必经之地雁门关

稿",也属传统的庄户老财走向成功的共同之处。相传张立极度节俭,自家人吃饭都嫌肚大,每天伙食固定不变:早上白粥,中午莜面或素糕交替,晚饭一律三杂面河捞——当地一种压出来的杂粮面食;吃肉嘛,需等中秋节春节吧;全家最数张立的一床被子值钱,被面也不过是白笨布用煮红染出来的。只有这样的精打细算,别人看来惜钱如命,堪称吝啬成性,因此不难理解当鸦片肆虐时,张立父子始终能够洁身自保,没有沾毒,无谓花钱的勾当免谈。

在原始积累阶段,张立每年产出粮食,绝大多数赶紧卖钱,手里只要攒够一定钱数,马上用以买地,循环往复,鲸吞蚕食,最终积少成多,雇佣的长工30多个,比父辈时代略少一些。他的管家姓季,不远的石崖湾村人,一干30多年,长工队长也姓张,邻村潘家窑人,供职时间同样不短,这两位恪尽职守,共同将张立的所有田地打点得井井有条,抑或张立的用人之道也有过人的长处。

随着家大业大,张立也上些年纪,即行退居二线,扮演董事长角色,可能这时人们才叫他张二老汉;日常事务则交由张鹏举掌管。张鹏举不仅萧规曹随,继续按照父亲的路数多加置地,却也能与时俱进,开始投资商业领域,竟在北京王府井开了一家商号,在朔州利民山那边也开了油坊,到日本人侵华前夕,张家进入最红旺阶段。张鹏举卒于1965年,终年64岁,算来出生于1902年,那么张立20岁前就有了儿子。张鹏举的原配刘二女于1984年去世,寿终84或85岁,比丈夫大一两岁。

张二老汉仅有一子,所谓十亩地里一棵苗,令他不太如意。张鹏举成亲后,妻子刘二女也不争气,接连生下两个千金小姐,老大取名玲娃,老二取名月娥;继续努力,又生下过3个儿子,但或两三岁或八九岁就夭折,死活保不住。迫切抱孙子的张二老汉心急如焚,从高家沟村又给张鹏举娶来一个二房,遗憾的是别说儿子,连个女儿都没给生下,可能被中途休掉了,因此她的姓氏不详,在张家几乎没留下什么生活印记。

古人说:"于礼有不孝者三事,谓阿意曲从,陷亲不义,一不孝也;家贫亲老,不为禄仕,二不孝也;不娶无子,绝先祖祀,三不孝也。"大体意思说,一不孝是过分顺从,父母有错不敢指出,容易让父母陷入不义;二不孝是不能挣钱好好养活父母；三不孝就是断了香火。张鹏举眼看人到中年，迟迟没有儿子，也算一块最烦恼的心病，但是这一难题尚未解决，日本鬼子打进来了，就此给张二老汉带来几乎丧命的无妄之灾。

抗战初期，敌占区一时处于无政府状态，散兵游勇、地痞流氓等乘机结伙为匪，祸害地方。平鲁西山的白辛窑村一带也闹起土匪，大肆抢劫周边各村的富裕人家，谷子老财首当其冲被惦记上了。头一次土匪来袭，张二老汉在西墙打个洞跑了，第二次土匪又来，趁夜摸进牛犋院，控制住张二老汉一家，一帮子家伙脸抹煤灰，逼要元宝大洋，张二老汉肯定提前有过预案，应对说："元宝藏在窑顶的夹岔里，我给你们去取。"土匪信以为真，让他架起梯子爬上窑头，不想他早已藏好一颗手榴弹，拉开弦使劲往绣楼院扔去，轰隆一声巨响，张齐、张达两院人等闻声蜂拥冲来，据说连同张鹏举在内集中了 8 个举字辈弟兄与土匪展开搏斗，土匪落败，狼狈地向村西逃跑，举字辈随后急追，一直追到半山的陶卜洼村附近，其中张红举个子大跑在最前面，竟把落单的一个土匪逼得跳入沟畔的一处天桥下，土匪忽然苦苦哀求开了："别追了，是我呀。"张红举听得熟悉，借着微光辨认，原来是本村的李有德，跟土匪狼狈为奸做了内应。李有德对张红举说："把事情压了吧，别说出去，保证再不来了。我领你的情。"张红举一想本村当院的，息事宁人，不宜结仇，于是放过李有德一马，返回去跟弟兄们说："土匪跳沟跑脱了……"

有道是道高一尺，魔高一丈，土匪吃了大亏，哪肯善罢甘休？只不过吸取教训，谋划更加充分，让张二老汉防不胜防。又一个月黑风高之夜，土匪再次光顾白堂牛犋院，好像张鹏举出门在外，只把张二老汉擒获。这次不问钱财，只针对其祖传的藏宝，看来不是李有德参与的那伙土匪。原来，张二老汉手中珍藏着一身冠袍带履，据说是仪善堂老辈张炜张翰林的朝服，平时叠放在窑墙掏开的暗龛里，用炕上的铺柜严密遮挡，每当重要节日才会恭恭敬敬取出来香火供奉。小堡村曾有传闻说，张炜的朝服被奉军师长抢去，看来不实，那么怎样被张二老汉得到？极有可能是张炜的五世孙辈张浩在族兄张二老汉名下亏欠不少，最终把朝服做了补报。如此宝物，张二老汉轻易连族人都不让一睹，自然想对土匪竭力搪塞，但再想故伎重演惊动侄子们已经办不到，土匪将他捆绑起来，点燃莜麦秸使劲烧他，最终使他屈服，挪开铺柜交出朝服。土匪抢宝得逞，呼啸而去，张二老汉已被烧得体无完肤，家人把他送到朔县城日本人开办的医院才抢救过来，四肢留下骇人的烧疤。

从此以后，张二老汉看淡了钱财，许多穷困的族人得到过他的帮扶，给地、给钱、给住处。不可否认，他是一位温良恭俭让的乡间精英，只可惜在土改前夜，他和儿子儿媳举家外逃，杳无音讯。

那么张二老汉一行到了哪里？还得从他儿子张鹏举说起。

张鹏举的曲折人生，则与一位多舛命运的女性休戚相关。

她叫王白女，属虎，生于1926年，老家浑源县木市街锣柜巷。早年父亲开了酿酒作坊，但在27岁就死了，王白女才两岁，4年后母亲去世，岁数不详，留下孤苦伶仃的王白女，从6岁起寄养在四叔家被拉扯长大。听听她的名字，随便在乳名前加个姓氏而已。在王白女记忆深处，民国二十八年的1939年阴历五月廿九，恒山南峪口暴发特大洪水，浑河大坝决口，造成史载的"水淹浑源城"，还有传下的民间小调：

当天铺满云，
咚咚的响雷声，
大雨不住地下，连阴了半月整。
五月廿九，二龙来戏水，
戏来戏去，戏在了悬空寺。
水上三架楼，
老道觉了愁，
不顾念经，嘣嘣的来磕头。
山水头进了城，众黎民不知情……

据说那场水灾，死亡三四千人之多，只因浑源在日军占领下，详细损失没人统计。也不知王白女及四叔如何逃过一劫,但是家产全都化为乌有。四叔在日伪浑源县警署当警察,本来有些收入,却又吸食鸦片,到水灾的次年已经无钱为继,居然打起侄女的算盘,准备卖掉王白女。王白女隐约感觉四叔不怀好意,所以决心出逃。正好隔壁她的一个闺蜜成了浑源南山的红军地下

旧照片:水淹浑源城

通信员,通过人家从中介绍好了,她已能去参加红军,然而,狡猾的四叔严加防范,最终抢先一步以 300 元现洋的价格,将她卖入应县大营村的一家商号"庆余堂"。除非她偷跑掉,否则没得自主选择余地,就像会说话的商品而已。

那一年王白女 15 岁。以后她常跟儿子张福柱说:"妈当年就值 300 个大洋。"

当然,"庆余堂"与白堂张家大有渊源,竟是刘懋赏私有的水利公司。资料记载,刘懋赏从民国初年开始,笃行实业济世,大力投资水利工程,朔县的广裕、山阴的富山及应县的广济公司都是他与其他股东合作创办。其中应县的广济公司,全名大应广济水利股份有限公司,于 1929 年股东分开土地,刘懋赏的一股改名为"庆余堂",为应县城东四十八个村庄改变了干旱贫瘠面貌,1931 年刘懋赏逝世时,应县父老曾派代表前往祭奠,并送上"惠我无疆"匾额一块。

从王白女的追忆说明,庆余堂在日军入寇期间依旧保持了正常运营。可是,难道庆余堂还会鼓捣人口生意?事实不然。原来张冠李戴了,王白女的金主正是刘懋赏的妻侄张鹏举。

据说,那几年虽然姑姑、姑父都已离世,但刘家和张家照旧亲密,张鹏举弟兄隔三差五到庆余堂走动,做客散心吧。当时刘懋赏的二房遗孀曹女士常住庆余堂,对张家子弟眷顾有加,可能她听得张鹏举的原配继配生不下儿子,所

以才为他牵线搭桥再娶了王白女当"小三"。"小三"也名正言顺,白堂侄辈居然都称王白女"三大娘"。1940年的张鹏举39岁,比王白女年长24岁,张鹏举的大闺女玲娃比小妈还大两岁。一对新人年龄如此悬殊,王白女卖身为妾怎么伤怀难说,但做了典型的"大叔控"后,在应县待了半年多,那段日子一定值得怀念,因为一来张鹏举再大也属"高富帅",即使到了50多岁时依然有棱有角气度沉稳;二来曹女士特别关心王白女,每月都给一大笔零用钱,还常常问:"够不够花?"

所谓梁园虽好,非久恋之乡。张鹏举和王白女又不能老在应县,总得回去。不过可能张鹏举纳妾没和父亲张二老汉通气,也就不敢直接把"小三"引见父亲,所以先送王白女临时到杨家圪台村自家的田庄暂居,三叔张齐次子张成举的岳父就是那个村的人,可以关照一二。古人说"不孝有三,无后为大,舜不告而娶,为无后也,君子以为犹告也",私自纳妾,张鹏举并不违背伦理道德,过些时日,他与父亲、原配通报并取得认可,就把王白女接回白堂。王白女大开眼界说,夫家那个有钱,银元堆在大笸箩里,她和刘二女常常负责清点摞码,每次数到胳膊困乏——真正的数钱数到手抽筋。

终于日寇投降,山河光复,阎锡山的队伍率先接收雁北各县。张二老汉手里存积下大量银洋,可能感觉终于实现天下太平了,所以雄心勃勃又想大干一场。张齐的四子张丽举当了晋中的平遥代理县长,一次衣锦还乡,张二老汉跟侄子商量说:"我还想做大买卖。"张丽举清楚时局,建议说:"眼下依旧兵荒马乱,看不出安定迹象,任何买卖都做不成。您还是稳妥些多买土地吧,这时候买地也便宜。"于是张二老汉马拉松式继续购地,光在马蹄沟村又盘下几千顷。

接着形势急剧变化,张丽举一语成谶。

令人眼花缭乱,前脚日本人败退,后脚国共相争,谁也料不到顽固军迅速失势,时间没有一年,首先从平鲁朔县开始一败涂地,整个雁北一带只能困守大同市一座孤城。共产党为穷人打天下,登高一呼,从者如云,各村都开展三查斗争、土改运动,以期实现"耕者有其田"。资料记载,晋绥土改不可避免出现了偏差和过激行为,大地主、大老财被杀掉不少,寒蝉知秋,兔死狐悲,张立父子预感大难可能临头，觉得还是保命要紧。其时白堂村的另一地主张善计1946年已经首先出逃口外，落脚内蒙的绥远即呼和浩特市，开了一间面铺。其时绥远还由国军董其武部据守，张善计捎话让他二儿子张林书约齐张二老汉一同前来绥远会合，再图下一步打算。

时间大致在1946年阴历十月，张二老汉决意亡命天涯。据说某一天的夜里，父子俩分头埋藏元宝大洋，极其神秘地忙碌了整整一个晚上。到了次日，张鹏举与张林书经由应县前去大同市打好前站，然后潜回白堂，集中起两家10口人同时启程，赶赴大同。包括张善计的女儿张云霞、张林书夫妻及其儿子石柱、女儿张凤梅，张凤梅属羊，生于1943年，石柱比她大三岁。这边是张二老汉，张鹏举及其原配刘二女、侧室王白女、二女儿张月娥。其时，张善计的长子张提书在太原开办绸布店，张鹏举的大女儿张玲娃已经嫁给朔县城酒厂工人李枝，两家人中，唯一留在村里的，只剩下张善计走不动的小脚老婆，随后她被关押致死，由近门张鹏书找个浅坑草草掩埋，最终还让野狼挖出来啃咬了尸体。

回头再想，张二老汉一行身份特殊、目标不小，而且绥蒙工作组守在白堂，按理轻易难以脱身，不过时任共产党朔县政府县长贾丕绩老家平鲁下水头村人，是白堂张家的表外甥，据说因为沾了这门老亲，他暗中施加影响，网开一面放跑了张姓的两家大老财。是不是真的，姑妄言之，姑妄听之。

据王白女回忆，大伙到了大同后，入住一家悦来旅社，滞留了半个多月，原因是出走匆忙，张二老汉只拿了一盒子的地契，说："这是命根子，丢了什么也不能丢了这些。"谁知出门在外，地契狗屁不值，等于一把废纸。手里没有足够的真金白银，别说考虑往后的谋生，当下就寸步难行。因此张鹏举只好重新再返白堂，挖来200多大洋。大洋又不同纸币或信用卡，200多个就有大约15斤，叮叮当当的再多就不好携带了。有了这笔钱，人马继续北行，取道集宁方向赶到绥远市，与张善计相见，不免悲喜交集。大概借助张善计的拉引，张二老汉将手中的大洋作为投资本钱，也办起一家面铺，就此胡乱安顿下来，一边做买卖一边期盼蒋委员长内战取胜。然而国民党大势已去，张家的两处面铺惨淡经营了最多三年，1949年9月，绥远宣告和平解放。张善计跟张二老汉协商，生怕凶多吉少，决定还是走为上计，于是舍掉面铺，两家辗转到了内蒙巴彦淖尔的临河县，再去了乌兰察布卓资县的旗下营。这一路就艰难了，手中没几个钱，只靠张善计父子懂些兽医，沿途给农牧民牲口看病，张鹏举则会些柳编手艺，加工售卖几个柳筐柳笸，两家人聊以糊口，吃了上顿没下顿的，已经形同流浪，那些地契，淋几次雨水早就一塌糊涂，字迹都变成黑乎乎一团墨渍。

到底张鹏举的原配刘二女坚持不住了。她觉得与其饿死，不如死在老家，因此好歹不愿逗留内蒙，执意要回白堂村，谁也劝阻不了。没办法，丈夫将她和女儿月娥送走，同林之鸟终于劳燕分飞。当刘二女母女返回白堂，村里已经完成土改，并经过政策纠偏，与地主老财的清算也告一段落。在张齐三子张林举关顾下，刘二女安顿下来，苟且安生，女儿月娥嫁给耿庄村王家。由于丈夫失联，事实上刘二女等于解除了婚姻，据说曾经再嫁一场，但不知为何只在男方家里待了一晚，天明即告拜拜，依旧回白堂寡居度日，先寄居张发的一间破窑，然后搬入九进院内张映悦四孙子张福华的一间窑里，大集体时也得参加劳动。"文革"期间她经常被一帮小孩追着叫喊"地主婆，地主婆……"，受尽了困苦和羞辱。那些年，次女月娥已随丈夫远出内蒙包头定居，光景还行，老给母亲邮寄一些钱物，先需寄到朔县城里的姐姐张玲娃家，再由在煤矿当采购的张俊举进城时，顺路捎回村交付刘二女。

再说王白女，她除了丈夫外，再没有亲人，无论安危，只能跟丈夫一条路走到黑，继续逃亡，不过她也一度面临被清理出局。一次，她无意间听见公公和丈夫窃窃私语说："公鸡不打鸣，草鸡不下蛋，百无一用。你这个女人，她又不生，要她干啥？不如换5担莜麦完事。"可能张鹏举跟王白女患难有情，下不了狠心，才使王白女免于掉队，继续随行。反正张鹏举一伙难民既像丧家之犬，又像惊弓之鸟，始终认为越偏远越安全，挈妇将雏，一路往北，但是走一处解放一处，最终到了阴山北麓的察哈尔右翼中旗大滩乡一个名叫后孔独林的小村子，新中国宣告成立了，他们已经再也没得可走。

后孔独林村位于内蒙西南部，地处偏远的山地林区，距离平鲁至少不下

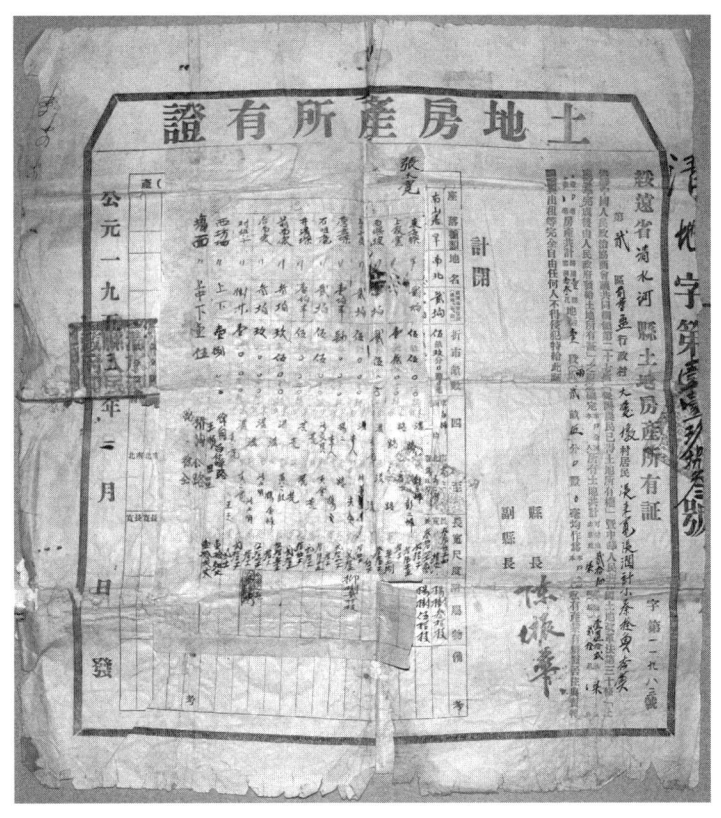

绥远的土改,1953年才完成,这是小堡张氏迁往清水河县张来宽的土地证

1000里。天高皇帝远,消息闭塞,看似风平浪静,两户人家决定就此定居,隐姓埋名。其中张鹏举改名为张积武,张善计改名张计,张林书就改为张二小,妻子寇素英改为寇二女等,只说是贫苦农民逃荒而来,居然轻松地蒙混过关,没被查究什么身份,总算结束了惶惶不可终日的漂泊岁月。张善计还在大滩乡一个叫庙梁的村子谋求当了老师,原来两家人共伙,这当儿才分开生活。后孔独林村村子实在太小,只剩4户人家,加上新迁来的两户张家,不过6户而已,1951年内蒙察右中旗土改进行时,也不例外地分田分地,张鹏举他们分到了早已逃走的郝姓地主的家产和田地,标志着从此获得了新生。

应该说,张二老汉年届古稀,好歹走出几近绝望的阴霾,或可在阳光下长

张鹏举使用过的钱夹子,是他唯一的遗物

呼一口气,但可能有了余暇思索自己的命运,面对凤凰落架不如鸡的苍白现实,曾经的腰缠万贯,眼下的身无分文,即使心胸再宽阔,都不能排解满腹的积郁,加之几年的饥寒交迫,竟致心火炽盛,损伤了双眼,结果导致病患失明,成了瞎子。生活不能自理,上厕所都要媳妇王白女搀扶,令他很难为情,总得表示表示抱歉,有一次王白女跟他开玩笑说:"假如当初把我换了5担粮食,现在谁来管您?"张二老汉讪笑一句:"那是说气话哩,也不当真……"

往后没过多长时日,曾经富甲一方的老员外张二老汉,生命走到灯枯油尽。弥留之际,他耿耿于怀的只有两桩遗愿,叮咛儿子说:"我死了,一定把我弄回老家。"又叹一口气:"莫非咱这一门,真要绝户了吗?"说完黯然辞世。当时家里没钱,他只能被一张苇席卷了,暂时埋在附近泉子洼的红山梁边一个土崖洞里;等到1962年,张鹏举才又挖出父亲的遗骨,装入红布袋,千辛万苦、不远千里背着送回山西老家。因为特殊的身份使然,他仍然不敢公开在白堂举哀声张,只由张林举、张红举等堂兄弟协助,挖开翟氏的坟墓,将夫妻二人合葬。

值此需要补记一笔:张凤梅一力证明说,张二老汉肯定是死于1949年,那么应该生于1878年,这与张福柱从王白女嘴里听来的时间数字存在分歧。口传或回忆,一时很难判定孰是孰非。

应该是1962年,正值早春的一天,据张林举二女儿张连英回忆,她不到10岁,忽然被半夜的敲窗声惊醒,影影绰绰看见窗面留出的猫道口有人伸进一只手招呼,说:"开门,我回来了。"又听见父亲惊诧地说:"哎呀,是鹏举回来啦!"第二天早上,张连英在院内发现了堂伯张鹏举背回的一个红布袋,说是袋里装着二爷张二老汉的骨骸。当时张红举把自家的一件旧立柜为张二老汉改作棺材,张鹏举将他父亲装殓，入葬在祖坟内张映蟾夫妇脚下。张润福也回忆说，阖棺前他也在孩提，曾目睹张二老汉已经变成一副纯粹的白骨，好像筋还连着，没有散架。

好歹，张二老汉魂归故乡，入土为安。

无论如何，狐死首丘总也是个无言的结局。

二　纾难图存

把时间回归到大跃进时代的 1958 年。

白堂村极少有人知道，就在那一年，消失 10 年之久的张鹏举神不知鬼不觉潜回村里，在堂弟张红举家留宿一晚。此行他只为解决无后为大的人生难题，当然也是他最迫切最要紧的家门使命。父亲临终时因为绝户之忧不得瞑目，好像给他留下一道魔咒，让他纠结于怀，始终不得心安。

既然再把传嗣提上议事日程，说明张鹏举在口外已经摆脱了生死存亡的困境，抑或生活得可以。后孔独林村距离所属的大滩公社三四十里，而大滩公社距离察右中旗政府驻地科布尔镇又有将近百里，由此村子的偏僻可以想象，对于逃亡地主来说，无异于从恶浪滔天的无边汪洋爬上了安乐岛，而且粮食也不会缺乏。翻译蒙语"科布尔"，本身意思就是"土地松软"，当然宜农宜耕。合作化开始，后孔独林村已集聚到 20 多户人家，相应成立了集体化的生产大队，王白女

张鹏举和女儿蟾娥

因为表现积极，居然担任了大队的妇联主任。

而张善计一家，向好的迹象更为明显。1948年，张二小9岁的儿子石柱夭折在逃亡路上，但到第二年其妻寇素英如愿又生下一个儿子，取名张汉良，接着再生了二女儿张淑珍。张善计业余行医，医人医兽来者不拒，不愁一些副业收入，得了孙子，更感觉后继有人，奔头十足，他自然喜上眉梢，连连感叹"祖宗有灵、后山宝地"。1955年，张二小第三个女儿出生，只有7个月早产了，父母生怕存活不住，可能打算遗弃，王白女没有子女，借机跟张二小夫妻提出："不妨送给我吧，我来拉扯吧。"双方就说好，小孩归了张鹏举夫妻，既算收养，也等于过继，取名叫蟾娥，不知张鹏举是否为了纪念他的祖父张映蟾。推算蟾娥比她的大姐玲娃要小31岁，虽然在娘胎不足月，但却顽强地活下来了。王白女自己没法给她哺乳，反雇其亲妈寇素英当奶妈，每月支付5元钱，过了一年半才接回来，张鹏举买下一个奶山羊，专为蟾娥喝奶。张鹏举毕生唯一留下一张照片，就是他和蟾娥的合影，可以看得出来，小姑娘给久已沉闷的家庭带来了莫大的欢乐。

不过，抚育蟾娥对张鹏举来说属于最次等的谋求，只为免于日后老无所依而寻求一点保障；1958年，他已然57岁，想生儿子恐怕无望，在他心中，亟待有人顶门立户，那才算老父亲指引的终极事业。一旦感觉政治环境稍微宽松，他马上就付诸行动，于是才有了一趟隐蔽的白堂村之行。

他唯一可想的法子，仍需在家族内部通过过继来做文章。

当时张家所有举字辈弟兄中，张益举下边一个独苗傻面换，张明举一个张面人还远走了，张成举留下独子张敬，张林举也才有了一个儿子张元，张丽举的独子张世雄不知流失在哪里，唯独张红举的人丁可观，三个儿子齐刷刷地叫人羡慕，其中张润福12岁，张荣8岁，张斌才6岁，都在顽皮的时候，家里显得好生热闹，相应地嘴多费饭，日子自然紧张。张鹏举与张红举见面后，直言说出自己的苦衷，试探堂弟能不能把老二张荣过继给他，由他带到口外传递祖辈张映蟾分支出的其中一脉香火。张红举自忖责无旁贷，转而和妻子高银付商量，但是高银付表示即使再穷，手心手背都是肉，她舍不得母子遥遥分离，也没有家族延续高于一切的觉悟，因此予以回绝。眼看没有回旋余地，张鹏举只好失落而去。

到了第二年，大滩公社要求各村的外来人员一律回原籍开具介绍。实际上如果及早落户，应该也有变通的空子可钻，免了牵扯老家方面，比如同样出走口外的张明举，压根儿没听说他回村开什么介绍，可是一旦等到国家正在加强户籍管制，为时就晚了。张鹏举、张二小感到为难，意识到可能埋下隐患，但张善计素来关心时政，说："这两年国家开展整风，说要正确处理人民内部矛盾，政策绝对跟刚解放不一样了。我们隐瞒身份十几年，也该正大光明了却这块心病。"经他一说，张鹏举和张二小结伴回到白堂村，请大队开具相关介绍。原本正当手续很容易办理，甚至乡里乡亲写个贫下中农出身也不为过，谁知节外生枝，白堂村干部的阶级立场比较鲜明，竟然要求二张分别献出当年埋下的白洋，否则休想就此过关。

据说白堂村有人知情，估计张二老汉起码三处宝藏，一处地点不详，是1万个大洋装了一瓮，第二处在牛犋院南端杏树下，埋了1坛子700个大洋，东端杏树下又埋了三个元宝，剩余带出内蒙9个元宝包括两个金的。这些不一定可信，但白堂的钱物确实连续出世。大跃进前白堂村在牛犋院跟前修筑蓄水的水窝，工地挖出过不少大洋，好像几个村民私分一空；白堂乡供销社售货员郝修身曾在牛犋院借居，他家的猪拱出来两个黑乎乎的金属疙瘩，他不当回事，扔在那儿打炭使用，全武营村一个卖羊毛的见了识货，说："郝修身那厮有钱，用元宝打炭。"郝修身才急忙收好。又说张善计原先正房屋顶的56个岔檐中各藏过一个元宝，出逃时取出来又埋到某一棵大树下，纷传也已流失。究竟两家老财藏宝多少，肯定是不传之秘，万万不会轻易告人，不知张二小怎么和村里交代，张鹏举只咬定说一共3000个大洋，就埋在水窝那儿。反正他俩滞留白堂村40多天不能脱身，除了带着干部胡乱寻宝，还得参加集体劳动，够狼狈的。

就在那段时间，张鹏举嗣子之心不死，曾经正式向张红举夫妇挑明了希望过继张荣，还特意请了张林举过来充当说客。张林举向高银付开展思想工作，说："你们这边穷得养活不过，过继一个小孩给鹏举，也算两全其美。"高银付左思右想，总是惜子情切，最终摇头未允。张鹏举待在村里期间，有人回忆说他就与原配刘二女住在一起。但刘二女矢口否认，跟侄女张连英说，那次她跟丈夫只有一面之见，她也只是斜睨了张鹏举一眼而已。或许万语千言早被时光稀释，毕竟两人成为陌路，她睨出的最后一眼，不知是幽怨还是漠然，反正成为生命历程中的永诀。

最终张鹏举张二小不知怎么磨蹭哀求，大概干部也看清榨不出多少油水，总算给他俩各自开出一纸盖章的证明，白纸黑字，坚持原则，都写清成分为"逃亡地主"。再回口外后，真相大白，张善计、张鹏举两家立即被其他村民看作异类，赶紧与之划清界限，王白女的妇联主任首先遭到撤职。只因当时的阶级成分并没有上升到敌我矛盾的高度，两户人家除了受到歧视外，日常生活还没有别的变化。

也难说张鹏举是否就断了求子的念想，但他的续妻王白女始终没有放弃，张善计也施展医术，常年给她诊断配药，难以置信的是铁树开花。1961年，张鹏举60寿辰之际，王白女终于开怀，如愿以偿生下一个男孩，她也昂然挺直了腰杆，一改许多年抬不起头的家庭地位。天知道张鹏举如何欣喜若狂，为图个安康，给小孩取了乳名叫"石圪蛋"，希望像石头一样耐磕耐碰，别有什么三长两短。完成了传宗接代的首要任务，张鹏举如释重负，看看牙牙学语的儿子，也不忘九泉之下的老子，曾经感叹："我自己上年纪了。我活着时该把父亲送往老家，不枉他叮咛一场。若我死了，谁还管他？"总之不必再鬼鬼祟祟了，他于1962年清明时节从红山梁挖出父亲的遗骨，迁葬回白堂村祖坟。

张福柱和母亲王白女

然而造化弄人，不可捉摸。当石圪蛋3岁时，很是遗憾地因病夭折，让张鹏举如被冰雪，空喜欢一场。还算老天眷顾，王白女随即于当年也即1963年的阴历十月二十六日，再次生下一个男孩，就是张福柱，以后健康长大成人。

实际张福柱刚在娘肚子里时，就让父母置身于受二茬罪的风口浪尖上。1962年9月24日，"千万不要忘记阶级斗争"的号召第一次喊了出来，还有"阶级斗争必须年年讲、月月讲、天天讲"，地主富农再也不得安生。1963年，四清运动拉开帷幕，未来的趋势向全国山河一片红发展，后孔独林村再也不甘落后，不论"四清"究竟干啥，矛头对准两家逃亡地主没错，结果往后一年多每天晚上"生产队里开大会，诉苦把冤伸"，将张鹏举张二小叫到大队，揭批其剥削白堂村贫苦农民及妄图复辟旧社会恢复失去天堂的滔天罪行。据张凤梅回忆，张鹏举郁愤不已，情绪低落之极。当时蟾娥9岁，张福柱刚刚两岁，父亲不管小孩听懂听不懂，只管对着姐弟两叹气说："你们长大后，一定要辛辛苦苦挣钱，不管有文化没文化，千万不能出去坑骗人。"

到1965年下半年，后孔独林村的斗地主好歹懈怠了，但张鹏举已经心身交瘁。庄稼收完时，他出地秋耕，累得一身大汗，不该坐到大树下缓气，以致中了恶风，患了严重的伤寒。病情来势汹汹，他躺倒只一个星期就奄奄一息，几乎去世在儿子张福柱的生日即阴历十月廿六，但他硬是多坚持了一天，才咽下最后一口气，时年64岁。

在张鹏举生命的最后时刻，王白女问他有什么未了的心愿，他说："只有一件事。等福柱长大了，千万把我的骨头埋回白堂村，埋在他爷爷脚下。"王白女又问："你这儿子也有了，村里还有没有财产？怎么安顿？"张鹏举说："财产……不能靠父母，他长大自己会挣钱。唉，钱多没用，那是大祸害。咱们那会儿不是钱多吗？钱越多跑得越远，要不然好好的还在白堂村呢。"不过，他还是将唯一没有现世的一小罐200个大洋的埋藏地点说与妻子，就在张煜断碑前一尺之处。

家里的顶梁柱断了，王白女孤儿寡母措手不及。唯独可以依托的张善计、张二小父子因为成分已不许随便行动，她只好100元钱卖掉一只山羊，交由23

岁的张凤梅出去买来一具白茬棺材,用兰花纸简单裱糊一下,装殓了张鹏举,在村外一处向阳坡上掏出一个墓洞入葬。之后,全凭15岁的张汉良帮着挑水砍柴,王白女与两个小孩勉强度过一个严寒而悲凉的冬天,但长此以往无法为生,无奈之下她想到远在怀仁县清和公社安大庄村的一个姨弟。姨弟擀毡为业,曾经来过后孔独林,曾经留下地址,王白女就让张凤梅代笔给姨弟写去一封信,诉说面临的困境,姨弟很快回信劝她改嫁,说:"干脆回来吧,回来想办法。"眼下改嫁也是王白女唯一的选择了。1966年阴历三月,她带着一双儿女离开生活了十五六年的后孔独林村,临别时候,张二小追在后面一再叮咛:"不管怎样,福柱的张姓不能改啊!"

返回与老家浑源县相邻的怀仁县姨弟家后,不到半年王白女经姨弟从中撮合,嫁给大同大斗沟煤矿一位离异的矿工温美云,蟾娥、福柱当了拖油瓶,加上温美云前妻留下一个比蟾娥小一岁的儿子温喜,重新组合了一个5口之家,就住在矿上的楼房公寓。温美云是应县刘霍庄人,年长王白女一岁,已是4级矿工,月薪100多元,可以保证全家的衣食无忧,他本人特别厚道,对待张福柱姐弟一直如同亲生,从不见外。同年张凤梅前来探望,提及她受成分拖累,已经24岁还找不到对象,温美云热心地当了一次红娘,为她牵线与自己本村一位复转军人出身的矿工马德日相识相恋,促成一桩婚事——日后由张凤梅说媒,蟾娥也嫁给刘霍庄村一位姓马的矿工。

温美云单人照

成为矿工家属,王白女原以为苦尽甘来,谁知还有波折。"文革"爆发后,温美云因为当过几天顽固军,遭到造反派批斗,牵连王白女也被关押审查了半个月,最终把她和蟾娥、福柱遣返回刘霍庄村,借居了别人的房院,成为连普通农户都不如的"四属户"社员。也真是的,其家庭背景好不容易丢开逃

大同大斗沟煤矿一景

亡地主的标签，却又套上历史反革命的枷锁。那几年，王白女和蟾娥参加日常生产队劳动，张福柱就在村里的小学上学，大家还得继续熬盼。雪上加霜的是，1968年温美云在矿井下不幸让电车轧掉左腿，造成三级伤残。但这一灾祸竟也换来相应的待遇，1971年王白女和张福柱姐弟可以再去矿区与温美云团聚安居了，1975年又得到政策允许，娘仨一起转为吃香不过的城镇户口。张福柱读到初一就辍学了，曾在砖瓦厂当过临时工，1979年可以正式招工，但要随继父改姓，张福柱踌躇不决，继父说："不改姓就没办法安排工作。这个姓嘛，无所谓，将来终归叶落归根。"母亲王白女也说："只要有一口饭吃就行，别的暂且不要考虑。"结果张福柱当了矿工，又有了一个名字叫温福，矿上照顾工伤人员子弟，安排他到井下的运输区开拉车，相对就算很轻松的二线工种。1983年，他跟大同女子李翠兰结婚，夫妻在大同矿区安家，一共育有两个女儿——也不知张福柱对传嗣的传统怎么看了。

实际上，白堂村张林举一直不懈地多方打听堂侄张福柱的下落，硬是通过也在大同当矿工的连襟徐宝寿和张福柱取得了联系，叔侄时常书信往来。张福柱记得，1984年，他忽然接到堂兄张润福发来一封电报："前母下世，见电速归。"原是张鹏举的原配刘二女病逝了，但张福柱正好矿上有事，没能抽身回去。刘二女的后事由张林举、张润福等族人操办，她的至亲只有女儿张玲娃一家来了。眼看灵前没有嫡嗣孝子，张玲娃的儿子说："要不我代替吧。"张润福说："外甥不行。"他花30元雇来井坪城一个傻子充当刘二女的孙子，出殡时扛了招魂幡、打了丧盆等，临完穿去一身孝服。可能出于风俗忌讳，寡妇不宜葬入祖坟，因此刘二女先被暂埋在祖坟之外。

抑或刘二女的去世越发勾起王白女的未了心事，1985年她和丈夫温美云提出："你答应过帮福柱

张福柱一家子

把他生父迁葬回老家，还等啥时候呢？"温美云也不含糊，凑了300元作为迁葬的花销所需交给张福柱，当即张福柱姐弟偕同母亲前往察右中旗后孔独林村，选在阴历十月初一鬼节，与张汉良等一道启挖了张鹏举的墓洞，发现棺帮已经散开，棺内张鹏举的遗体早已变成白骨，衣物中只有他所戴帽子的人造革汗圈尚未腐烂。王白女见状，不由得匍身落泪，哀哀痛哭了一场。

随即张福柱用红布和灰毡仔细包好父亲的遗骸，一行三口陪伴父亲远程回到白堂村。又是张润福出面张罗，准备了一具小棺材重新装殓好张鹏举，然后挖出刘二女的棺木，将夫妻二人合葬进祖坟中的既定墓位。

生不同衾死同穴。最终与张鹏举长相厮守的冤家，仍是他初婚的妻子。

2010年正月，王白女去世，高寿85岁，与之前亡故的丈夫温美云葬在一起。

第八章 大起大落

一　善辩易怒

话说张映蟾的三儿子张齐，留给后辈的印象简直个性十足。

据描述，张齐每天都要去自家的二层绣楼上满满熬一锅热茶，独自喝完了再下来莫名其妙地大声骂人，好像成为雷打不动的规律，致使全家人对他噤若寒蝉，躲之唯恐不及。因此儿女们与他的交流极少，好像没有过父爱如山之类的切身感受。

相传张齐嗜好鸦片而胆大不羁，由此才导致兄弟分家，但也并不影响父母始终对他的偏心或器重，从来不曾责骂过他，显然他有过人的长处，据说口才极好，侃侃善辩。又说自从分家，他能够痛下决心立即戒断了烟瘾，免于祖遗家业的流失，可见他的意志不能不算坚强。戒毒过程需要忍受常人难以想象的心身折磨，可能也是诱发他脾气暴躁、嗔怒无常的一种原因。

张齐的寿数不大，只知道活了52岁，死因被归咎为话语太多伤了肺经，其明显的症状就是需要大量喝水缓解焦渴。具体他的生卒，竟然没有哪怕含糊或大概的年月数字。

在张姓《仪善堂》宗谱中，张齐排在十八世，他的人物简介条文如下：

张齐，映蟾三子，妻窝窝会村赵氏，子四：长明举，次成举，三林举，四丽举；女二：长改枝，适曹井沟村寇振业，留日学生，次佛吉，适双碾村王丰年。

珍贵的老照片：张齐妻子赵氏

张齐喝茶的吉星楼二层

  第十九世也即张明举一辈，在祖母孙氏在世之日，不分男女按照年龄排行，张达的长子张益举老大，张立之子张鹏举老二，张齐之女张改枝老三，张达次子张兰举老四，张立长女张爱喜老五，张明举排在老六，这也是张明举被侄辈称呼"六大爷"的原因；到老太太一死，家族失去凝聚力，张明举之下出生的同辈不再集体排行，彼此的称呼也就容易混淆，比如张达的三子张红举被称为大张三，张齐的三子张林举则称为小张三。

  张齐娶妻赵氏，窝窝会村人氏，也是老财家庭出身，她与张齐共有6个孩子，年龄最大是张改枝，接着张明举、张成举、张林举、张佛吉，最小为张丽举。不妨把姐弟6人的年龄尽量梳理一下，或许就能从外围入手，通过一些间接线索作为对应的参照，发现其父母的一些相关信息。

  先从张改枝、张佛吉两位绣楼姐妹说起。

  张改枝嫁给曹井沟村寇振业，可谓千里挑一的如意郎君。寇家也算响当当的大老财，土改时交出的财物中，仅仅一串银饰，就堆满整整一升子。寇振业早年去日本留学，归国后很快崭露头角，担任过南同蒲太原至临汾间的铁路段

第八章　大起大落

长,夫妻育有两女一子,大女儿名叫蜜娥,儿子名叫寇旺,二女儿名字不详,就叫二蜜吧。到日军侵入山西时,寇振业深明大义,愤然辞职,躲回白堂村当了一段时间的私塾教员,举家在边家的闲窑寄居,其间蜜娥嫁给打草坪村朱家,张改枝也不幸早逝,年仅45岁。2016年寇旺85岁,推算生于1929年,他曾回忆说母亲去世时他13岁,那么张改枝生于1897年,33岁生了儿子,卒于1941年。寇振业中年丧妻,将张改枝临时埋在白堂后,带着二女儿和儿子远去内蒙绥远谋事,终身再未续娶。他在呼和浩特去世后,寇旺将遗体运回,再迁去母亲,与父亲合葬回曹井沟村祖坟。如今寇旺和二蜜的后人都在内蒙扎根。

与姐姐相比,张佛吉的婚姻显得不顺。大概她总想找一位姐夫式的女婿,挑来挑去,竟然蹉跎了青春年华,直到29岁,好不容易才与双碾村的王丰年成亲,而且也是"大叔控"。当时王丰年在大同市开面馆,年纪已经40岁,前妻去世留下一个盲女和儿子王继后。据说王丰年又续娶过一个,双方不合分手了,他再娶张佛吉成了三婚。不过张佛吉已没有嫌弃的资本,好像捡到钻石王老五,生怕好事告吹。婚后她通情达理一心一意过日子,先后生下一个女孩小名叫拉弟,一个男孩小名叫厚厚。20世纪50年代王丰年全家同样迁往内蒙呼和浩特市,培养得王继后颇有出息,说是担任过呼和浩特工商局的局长。拉弟学名王春英,生于1952年,是内蒙测绘局的退休人员,她说母亲属马,准确去世时间是1990年3月,终年73岁。算来张佛吉生于1918年,结婚时间已到了1946年,张家有人记得王丰年从大同返回朔县办理婚事时,还被这边解放区的民兵抓起来过,怀疑他是盘踞大同的顽固军方面派出的

张佛吉(右),左为张善计的女儿张云霞

奸细。

接着再说张明举弟兄 4 人。

据说张齐去世时，只有张明举成家，娶妻为打鹰沟村知名武师贾太儒的女儿贾改存，夫妻育有儿子面人和女儿月女。也是土改之际害怕成分惹祸，张明举决定走西口，儿子跟着老四张丽举在太原，他只带了妻女逃亡到内蒙呼和浩特附近的一个名叫小北窑的村子落户。面人学名张孝，后来找去父亲，到内蒙察右后旗物资局参加了工作，曾经担任过物资局下属木材公司经理，2015 年 83 岁去世；张月女嫁给内蒙人赵毛小，如今在二连浩特的子女家安度晚年，2016 年 81 岁；她的大女儿赵润平内蒙医学院毕业，分配到海关上班，20 世纪 80 年代曾来山西指导外事方面的业务，与张润福不期而遇过，据说风采不凡。推算张孝生于 1933 年，张月女生于 1936 年，说是兄妹俩上面还有过两个姐姐，全都夭折了。经张月女回忆，她 55 岁时母亲去世，享年 84 岁，而父亲比母亲小一岁，卒年 75 岁。张月女 55 岁，该是 1990 年，那么贾改存生于 1907 年，张明举生于 1908 年，他应该去世于 1982 年，其结婚时间不好确定，大致在 1926 年左右吧。

再说张成举。他的独子张敬现为平鲁退休教师，生于 1943 年 11 月，其母亲张玉英，属马，生于 1918 年，2004 年去世。张玉英娘家在西山杨家圪台村，也算上中等人家，经一位在白堂和杨家圪台做活的皮匠曹句做媒，她与张成举结缘成亲，夫妻育有一个儿子张敬，还有一个女儿叫开春，生于 1938 年，嫁给石洼村王长存，就是张爱喜的次子二狗毛。据说日本投降后，张成举到省城太原投奔四弟张丽举，到 1948 年 10 月，徐向前率领解放军华北军区主力部队合围太原，打响解放战争中最为激烈的攻坚战——太原战役，其间太原市内炮弹如雨，死伤累累，那年冬天张成举不幸被炸死，落得遗骨他乡，使得而今祖坟里的张玉英只能是个单身。张敬懂事后深忌成分不好，从未向母亲等人问过涉及父亲的只言片语，结果至今张成举的年纪含糊不清。

再下来就是张林举了。4 兄弟中唯有他终老故里，一辈子不曾离开过白堂村。张林举属兔，1992 年去世，终年 78 岁，出生于 1915 年。他的妻子是西易村的苗玉花，属猪，生于 1923 年，卒于 1987 年，终年 65 岁，比丈夫小 8 岁，夫妻于 1939 年成家，育有两子三女。

最后交代张丽举，无愧于仪善堂张家自从翰林张炜之后最优秀的传人。其侄子张敬介绍说，抗战刚开始时，张丽举考入阎锡山战时创办的山西民族革命大学第二届就读，28 岁担任过国民政府平遥县的代理县长；张敬又说印象中张丽举 1954 年离世，仅仅 37 岁，那么他生于 1918 年。这一说法显然出入不小，因为张丽举怎么都不可能与二姐张佛吉同岁，他应该出生在 1918 年之后。

根据上述张齐各位子女的简单情况介绍，可以判断如下三点：

一、从张改枝出生的 1897 年，到张丽举出生，20 余年间张齐有了 6 个子女。假如张齐夫妇 20 多岁生到 40 多岁，完全可能。

二、张齐长子张明举和三子张林举之间从 1908 年到 1915 年年龄相差 7 年，中间夹一个张成举；母亲赵氏的生育不能连轴转，前后怀胎起码隔上两年多，张林举生于 1915 年不会有错，想来张成举最晚生于 1913 年，最早可能 1910 年，1948 年丧生时，年龄在 36 岁到 39 岁之间，就按至少 36 岁来说，还比妻子张玉英年长 4 岁，当然再大两三岁都有可能。

纪泽蒲（1868～1945），山东即墨人

三、张明举之子张孝生于 1933 年，他上面夭折过两个姐姐，这样张明举的结婚时间需要前推两三年，肯定在 1930 年前；到张齐已经去世后张成举结婚，时间首先应该在张开春出生前一年，按乡俗还得等到张齐过了一周年，所以张齐的去世时间最早不到 1930 年，最晚不超 1936 年。

看来还得继续觅迹寻踪。

相传在张丽举婴儿时候，张齐有过一次非常桀骜的传奇，在白堂村耳熟能详。可能因为他吸食鸦片，警察例行上门来查禁，他暴跳如雷，不问青红皂白一把从

纪泽蒲在朔县留下的题字

炕上抓起张丽举,挥舞小孩朝着警察就打,亏了张改枝手快将弟弟抢下;警察一看张齐的状态像要拼命的样子,赶紧走人。类似的故事还有一个,说是某年大年三十,刚刚垒起旺火,警察又来骚扰,这次张齐倒没说啥,但儿子张明举、张成举也不是善茬,一言不合居然动手将警察痛打一顿,结果兄弟二人都被抓走,全家过了一个无法团圆的春节。节后张齐出马到县里理论,准备打一场官司。时任民国朔县县长正是山东即墨人纪泽蒲,有名的清官,他气愤地说:"任凭你张齐会说,我就不给你放人。"纪泽蒲原名纪家坛,于1931年8月起担任朔县县长,民间流传着一句话:"纪县长,尽点点,审理案件没有冤。"无疑张家之事警察理亏,抑或也不排除刘懋赏的因素吧,最终纪县长还是将张明举兄弟释放回家。史料记载,1932年6月纪泽蒲被解职,可见他来朔县任职不到一年,那一年张齐肯定在世,打架的时间只能是1932年的春节。

这么说来,张齐可能卒于1932年到1936年间,按享年52岁算计,生于1881年到1885年之间。但张改枝出生的1897年,她父亲最少不得十五六岁?所以张齐最迟出生于1881年、卒于处理打架事件的1932年才算靠谱。对照前边,张二老汉应该生于1878年,张凤梅的说法可信;曾说老大张达生于1878年左右,显然是在1878年之前。

到这时候,就能回头补充张齐妻子赵氏的生卒了。大约1948年底,赵氏已去了四儿子张丽举家，眼看太原被解放军围城，张丽举考虑母亲安危，居然能把赵氏送上飞机去往北京刘懋赏之子刘小泉那里，1949年1月北京和平解放后，赵氏又被二女婿王丰年接到呼和浩特，接着9月份呼市也和平解放了，赵氏于那一年的除夕之夜去世在二女儿家里，公历已是1950年2月16日。据张明举的长女张月女回忆，那时她刚刚15岁，奶奶享年72岁。以此考证，赵氏生于1879年，比丈夫大两岁多。

赵氏死后的正月里，张林举到呼和浩特将母亲扶柩而回，与父亲埋在一起。

二　其兴也勃

若说张齐的家底，不会差到哪里，想想张映蟾夫人的葬礼何其隆重，不是大富之家，哪里搞得那样排场？三分家业之后，张齐虽然没有张二老汉那样的财运当头，却也不像张达一门的百六阳九，因此总感觉执中守正，在绣楼院自成一统。张齐在时，除了四子张丽举读书远走，其余三个儿子专务稼穑，都要种地劳作，维持一种自耕农的经济模式，农忙季节，惯例雇几个短工。

而光景的更进一步，还要从张齐去世、长子张明举掌家开始。

根据前边的交代，张明举丧父之年，也就二十七八岁。寡母在堂，四弟读书，老二、老三都已到该成家的时候，有道是长兄如父，张明举肩头的压力可想而知。

据张明举的女儿张月女回忆，父亲张明举和二叔张成举胆量过人，名声在外，一次晚间听闻土匪窜入牛犋院抢劫张二老汉，哥俩爬上自家的东房，揭瓦朝土匪乱打，屋面的瓦片几被扔光，土匪仅有一颗手榴弹，情急之下拉弦扔来，爆炸声响彻沟梁，张明举兄弟都不退却。随即土匪狼狈向村东撤退，抢来的银元都藏进裤腿，因此丁零当啷跑得不快，张明举两个一路急追，好像把土匪堵到马蹄沟村外一间破窑里，土匪已经再没有防身的家伙，只好把银元悉数交还，这才得以脱身，其中一个还是邻近党家沟村的，姓聂。据说天亮后村里人还从沿路发现土匪遗漏的银元。参与勇斗土匪的张红举曾说过他朝西追住了本村人李有德，说明当初聂土匪和李有德是分头逃窜的。

土匪出没时，正值1937年抗战爆发之初，有一天比土匪更可怕的鬼子进村了，全村不分男女老幼全都被集中到村北梁上的垴头街，场面叫人心惊肉跳。张佛吉当时正值青春花季，本能感觉大势不对，赶紧穿了母亲的一件黑夹袄，又用炉灰把头脸弄得不像人样，结果平安无恙，相反另一位漂亮女孩被鬼子抓走了，糟蹋得半死不活才送回来。那次鬼子的主要目的，好像是物色白堂村的维持会长或是甲长，可能汉奸密探推荐了张明举，认准张明举的有胆有识适合利用，于是鬼子兵从人群中叫出张明举，将他带到另一户徐家大院去见长官，张明举根本不想蹚那浑水，刚进正房的堂屋，灵机一动取过主家烧水用的铜汆子，大声说："我先去弄点开水来！"转身往外大步走出，骗过房门、院门两道岗哨，一溜烟窜沟跑了，足够从容机敏的。日本鬼子倒没有再来找他秋后算账，但害得堂弟张红举取而代之捡了甲长的烫手山芋，花钱雇人代职不说，一辈子还留下难以洗刷的历史问题。

即使世道动荡，张明举仍然治家有方，不孚众望扮演了合格的准家长角色，二弟、三弟相继成婚，四弟也没有失学，直到考入山西民族革命大学。当年张林举相亲，本来弯腰驼背的，岳父苗怀颇不看好，但也同意了两家结为秦晋，说出一句话："那边的掌家人张明举非常能干，家庭不错。"张明举为张林举筹办婚事，应该毫不寒碜，在给新娘子的嫁妆中光是高档银钗子就有十几件，苗玉花去世后5个儿女每人还分到两件。相对而言苗家不算穷人，却毕竟家境一般，几个叔叔凑起来，陪嫁苗玉花不过5件绸缎棉袄。以后每次苗玉花住完娘家，苗怀要赶了毛驴将女儿送回白堂，自己却从来不进张家大门，觉得张明举、张成举的岳父都是大老财人家，与张家门当户对，不免令他多少会产生自卑心理。这也侧面反映从张林举结婚那会儿开始，张明举的身价地位已经足使乡间交口称羡。

在张林举手里难得地保存下几份契约，可以发现张明举弟兄循序渐进地发

展过程。按照时间顺序,第一份是张成举出面买地的地契,内容整理如下:

> 立卖永远地契人张兴花,今有祖遗南坪地七亩,东西畛,东至路,西至沟,南至张映福,北至路,四至分明。因紧急使用,情愿出卖与本村住人张成举名下管业承种,同中收到白大洋四元,搭米一石五斗,当交无欠,契明价足,永无反悔,随带地内粮银一分七厘半,自行过拨交纳,地内明暗树株大小石块一切在内,出水出路照旧通行,日后如有户下人等争端,有卖主一面承当。空口难凭,立卖永远地契约存照。

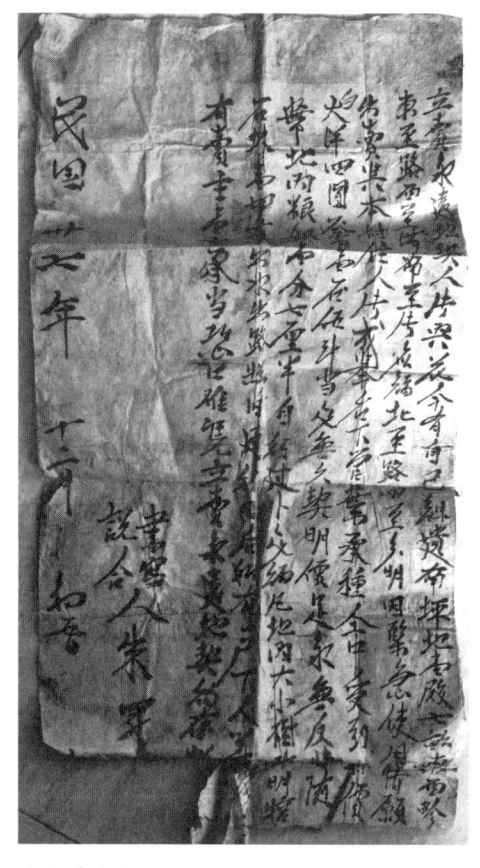

张成举购地

书写说合人　朱升

民国二十七年　十二月初五

民国二十七年为1938年,张成举的女儿开春已经出生,但张林举尚未成亲。卖主为本村的张兴花,一宗耕地7亩,价格是大洋4元外搭小米1石5斗也即450斤。每石小米不太准确7元多吧,全部七亩价格不到15元,每亩单价也就2元大洋多一些。虽然耕地卖了白菜价,但买家张成举这边还是拿不出全部现洋,一大半只能用粮食充抵。

然而仅仅过去两年，明显感觉张明举的财力已经夯实，他竟然一举出手买下张国华九进大院中的一套房院和30亩耕地。这份地契还很完好：

> 立卖永远楼院、地契人张国华，今有祖遗应分到楼院五间、穿廊窑两间、东房两间半、西房一间、南房一间，门窗俱全，茅坑一，凡院内土木砖瓦石块一切相联在内。马脸地一块，三十亩，东西畛，东至路，西至路，南至卖主，北至徐耀文，四至分明，卖与本村住人张明举名下，永远管业承授，同中收到时价银大洋三一五元，永无反悔，随带地内粮银六分，自寻过拨入册交纳，凡地内大小树株明暗一切在内，出水出路照旧通行，日后如有名下人等争端，卖主一面承当，立永远楼地契约为证。
>
> 　　　　　　　　　　　　书写说合人　边汉　朱升
> 　　　　　　　　　　　　民国二十九年五月

民国二十九年即1940年。张国华已不陌生，就是张映悦的孙子，与张明举平辈弟兄，曾经穷到想把墓葬的寿衣拿回家给老婆蔽体。楼院，正是绣楼院西邻的院子，十几间窑舍，再捆绑30亩田地，怕是张国华的多半家业，就此一朝易主。张明举一次性投资315个大洋，不算一个小数目。不过，没听说张成举遗孀张玉英和张林举夫妻向儿女们说起过楼院这一产业，可能1940年张明举等老三结婚不久就主持大家分家了。

分家之后，张明举还在继续买地，确实比老二，尤其比老三更具经济头脑。下面还有一份他的地契：

> 立卖永远地契人张茂德，今有自己祖遗应分到白草墕沟壕地一块，东西畛8分，东至水堰，西至买主，南至买主，北至水堰，四至分明，因紧急使用情愿出卖与本村住人张明举名下永远管业，收到时价洋一十二元整，当交无欠，契明价足，随带地内粮银（　），自行过拨交纳，凡地内大小树株明暗石块一切包连在内，出水出路照旧通行，日后如有户下人等争端，

卖主一面承当。空口无凭，立卖永远地契约存照。

说合人（　）

成纪七三九年　正月十六日

所谓成纪，是成吉思汗纪元的简称，元年是为公元 1206 年，成纪七三九年对应 1945 年。从 1937 年到 1945 年，日军入侵期间，扶植蒙古德王在山西北部和内蒙一带成立了伪蒙疆国，所以张明举的这张地契也是日军侵华并成立傀儡伪政权的活见证。伪蒙疆国曾经发行大骆驼纸币，但在民间流通，还是认可白洋。地契显示，8 分地价格 12 元大洋，相对不算便宜，大概张明举不管贵贱志在必得。出卖土地的张茂德，据说曾给张成举当过长工，宗谱显示也是从小堡村搬来白堂的另一支张姓。

除了大作土地文章，张明举也步入生意领域。张林举保管的契约中，最显眼的是一张红纸书写的股东成立货铺协议书，是难得一见的地方商业史料，略有损残，尽量整理一下：

张明举购地契约

落云忠、韩日章、赵福林、杨德春、张明举、贾文会，六人同心合意，在朔县峙峪村开设同义和货铺，营业生理，财发万全，按股均分，永无反悔，立合同为证。再银财股列后。

　　计开：落云忠，顶银股三厘，合白洋九十元；韩日章，顶银股三厘，合白洋九十元；赵福林，顶银股九厘五毫，合白洋二百八十元；杨德春，顶银股四厘，合白洋一百二十元；张明举，顶银股二厘五毛，合白洋七十五元；贾文会，顶银股一厘，合白洋三十元。赵福林，人力六厘，杨德春，人力五厘，张明举，人力三厘五毛，贾文会，人力三厘；共合人银财股四十股五毫，如日后遇事不足者，按股均摊财伙把上用，货购照市价所行，并无歧意为要。

　　　　各执合同一张　　成纪思汗七四〇年阴历正月十九日

　　时间落款成纪七四〇年，已是1946年日本鬼子投降了，看来还在习惯性地使用伪蒙疆国采用的纪元；货铺销售，不外乎日用百货。合同显示，货铺6位股东合计投资大洋685元，其中4人参与经营，一共分为40.5股，张明举出钱

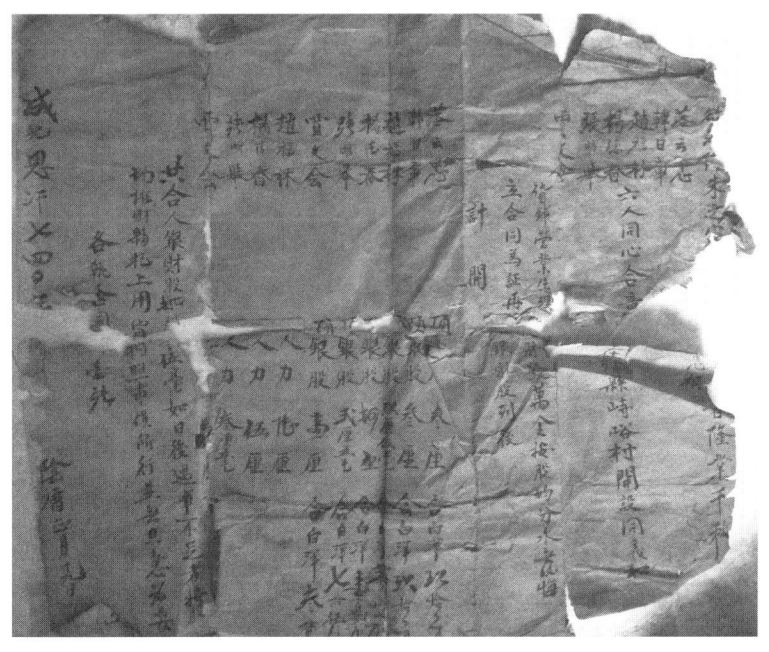

张明举的股份合同

75元，再出人工，占了其中的6股，属于小股东，比如营业利润100元，他可收入15元。还说明1946年正月到朔县解放，他要去货铺上班打理业务。看样子赵福林投资最多，人力也多占一点，可能担任经理，属法人性质。

总之，从留存的契约之类看出，张明举广大家业的时间段，主要集中在抗战中后期，而绣楼院走向辉煌，也在抗日战争胜利的1945年9月之后的几个月。苗玉花讲述过，那年有一天她忽然看见大门口把守了哨兵，随后过来一位威风凛凛的军官骑着高头大马，她吓得心跳咚咚不知所措，却听得军官下马喊她一声："三嫂！"她定睛一看，才认出是四小叔子张丽举。张丽举衣锦还乡，消息不胫而走。试想张齐一门，一来原有刘懋赏的亲戚关系，二来张明举农商并举蒸蒸日上，三来张丽举省城新贵出人头地，一时之间跻身白堂村头面人家，声名显赫，足以压过谷子老财张二老汉。

谁也想不到，仅仅过了一年多，形势彻底逆转，共产革命风云激荡势不可当，随着1946年朔县解放，清算运动、土地改革轰轰烈烈，张明举抛下家业逃亡口外，1948年，妻子儿女追随他去了；1949年太原解放，担任阎锡山顽固军要职的张丽举下落不明，被他带去的张成举也传回死讯。1949年除夕之夜，张齐遗孀赵氏辗转客死在呼和浩特。张林举接回她的遗体，张罗发丧事宜，其间的一天夜半时分，张明举悄然潜回白堂村，也不跟三弟张林举相见，只叫出张红举和他抬起棺盖，看了母亲最后一眼，然后转身离去，从此有家不归，终老内蒙。

真所谓其兴也勃，其衰也忽。

第九章 田畯野老

一　宅心知训

张敬小时候，每年清明节都跟三叔张林举前去上坟，三叔常说的一句话让他记忆尤深："要想富，祭祖宗。"

"文革"之前曾听过"要发家，种棉花"，改革开放以来又听过"要致富，少生孩子多栽树"，但把祭奠祖宗和发家致富互为因果，这样的观念独出心裁，推陈出新，好像还比儒家传统提法"慎终追远，民德归厚"更具亲和力，也更容易被后代接受，何况出自一个普通农民张林举之口？不能不承认，张林举确实有些不同流俗之处，值得去刮目相看。

前文交代过了，张林举是绣楼院张齐的三儿子，属兔，生于1915年。他识

慎终追远，民德归厚矣

字不多,近乎文盲,据说仅仅读过一冬天的私塾。由此说明两点:之一,张齐在世时候,家境实力不允许每个儿子都可以读书;之二,张林举资质平平,供养他上学的前景不被看好。因此他从小就为家里放羊,早早又开始农田劳动,结果扛垛子压弯了脊梁,未及成年已变成驼背。

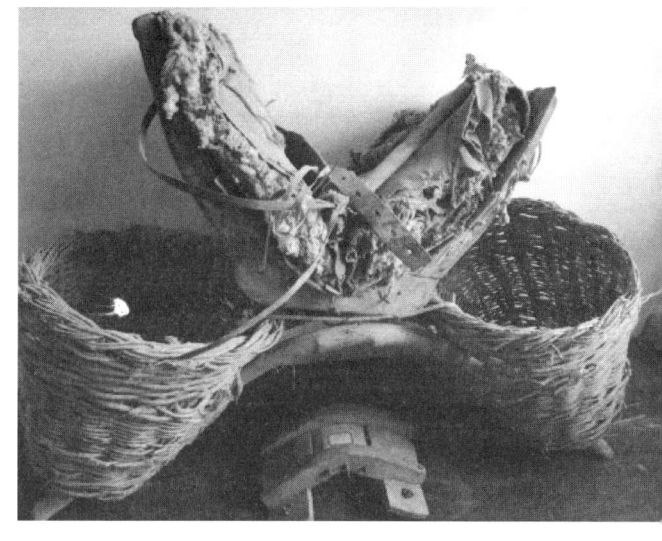
骡垛

身体条件差些,张林举找对象自然短板,直到父亲去世后的1939年,才由大哥主持为他娶回西易村的苗玉花,那年他已25岁大龄了,而苗玉花才17岁,她的二小姑张佛吉都21岁了,依旧待字闺中。苗玉花个子高挑,模样俊秀,白堂村公认她非常稳重,从不乱说乱笑,颇有大家闺秀风范,所以众目共睹张林举和她不大般配,只是苗父赏识张明举本事了得,认准张家将来的前景广大,才谢绝了以貌取人。张林举曾经回忆说,当时他去迎亲,苗家亲戚对他品头论足,言语无忌,故意叫他听见:"咱家大女儿怎么挑了这么个女婿?真是糟蹋了。"

好在张林举并没有自惭形愧,一副少不更事的样子。苗玉花说过,新婚燕尔本该恋家,但丈夫仍旧贪玩,稍有闲暇就出去跟村里的一帮伙伴厮混,吃饭都要人吆喝。对照弟兄四人,老大张明举魁梧精明,老二张成举霸道强势,老四张丽举更是出类拔萃、英俊聪颖,反观张林举好像鸡立鹤群,相形见绌,比上不足比下也不足,加之受了父亲恼怒无常的家长作风影响,想象他在家里的话语权微弱,可能习惯了逆来顺受任劳任怨,凡事不争不问,类似现在的"酱油男",所以直到结婚,心性还是比较单纯。

但正如古人所说:成人不自在,自在不成人。一旦张林举娶回妻室,就意

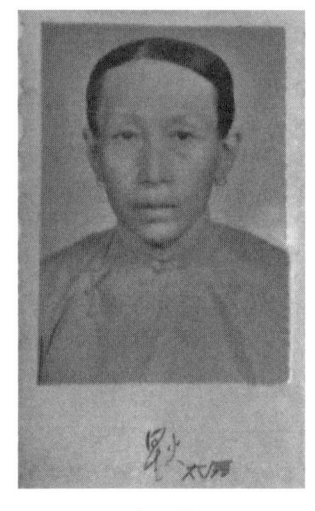 

苗玉花　　　　　　　　张林举

味着他要和心态相对自在的日子拜拜了。

首先他面临分家自立的压力。

根据现有资料判断，大约1940年，当家大哥张明举决定兄弟分家，各显其能。"树大分权，子大分家"，自古以来也属惯例，只是张林举成亲刚刚一年，似乎多少显得匆忙。都说那会儿老二张成举火气太大，动辄就跟老大吹胡子瞪眼，肢体接触都不稀罕；老三穿着一件新皮袄，不知什么原因也被他生生戳破，老母亲赵氏约束不住。考虑当时的实际状况，继续维持同堂合爨可能弊大于利，于是请来族人见证写契，办理了分家事宜。

绣楼院一共三间正窑、三间西房、五间东房、一间牛圈、一间楼窑及其附属绣楼，分割如下：老大张明举西房三间，老二张成举东房三间外加一间牛圈，老三张林举东房两间外加绣楼的上下二层，正窑三间确定给在外读书的老四张丽举预留，由赵氏与二女儿张佛吉住着其中的东厢。大概东房破旧，暂时闲置，张成举还住在正窑西厢，张林举则住在绣楼一层的楼窑。

再说田产，也按肥瘠搭配5份均分，其中的一份作为母亲赵氏的养老用地。亩数多少无据可查，反正张林举独自耕作得来，即使农忙也能应付，而张明举、张成举分家后热衷买地，还分别兼种了四弟和母亲名下的两份，据说各家都有

绣楼一层，与大门相接

一名长工，不排除季节性另雇短工。想想张丽举解甲归田的可能性不大，老太太眼看年老垂暮，张林举妻子苗玉花看出那两份土地终将由老大老二占有的迹象，认为明显有欠公平，她和丈夫吹风，希望传递自己的疑虑。张林举就去跟大哥二哥谈起，结果惹得张成举大怒，呵斥老三说："这种鬼点子老三你想不出来，绝对是你那灰老婆蛊惑的！"操起一张铁锹，就去找弟媳苗玉花兴师问罪，搞出来很大动静，妹妹张佛吉见了，一边阻拦一边大喊一声："三嫂赶紧跑！"苗玉花闻讯，急忙爬出楼窑的前窗，躲入前院的高家屋内。张佛吉却在拉扯间不小心被二哥手中的铁锹将左手划开一道血口，许多年后她还把伤疤向侄女张连英展示："我在王家都没人敢动一根手指头，想不到却在娘家受过大伤！"

过后也没听苗玉花抱怨或记恨过什么，她常说一句话"心正去百邪"，应该不去和二哥一般见识，那么只能接受既成事实。张林举更是波澜不惊，好像置身事外，不知算窝囊还是算大度，但终归息事宁人，避免了一场阋墙纠纷。内忧倒也罢了，毕竟兄弟还是兄弟，但外患的不期而至，那才叫个生死攸关。

当然是日本鬼子一手制造的战乱动荡。

实际上日军1937年秋就已侵略了雁北各县，并且在朔县城内血腥屠杀了4000多军民，接着两年多，忙于在正面战场的长驱直入，白堂村山乡僻壤，好

绣楼一层，张林举的一居室住宅

像遭受的祸害不太直接，但进入 1940 年左右，情况发生了变化，共产党敌后抗日游击战日渐勇猛，鬼子兵焦头烂额，往西山扫荡途经白堂村的次数也频繁起来，村民们经常向村外的西涧沟逃命，躲不掉时只能任凭宰割，被抢劫被侵夺屡见不鲜，其至有过三位村民徐耀成、郭凯和苗兴德因为给八路军送粮而被日军抓获活埋，致使全村人心惶惶，朝不保夕。

  其中一次应该在 1940 年秋天，张林举弟兄都在场面上收拾粮食，忽然日军的马蹄哒哒从庙梁那边下来，他们赶紧仓皇下沟，嘱咐张月女回村告知三妈苗玉花。苗玉花当时刚生下一个女儿，母亲前来伺候月子，娘俩听得月女趴着西院墙头尖叫："三妈三妈，赶紧跑！日本人来了！"苗玉花母女大惊失色，只顾拿起装些值钱东西的小包袱，想从西墙翻走，但刚出家门，一排明晃晃的刺刀已经逼进院子，苗玉花只记得她在当院团团转圈，不知所措地只管说："我还在坐月子，我还在坐月子……"好像跟随鬼子的伪军黑狗子也不少，听懂了她的意思，居然没有把她怎样，只是劈手抢去了她母亲的小包袱。

  一等日伪军离开，张林举赶紧回到家里，只见苗玉花伤心后怕不已，她叹气说："唉，关键时候，大难临头，各顾各啊。"张林举被妻子抓住小辫子似的，无言以对，只好陪笑。可能因为鬼子的惊骇，苗玉花留下了终身病根，每逢紧张或疲劳，顿时喘不过气来，以至于一辈子病怏怏的，更加可惜的是，小女孩到底也夭折在襁褓中。本来张林举不该受到责备，即使再大的英雄也会无条件保全自我，因此他遇到的不啻于母亲和媳妇掉水里先救谁的坑爹难题；假如重新经历一次类似的危难,他是否不顾一切跟妻子生死相依,实在无法确定,但妻子的旁指曲谕肯定让他认真思索了身为丈夫的责任,并且身体力行。在儿女眼里,他一直对妻子体贴备至,无可挑剔,甚至没有一次对妻子发火。新中国成立以后的农业社阶段,社员们每天晚上得去饲养处核对工分,张林举生恐回家迟了影响妻子休息,宁可被漏记都不去找记工员。当然,他并非没有自己的原则,当弟弟张丽举因为牵挂妻儿错失逃生机会时,他直言评价说:"男人不能过于惜护女人,容易误事。"他还说过:"女人家嘴多,有些话不宜跟女人说。"这类言论,大概要避免传入苗玉花耳朵吧。

资料图片:鬼子进村

回头再说鬼子兵自从那次进村,就好像阴魂不散了,一段时间内常来骚扰。不过随着白堂村划入日占区的联合村管辖,鬼子的暴行好歹有所收敛,但又玩弄什么蚕食政策、囚笼政策等等,计划在西山的东麓修筑一座炮楼安插据点。开始选在白堂村,一小队鬼子入驻了几天,有男有女的,时值严冬,清早一窝蜂到庙梁下的井台边洗脸,村民远远议论:"鬼子也不怕冷。"据说村里的甲长等人为了送走瘟神,巧舌如簧说:"白堂谐音'白躺',有忌讳的。"白躺不就是白白躺枪吗?鬼子一想果真不吉利,于是将炮楼选址改在陶卜洼村,1942年建起来后,派了人马把守,虽说炮楼的鬼子和伪军屡屡出来向周边村子摊派财物、要鸡要米,但总胜于烧杀掠抢。抗日名言说:炮楼底下最安全,白堂村终于稍微恢复了正常。

1943年,苗玉花又有了一个女儿,取名张凤英,同年,张成举有了儿子张敬,远在晋中的张丽举也结婚成家,还把张明举的儿子张孝带去读书。忧患归忧患,张家终归喜事接踵。再过两年,小日本到底缴枪投降了,紧接着张丽举回家一次,卫兵护送好不威风,说是已经当了国军的团长,苗玉花几乎认不出他来,难免又是虚惊一场。那次他来去匆匆,顺便接走了母亲赵氏和二哥张成举。

差不多同期的1945年10月,阎锡山的部队盘踞了朔县城,但共产党解放了包括白堂村在内的绝大多数村庄,到处都在传唱"解放区的天是明朗的天"。张林举听得老四所在国军被统称为"顽固军",隐隐感觉不算好兆头,又有消息纷传说,西山的老解放区,已经率先展开反奸清算斗争,曾经的汉奸特务和地富分子被斗死不少。张家的主心骨张明举寒蝉知秋,敏感地意识到自己到了存亡关头,决定逃亡口外,临走埋藏了手中的大洋,却把一应地契、房契、商铺协议之类交给三弟张林举保存,交代说:"老三啊,就你老实正气,肯定没事。你留下吧,我得走了。"其妻贾改存舍不得家业,与女儿月女没有随行,张明举只有孑身远遁。张林举将张明举的和上辈子传下的所有文书都装入一个小罐,妥善藏入灶下的暗洞里,意味着从此接过了掌家的担子,究竟怎样应对即将到来的暴风骤雨,怕是心中丝毫没底。

1946年,解放战争爆发,6月共产党晋绥军区部队攻克了朔县城,全县宣告解放,随即土改运动、三查斗争拉开帷幕。正史记载,从那年的5月到年底,全县为农民解决土地208354亩,群众分得粮食12777石,大洋10万余元等。从数字的背后,可以想象形势的如火如荼。白堂村划分阶级成分时,张林举因土地数额和自耕自足,确定为中农,相反,老大老二种了母亲和老四的土地,又曾雇过长工短工,两家就戴上了富农帽子,果真是世事难料。之前地主张善计、张鹏举都跑了,张明举、张成举没了影踪,张明举妻子贾改存等到财产被没收,也带女儿踏上寻夫之路,但跑得一波三折,还曾在村子附近各处隐蔽的破土窑躲藏了几乎一冬,每天晚上张林举偷偷摸摸前去送些吃的,不过他自己也是处境堪忧。一次村里开大会,工作组逼问他:"你知不知道张明举跑哪里去了?"张林举说:"我不知道。"听得有人建议:"吊起来问!"张林举心想吊起来就活不成了,脑袋马上一片空白,隐约听见不知是谁说了一句话:"他那样老实巴交,人家张明举去哪里根本不可能告诉他。"正是这句话搭救了张林举,工作组才放他一马。

　　由于绣楼院还算阔气,土改期间工作组及农会老是充当批斗会场,张林举有可能感觉成了是非之地,所以搬出来临时栖身,院内只留下张玉英三口子,至于老辈子挂起的两块门匾,也被张林举摘下来存放到牛圈,最终遗失。张林举先是携家寄居在庙梁下本家张六的闲窑,然后又去高家,反正来回转移住处。到1948年3月前,朔县的土改基本结束,贫下中农和地富家庭一视同仁均分到田地,真正实现了"耕者有其田",正如教科书所讲:"从根本上废除了两千多年来的封建剥削制度,是中国历史上一次翻天覆地的社会大变革。"白堂村能够感受到最明显的变化是社会秩序空前稳定了,相应地,人们终于可以一心一意发展生产。撇开个别遭遇不说,土改对中国而言确实势在必行,一组数字摘录如下:

张林举与长子张元

　　……粮食由1949年的2263.6亿斤增至1952年的3278.3亿斤,增长44%,年均增长14.6%。棉花由1949年的888.8万担增至1952年的2607.4万担,增长近2倍。1952年与1949年相比,粮食亩产量由68.5公斤增至88公斤,棉花由10.5公斤增至15.5公斤。人均农产品产量,粮食由209公斤增至288公斤,棉花由0.82公斤增至2.29公斤,肉类由2.05公斤增至5.95公斤。1952年全国农业总产值483.9亿元,比1949年增加

48.5%，年均增长 14.1%。在短短 3 年里，农业生产的迅速恢复和发展的根本原因就在于土地改革解放了农业生产力。

翻看留在张良手中的晋绥土地证，张林举一家三口分到耕地 29.9 亩，人均 10 亩多，并且分到一头牛，老岳父还送他一匹毛驴，生产资料配套了；其二嫂一家也是三口，土地数量大致相当。两家加起来，一共 60 多亩，张林举责无旁贷包揽耕种，他的助手只有 10 岁刚刚出头的小侄女张开春。说实话，受苦干活就是张林举的强项和本职，对此他应付夷然。他说过一句名言"慢工出细活"，自己也确实慢条斯理不怕劳累，出地干活全凭多耗时间；张开春跟得叫苦不迭，她回忆说自己每每几乎崩溃，但三叔一以贯之，乐此不疲。

就在 1948 年阴历四月，张林举有了长子张元。当时他已经 34 岁了，在乡下就算较迟得子，可想而知他一定欣喜若狂。不可否认，在骨子里他的重男轻女意识很强，比如上年纪后身体不便了，但烧火掏灰时从来不让女儿们插手，振振有词说恐怕被掏走光景，3 个女儿无不撇嘴。

按理来说，张林举也该顺当了。

但事实远不能如他所愿。

二　道在吾往

1949 年，张林举开始听到令他惊恸不安的坏消息。

那年 4 月，太原宣告解放，张明举的儿子张孝逃回白堂，告诉三叔说：解放军围攻太原，二叔不幸中炮丧命；祖母已被四叔用飞机送往北平；看样子四叔也危在旦夕。张林举一听身子凉了半截，忙问老二的尸身在哪里，张孝说暂时埋入城墙土洞，具体位置他也搞不清楚。按张林举的心思，人死不得复生，但最好该把二哥葬入祖坟，但当下的情况毫无办法，最终张成举落得孤魂不归，为此张林举常怀戚戚，好像他没有尽到"事死如事生"的责任。

一时之间，张林举无从打探老四的下落，预感也结果不详。随即二妹的家书传来，告知说母亲已经平安接回呼市的她家，张林举稍微为之安慰。再过半年多，新中国成立，全国一片喜庆，但就在那年的除夕之夜，张林举母亲赵氏在呼市溘然长逝，终年72岁，生有四子，临终时眼前竟无一个。二女儿张佛吉夫妻将母亲装棺暂存在呼市西河堰财神庙，去信向三哥张林举报丧。

呼和浩特财神庙旧照

"噩耗传来梦亦惊，寝门为位泪泉倾。"张林举闻讯，急忙打点行程，为了筹集盘缠，只好卖掉毛驴。元宵节左右，他从白堂村徒步出发，全程250多公里，一共7天才到呼市，然后花钱雇了邻村党家沟一位跑长途的骡夫，赶着健骡将母亲驮回老家，多亏棺材很薄，费些周折骡子还可承受。返程迤逦，走了8天8夜，张林举受尽艰辛，去时晚上还能在沿途村子的住户人家好言相求胡乱寄宿，回来就无法张口，怕是每天要在野外过夜，塞外正值数九奇寒，情景难以想象。次女张连英曾想问问父亲一路怎样坚持下来，但好几次话到嘴边就心酸哽咽，无奈只能忌讳提及。

到家以后，赵氏的灵柩停在门外，张林举又为她更换了一副上好的厚棺，这才发丧下葬。重新装殓时候，苗玉花及族人都在跟前，只见老太太手指佩戴了好几个金戒指，有人示意苗玉花："不妨摘下一个……"苗玉花拒绝了，说："她活着时给我，我或许能要；她死了我拿她的遗物，不能也不应该。"实际上张林举陷入很拮据的境地，打发完母亲，仅有的家底也即告罄。但他心安理得，

第九章 田畯野老 149

甩开膀子继续苦干，三四年间，光景稍微又有了一点起色，谁知还得和财神爷擦肩而过。1953年的秋后，镇反运动已近尾声时，有关部门给张林举发来通告，说是他的四弟张丽举定性为反革命分子，被抓获后在平遥县执行了死刑，允许家属自行收尸。

张林举为四弟提心吊胆多时，事态竟然终于恶化。他卖掉仅剩的那头牛，让妻子做了干粮背在身上，默默地迈开双腿往平遥而去，走了几天不详，先见了弟媳任惠英，再将四弟用火车运到朔县车站，然后他又借来一辆毛驴车，拉着四弟回家。村里有人在峁头瞭望，说："张林举又接回

新中国成立前的平遥拱门

兄弟了！"一个"又"字，道出的不仅是重复，还有许多感慨。若说母亲去世，年龄总到了终老时候，但四弟30岁刚刚出头就遭遇悲惨下场，张林举的心情更多的是痛惜，他这样评价四弟说："老四不是人不好，是路没有走对啊。"

按照风俗讲究，张丽举灵柩还在村口场面旁停放了几个月，直到来年的清明节才正式下葬。其妻任惠英也回来一趟，她原想留下守寡，但一看情况三哥万万管不过来，只好带着儿女黯然离开。其间的阴历正月初八，苗玉花生下二女儿张连英，眼看家中已增加到3个小孩，她对丈夫叹气说："唉，一有丧事就卖家产，每次都卖最值钱的……种地又没了牲口，以后如何度日呀？"丈夫则安慰她说："不要怕，为母亲为弟弟花钱都是尽孝。孝顺的钱花得多，回来得也快。"苗玉花虽然唠叨几句，但始终没有违拗过丈夫，大是大非从不含糊，所以村里才公认她是少有的一位贤妇。

不管怎么说，张林举的乐观太有水分了。苗玉花在怀张连英时，去西易村住娘家时患过一次感冒，忽然加重了气紧的病状，再不能下地劳动，只凭张林

举一己之力,耕作不多的山地,能回来多少钱?保证全家糊口就算不错,想添一匹小毛驴恐怕也可望不可即。但往往世事无常,1955 年,农业合作化运动急速发展,白堂村所有村民的土地和大牲畜一夜之间归于集体所有,张林举提前将牛驴派了用场,倒省得悉数入社,最多少拿一张参与分红的空头支票,却也不用操心贫富两极分化时趴在贫困线上,好歹可以享受大集体的平均主义好处。当然,相随而至的就是"唯成分论",张林举虽身为中农,但有两个富农哥哥,又因老四而挂上反革命分子家属的标签,即使他是首屈一指的庄户把式,仍然沦为白堂村政治地位最低下的弱势个体。

想想张林举频遭家族磨难,弟兄们或死或逃,留下他自己四顾茫茫,好像无枝可依。或许他一辈子见惯兴衰倏忽,阅尽事态凉热,从而对"口德难存"的祖宗箴言感悟尤深,没有人听过他任何一声抱怨颓废之言,也不说自己有什么事情值得夸口,更是从来没说过别人的任何一句坏话,典型的"不道己长,不道人短",全村人都觉得他始终厚道踏实,有人小时候挨过张明举两个耳光,他竟瞅机会打还给张林举,张林举回家闭口不提,儿女们知道后问他,他只说了两句话:"杀人不过头点地,冤冤相报何时了?"能够如此宽以待人,他内心也足够强大,其动力之源在于希望不泯——他只把培养儿女读书当成关乎人生成败的首要目标,1954 年白堂村小学成立,他是最先把大女儿张凤英和侄子张敬送去上学的家长。其实若论原始动机,张林举不一定具备苏东坡式的"诗书与我为曲糵,酝酿老夫成搢绅"境界,也非一门心思想让儿女读书读成圣贤,甚至成为张丽举一般的人物广大门庭;他之所以推崇读书,一来是家族传统在他身上的延续,二来认准死理:反正读书就好。他甚至说:"泼神乱鬼也不到读书人跟前。""文革"期间,二女儿张连英因为家庭出身问题,几乎被拒之中学门外,最后好不容易才争取到入学机会。村里的本家二叔张根发都为张林举纳闷,说:"三侄啊,不叫男孩念书吧,怕影响顶门垫户;不叫女孩念书,莫非还怕挠不了个锅底?"张林举回答说:"挠锅底也是有文化好。"这句话传出去,也有人当作笑料调侃:"张林举说了,挠锅底也要有文化。"

大致在 1958 年大跃进后,张林举一家又搬回绣楼院跟张敬母子合住,1960

全家福

年苗玉花生下三女儿张兰英,1965 年又生下次子张良,张良跟父亲整整相差 50 岁,张林举自己还曾感叹:"老来添子,祖宗有德啊!"那一段年代,"读书无用论""知识越多越反动"之类论调盛行,张林举却初衷不改,在二女儿张连英印象中,父亲自己没啥文化,但偏偏喜好读书,只要凡有闲暇就会捧起家中仅有的一本卷毛《三国》翻阅,还会嘀嘀咕咕结结巴巴读出声音;张连英很小就对"火烧赤壁"之类的情节留下印象,相信屡听不鲜。她曾经担任中学的历史老师,有一次数不起满清十二帝,父亲随口念出一句口诀:"……顺康雍乾嘉有道,咸同光宣。"很有道行似的。

别看张林举平日沉默寡言,但在孩子们面前竟能打开话匣子,讲开故事立马变成评书连播一样,能从上古讲到中古,又从中古讲到近代,有历史还有传奇,包括三教九流神魔鬼怪。他还一再提起他给四弟张丽举收尸时白胡子老者说过的话:"你弟弟读了满肚子的书,野雀老鸹都不舍得伤害他。"渲染出很不可思议的神秘色彩。妻子苗玉花数落他:"千年古代不知道说些啥,就是不说过日子的话。"不可否认,张林举努力营造了一种浓郁的家庭文化小气候,潜移默化地以德化人,向下一代传递着一缕书香或文化的营养。

那时农业社挣工分最要紧,七口之家压力山大,家里急需劳力,可是张林举宁愿自己披星戴月多种一点小块地,多去附近的煤矿捡一篓头的碎炭,只要有可能

张凤英夫妻

都要一视同仁竭力供养儿女上学,而且绝不在儿女身上唯利是图。从大闺女张凤英找对象上就可以发现,对张林举来说,文化的含金量远胜于眼前的锱铢利益。

张凤英的学习成绩一直优秀,完小毕业以全县第一名学生被怀仁煤校录取,但又因学校下马被迫肄业,也到了成家的年纪。那是1961年饿肚子时候,张凤英的同龄女孩多数选择富裕婆家,彩礼时兴"顶门猪、碰门羊、二十麻袋里外黄",有肉有粮,数目可观,帮助娘家度过饥荒的作用不可小觑,张林举却替张凤英挑准了窝窝会村的赵海生,只因赵海生考上了晋北师专。媒人介绍说:"赵家为了供养儿子念书,穷得啥也没了。"张林举说:"我啥也不要。"毫不含糊地拍板结亲,等于有了一个周边学历最高、家庭最穷的女婿。日后赵海生在平鲁教育系统教书育人颇有建树,对妻妹妻弟们的读书成长不吝汗马之劳,也不枉岳父对他垂青器重一场。

再说张元,父亲当然对他格外上心。张元也颇为争气,自小敏而好学,并且多才多艺,考入初中后连夺两年全省中学生射击比赛第一名,上了初三就被山西省体工队抽去重点培养,谁知时值1964年,忽然间"阶级斗争"的火药味越来越浓,省体工队了解到张元曾经有个反革命分子四叔,不敢留他了,竟然

把他清退回家。平鲁中学已经秋季开学了，父亲让他赶紧返回原来的班级，先把初中剩下的一学年读完，但张元的自尊受到严重伤害，无颜面对江东父老似的，态度坚决说再不上学。张林举焦虑如焚，却也对儿子没打没骂，肯定他大费了脑筋，那天一大早告诉张元："队里安排去场面铺场，这几天你给我顶工去吧。"张元二话不说起身就走，头一天倒是坚持下来了，但阴历九月的早晨已是寒气透骨，他被冻得够呛，领略了弃学的苦头。第二天又去了，回来吃饭时故意让母亲给他暖手，想找个台阶下，父亲看在眼里，不动声色，果然第三天又要故伎重演时，张元说："我不铺场了，回学校。"张林举顿时喜不自胜，急忙将儿子送去学校，不久张元毕业，考入太原重机技校，之后留厂上班，雄赳赳加入真正的无产阶级行列。工作后他首先加工了一个木制食屉，每次回村都要购买花样繁多的太原特产，装满食屉带给父母品尝，诸如糕点果饯之类，本地见都没有见过。

是否基于张林举家教有方也很难说，反正以其次子张良恢复高考后迈进山西省建筑学校为止，他的五个子女再加侄子张敬，全都因为读书改变了命运，成为清一色的国家工作人员，仅此而言，白堂村恐怕找不出第二家。更令张林举满意的是，两个儿子双双有子，香火无忧，其中长子张元娶妻朔县北关的李增梅，育有两个儿子张晓强、张晓鑫，次子张良娶妻平鲁西水界村的韩芳，育有儿子张翔宇。1987年苗玉花去世了，享年65岁，张林举在妻子灵前曾和三个女婿说："我的三个女儿加起来，都不如她们的母亲。"他觉得，子女的聪明才智，全都得自妻子馈赠，妻子在家庭中所起的作用，谁都比之不上。他认为，自己只是个埋头务农的受苦人而已，一辈子没有出息，所有付出不足挂齿，而他唯一自信的本事，也就是能够把地种好。1980年以后，白堂村实行了包产到户，什么阶级成分的说法成为历史，张林举仍旧心有余勇，说："如果我再有十年少，可要过好光景啊！"三女儿故意问他："假如没有阶级论，咱们的家庭是不是更出色？"张林举连连摇头："你错了。不论有没有阶级论，靠我这点能力把你们都送出去都难。千万不要忘记，现在国家待我们不薄。"

"祸莫大于不知足，咎莫大于欲得。故知足之足，常足矣。"这是老子的原

张凤英姐弟5人

话,张林举知足知恩知人自知,可谓一个明白人,一个智者吧,终究得到全村应有的敬重,特别他对祖宗的拳拳苦心,家族内部更是有口皆碑,众望所归。他除了不惜倾家荡产将母亲、四弟葬回祖坟,一直以来想方设法通过各种渠道硬是联系上孝义的张世雄、大同的张福柱等离散在外的张家后人,召唤他们回来认亲,带他们去祖坟前烧一炷香火,聊以告慰逝去的先人,不遗余力影响带动,促成了血浓于水、孝道至上的家族文化理念被族人接受。回想他说过"要想富,祭祖宗",或许富倒没有富到哪里,但作为普通的农民,他肯定无愧于祖宗了。

自从妻子先走,张林举也就等于搭上人生的末班车。儿女各自成家,他却留在绣楼院静候自己的归宿。三女儿张兰英就近在本村教书,也方便照顾他;张改枝的大女儿蜜娥丈夫早逝后,举家迁回白堂村定居,跟三舅住在一块儿,张林举的晚年有人陪伴,并不寂寥。

1992年正月,张元回村跟老父亲团聚几天,临走父亲叮咛他:"六月廿三咱村唱戏,你得回来陪我看唱。"年年村里都唱戏,他却从未挂心,张元感觉父亲今年反常,因此六月廿一提前回来与父亲厮守,廿三日开唱,爷俩一起看完夜戏,廿四一天又在村里跟一帮父老闲坐聊天,廿五日再没出门。廿六日,家在大同市的张连英接到大哥电话,说是父亲情况不好。她急急忙忙赶回朔州,直

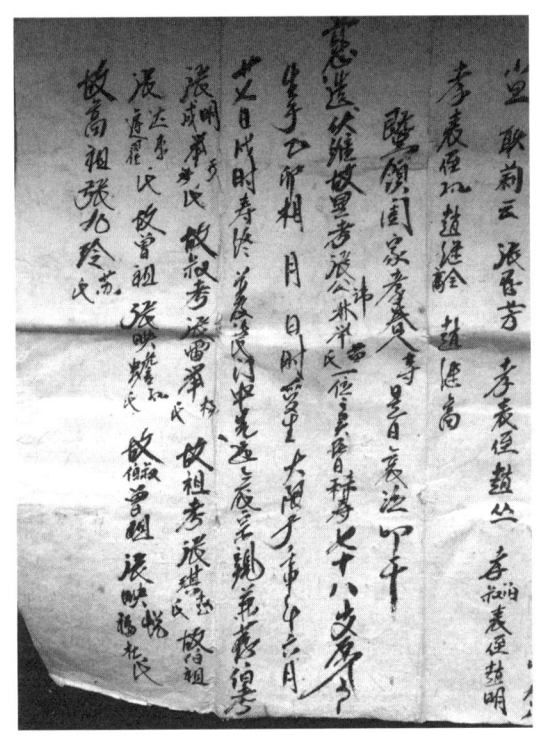

张林举去世后的裔支薄（局部）

到天黑才回村到家，进院一看很安静，心想父亲多着没事，推门进去，果然听得父亲躺在炕上说："你们看，我说能等上嘛，这不等上了？"

父女一见，相互间欣然问候，张连英知道父亲喜欢吃桃，临回时没忘买了一袋，她挑出挺大个的递给父亲，张林举被扶着坐起来，吃去大半个桃子，嘴里连说：这桃子绵绵的不错。张连英发现父亲穿了寿衣，忙问："你怎么穿这身衣服了？"张元解释说：父亲昨夜无端出了一身大汗，他自己安顿穿上的。张连英再看父亲的眼神，和平常一样，精神似乎并不萎靡，心想他没啥大碍，但愿还不到弥留之日吧。这时候父亲却再次打开话匣子，连续说话将近一个多小时，比如："老房子是老辈子留下的，千万不能处理掉"，"张连英不能调回老家这边，身体不好经不起折腾"，"给我办事筵，就去张敬那边做饭，村里的大锅大笼都在，便于安排伙食"……显然他在逐一交代后事。最后一句说："我想躺一会儿，我睡啦。"众人扶他躺下，围坐在他身边听他安详入睡，但随即他就悄然停止了呼吸。

君子好德，无疾善终。

第二天一早，张元找村里的阴阳先生边辅国看日子，边先生问："卒时交过子时吗？"张元说没有，边先生一拍大腿，说："真神了！你父亲跟我说过他会死在六月廿六呀……"

可能真的就那么神。

第十章 西口漫道

一 金尽裘敝

再说张明举一家子的出逃，还要把 1947 年农历 5 月白堂村土改中的那场激烈的批斗会作为时间参照。

早前的 1946 年正月，张明举投资 75 个大洋刚与落云忠等在峙峪村合股开办了货铺，显然是着眼长远的节奏。而据张林举妻子苗玉花回忆，就在那年农历五月朔县解放前夕，张明举及其母亲忽然不见了踪影，好像是"一夜之间都走了"。当时的情况是老四张丽举暗中来接母亲，可能他跟大哥分析了局势，让张明举深切认识到危机的临近，嗅觉顿时为之敏感，看起来只能是三十六计走为上策。

也就是说，仅仅过去 4 个月，张明举就断然做出离乡的痛苦抉择，绝对够仓促的。据说他准备连同妻女一起带走，但贾改存实在舍不得千辛万苦创下的偌大家业，她认为即使改朝换代，事态也不至于糟糕到家破人亡的程度，犯不着听风是雨草木皆兵，因此表现十分淡定，决定她和女儿月女留下来静观其变，任由丈夫独自浪迹而去。直到老年，贾改存跟孙辈们说过："你们爷爷年轻时，经常说走就走，我也没当回事。"

按理来说，张明举应该和母亲同往省城太原才是，毕竟儿子张孝、二弟张成举都在四弟张丽举那里，大家齐聚一处总也方便照应，但他却朝相反方向走了西口，有些不可理解。家族内部有一种说法，据称张明举极其机智，他判断国共交兵之际大城市终将成为首先争夺的战场，太原也就绝非安全真空；再者口外的内蒙也即当时的绥

器宇轩昂的张明举

远省暂时没有打仗，而且流民云集容易隐匿，不妨前去物色一处偏远的小地方，想必更为稳妥。此外还有两种猜测，要么张明举没有与母亲同时动身，他的行程属于临急应变性质，要么内战已在山西打响，往太原的交通断了。反正到底其中有无韬略，没听当事人张明举跟谁说起过，现在已经难以探究。

当然张明举的走西口并非慌不择路。他选定的地方是口外土默川的一个小村庄，名叫小北窑村，距

白堂村一代武学高手贾改存

离老家500多里，现在隶属于呼和浩特下辖的托克托县伍什家镇，蒙古族、回族、满族等各民族聚居，而以汉人居多，解放前一共四十几户人家。那么张明举怎么就想起跑到小北窑村呢？原因很简单，那里有一位熟人，就是本家堂弟张福华，他为张明举的落脚极尽可能提供了便利条件。

张福华小名四六十四，早年出口外给老财扛长工，流落之地正是伍什家镇小北窑村。无疑他和张明举保持联系并且交往不错，张明举一来，吃住好歹有个

杀虎口下的西口古道广义桥

着落，不显得人生地不熟。以他当惯老财的身份，绝不会也去吃苦受气当长工，大概随身带了一点银洋，他置办起一付杂货担，挑着在周边流动售卖简单的日用品及收贩猪毛牛羊之类，小本生意赚些蝇头小利姑且糊口。

年轻时张明举不知从哪里学来的一手绝活医术，专治产妇的胎衣滞留，因为讲究男女授受不亲，一般和产妇不宜见面，据说只需产妇把一只手从猫道伸出，让他掐穴鼓捣片刻，无不立竿见影。过去妇女临盆生产，没啥医疗保障，胎衣不下极易遭致出血甚至丧命，张明举的医术在小北窑及伍什家镇一带派上了用场，也为自己赢得了立足的资本。大约到了1981年，托克托县的一支二人台班子来白堂村演出，主演恰是小北窑人，张林举的女儿张连英关切地问起六大爷张明举，对方说："哎呀，知道他。那老头和人们关系可好了！不仅很会来事，而且为人非常和气，精明得眼睛都会说话。"张连英又问："'文革'运动期间他受苦没有？"人家使劲摇头说："没有。他一直受人尊重，谁会为难他？"

可见，张明举独在异乡，独善其身不成问题。

过了一年多，绥远省大部还被国民党盘踞，而远在口里的平鲁等县的共产党人民政府已经政权稳定并完成了土改。四六十四张福华接到白堂村口信，说是他家分到了土地房屋，他的落魄生涯可以宣告结束了。他顿时兴高采烈，当即带上攒下的一点大洋回归老家安居乐业，顺利迎娶了曾经订下娃娃亲的本村人王厂的女儿王金娥。相反，张明举期待旧政权复辟的幻想也彻底破灭，好像替换了四六十四的角色，只能滞留在小北窑村。临行前，四六十四把他的锅碗瓢盆和若干糜子全都丢给张明举，两人互道珍重依依惜别。

再说张明举妻子贾改存，为了守护家业固执地留在白堂村，等土改运动朝着高潮阶段酝酿时，她终于悔不当初了。到头来家庭成分划为富农，听来定性虽不像地主一样怙恶不悛，却也一丘之貉似的不可放过。张明举一处楼院被重新还给六十四，店铺也等于舍了，土地牲畜农具家什等统统由农会没收，等待全村处置分配。那会儿穷人们参加批斗清算的情绪空前振奋，地主富农栗栗危惧，说不颤抖那是假的。

换作张成举妻子张玉英，只能束手无策，不过贾改存毕竟学武出身，精明强干，非同寻常农妇，据说一次农会派出民兵堵门抓她，她竟能从开启的一扇小窗口鱼跃而出，迈开缠过的小脚倏然远遁，功夫真是神乎其神。随即，她想办法找到女儿月女，唯有下决心动身去找丈夫。但是口外小北窑究竟在哪里，贾改存一无所知，全凭随身带出够用的大洋，她就开价不菲雇了一个不知何方神圣的老头担任向导，一路到了东北方向50多里外的山阴县城，想不到向导居心不良，突然瞅机会跑了，将贾改存放了鸽子，结果母女二人被山阴的民兵接力式遣送回来。

时值1947年寒冬，贾改存母女依然不敢回家，开始四处躲藏，在白堂及附近村庄专拣沟湾峁畔废弃的窑洞容身，全靠张林举每天乘夜偷偷送些吃喝，想必受尽饥寒恐骇。大致到了次年的年初，晋绥土改纠偏过后，批斗就告以偃旗息鼓，贾改存挨过风头，终于可以回家了。农会公事公办既往不咎，照例按人头给贾改存分了相应的土地以及原有的绣楼院西房。有道是下乔迁谷，把前后生活对比，贾改存起码也算由奢入俭类型吧，她可能也想独自支撑家门，看看三小叔张林举只能兼顾二妯娌张玉英耕作，于是主动不予依赖，而是跟一位外来张姓张生发伙种土地，彼此沾些亲戚，大概属于变相的合作化或者出租形式，反正算不上长远之计。1948年间，她觉得长此以往没法维持，就再次收拾行囊踏上寻夫之路。那一段无论穷富人家，走西口一哄而起，屡禁不止，贾改存母女加入了一支13人的小队伍，抱团取暖，一起动身，此番方向倒是正确，谁知刚到晋蒙交界的边墙出口，又被把守的民兵截住，据说队伍中的穷人都被狠揍一顿，民兵教训说："有钱人跑吧，还情有可原；你们分田分地翻身做主，怎么也要跑呢？太不知好歹了！"完了将大伙悉数遣返。

连续的半途而废并没让贾改存放弃信念，到1949年初，她带着月女第三次离开白堂村。这回筹划比较周详，照样雇请一位可靠的向导，一行全都化妆为乞丐，风尘仆仆再往北去，一次途中住店，掌柜盯着贾改存母女，起疑说："这两个怎么也不像要饭之人。"说得贾改存很是紧张，不过有惊无险。都说事不过三，应该否极泰来了，也不知走了多少时日，终于辗转赶到托克托县小北窑村，夫妻父女久别重逢，据说白堂村的土地证也丢在张生发手里，不闻不问了。

张月女的女儿赵润平

随即太原于当年的 4 月解放，身为国军残余人员的张丽举境遇堪忧，顾自不暇，没办法只得打发张孝先回白堂村父母身边。张孝刚刚 17 岁，腿部还带有被弹片炸过的伤口，小小年纪也算经历了大难不死。他回村时，发现家中空空如也，母亲妹妹前脚刚走，天知道生死存亡。一时彷徨无计，张孝唯有待在三叔三妈和二妈家，一边通过各种渠道想方设法打听亲人的音讯，直到半年之久，才获悉父母都在小北窑了，正愁孤身一人不宜远行，偏巧大姑张改枝的儿子、小名蜜小的寇旺也要去呼和浩特寻找父亲，两人才结伴启程，可能没有凑够盘缠，沿途讨吃要饭餐风露宿，所幸没有迷路，迤逦跌蹶间小北窑村到了。

值此，4 口人各经漂泊，最后团聚一堂，以大团圆收尾。土默川以宽阔的胸怀，收留了张明举一家，而实际上仅善堂张家的始迁鼻祖张伏受，恰是"东胜云内人"，东胜云内可不就是后来的托克托县？重返祖宗之地啊！

需要强调一下时间概念。据悉，张孝动身时，穿去三妈苗玉花的一件棉袄，说明进入 1949 年的冬季；那年除夕奶奶在呼和浩特去世，他已在小北窑了；稍前的 9 月 19 日，董其武将军通电起义，绥远省和平解放；10 月 1 日，新中国宣告正式成立。

1951 年秋收以后，绥远省开始实行土改，张明举一家也分到了土地，亩数倒没人记得了，但毫无疑问小北窑成为其第二故乡。与白堂村相比，小北窑的自然条件更差些，吃水要到 2 里之外去挑，冬天还没炭可烧，只能用树枝草秸凑合，张明举怎么适应的，谁也无从知晓。人非草木，孰能无情，离乡背井总有太多的感伤悲怆，但在这方面他和儿子、女儿似乎从来不说什么，好像表现得无比超脱，或者铁石心肠。

贾改存及儿子张孝一家人

实则不然。

面对人生的重大转折,张明举品尝了足够的酸辛苦辣,家乡情结可能比任何人都要强烈。他缄口不谈,正是极其忌讳触及内心的创伤,就如《春秋》的一句话所言:"何也?讳莫如深,深则隐。苟有所见,莫如深也。"印象当中,自从他不到40岁出来直到终老,也只回过两次白堂村,无不专拣夜半三更神出鬼没,第一次是1950年正月,为了最后看一眼老母亲的遗容,第二次是1953年春节前,趴在四弟的灵前痛哭一场。两次他都没有公开露面,分别只与堂弟张红举和三弟张林举短瞬相见。大致20世纪50年代末期,内蒙方面要求提供原籍的户口成分证明,情况相同的张鹏举、张林书被迫回村办理手续,按说张明举很难潜身缩首,谁知他通过书信就托四六十四张福华把事办妥了,四六十四的岳父王厂担任村支书,户籍介绍还为张明举写了不少溢美之词。

如今在张明举孙女张智睿相册里,珍贵地保存下一张她爷爷年轻时的照片,只见张明举皮帽裘氅,器宇不凡,神态沉稳,目光炯炯,难怪曾被亲戚朋友形容好像高端威风的土匪头子;又说他的个头高大魁梧,足有1米80以上,活脱脱高富帅。儿子张孝说过,父亲一贯的脾气暴烈,动不动发起火来,眼睛瞪得铜铃大小，叫人不敢直视。据说张明举唯独不敢招惹妻子贾改存，只因远不是妻子的对手，致使在家里凡有火气，一概摔盆子打碗或者乱砸家具，不过他到外边动手打人也算家常便饭，确实得罪过不少乡亲，所以村里有人评价说：张明举太过精明，回村就怕遭到报复。或许不乏道理，但回头仔细再想，当年他掌门创业跻身乡间新贵、家族精英，不仅本村独树威信，甚而唯我独尊，而且周边一带声名鼎鼎，却因一朝遭遇世态变故，为了苟安偷生变得"非常和气，很会来事"，沦落为引车卖浆的下九流货郎，整个已经虎落平阳脱胎换骨，他哪里还有颜面再见江东父老？满腔难言的曲衷又怎能和子孙后人倾吐？

据张明举的儿媳妇王美珍回忆，公公于1982年2月在小北窑村去世，终年75岁。她说公公没有生病，白天还忙着堵塞家中的耗子洞，晚上睡到半夜却突发脑出血骤停了呼吸，临终仍然没有留下只言片语。

当时他儿子张孝已经在察右后旗物资局担任木材公司负责人，正好因为木材入库时被汽车撞断手臂住进医院，他的大女婿蔡敏夫妇与儿子大宝一行代他回去，用车子将张明举灵柩远程拉运到察右后旗土木尔台安葬，同时张孝决定将小北窑的房舍卖掉，搬来母亲贾改存到察右后旗跟自己全家一起生活，颐养天年。张明举的墓地，就在土木尔台西山之麓。

张明举，终归是土默川小北窑村的一位过客。

而他长眠的土木尔台，与故乡白堂村相隔在千里之外。

二　独木成荫

时间在2014年6月24日，张明举的独子张孝由儿女陪同，驱车从塞外名城乌兰察布市回到山西朔州，再一次走进小时候生活过的白堂村老宅子绣楼院。

"少小离家老大回，乡音无改鬓毛衰。"张孝自从17岁远赴口外寻亲，从此生根内蒙，求学工作成家立业，恍然已经82岁，乡音或许有些改变，满头黑发却苍苍全白。虽说他曾经数次回来过，但越老似乎越发意犹未尽，只见他一会儿登上绣楼，一会儿盘桓街巷，兴趣勃勃向后代们讲述曾经的往事，一草一木在他眼里分外亲切。他回忆说，当年他是爷爷奶奶膝下的长孙，处处受到娇惯，过年响炮任他尽兴，好像成为他儿时最快乐的缩影。

谁能想到，其时的张孝正值重疾缠身。他刚刚在北京做过肝部手术，前一天才办完出院手续从北京返回家中，看上去依旧虚弱不堪，但只歇息一天他就急不可耐要回故乡，动身前还得子女扶他行走，可是一到白堂村，旅途劳累好像霎时烟消云散，刚下车就扔开了手杖，脚步还特别轻快。是故乡给了他生命的最后活力，也满足了他生病以来一直念叨萦怀的愿望。

是的，他可能明白，此行之后，将与故乡永诀。

张孝小名面人，出生于1933年，他在少年时代切身亲历了家境的巨变盛衰，却又读书有成，走出自己的一片天地，最终自强不息改变了命运。回首那段驹齿未落的懵懂岁月，他的心中已经承载过除了父母之外太多的长辈恩泽。从他十几岁开始，四叔就把他带在身边，让他在孝义念书，每天还要亲自辅导他的学习，使他从一年级一下子跳级到五年级，随后又送他进了太原市的中学就读；太原开战期间，因为跑反他被弹片炸伤腿部，二叔舍命找到他，将他背回四叔家里，救回他一条小命，四叔则卖掉一担谷子给他求医治伤；还有三叔三妈二妈，在他走投无路时留他吃住……点点滴滴，血浓于水，张孝没齿难忘，当二叔和四叔先后死于非命，一种饮水思源感恩无门的抱憾之情几乎纠结了他的一生。他的名字单取一个"孝"字，不知有没有宿命式的冥冥昭示？

大约1949年冬天，张孝颠沛流离，好容易跑往口外小北窑村找到父母，不过家产早也呼喇喇散尽了，原来的衣食无忧变成房无一间地无一垄的无产流民，父亲只

刚工作时的张孝

能放下身架当个游商小贩，利润微薄不够糊口，日子恓惶不过。张孝虽是小少爷出身，但没有沾染纨绔的毛病，又曾在生死边缘徘徊过，还有什么苦难不能承受？很快他扑下身子挽起衣袖，在小北窑及附近村子替人打短工，割谷割麦搬砖溜瓦，不论苦活累活脏活，给钱就干，把书生意气抛之脑后，可能连他自己都怀疑一肚子的学问白学了。

不料半年多之后，机会眷顾了张孝。

当时内蒙全境刚刚解放，人心思定，百废待兴，各行各业都缺人才。忽听呼和浩特林业学校招考学生，张孝闻讯报名应试。口外教育更为落后，类似他这般读过中学的青年少之又少，毫无悬念一下子就被录取了，好像同时办理手续成为国家正式干部，具体时间在1950年9月份左右，因为他曾说过如果再早一年工作，老来就可以享受离休待遇，而离休的条件需要限定在1949年9月30日前参加革命。不管怎么说，张孝幸运地再次回归课堂，据说也算速成性质，只学习一年多就匆匆走上工作岗位，连毕业证都没有发放。张孝开始分配到呼和浩特市土默特左旗的毕克齐林场上班，不久抽调回绥远省木材公司。其时他的每月工资是第一套人民币18万元，相当于币改后的18元，头一次拿到工资，他自己一分不留，立刻全部交给父亲，帮助父亲补充了杂货担的流动资金。

由于张孝积极上进，从不拈轻怕重，因而很受领导的器重，凡有棘手的任务，往往派他去做，他都能兢兢业业，胜任愉快，无形中好像单位的重点培养对象。1952年，随着业务扩展的需要，张孝又被分往百十公里外集宁行署所在地的集宁市物资局，专管木材发运和储放等，就算业务骨干，其间他去太原销售木材，还特意看望了四叔，叙说一番离别之情，可惜不久四叔竟被抓捕并丢了性命。

时间过得很快。1954年绥远省撤销并入内蒙古自治区，集宁还保留专署区划；翌年，张孝22岁时，本还无暇考虑终身大事，但他的姻缘偏偏歪打正着，不期而至。

女方名叫王美珍。

王美珍的身世竟与张孝有些相似，却又更为苦厄。她是绥远兴和县五十号村人，1938年出生于一个相对富足的乡村地主家庭。但她13岁那年，父亲在土改运动中突然过世，留下母亲拉扯她和年仅3岁的妹妹。生活实在无以为计，母亲只好带着王美珍姐妹到集宁城投奔姑母，全靠娘俩揽些零碎针线活艰难度日，据说缝一双袜子才三角钱的所得。大约两年后姑母介绍美珍娘改嫁了，后夫为察右后旗锡勒村人氏，跟四五个朋友在集宁桥西三马路开了一家小旅社，收入不多，惨淡经营。王美珍已经懂事，一下子难以接纳继父，心中不由得越发想念生父，经常偷偷哭泣。继父见状也不痛快，对她母亲说："美珍这么大了，不妨找个合适人家出嫁吧，省得还吃闲饭。"母亲无奈，只好考虑为女儿成家。

正好她们租住的院子跟物资局只隔一条马路，一个两边都熟的邻居热心，当即给王美珍介绍了物资局一位门卫王有才，但王美珍母亲没看上，王有才失意之余，感觉本单位张孝年轻有为应该和王美珍般配，他居然变身媒人从中予以撮合。可是张孝并不领情，反而责怪王有才说："谁说我要找对象了？就你多事！"王有才说："我也是好意嘛！那女孩模样实在漂亮，针线也做得好，谁娶谁有福。她妈说路上路下见过你，对你印象不错。"张孝到底被说动心了，说："人家见过我，我也得去见见她吧？"那年4月份的一天，男女双方相亲，彼此满意，张孝以后跟儿子提起往事，说："当时一看你妈性格挺皮实的，你姥姥也真是个好老人。既然你妈也看对我了，那就成个家吧。"把攒下的人民币100万元送给王美珍，等于彩礼性质，听起来数目不小，实际也就相当于100元而已。

正当婚事有些眉目时，忽然张孝接到新任务，要调往察右后旗政府所在地土木尔台工作，筹建旗物资局，而且只他一个人先去打前站。土木尔台位于察右后旗北部偏远山区，相距集宁又是百十公里，直到1953年集宁到二连铁路开工修筑才有了火车通过。用蒙古语翻译，土木尔台意思是"有铁的地方"，但想当年张孝过来，只看见满目的黄风黑土，灰溜溜一片，条件相对很差，对他来说，简直就像老歌所唱"哪里需要到哪里去，哪里艰苦哪安家"。他记得自己刚过去时，首先用木板钉了一间简易房子暂住，备受艰苦。之后的几个月，调配人员陆续到来，一共20多人，还办起一个内部食堂。最初单位下设营业室、秘书室和圆

张孝结婚照

木室,张孝担任圆木室组长,手下带领六七个组员,循序渐进地开展各项工作。

依旧在没有准备好的情况下,张孝也得提前操办喜事了。原因是王美珍继父的小旅馆实行公私合营,老头拒绝留下上班,决意要返回乡下,王美珍单独待在集宁不是法子,1955年8月她独身前往土木尔台,和张孝领取了结婚证书。两人甚至不算熟悉,结伴从物资局到民政局办手续竟有15里路程,徒步往返时半路下饭馆吃了一顿午饭,张孝点了5张馅饼,虽然双双饥肠辘辘,却为保持吃相矜持,每人只吃半张后都不好意思多动筷子,又羞于打包带走,致使4张饼子丢弃在饭馆。事后王美珍心疼得一辈子耿耿于怀,说:"不吃还不懂拿回去?真是傻啊傻啊!"就在当天,单位组织了一次茶话会,大伙抽烟喝茶表示庆祝,等于举办了张孝和王美珍的婚礼,形式简朴至极。

初婚时两人暂住了单位一间闲房,买来一个竹篮及碗筷锅勺,还赊回一件风箱,具备了起火开灶的起码条件,等于正式在土木尔台安家落户。谁知没几天,张孝接到四妈的来信,告知说四叔离世后她和世雄春梅陷入困境。资助当然刻不容缓,但张孝手中早已月光光了,着急之下赶紧把新买的锅碗卖给食堂,换钱寄给四妈。等候下月开资期间,两人还得暂时到食堂就餐,却因同事开玩笑打趣羞坏了王美珍,她连食堂也不敢再去,偶然下饭馆吃些,或者断顿饿着。

张孝为了省钱,在食堂吃饭舍不得买菜,就用筷子扎两个馒头蘸了辣椒吃,辣椒不必花钱。厨师看见,难免喟叹半天。

总之张孝的节俭在单位是有了名的。说实话按当时的购买力,他的工资养活自家不成问题,但他背后协助消费的隐形团队比较可观,他要贴补父母,又要义不容辞管顾四妈那边,后来还得赞助堂弟张敬上学直至成亲等等,左支右绌精打细算。原本王美珍不愁安排一份工作,可她的家务负担日渐繁重,只能在全职主妇的岗位上从一而终,从结婚次年到1968年的12年间,她连续不断生育了5个女娃,没有男孩自然不能轻易罢休,最终于1970年有了长子大宝,学名张智强,当时高兴得张孝出去提水时还哼哼着小曲儿。此番休整了6年后,夫妻再添了次子二宝张智轶。张孝的说法是:"有了大宝,再有二宝,兄弟也有个伴。"抚育7个小孩,耗费了王美珍

张孝长子大宝

人生的多半精力,想为丈夫分担一点生活压力已经力不从心。

实际还少提了一个,那就是张孝的妹妹月女,她的终身大事也是当哥的紧要考虑的问题。到了土木尔台时,张孝看好一位同事名叫赵双才,大伙都叫其小名赵毛小,1931年出生,比月女大5岁。他从小就是孤儿,自己跑出去参军入伍,成了著名抗日英雄、山西平鲁老乡王尚志的警卫员;新中国成立后王尚志担任乌兰察布盟盟委书记,赵毛小就地转业了,被分配到察右后旗物资局,除了一穷二白,关键优势在于根正苗红。张孝看好赵毛小老实厚道,自己出面提亲,将妹妹月女许配给他。1956年月女结婚,也来土木尔台落户。她和赵毛小夫唱妇随,生活非常幸福,同样育有7个孩子,以后竟有6个考入大学,只有老二高中毕业接了父亲的班。如今赵毛小也已去世,孩子们出息,每人每月孝敬月女600元,月女的日子滋润着呢。是后话不提。

抗日英雄王尚志　　　　　　张月女夫妻及两个孩子

再说月女出嫁后，次年有了长女赵润平，张明举夫妇也到了土木尔台，方便贾改存帮着女儿照看小孩，因为政策比较宽松，两人都转为城镇户口。往后张明举还在粮库找了一份看门的临时工作，守着儿女，感觉再好不过，就像苏东坡说过"此心安处是吾乡"，那时候张孝父子已把土木尔台视作安身立命的终老之地了。不过形势变幻无常，1962年国家经济困难，被迫压缩城镇人口，张明举夫妇也列入返乡人口范围，张孝虽然竭力争取，最终无济于事，拖了一段还得重新迁回小北窑村居住。张孝只得购买一些木材，为父母在小北窑建起两间砖木房子，妥善安顿下来。20多年后的1982年，张明举阖然长逝，1990年妻子贾改存驾鹤西游，与丈夫同穴合葬。贾改存，白堂村一代武林高手就此永远退出人生江湖。

张明举去世之际，察右后旗政府机关早从土木尔台搬到白音察干，张孝也已再次举家随迁。实际上早前的1969年至1975年，他还被派到察右后旗的阿贵图公社专门发运白灰和石子，支援包钢建设。由于"文革"阶段对成分的重视，他曾经被当作"内人党"嫌疑分子而受到不公平对待，结果蹉跎了岁月，直到年过半百，国家开启了改革开放序幕，他才终于被提拔为察右后旗木材公

张月女一家

司经理。那几年物资行业仍在计划经济的模式下运作,木材供应紧俏,按说他也手中有权,不愁谋取一点私利,但是他实在不能适应社会上沉渣泛起、关系盛行的不良风气,自己洁身自好却又得罪人,所以当经理没几年就提前退休。考虑子女大多在集宁工作,他也前来集宁定居。

陆陆续续间,张孝夫妻下边排前的6个子女全都安排了正式工作,只有最末的二宝自谋职业办起私企,也干得颇有业绩。如今,姐妹兄弟都已成家立业,如果同时相聚,齐齐楚楚一共30多号人口,看着好生可观。如果说还有一点遗憾,那就是大宝二宝各自只有一个女孩,好像成为张孝没有完成的最后一项家族使命。两个孙女都由他亲自起名:老大张涛,字海峰,老二张浩,字泽宇,字面上找不到半点女孩的特征。

2015年8月2日,张孝已是病重时候,子女们为他和妻子王美珍举办了一场钻石婚纪念。老夫妻身着大红唐装,彼此相依,百感交集,两人相濡以沫整整60年,风风雨雨不离不弃,很是难得了。张孝自己明白即将告别人世,最不放心就是老伴,他特意嘱咐子女们说:"以后你们来看你妈,只许带耳朵,别带

张孝夫妻金婚纪念

嘴巴来。"意思是老伴难免唠叨几句,大家只能洗耳恭听,毋庸还嘴惹她不快。

两个多月之后,张孝去世,享年83岁高龄。鉴于土木尔台那边他父母的坟前早无空地,在他生前子女已经征求了他的同意,就将他安葬在集宁的德厚公墓。他的四女儿张智睿这样评价父亲:"一生节俭自己,大方待人,从不计较个人得失,值得我们后辈儿孙效仿和学习。"十分中肯。

第十一章 往事纷繁

一　暴风骤雨

2001年初夏，张明举的儿子面人首次从内蒙回到白堂村省亲，与家族亲属相聚一场。面人学名张孝，和张成举儿子张敬的名字相辅相成，合起来取自"孝敬"。顺理成章地，兄弟见面总会谈及父辈。当时阶级斗争早成了一个历史的名词，张敬对家庭成分的排斥也不像原先那么强烈，因此头一次向堂兄问起自己父亲殒命时的详细情况，让面人好像一下子回到半个多世纪之前的解放战争期间。

据面人回忆，当年他还年少，由四叔张丽举带去省城太原读书，旋即奶奶和二叔张成举也来到太原，都住在四叔家。面人记得，他曾陪奶奶去广场溜达，向奶奶卖弄高音喇叭的玄虚："奶奶您听听这是哪里的声音？"那时候四叔年轻有为，担任过阎锡山治下的平遥县代理县长，他替二哥安排了一份晋绥军后勤部门的工作。据说张成举混得不错，还配发了手枪。应该说他肯定希望国民党一方戡乱有成天下太平，那样依靠老四的飞黄腾达，可不是一人得道仙及鸡犬？将来下一代肯定也前程似锦。但是形势发展不以他的意志为转移，很快，解放战争爆发，最终共产党解放军逆转大局，1948年10月就已兵临太原城下，围困得铁桶一般。张丽举看出胜败定数，使出浑身本事居然能让老母亲搭飞机前往北平，不过他自己一家和二哥张成举、侄子面人已经无法脱离孤城太原，唯有听天由命。面人说他还与大量难民混杂，一窝蜂想往西山避乱，不料半路上腿部中了流弹，幸亏二叔及时赶到，拼命将他背出险境，否则他的小命不保。

就是1948年冬天，解放军围困太原的炮火铺天盖地，几乎昼夜不停，某一天张丽举带着二哥张成举、侄子张孝一起钻进住所下的地洞藏身，可能待了不短的时间，张成举饿得实在忍不住，决定冒险出去搞些吃喝，谁知从地洞刚一露头，正好一颗炮弹呼啸而来在屋顶爆炸，砖瓦乱飞，把他砸得头破血流，一

太原解放，解放军攻上城墙

骨碌跌回地洞，受伤实在太重，来不及救治已经丧命。张丽举只能用一个大木柜改作棺材装殓了二哥，在火车站往北的五龙口一带的城墙上找一个土洞临时埋存，然后封住洞口做了标记，准备日后迁葬。然而太原解放后张丽举自身难保，最终难逃被抓捕镇压，张成举的具体存尸之处再也无人知晓。

依照张孝提供的线索，张敬曾去太原市五龙口周边徘徊，但见城市建设日新月异，什么城墙土洞根本无迹可寻，他不得不面对现实，彻底打消了寻找父亲遗骨的念头。

说起张成举离开白堂村的时间，其妻张玉英肯定说她才28岁。由于丈夫一走杳如黄鹤，她就把那一年视为她的守寡之年。张玉英1918年出生，她28岁为1945年；其年8月30日太原才从日寇铁蹄下光复，那么张成举只能是9月到12月间到了太原。1946年6月，共产党率先解放朔县，与太原阎锡山那边形成敌对阵营，大概张成举不敢轻易回来，就此与妻子失联，张玉英只能独自拉扯幼小的一对儿女，种地多要依靠雇工，其间传下一个故事，说是本家张茂德给张玉英打短工，怨恨伙食待遇不好，气呼呼公然把一碗三杂面河捞倒掉了，人们都说如果张成举在家，张茂德不敢耍横。

1947年秋天，晋绥土改已经掀起高潮。或许张成举根本想不到，他妻子和一对儿女留在白堂村，即将代他来接受一场看不见硝烟的生死考验。

一份晋绥地区被定性为"左倾"的《告农民书》这样提出：

一、地主阶级必须彻底打垮。不论大小地主，男女地主，本村外村地

中年张玉英

主,以及隐藏了财产装穷的地主,化装成商人、化装成农民的地主,大家都可以清算。混进共产党内的地主,混进新政权内的地主,混进八路军的地主,以及混进工作团、学校、工厂、公家商店的地主,混进农会、民兵的地主,不管他是甚么样人,如果是骑在农民头上压迫剥削,大家要拿去斗,就可以拿去斗。所有地主阶级,必须在政治上,把他们的威风打垮,做到彻底消灭他们的封建压迫,在经济上,把他们剥削去的土地、粮食、耕牛、农具以及其它一切财产,全部拿出来,做到彻底消灭他们的封建剥削。地主阶级当中,罪大恶极的反动地主,不管他是甚么样人,大家要怎样惩办,就可以怎样惩办。

二、富农,和对地主不同,但是富农的封建剥削和封建压迫,也必须消灭。富农多余的土地、粮食、耕牛、农具以及其它一切多余的财产,也必须拿出来。富农当中,罪大恶极的恶霸富农,大家要怎样惩办,就可以怎样惩办。

……

相应地,白堂村农会也开始组织群众划分阶级成分,对地富分子进行严厉清算。不过,最大的地主张善计、张二老汉闻风逃跑,张明举、张成举兄弟不该分别多种了母亲及四弟的一份耕地,按条件被定为富农,同样一个举家跑了,一个独自在外身无影踪。当时村里砸死一个徐步来,吓死一个张升,另一个张善计的妻子落氏等候女儿时耽搁一步没能与丈夫儿子会合,被从娘家峙峪村捉回白堂村关押,成了唯一的批斗对象。本来张玉英少有的和善懦弱,既非地主又非恶霸，也没啥藏存的大洋，应该不在被斗之列，但张成举在村里一贯强势，喜好打抱不平之类，自然得罪过不少人，连累妻子竟被提名作为落氏的陪斗人选。

其中一场批斗会的时间大致在 1947 年 7 月 14 日稍后几天，会场选在张齐家的绣楼院，在工作组主持下，农会召集扬眉吐气的贫下中农将落氏和张玉英拉入台阶下低头认罪，火力首先对准落氏。但从这位地主婆身上也提炼不出多少罪恶，主要以"逼底财"为主，勒令她交出家藏的大洋、元宝。可是老地主埋钱，都要瞒过妇人，落氏肯定一无所知，因此始终交代不出子丑寅卯，陪斗的张玉英由于恐惧过度，吓得不省人事，醒来时已不知被谁救回家中，躲过皮肉受苦，但她发现自己尿了一裤子。丁玲的名著《太阳照在桑干河上》曾有一段关于李子俊女人在果园里的心理描写，维妙维肖，入木三分，把一个地主婆在土改中的阴暗心理揭示得淋漓尽致，对照白堂村现实中的人物落氏和张玉英看来，其心思懵懂糊涂，远远不能和小说中的文学形象相比，简直差得远了。

再说后续批斗，落氏又被拽住脚腕倒拖一番，可能伤及要害，死在被关押的破窑，大约 50 多岁。她的死不是个别现象，据《中共朔州历史》记载，光是朔县城关，就因土改死亡 66 人，其中打死 15 人，自杀 21 人，扣押病死 30 人——西山一带可能更多。

虽说白堂村没人再来为难张玉英，不过批斗会后还是把她作为全村唯一的地富家属，送到朔县城的学习班改造。临走她还抱着 5 岁的张敬，半路上觉得生死莫测，正好碰见本村的张作书赶着毛驴回村，赶紧喊住说："他大叔，把这娃引回去吧！"张作书接过张敬，放在驴垛上带回村子交给张林举，其时已经夜深人静寒月高悬。

张玉英在城里被关进一处人称"留置场"的地方，同样而来的竟有全县四五十个问题妇女，她只认识邻村高家沟的落得国妻子。"留置场"是日本人曾经使用的监狱，在那儿反正不打不骂，每天给些高粱和黑豆瓣熬出的糊糊果腹，用张玉英的话形容为："稠不稠，稀不稀，饱不饱，饥不饥。"一直过了 40 多天才放归回家。其间，张敬和 10 岁的姐姐开春，全凭三叔两口子照管，好歹有个温饱。

恢复人身自由以后，张玉英面对的现状更加困难，家中的米面衣物家具牲口以及土地和待收的粮食，都被没收处置，唯有一个铜盆还是三妯娌苗玉花借口是自家的东西，才讨要回来交还了张玉英。直到1947年12月，晋绥地区"左"的运动倾向被中共中央制止并纠正，完成了土改。因为要实行"耕者有其田"，白堂村所有土地平均分配，张玉英一家按人头分得40多亩耕地，部分离村较远，部分就在村边，倒也一视同仁，比较公平合理；绣楼院同样保留下来，只是东房破烂不堪了，张玉英三口跟张林举一家分别居占三间正窑的东西两厢，俗称"住在一个地下"。

婚后的张开春（前左）

张玉英与女儿张开春一家

土地有了，希望却还在来年，关键是眼下粮食颗粒无存。先是看着别人忙于秋收，张玉英只能去无偿帮一些交好的人家挖挖薯类作物，人家多少施舍她几箩头残次的土豆、萝卜或蔓菁等，却基本不能改变她整个冬天无米下炊的窘境，简直让她不知如何是好，自忖总不能直管每天粘蹭三小叔子张林举吧？凡到紧急关头，尊严必须服从生存，她也采取了很古老很难堪的应急措施，那就是在村里乞讨。

一次天已黄昏，全家没吃晚饭，张玉英打发女儿开春到高德义家碰碰运气，开春居然顺利端回一碗糜子面糊糊，先给弟弟张敬喝，那碗糊糊有米有面，香得不行，张敬不留神全部喝光，开春一看傻眼了，"哇"的一声就哭。母亲只好安抚她说："弟弟还小，不懂事。你就抿了碗底吧。"直到老年，张敬回想起当时姐姐一点一点抿添碗底的情景，依然为之哽咽泣下。他还记得那年腊月二十八九，寒风刮得真大，他依旧穿着单衣，瑟缩在母亲身后，娘俩前去村南小土窑居住的张银昌家行乞。张银昌从上磨石沟搬来，与张玉英同宗，其妻也不吝啬，给了一碗麦面。张玉英没准备器物，只好用大襟将面兜了，刚出来时不防隔壁张有福的狗凶狠追咬，她在慌乱躲闪间一松手面粉全部撒了，张敬目睹了母亲一边痛哭，一边蹲下身企图迎风收拾起一点⋯⋯

　　熬到1948年春暖，状况得以改观，毕竟是在山区，许多的杨絮柳芽榆钱野菜都能够勉强充饥。春耕开始后，张林举分到一头耕牛，一力帮助二嫂好歹全部种下了。那年杨家圪台的张申义也从富农的自顾不暇中缓过气来，每到大忙季节免不了前来支援女儿，慢慢地张玉英一家的生活稍微趋于正常，同时也把少女时代的开春早早磨砺成一个扛大梁的强劳力。开春学名张秀英，与母亲一字之差，都说她从十几岁到出嫁一连七八年，几乎都跟着三叔张林举形影不离躬身农事，除了赶牛耕田和挖厕所外，其余锄禾背粪收割样样在行。冬天她也不闲着，每天像个男孩一样背着篓头到半山的陶卜洼煤矿捡炭，除了最低消耗的日常炊用外，往往过年还能攒下四五百斤，很不容易。据说张林举慢性子，干活太慢，开春为此实在犯愁，却也养成她坚韧率直、不让须眉的个性，不愧张齐的嫡亲孙女。

　　就在1948年冬，张孝和本村张提书二人辗转从太原流浪回到白堂，住了一段又去口外寻找父母，张玉英这才等于正式接到丈夫的死讯，宣告成为寡妇，时年她31岁，女儿11岁，儿子6岁。之后不乏有人说媒介绍她趁早改嫁，但她始终没有动心，毕生从一而终。丈夫死于非命后，遗物中有一副八棱银镯，辗转由二妹佛吉捎交还到张玉英手里，张玉英叹气说："唉，人不在了，东西还在⋯⋯"丈夫留给她的宝贵财富，就是一儿一女和一副八棱镯子。

　　据她自己说过，守寡主要因为有了儿子，带出去势必要改姓，那样张成举

晚年张玉英、高银付妯娌

的一棵独苗就遭致移栽了。另外，她自嫁给张成举，一直挨打受气，心理上对男人形成抵触的阴影。再者父母从未鼓动，不赞成她另行选择，而这边张林举两口子又极力善待于她，始终亲如一家，如有丝毫撵她的迹象，或许她再怎么都得走人再醮了。

转眼到了1954年，张开春虚岁17，也到了及笄年华，自然而然引起媒妁的关注，不过抢先一步的竟是张二老汉之女张爱喜。

且说当年张爱喜嫁入石洼村王家老财，丈夫王利山却不幸早逝。抑或因为战乱造成家境衰败。她带着三个男孩大狗毛、二狗毛、三狗毛到娘家过活，日子也相当艰辛。土改不仅没受父亲家庭的牵连，而且定为贫农成分，分到应有的土地以及她父亲牛棋院的两间半土窑。不久大狗毛跑到太原的钢铁厂当工人，二狗毛则在平鲁二铺煤矿背炭。之后大狗毛竟能想办法相继把二弟、三弟全都引到太原当了工人，二狗毛进入西山煤矿仍是矿工，三狗毛则去了太原机械厂。张爱喜也要随儿子们迁离了，临走前瞄准开春，觉得堂侄女吃苦耐劳，惹人喜爱，过日子没得挑剔，适合给她家二狗毛做媳妇。双方知根知底，人品人缘彼此认可，一经撮合，谁都没有意见。然后也不举行任何仪式，张开春就跟着堂姑去了太原成亲。婆媳两个的性格大同小异，日后零距离过日子，怕是少不了叮当碰撞吧。

反正姑姑作婆，都是自家人。开春与母亲弟弟分别时谁也没啥难过，好像她去寻常走亲戚一样。当时本家张兴赶了毛驴进城送张爱喜张开春乘火车，张爱喜忙着把两条一米多长的铜钱串摺上驴垛，那是她认为最值钱的宝物，不过张兴撇嘴说："这东西沉甸甸的有啥用？压死驴呀？"顺手扔入尘埃，被张玉英拾回家去，跟游方货郎换了几件铜器皿。

二　生不逢时

抗日战争初期，白堂村曾有两位优秀青年考入阎锡山创办的山西民族革命大学，一位徐四徐步云，一位张四张丽举。他俩虽然同样排行家中老四，却做出迥然有别的人生选择，当日本鬼子宣布投降之际，徐步云已经奔赴延安投身共产党队伍，张丽举则仍然留在山西土皇帝阎锡山阵营效力。沧海横流，时势莫测，不同的道路势必注定了不同的结果，新中国成立后徐步云一直在东北工作，如今名列本溪离退休老领导名单，而张丽举虽然担任过国民政府平遥县的代理县长，也只能昙花一现，过早地付出了惨痛的生命代价，不能不令人一声长叹。

张丽举的独子张世雄，现居山西孝义市，2016年已经69岁。他说，宗谱收录的父亲名字有误，应该是张鹂举才对。

就此把张丽举正式更正为张鹂举。

乍听鹂举，似乎有些费解。单就男子而言，起名字时若想含有飞翔之意往往讲究和神奇的大鸟关联，比如张家直系前辈张鸿翱、张鸿翀，比如张立之子张鹏举等，显得志存高远，但极少挑选小型的鸟类，因此张鹂举给人的印象，既带了女性化因素，又感觉太鲜艳纤弱了。不过翻阅《诗经》，可以发现这么一句："春日载阳，有鸣仓庚。"仓庚的别名就是黄鹂鸟，古人也叫"黄栗留"，《广韵》还收入这样的俚语："黄栗留，看我麦，桑葚熟。"原来鹂鸟作为一种应节趋时之鸟，专司报讯仓廪的丰收。由此可见，张齐给四儿子取名张鹂举，可能并不企求他一飞冲天一鸣惊人，而是与老三的"林举"内涵一样，只寄托一种朴

山西民族革命大学遗址

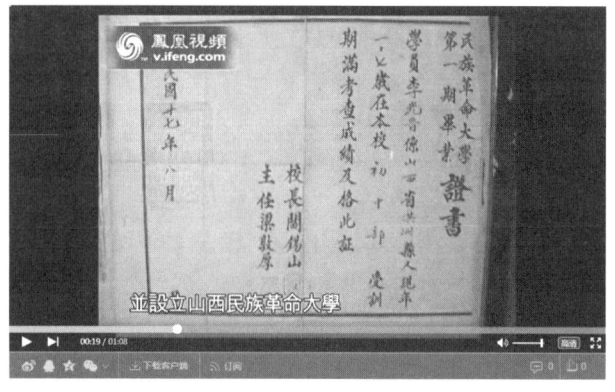

阎锡山曾设山西民族革命大学训练青年学子

凤凰卫视节目介绍山西民族革命大学

直单纯的愿望，那就是粮丰林茂、仓箱可期。

如今的张鹏举，几乎完全淡出族人的记忆，只有其二姐张佛吉对照他留下的一张照片，啧啧夸赞："那个帅气，活脱脱和王洪文一模一样。"据说张鹏举从小就去晋北名校宁武高小上学，继而考入山西民族革命大学第二届就读，是学校公认的高材生，毕业后戎马从军，得到迅速提拔，担任平遥县的代理县长时才28岁。其子张世雄曾听母亲说过，父亲卒年35岁，比二姑小两岁，而三大伯又比二大伯小两岁。推算一下，张鹏举应该生于1919年；顺便解开了张成举的年龄之谜，看来他生于1913年，比其妻张玉英年长5岁，去世时36岁。

前边知道，张佛吉属马，1918年出生，女儿王春英又记得母亲生日为正月十八，这个日子对应公历为1918年3月1日。如果张鹏举比二姐小两岁，应该生于1920年，但他的妻侄任振续证实，他卒于1953年立秋时节。以此来算，1953年他是34岁。综合一下，唯独剩下一种可能：张鹏举属羊，生于1919年的年底，比张佛吉晚生二十几个月，虽说只隔一个属相，习惯上也说相差两岁，并不悖离常理。相传母亲赵氏生下他时，祖母孙氏很不稀罕，建议说："四小子了要那干啥？不如扔掉算了。"赵氏死活拒绝，硬是将四儿子留下了。没准儿孙氏也感觉三媳妇生得多余，张佛吉、张鹏举姐弟相隔太近了，不好养活吧。

当然，聪明一世的张映蟾夫人不会预料到，张鹏举的天资特别聪慧，是一块读书的材料，其前程就不是父母所能把握的了。

孝义知名建筑中阳楼

需要介绍一下山西民族革命大学，一所不该被遗忘的战时学府。1937年11月，太原失守、抗日进入最艰难之际，二战区司令长官阎锡山面临军队溃败、地方干部逃遁的被动局面，他急需充实抗日的有生力量，于是决定在临汾成立了山西民族革命大学，自己兼任校长，由他亲信、第二

孝义的孝子雕塑

战区政治部副主任梁化之具体负责，学生都是来自全国各地的进步青年，1938年1月20日正式开学，学制3个月。民大曾请薄一波、丁玲等都讲过课，政治空气十分浓厚，确实具有统一战线的性质，堪称是革命的熔炉。但不久日军大举进犯临汾，师生向山区转移，其间一大批学生去往延安。

张鹏举是民大第二届学生,入学大概在 1938 年春夏,那时候他 20 岁,与一位名叫尹遵党的同学关系不错,等于遇到了引路人而一直追随。尹遵党是河南内乡人,生于 1916 年,其名字极有可能是改过的,表达他对国民党的誓死效忠。总之尹遵党很受阎锡山及亲信梁化之的器重,毕业后就担任隰县专区政治突击团团长。1940 年,日军撤出孝义县,孝义及晋西南一带由阎锡山势力控制。1942 年,尹遵党经阎长官亲自批准派入孝义县,于 1944 年升任孝义县县长,张鹏举也已在尹遵党属下担任大孝堡村"兵农合一"编组兵指导员,可以说不曾脱离抗日战线。

孝义县地处吕梁山东麓,县名就因大孝堡村得来。大孝堡村位于孝义东郊,原名"永安堡",其渊源与一位受到唐太宗褒赞的大孝子有关。县志记载:"今之孝义,唐初为永安县。时永安堡村民郑兴,耕作奉母。母久病,郑兴乃割股为羹以进母,母病始愈。贞观元年知县报于朝,唐太宗李世民诏政永安为孝义。"从抗战后期到解放战争爆发,阎锡山势力在孝义相对稳固,而阎锡山素来重视教育,著名教育家陶行知就曾评价说:"真正实行义务教育的,算来只有山西一省。"想必当年孝义县义务教育的办学水平可圈可点,张鹏举就把大哥张明举的儿子面人从老家带来,送进大孝堡学校上了两年小学。

身在孝义期间,张鹏举待人接物并无诟病,至今许多老者回忆说:"那可是一个好人。"加之他相貌堂堂,1.8 米的个头高大挺拔,因此村里一家任姓大户对他青眼有加。任家老五毕业于号称北方军校的山西军官学校,携同老六一起在阎锡山军中供职,只因父亲早丧,哥俩做主将最小的妹妹任惠英许配给了张鹏举,两家结为秦晋之好。任惠英属蛇,生于 1929 年,比张鹏举小 10 岁,大约 1943 年成亲时,刚刚 15 岁的样子,都说模样长得端庄漂亮。

只能找到任惠英一张模糊的遗照

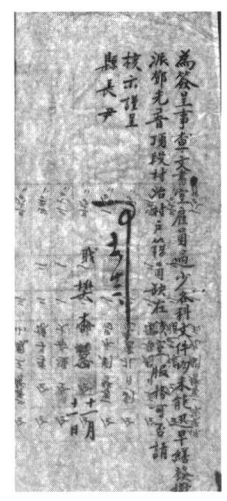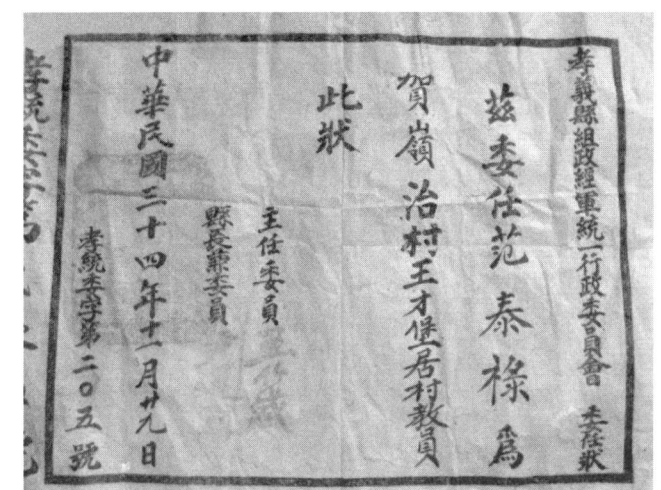

尹遵党签字的文书

婚后她先是生下一个男孩,但没几天就夭折了。

1945年8月15日,日寇宣布投降,尹遵党调往阎军刚收复的平遥县就任县长,张鹏举跟着也去平遥,得到提拔重用,据说被委任为二团团长,人们看他年纪太轻,还戏称"儿童团长"。所谓二团究竟属于什么建制,现在没有条件考证,推测可能是山西特有的民卫军性质比如奋斗团、解救团之类,也可能是驻扎平遥的正规野战军。当然在局外人眼里,无论如何团长级别已是高官,白堂村老财张善计的长子张提书前来投奔,张鹏举将他视为心腹,留在身边安排了一份要职。

就任团长后的张鹏举率领卫队回了一趟老家,不知是行军顺路还是专程衣锦还乡,时间只能在日寇投降到解放战争爆发,1945年春节期间的可能性较大,因为那时候处于国共谈判短暂的和平间隙。到1946年间,尹遵党可能有事,曾经让张鹏举代理行使了几天县长职权,所谓代理县长就因此而来。那年他正好28岁,已在太原市购置了三间西房三间南房,位于精营东边街一处大院内,与国民政府山西省省长徐永昌的公馆相邻,可谓黄金地段。接来妻子安家省城后,张鹏举又把侄子面人和妻侄任振续一起送到太原,供养他俩继续读书深造。

可惜好景不长,很快解放战争正式打响。晋中是共产党解放军和国民党阎

保存最完好的平遥县衙

军殊死争夺的重点地带，文水县著名的革命先烈刘胡兰就于1947年1月11日被阎军名将赵承绶麾下72师215团1营抓捕杀害，而相邻的平遥县状况大同小异，一样的不得安宁。有关资料这样说："为抵抗解放军的强大攻势，1947年阎驻军与尹贼沆瀣一气，妄图固兵平遥，在全县大搞'三则传训'、'自白转生'运动，强迫人人坦白交待与共产党、解放军的关系，对列为重点嫌疑者采用火柱烙、踩杠子、灌辣椒水等酷刑逼供。1948年1月16日，一天内全县惨死在乱棍之下的无辜群众达400余人。同年3月18日，尹在宁固镇新村亲自指挥杀害我迎接解放军的人民群众15人，制造了平遥历史上骇人听闻的'三家村惨案'。阎锡山、梁化之为此嘉奖尹遵党，升尹为晋中专员，仍兼平遥县长。"

所谓两军交战，各为其主，战场相见，你死我活。张鹏举和尹遵党休戚与共，平遥的血雨腥风怎么可能置身事外？不过，他回老家时曾经对二大伯张立说过兵荒马乱不宜随便投资，无疑也看出民心所向，对他为之效力的国民政府并无信心。据白堂村张润福了解，张鹏举抵触内战，失落消沉，眼看即将和解放军兵戎相见，就把团长位子让给族人张提书，自己则退出军界回到太原，抑或另行谋职抑或赋闲。具体时间，可能就在1948年阴历三月初二即公历4月10

日儿子张世雄出生前后。根据面人回忆，四叔脱离部队时太原尚未笼罩战争气氛，说明起码不到解放军发起晋中战役的 1948 年 6 月。

弃职保身之举，肯定是张鹏举最后的自我救赎，但可惜的是，他幡然醒悟，亡羊补牢，采取行动太晚了些。

阎锡山集团很快步入穷途末路。1948 年 7 月，解放军晋中战役大胜，兵围太原。1948 年 7 月 12 日，尹遵党在解放军攻克平遥前夜，弃城逃往太原，包括张提书竟也逃回一命。形势危急，张鹏举首先考虑母亲的安危。当时任惠英姑姑的女儿嫁给一位国军的军长，他又通过这一关系，将母亲由飞机送往北平，传说还给母亲行李的一条褥子里缝入一层的大洋。旋即太原解放，史料记载："山西第一区行政督察专员尹遵党自知罪不容赦，遂于民国 38 年（1949）4 月 24 日，在太原地下室与梁化之等死党一起畏罪自杀身亡，结束了罪恶的一生。"实际上，尹遵党等人自杀于八旗会馆，平遥县县长吴春台自杀于歌剧第三院，他们与梁化之一起被阎锡山谓为"太原五百完人"。

值此之际，张鹏举的阶级靠山訇然坍塌。尹遵党之死，肯定让他兔死狐悲，但他还得苟且偷生，在太原变成国民党残余分子，时年也仅 30 岁。大概他意识到自己手上有过人命，在 1950 年到 1951 年的镇反运动期间，曾经独身跑到内蒙呼市的二姐家中一次，谋求脱身，当时的内蒙下户政策极其宽松，若要隐姓埋名不成问题，谁知他又回到太原，画蛇添足地与妻儿作别，但任惠英哭哭啼啼，使丈夫打消了逃亡的念头，不再离开太原。为此张明举私下怪怨二妹，不该没有硬留老四。老三张林举则说老四的弱点主要因为儿女情长，太爱惜老婆孩子，结果误了大事。据张世雄说，1952 年正月底妹妹张春梅出生，过不多久，父亲最后一次被叫去开会，再没有回来，1953 年秋天被押回平遥公审枪决。《平遥县志·大事记》记载：

> 1950 年 11 月，开展镇压反革命运动，清理积案 28 件。至 1952 年，全县受到打击的 1989 人，其中 283 人判死刑或死缓。1953 年运动结束。

看情况，张鹏举被抓捕的时间，已接近镇反运动的扫尾阶段，似乎有些反常。传说是运动开始时，本来他还侥幸没事，不料在太原摆小摊卖鞋垫的张提书落网后，供出有关张鹏举的犯罪事实，他自己得以坦白从宽，获刑10年，致使他的老上司张鹏举躲过了初一，没躲过十五。为此白堂村相传，张提书被审问张鹏举的下落时，他交代说："张鹏举在太原街头卖字为生，可以双手书法；如果看见左右手都能写字的，不用说就是张鹏举了。"公安部队按照这一线索寻找，果然抓住了张鹏举。这个传说不大真实。据张世雄的说法，张鹏举并未卖字，而是落魄到与贩夫走卒为伍的处境，依靠拉板车度日，也去政府部门登记了身份，以后隔三差五都得应召开会交代问题，至于是否被张提书揭发过，莫须有吧。不过任惠英曾和儿子张世雄说过一句话："要不是张提书，你爸就没事了。"怪谁不怪谁呢？总怪张鹏举自己生不逢时，一生好像爆竹升空，瞬间闪亮，倏忽熄灭。

没几天，远在白堂村的张林举接到平遥方面的通告，要求家属前去为张鹏举收尸。张林举急忙准备盘缠干粮，徒步赶到太原城，与弟媳任惠英会合，两人一起去了平遥，在一家小旅店住下，打听到张鹏举的丧生地点。但是，当时被镇压的人数不少，都已就地浅埋，乱坟一个挨着一个，实在难以辨别张鹏举究竟在哪里。据张林举回忆起一桩奇遇，一直百思不解，他说在去现场途中遇到一位白胡子的老者，谈起弟弟的情况，老者说："哪个坟堆完整，哪个就埋着你弟弟。"他问为什么，老者说："你弟弟读了满肚子的书，野雀老鸹都不舍得伤害他。"张林举去找，果如老者所言，多数坟堆遭到狗刨鸟啄破坏了，唯有其中一个完整，扒开土层一看，可不正是张鹏举？任惠英也一下子认出丈夫脚上穿着她亲手缝制的鞋子。她在平遥买了棺材装殓好张鹏举，再花钱从铁路专发一节零担货车运回朔县火车站，由张林举赶了驴车拉回村子。

大概经过商量，张家先把张鹏举灵柩暂存在村东场面旁的土埂洞坑里，用黄泥封住，也算浮厝吧，过年时候，张林举拿些饭菜，安排张敬过去供奉。中间张明举得到消息，又一次乘夜潜回白堂村，独自趴在四弟存棺之处放声痛哭，村里有人听到苍凉悲咽的哭声，无不心惊色变。然后张明举在三弟张林举家坐

白堂村东的沟壑

了一会儿,鸡鸣五更时分悄然而去,和别的族人没打招呼。

  翌年也即1954年的清明节,任惠英带着一双儿女回来为丈夫举哀发丧,还有居住呼和浩特市的张佛吉老远赶回村送别弟弟。因为孤鬼不入祖坟,张鹏举只能埋在祖坟边缘。临下葬时,任惠英提出再看丈夫一眼,家人就依她请求开启了棺盖。当时8岁的张润福在场,不懂得害怕,他目睹堂叔张鹏举鬓边虽然弹孔赫然,却并没有被毁容,看着面目如生。

第十二章 身既零丁

一　破岩立足

尽管孤儿寡母生存艰涩，但不能不承认张敬终归赶上了好时代。最明显的标志是，他可以上学读书了。

新中国成立之初，政通人和，百废待兴，首先注重普及全民教育。据资料统计，经过三年的大力发展，全国小学的数量由1949年的34.68万所，增加到1952年的52.7万所，而且至少2/3以上新建学校都在村庄，其中就包括白堂村小学。回顾清末民初几十年，白堂村只有极少私塾，读书人寥寥无几，单以九进大院张家为例，各家虽有书房，也不过培养出唯一的张益举成了教书先生，后来张鹏举考入山西民族革命大学，还是从宁武高小毕业出去的。

白堂村最早的小学，设在龙王庙，残存只有庙门

就在1952年秋季，张林举妻子苗玉花曾经讲述说，有一天丈夫匆忙跑回家，翻箱倒柜地找钱。她忙问为什么如此着急，听得丈夫说："咱村有了学校啦！柱小和凤英可以去念书，我得买些纸笔砚墨。"柱小是张敬的乳名，凤英是张林举长女，两人同年出生，当时都也10虚岁，正在上学的适龄阶段，难怪张林举由衷为之兴奋。第二天他一大早起身，风尘仆仆徒步一整天到40里外的朔县城买回一堆学生用品，交给侄子和女儿入学使用。苗玉花许多年

后仍对丈夫惊叹不已："一说小孩上学，他忙得简直好像飞毛腿一样！"

那会儿的所谓学校，只有一年级十几个学生，包括张敬、张凤英在内，成为白堂村有史以来首届小学生，最初的教室占用了庙梁下不知谁家遗弃的小土窑，十分的窄仄。实际当时入学的年龄不限，同班同学之间年龄参差不齐，个别劳力不缺的人家，甚至十六七岁的大姑娘也来识字。准确说来，白堂村学校属于4年制初级小学，只安排一位老师采取复式教学，最初是井坪人王明。往后学校按部就班从一个年级增加到四个年级，村里又到庙院扩建到6间校舍，王明调走了，换来陶卜洼村的徐鸿儒。那年徐老师收到家长们馈赠的一点米面，寒假时叫张敬帮着背回他家，张敬去了却不敢上炕，原来他没有袜子，只在脚踝套了两条破袖管，脱鞋就会走光露底，可见寒碜到什么地步。

1954年，张敬的姐姐张开春出嫁，家里失去了唯一的全能劳力。种地时张玉英还可依靠三小叔子及娘家的父兄，但没人上山去捡炭，生火问题就得她自己解决，无奈就近扭着小脚力所能及地拾柴拾茬子，一次背回一捆湿麦秸，想去窑头晾晒，不料解绳子速度慢了，险些连柴带人翻滚掉落。为了应对季节性困难，1954、1955连续两年的冬天，她带着儿子前往娘家依附，张敬也在杨家圪台村上学两个冬天。1956年张敬初小毕业，全班连他在内一共三名同学考上高级小学，另两个是张凤英和郭振权。其时平鲁仅仅3所高小，分别设在井坪城、下木角村和窝窝会村，张敬等三人一起被分派到最近的窝窝会学校寄宿就读。

按照自身的家庭状况，张敬14岁了，也该回家种田，但三叔张林举觉得张家属于不折不扣的书香门第，无论社会上对读书怎么认识，他认定子弟们能上学绝对应该一上到底，而宁愿自己多受苦累。三叔的态度坚定，母亲也下了决心，都是张敬不至于失学的起码保障；再就是村里于1955年实行了合作化，土地全部归于集体所有，张玉英也就成为生产队的妇女劳力，得到公有制的庇佑，不必再为单干的春种秋收犯愁。当然远不能说脱贫，光为张敬住校自备行李，已够她绞尽脑汁，费尽举家之力才缝好一个薄褥子。她的侄子张耀华在高家沟小学任民办教师，及时贡献出他替下的一个笨布被子，好歹使张敬配齐了一套睡觉的铺盖。还有每月两到三元的生活费，全靠太原的张开春周济救急。开春婚后去一家面粉厂打临工抖面袋，多少挣些薪酬，她还参加扫盲班学会了写信，常常把几元钱夹入信内邮寄回村里。

上了高小，张敬已能尽量替母亲减轻一些负担。每到周末或者假期，他背起姐姐使用过的背篓，跟村里的许多大人小孩结伴到陶卜洼煤矿捡炭，竟也留下难忘的回忆。村里一句俚语说："捡炭不偷，庄户不收。"意思是捡炭靠偷，天经地义。大伙儿跟煤场的看管人员打游击，声东击西，敌进我退，若能抢得大炭出来，又要几个人合力抬入沟底砸开再分，总之偷多了满载而归五六十斤，偷少了收效减半也不扫兴。纵然张敬捡炭有限，但在漫漫寒夜，多少也有灶膛的一掬火红温暖母亲的心扉，好像希望之光相随着熊熊燃起。

不觉到了1958年，张敬读完高小，考入平鲁县唯一的一所初中井坪中学，他是第三届学生，一共200多同学分开4个班。学校根据学生的家庭经济条件评审助学金待遇，他得到最高的每月7元钱，伙食没啥问题。但衣着就不能讲究了，四季都穿姐姐捎回的劳动布工作服，脚下竟也是姐姐替下的一双女式球鞋，漫步校园时回头率极高，自己却浑然不觉。1961年初中毕业，他顺利被朔县北关中学录取升入高中，那些年上高中等于攀上金字塔的顶端，同届平鲁全县才13名。读了一年后，设在桑干河源头吉庄村的晋北师专下马，改办省属重点高中，更名神头中学，将北关中学4个高中班分过两个，正好包括张敬所在的高四班。

神头中学的老师都是就地留下的大学教师，水平绝对高出一筹，张敬也还争气，不仅加入了共青团，还跻身学生干部行列，担任了学生会生活部长，住了享受特权的小宿舍，一心等高中毕业再考大学。1962年暑假，他有些踌躇志满，想想村里正遭饥荒，回去势必消耗母亲都不够的饭食，因此为自己安排了一趟游历。去哪里呢？选择了到内蒙方向寻亲，在呼和浩特市二姑佛吉家和面人哥工作的察右后旗土木尔台镇分别住了半个多月，受到二姑和堂兄的热情招待。值得高兴的是，久未谋面的大伯张明举也在面人家，他不到60岁，身体不错，看见侄子欢喜不已，开口就对张敬说："有困难尽管找你面人哥来！他的小命还是你父亲救下的！"面人哥也极力鼓励张敬好好读书，不能半途而废。那年

学生时代的张敬（后排右四）

冬天，张敬收到面人哥寄回的几十元钱，还有一双牧民才穿的高筒毡靴叫靰鞡，他连续穿了三冬，又轻又暖，再也没有冻脚。

当年农村的高中生极其稀缺，白堂村仅有张敬一个，"文革"前总算一块所谓大念书人的招牌，含金量也不小。就在他升上高三的1963年，表兄张耀华为他介绍了对象。女方名叫支瑞琳，是张耀华舅舅的女儿，也叫张耀华表兄。支父支曦阳是平鲁下木角村及周边有名的文化人，多才多艺不说，还担任乡卫生院的医生，他一直无比喜欢读书人，自然对女儿的亲事表示满意。于是，张敬跟支瑞琳订婚了，彩礼80元人民币，附加条件再给支瑞琳做一件女式皮袄、一身妆新绸衣、一套妆新的被褥。

但是，命运到底跟张敬开了一个很大的玩笑。

1964年春天，四清运动进行期间，已经十几年几乎被淡忘了的阶级成分论再次在人们的耳畔喊响，学校里一种令人不安的阶级斗争气息也似乎暗中涌动，好像处在暴风雨的前夜。一天，班主任赵生瑞忽然叫来张敬谈话，很严肃地说：

"你们村里写来一封检举信,不仅反映你成分不好,还说你放假回去不守法,种过小块地,恐怕不能考大学。"张敬大吃一惊,急忙分辩一番,赵老师听了,说:"要不我和学校申请,去你村调查一下也好。"张敬说:"我引您去!"老师说:"得我一个人去才行。"但是,老师一直没有成行,倒也没影响张敬报考大学的日常流程。先是填报志愿,他选择了西安军事学院;接着到山阴县城岱岳步入高考试场,感觉试题不难,暗想将来或有可能当个威风的军官,好歹在村里出人头地。

考完了,张敬即将回村等候成绩揭晓,谁知班主任又找他谈了一次,传递的信号十分悲观。老师说:"固然你考得不错,但也要做好接受贫下中农再教育的心理准备。万一读不成大学,自己在村里规矩些。"张敬明白老师的言外之意,心中好像冰水浇过,一阵阵的寒凉下去……刚回村里,他遇到本家的张福,张福问:"柱小你回来了?考大学了?"张敬问:"你咋知道?"张福说:"有村干部满街说过,给学校和招生办都发函了,坚决不能让你上大学。"张敬黯然神伤,回家时母亲不知如何安慰他,只说了一句话:"这又是你那死了的父亲害的……"当军官与当农民之间巨大的反差,使张敬越发痛感现实的无情,从此对自己的富农出身深恶痛疾、讳莫如深,并且许多年心头的阴影郁结不散。

其实事情已经明朗化。据说张敬考大学的分数完全达线,但最终未予录取,大学就此向他关上大门,他羡慕地听闻几个成绩优秀、根正苗红的同学顺利步入大学校园,自己则死心塌地开始在村里劳动,美名其曰社来社去回乡知青。回乡就回乡吧,莫非还要寻死觅活?生活需要继续,终身大事该办则办。1964年,张敬这边看好婚礼的吉日是阴历十月廿四,并提前告知媒人张耀华,由他与支家相约。到了那一天,张敬向大队请了假,队里又

支瑞琳与张开春

青年张敬　　　　　　　　　张敬妻子支瑞琳

派出专门赶牲口的把式张鹏书牵一匹毛驴，二人一起西去60多里外的下木角村迎亲。因为准备仓促，皮袄及被褥不曾缝好，只能把买来的原材料包括5张羊皮、4斤棉花、开春给的缎面随行带去，至于支瑞琳的嫁衣，红袄向张凤英借来，裤子向张凤英的五姨借来，搭配了救急。而新郎官的行头，更像万国造一样，毛衣是姐姐手织，哔叽裤子是二姑赠予，面人哥给了半大氅的挂面黑皮袄等，装扮起来倒也精干，直等在岳父门上的亲戚跟前一展风度。不料将近天晚到了下木角村，女方竟然没有动静，原来媒人传错了日子，要紧的是支父还去上木角村出诊，晚上说好留宿。

支母错愕不已，赶紧打发她的叔伯妹夫带领张敬到上木角找人，却没有找到。支母拍板说："管他呢，女婿也来了，该聘女儿就聘吧。"由她主持，第二天一早打发女儿坐上白堂村的驴背，即行出发，派出支瑞琳的五奶当送客，二叔也牵一匹毛驴随行，以备二人返程。大家中午时分到达杨家圪台村，还到张敬姥爷家打尖吃了一顿午饭，也算奇葩娶亲了。那边等支曦阳回家，女儿已经走远了，妻子想跟他解释，他悻悻地摆手说："你们嫁闺女，与我有啥相干？"

婚后几个月，张敬就碰上了一个好机会。那时候平鲁县决定成立起14所农

第十二章　身既零丁　197

业中学，白堂公社也有一所。1965年9月，县教育局面向全县招考农中老师，张敬考上了，需要村里和公社办理手续，可能村里又提成分，偏巧公社书记柴真开明，说："他是地富子弟，而非地富分子，要区别对待。"向张敬开了绿灯。假如推后一年"文革"开始，怕要唯成分论，张敬必是"黑五类"无疑，好在生活打了一个时间差，还算幸运，即刻扔掉锄头走上白堂公社农中讲台，待遇是每月12元工资，外加30个工分。干到1972年，居然又赶上教育回潮，平鲁县招考200名公办小学教员，张敬再次报考，成绩排在全县第三名。这次事关身份的质变，张敬深恐节外生枝，鼓足勇气赶紧再去找柴真，柴真已担任县委组织部长，说："开会研究时，如果我参加，那就卡不住你；如果我没在场，事情说不来了。"县里研究人事，组织部长怎么可能置之局外？张敬提心吊胆等到暑假期间，最终得到好消息：柴部长参加了相关会议，结果不言而喻。张敬高兴坏了，就此捧上铁饭碗，成为国家正式教师，转入白堂七年制学校初中班任教，月薪29.5元。

当了中学校长，居中而坐

张敬建起的大瓦房

以后张敬一心一意教书育人，上班一直没离开过白堂学校，人生也再少波折。1975年他被提拔为教导主任，1980年担任校长。在他任上，白堂学校的规模达到顶峰，包括初中在内所有学生一共500多人，在全县很有名气，甚至数一数二。所谓桃李不言，下自成蹊，提起白堂学校的声誉，平鲁一地都公认说张敬功不可没，他对家乡的殚精竭虑，已然有口皆碑。

从1967年到1972年间，张敬的长女张文慧、长子张智广、次女张文婷、次子张智勇前后降生。1970年，当张敬已有3个孩子时，加上老母亲全家6口人，一间土窑实在住不下，他决定新建一处住宅，就在绣楼院路东申请了五间的宅基地，同时与三叔商量，以500元价格将绣楼院五间破烂东房的椽檩卖给学校用于校舍扩建，三叔分了200元，他留了300元。终因财力所限，他基本依靠自己动手建起3间土窑，劳累过度致使双手十指佝偻弯曲，留下家贫的纪念。

早在大跃进时候，大队无偿拆倒绣楼院属于张明举所有的西房，将砖石木料拿去修建饲养处草料房。20世纪80年代，大集体走入末路，原先的饲养处草料房废弃，村集体按照原始依据，干脆退还给张敬，另行补贴了2000元现金，

张玉英老太太儿孙绕膝

就算解决了历史遗留问题。前几年,张林举之子张良又把正窑改造成为一排砖混的房舍,所以绣楼院硕果仅存的老建筑,只剩下绣楼和大门的门楼。

陆陆续续,张敬的4个孩子都出去参加了工作。1992年左右,平鲁教育局曾计划调用张敬进城担任平鲁三中校长,张敬问局长:"要我无条件服从,还是可以提条件?"局长说:"但提无妨。"张敬说:"我上有年近八旬的老母亲,她从28岁守寡至今,一辈子为儿女呕心沥血,现在老了,我得留在她身边好好照顾她……"局长也不勉强,说:"孝子啊!我们尊重你的选择。不过到三中是重用你,许多人还求之不得,完了你可别后悔。"张敬没什么后悔可言,能够每天厮守母亲,他已经很知足。

1998年,张敬因年龄到期被切离中学校长岗位,回教育局工作,2003年正式退休。直到母亲安然去世之后的2006年,他才举家搬进县城居住。

张玉英去世时间是2004年的中秋节,享寿87岁。她的晚年应该过得非常

张孝、张敬两对夫妻久别重逢,后边老太太为张敬母亲张玉英

充实,儿子张敬评价说:母亲没有白白守寡,她完成了自己的使命,完全对得起张家,她又是一个传统意义上的节妇,值得后人敬仰。

二 孤蓬自振

操办完丈夫的后事,任惠英在白堂村逗留了几天。且不说失去亲人的打击或悲恸,怎么样走过以后的岁月,可能才是她面临的最大难题。其时她才26岁,儿子世雄7岁,女儿春梅3岁。

她曾经流露过就此在白堂村守寡度日、抚养子女，但是张家正值风雨飘零，条件不允许。老大张明举全家跑出口外，只有老三张林举独自支撑局面，他自家已有三个小孩，最大12岁，最小才不到3个月，本来糊口就够紧张了，还得照管二嫂那边的孤儿寡母，即使抵死漫生，依然艰难竭蹶。再看二嫂的穷困程度，实在令人唏嘘不已，塞外的清明时节依旧寒冷料峭，三口人还全穿着单衣，据说家中没有一件棉服，彻底的"冬无复襦"，很难想象漫长的冬天怎么忍受。同病相怜之下，任惠英甚至把自己穿着的棉裤撕开，掏出所有的棉花给了二嫂。那一刻她明白，如果她和一双儿女不走，根本太不现实。还有张世雄在大城市生活惯了，死活喝不下村里的餐餐酸饭，看见了咧嘴就哭，他的哭声或许也是催促母亲放弃幻想的最后通牒。

于是任惠英决定离开，命中注定她的归宿不在白堂村。

彷徨无助中，她带着两个孩子先跟张佛吉去了内蒙，到张明举和张佛吉两家做客月余，然后辗转天津投附大姐。大姐夫在天津做生意安家，大姐留她盘桓了数月之久，直到当年秋深她才拖儿带女踏上返程。张世雄记得，一路上他和母亲妹妹乘坐火车直达介休，又从介休转乘汽车到了孝义县城，再搭了大孝堡村有人卖菜的牛车，好不容易颠簸回到姥姥家。

大孝堡村虽然敞开怀抱迎接落难的任惠英，但照样无法提供养活她这一家的最低生存保障。任家今非昔比，任母年迈衰老，张世雄的几个舅舅顾自不暇，亲人间表达怜惜的言语安慰对任惠英没啥实际作用，她是时候该做出艰难的抉择了。其实也只有唯一的出路，正如许多年以后的一首流行歌曲唱的那样：找个好人嫁了吧。1954年临近过年，经任母做主，任惠英由本家一位老姑姑保媒，改嫁到老姑姑夫家所在孝义县铁匠巷村，男方名叫杨朝义，比任惠英小一岁，还是初

在内蒙走亲戚时的世雄兄妹

婚,张世雄和张春梅作为拖油瓶,就此有了继父。

铁匠巷村其实已在县城,紧挨孝义县著名的古建筑中阳楼,距离大孝堡村5里,村里的住户以韩、鸿、武三大姓为主,杨家不仅是单门小户,而且穷得夺冠,杨朝义只有一间半小房子居住,名下田地只有土改分到的0.83亩。他虽然会做糕点,但没有半分的本钱,谈不上什么收入来源,否则不可能打光棍到25岁。任惠英也算由奢入俭,她尽量适应身份的转变,一心一意想帮杨朝义脱贫致富。在太原的房产已经等于舍弃了,但她手里好歹存有一些金银首饰之类的私房,一朝拿出来变卖,再买下几亩耕地,指望作为小光景起步的平台,谁知道时运不济,杨朝义只种了一年,就赶上合作化运动,耕地随即被收归合作社,全家同时成为大集体农业社的社员,其好处是平均主义,大人小孩都有口粮,吃饭也就不必犯愁,但也是导致人口爆炸的因素之一,任惠英的生育相应赶上潮流,以后连续生下三男两女一共五个小孩,结果始终是全村最穷之家,只好将其中的一儿一女送了别人。

天要下雨娘要嫁人,不是童年的张世雄可以左右。1955年,他在铁匠巷小学上了一年级,自己懵懵懂懂已被改为杨姓,老师同学便无从知晓他的身世背景,只是母亲一再悄悄提醒他:"你原本姓张,不要忘记啊。"那时候张世雄的心灵深处,就已埋下与继父深刻隔阂的种子,而且养成倔强火爆的性格。一次,

曾经的桥南铁匠铺

有个姓韩的同学欺负他，他奋起反抗，豁出去将那位同学狠揍一顿，以后全班同学无不畏怯他三分。他遗传了生父的基因，学习成绩一直可以，但是到五年级后半学期开学报到，学校要收取1.5元的学费，家里竟然拿不出来，他负气而无奈之下，自动辍学了。

那年就是1960年，饿肚子成为张世雄永远的记忆。并不全受三年自然灾害影响，人为原因也在其中。据说铁匠巷村虚报了粮食产量，国家当然过头征购，结果别的村子每日每人口粮6两，铁匠巷村只有3.6两，玉米面中还要夹杂谷糠。世雄饥肠辘辘头重脚轻，偶然发现在邻村桥南村有一两家公私合营的铁业社，打铁的铁匠很受抬举，伙食还能吃到白面，惹人垂涎三尺，他感觉铁匠简直高人一等。冬天到了，即使严寒刺骨，他也不想待在家中，照样出来满街晃荡，冷得不行就去其中一家铁匠铺围着洪炉烤火，慢慢地跟掌锤的大师傅熟了，得知大师傅名叫刘永照，年龄整整比他大10岁，对他也有好感。未几，城镇开始压缩人口，刘师傅竟被下放回桥南村变为农户，他只好另起炉灶开摊打铁，变相单干性质，每月必须协议缴纳农业社60元。看他身边缺少小工，世雄乘机提出想来学徒，不要工钱，只给饭吃就行。刘铁匠想想也需要人手，当即收下世雄当小徒弟。从此张世雄离开母亲继父，吃住都在师傅家。

虽说打铁极其苦累，但世雄已经满意不过。周围有人私下对他说："人家的手艺是祖传，不可能教给外姓，你跟着没结果。"世雄说："我本来就图一口饭吃，传不传手艺无所谓。"匠人嘛，往往提防"教会徒弟，饿死师傅"，传授手艺时留一手也属行业特点，而孝义桥南的铁匠，确实只有刘姓世家。不过俗话又说："若要会，挨着师傅睡。"世雄每天守着师傅，边干边学，肯动脑筋，渐渐地可以独当一面，尤其给大牲口钉掌，人们一说起来无不点赞，最终闯出"桥南世雄"的名号。1962年，铁匠巷村看看世雄像个劳力了，非要向他按月收费，好像名为"工分积累"，但世雄哪里有钱？干脆他把户籍也迁到桥南村，由师傅一并处理上缴事宜。其时他已对父亲有所了解，打算借机将名字改回姓张，师傅说："不妥。万一让人家知道根底，恐怕受成分连累。"结果改姓就泡汤了，没能付诸实施。

到了1967年,世雄刚刚20岁,师傅为他包办了婚事,新媳妇正是师傅姐姐的闺女,名叫李润梅,比世雄小一岁,是赵家庄人。李母对自己的弟弟从来都言听计从,师傅在世雄这边又一贯说一不二,这样双方没啥异议,彩礼

张世雄夫妇

什么的统统不用世雄操心,新房也占用师傅的一间西房。徒弟娶了师傅的外甥女,彼此之间关系越发紧密,两家人一块儿生活,和睦相待。第二年,世雄有了大儿子,他为小孩取名继恩,含义就是要饮水思源、牢记师傅的恩情。不久,张春梅也出嫁了,丈夫是孝义人郭守谦。

1970年春节前的一天,桥南村一位车倌忽然给世雄带来一封信,落款是太原重机厂,世雄拆开一看,内容大体说:世雄哥,我叫张元,属牛,比你小一岁,是你三大伯的儿子,咱俩虽然没见过面,但我们是兄弟……原来,张元在太重技校读书,父亲张林举嘱托他想办法通过孝义的同学打听世雄的下落,正好一位同学的父亲知道桥南世雄钉掌有名,张元大喜过望,虽然不敢十分肯定,但还是赶紧冒昧写信请同学捎回去,几经转手才送交世雄手里。世雄读完来信,顿时百感交集,好像漂泊已久的游子终于听到故土的召唤。过年后的正月初八,他迫不及待专程去了一趟太原重机厂,与张元兄弟相见,分外亲热,从此两人书信往来,经常联系。

之后两年间,张元留厂工作娶妻成家,世雄也又有了一个女孩。1973年正月,世雄带了一儿一女,跟张元夫妻一起回到白堂村,总算认祖归宗。考虑当时阶级斗争的政治气候,他还得保密身份,对外假冒是张元的师傅。其间,他听三大伯张林举讲述了有关父亲的生平及张家的今昔,族兄张润福等人也悄悄

张世雄一家和张开春合照

过来和他相认,让他感受到家族的温暖,想想即使自己在外,心灵再也不会孤单;接着他又去坟地祭拜父亲,看见父亲埋在祖坟边上,不由问起原因,三大伯解释了乡俗忌讳之类,说是将来条件成熟应当考虑冥婚才行。世雄惦挂在心,仿佛一副重担压在肩头。

可是眼下处境,让他实在无能为力。

1974年,世雄的二女儿志琴出生,小家庭已是4口人了。其时师傅由于气短,已经不能在炉前劳作,世雄独挑大梁,接任了大把式,师傅的一个堂弟过来给他打下手。在外人眼里,他和师傅情同父子,但毕竟不是父子。作为徒弟,世雄将来不具备继承师傅财产的法定权利,而他又从未领过工钱,好像师徒之间糊里糊涂的,缺少应该考虑到的一个说法,因此也埋下隐患。坊间舆论都说世雄太亏,致使师傅听着有些难堪,到了1975年大年初二,他和世雄坐在家里喝酒,耳热酒酣之际,主动挑明了说:"世雄,从今年开始,咱师徒就明算账吧。我家人多,你家人少,挣钱后三七分成。"世雄唯命是从,自忖师傅的安排很周全。当时各个农业社一哄而上增加马车,带动了钉掌业务火爆,世雄粗略算计,每年起码分红4000元,相当于一个国营工人十年的工资啊!他从小身无分文,感觉这笔钱真是天文数字,以为发个小财不成问题。

谁知半年过去,师傅始终不提钱字,隐约还露出反悔的迹象,老是找茬发火。秋后大队给每户分了一袋子玉米芯,师傅13岁的儿子前去领回一份,世雄随口说:"怎么不把我那一份顺便领回来?"师傅听得不悦,坐在炕上数落世雄无情无义之类,世雄听着话头伤人,忍不住顶撞了一句:"15年了我都不计报酬,还要我怎么做?"师傅大怒,说:"15年怎么样?干脆你杀了我吧!"世雄说:"不是我要杀你,是你说我要杀你!"言来语去,师徒关系降到冰点,世雄原以为疙瘩还能解开,不料第二天师傅竟然请来村干部主持,毫无余地驱逐世雄:"从现在起我这儿不要你了,你赶快腾房子走人。"世雄说:"我不干可以,但房子要等我找下。"师傅:"你一辈子找不下,莫非一辈子不走?"经过村干部劝解,说好限期一个月。世雄也不愿意让师傅再催,不到一个月就回铁匠巷村租了继父本家姓杨家的一处闲房,搬出师傅家,说好的利润分成毫厘没能兑现,好像净身出户一样。

　　离开师傅身边,世雄等于下岗了,桥南村随之吆喝他参加农田基本建设劳动,否则每天上缴3元。世雄一气之下开出户籍,装在自己兜里,再就没人管他。好在铁匠吃香,几个村子为了钉掌方便,都来游说世雄落户,但他妻子李润梅不大想走,铁匠巷村乘机给出优厚条件:还回咱村吧,明年帮你盖房子!于是世雄重新成为铁匠巷村民,自己开办了铁匠铺,标志着铁匠巷村终于名副其实有了铁匠。村里践约为他特批了一块宅基地,问他自己有啥,他说只有9根檩条而已。于是集体的砖瓦窑象征性收点钱,提供了一应砖瓦,他再向岳母

在孝义铁匠巷的宅院

张世雄兄妹在集宁看望堂兄张孝

借了 600 元，于 1976 年 4 月开工盖房。那一年，世雄有了二儿子张继业，但 6 岁的大女儿不幸生病夭折，真是悲喜交集。1977 年，三间瓦房终于封顶，毛墙毛地不等干燥就乔迁入住。然后世雄埋头苦干，很快归还了岳母的欠款，一家人生活就此趋于安定。

也在 1977 年，饱经苦涩的任惠英脑血栓突发，虽然全力救治脱离危险，但两年后仍被脑出血夺去了生命，殁年 50 岁刚刚出头。母亲生前和世雄说过：死后仍想回到张家，还想埋回前夫张鹏举身边。但现实怎么可能呢？世雄可以做到的是，在母亲去世的次日，他就宣布正式改回张姓。从此孝义铁匠巷村的杨世雄成为过去，户籍册上变更为张世雄。

随着经济拮据的稍微缓解，世雄就要完成自己心中最重要的一件大事。1981 年阴历四月，大孝堡村有一位名叫张国翠的女孩，刚刚 21 岁，因为婚姻问题跟父母产生矛盾，一时想不开，竟跑上铁道与火车相撞，自寻了短见。世雄当即拿出 500 多元替父亲订为鬼妻，将张国翠收殓装棺，请小舅子李月生驾驶拖拉机长途运回白堂村,准备父亲的冥婚事宜。三大伯张林举主张来年清明再行进坟,结果还得寄埋了张国翠。等1982年清明时节,世雄再次回村,邀集家人父子一起,同时启挖父亲张鹏举和张国翠的遗骸,名正言顺地并棺合葬在祖坟内的正当墓位,当时张鹏举的棺木早已朽烂,族人张润福慨然购置来一副新棺替换。

瓜瓞绵绵,螽斯诜诜。就家族意义上说,张国翠就是张鹏举明媒正娶的正妻。

了却了多时的心愿,张世雄怆然伤怀,却也无比欣慰,暗自喟叹:"我也只能为父亲尽这点绵薄的责任了。"相应地,他跟白堂村族亲间关系更加亲近,之后不止一次回老家,或者去内蒙看望大伯二姑面人哥,也和太原的堂姐张开春常来常往。甚至,他曾经暗里寻查张提书的行踪,但一直未果;不过张开春的大伯子大狗毛,娶妻正是张提书的女儿。

从20世纪80年代开始,农村实行了包产到户,生产方式的改变使得风靡一时的大马车遭到淘汰,大牲口失去用武之地,世雄的钉掌业务日渐萎缩。1984年,他放弃了铁匠生涯,转型再当养鸡专业户,发展到1995年,办起一座占地2.5亩的规模化养鸡场。2001年,他把养鸡场交给长子经营,自己回家守着老伴休息养老。他的长子继恩娶妻贺爱花,次子继业娶妻杨爱玲,兄弟俩各有了一子一女;女儿志琴嫁入铁匠巷武家,她还担任铁匠巷村委会的出纳。

时至现在,张世雄已是鬓发苍苍,回归老家成为他永远不可能实现的梦想。

白堂张鹏举一脉,就在孝义扎根了。

第十三章 坏裳为裤

一　老兵本色

在白堂村张氏家族中，真刀真枪上过解放战争和抗美援朝战场的人恐怕只有张诚华。宗谱记载他于1948年1月参军入伍，获得过"三级解放勋章"及"和平纪念章"，称得上一位不折不扣的新中国军旅功臣。

关于张诚华的家世，前边已经做过介绍，他的父亲名叫张兴，祖父就是张映蟾的同母兄弟张映福。张映福与妻子杜大女育有5个儿子张发、张如、张银、张兴、张升，各自还被起了绰号：大宝贝、二买卖、三跑外、四骡夫、五秀才。听起来就知道还数老四张兴本分，赶骡子扛骡垛的活计在山区农村已算最高强度的体力劳动之一。

张兴家的老宅院

宗谱对张兴介绍很简单，没有录入张兴的生卒时间。据子孙口传，他于1965年去世，卒年65岁，那么他的出生时间应该是1901年。其妻子是朔州城郊穆寨村人氏，宗谱误写为落氏，实际姓陈，老年时她有一根拐杖，上面刻着三个字"张陈氏"，显然没有取过大名。陈氏卒于1980年，享寿77岁，推算她的出生时间为1904年，比丈夫小3岁。夫妻一共两男一女三个孩子，其中女儿名叫桂花，嫁给本村的王怀玉。张兴大儿子张烈举，一生务农，卒于2005年，终年80岁，娶妻曹井沟村寇振英，可能是村里大老财张善计二媳妇寇素英的本家姊妹。也不知家族怎么排行，张烈举的小名为"八小"；老二跟着叫了小名"二八小"，再按家族辈分取了学名，妹妹张桂花印象他叫"张贵举"，堂弟张俊举记得好像叫"张来举"，正是后来的张诚华，属龙，出生于1928年7月。

都说张兴的省吃俭用无以复加，好容易在南河湾刨闹下五六十亩薄地，还养了一匹毛驴，光景似乎比另外几个弟兄稍显顺当，可是到1947年白堂村土改时对号入座，家庭成分被划定为中农，相当于乡下的小资产阶级，虽然不至于拿出财产分给穷人，但阶级地位无形中跌为二等公民。那时候国共双方激战正酣，解放区的翻身农民踊跃报名加入解放军，中农也不能落后，按政策两个儿子的家庭应该抽一个当兵，张兴左思右想，决定留下大八小，送走二八小。据说因为老大个子高大，上战场目标显眼，更容易受伤甚至一去不归，而老二身体瘦小，安全几率或许大些，说穿了疑似丢卒保车性质。以后二儿媳曾跟公公开玩笑说："还是不亲老二吗，为啥不让老大走？"张兴赶紧打哈哈："话可不能这样说……"总之1948年1月份，二八小穿上军装应征入伍，那一年他刚刚20岁出头。张兴也成为光荣军属，村里以示鼓励，额外还给分了几间老财张善计的上好房舍，让他家搬离拥挤破旧的穿廊院，彻底改善了居住条件。

据记载，那年春季雁北的朔县、山阴、怀仁、平鲁、左云、右玉6县青年参军人数一共达到5000多名，分头奔赴解放战争第一线。二八小分到绥蒙军区32团，先后在通信连、特务连当战士，主要担任旅政治部主任的通讯员。他后来提到过首长的姓名，可惜没人记住，不过参照有关历史资料，还是有迹可循。当年贺龙元帅麾下晋绥军区领导的绥蒙军区于1945年组建，司令员为姚喆，下辖有3个军分区及一支骑兵旅；骑兵旅旅长康健民少将，政治部主任是袁光少将；1948年7月16日，晋绥军区决定，以绥蒙军区第43、第44、第45团合编为第11旅，旅长兼政委黄立清，副旅长樊哲祥，政治部主任王志斌，部队归晋绥军区建制，其中44团番号就是原来的32团；9月，根据中央军委的决定，以绥蒙军区机关一部、骑兵第1旅（由骑兵旅改称）与晋绥军区独立第11、第14旅组成西北野战军第8纵队，司令员仍是姚喆。如此看来，二八小有可能曾是骑兵旅政治部袁光主任或11旅政治部王志斌主任的通讯员。

进入部队后，行军打仗习以为常。二八小说过，他参加的第一次大仗是围攻集宁，部队曾在山沟里一待好几天，战况激烈时，前沿阵地几乎满战壕都是牺牲的战友，看着惊心动魄。军史记载，"第8纵队组建后，一直留在晋绥区配合华北野战军作战，1948年9月下旬至12月初，在华北军区指挥下，参加察绥战役，先后攻占集宁、陶林、武川、乌兰花、固阳等城镇，歼灭国民党军集宁警备司令部、保安第1、第2团等各一部。12月中旬，进驻集宁"。不言而喻，也是二八小入伍一年多的战斗历程。他随身配发了一把手枪，经常往来于旅部和营连之间传达命令，沿路十分危险，敌人随时随地都会袭击，前边还可观察提防，身后却防不胜防，所以他习惯了把双手抱在胸前，握枪的右手始终搁在腋下，枪口朝后伸出，一旦敌人来犯，立即可以开枪。这样磨炼得格外机警，无数次穿越枪林弹雨，竟没听说他曾经受伤。

那时候部队战士文盲居多，只要初小毕业就算吃香的大文化人，一般就能担任文书，还要帮助战友代写家书。部队的风气良好，战斗间隙无论官兵都坚持学习文化。二八小尤其幸

集宁解放

运,主任亲自教他识字,还特地找个小黑板,每天写几个字让他熟记,又说正是政治部主任为他改了一个具有时代韵味的名字:张诚华,原名张贵举或张来举则弃之不用。改了名字的张诚华越发努力上进,行军路上还把黑板挂在前边战友的背包上,自己边走边看,很快他就识字不少了,几次得到提拔,担任过班长、排长并加入中国共产党。1948年12月,他们部队参加了著名的平津战役,在围歼傅作义嫡系三十五军的战斗中大显身手,又同兄弟部队一起解放了张家口、宣化等地。

张诚华(右)在重庆学习时与战友留念

1949年2月下旬,根据中央军委关于统一全军编制和部队番号的命令,第8纵队改称中国人民解放军第8军,隶属华野建制,所属第11旅改称第22师,开国少将樊哲祥任师长,原44团改为65团。4月下旬,第8军参加围困大同作战,5月1日大同和平解放后,北返绥远省,驻防集宁、卓资山等地。其时,张诚华已被提拔为22师65团2营政治处青年干事。

1951年初,65团整体调入20兵团68军204师,编为612团。当时68军即将赴朝参加抗美援朝作战,集结于天津附近,更换装备并整训部队,军长为陈坊仁少将,下辖第202师、第203师、第204师,其中204师师长曹玉清。6月9日,68军改称中国人民志愿军第68军,雄赳赳气昂昂跨过鸭绿江,在抗美援朝战斗中浴血奋战3年零10个月,涌现出许多英雄单位和英雄个人,于1955年3月圆满完成任务,战功卓著,凯旋而归。

入朝期间,张诚华担任612团2营副教导员,无疑经历了出生入死的战场考验。因为表现突出,他于1954年1月先期回国,被选送进入设在重庆的炮兵

现在的沈阳炮兵学院

1957年，沈阳高级炮兵学校校长孔从洲进行沙盘作业

第一速成中学读书，1955年8月结业后再到解放军沈阳高级炮兵学校地面炮兵营长专业学习。沈阳高级炮校也即现在沈阳炮兵学院的前身，专门培养解放军炮兵初级指挥军官。查阅资料，当时的校长为孔从洲中将，毛主席的亲家。差不多同期，张诚华被授予上尉军衔，获得中华人民共和国"三级解放勋章"和抗美援朝"和平万岁"纪念章。资料说明，三级解放勋章的授予对象为当时的团级、营级及其级别相当的干部，看来张诚华职务起码是营级。

进入炮校时，张诚华已经28岁，也该解决终身大事了。想想既是凯旋的"最可爱的人"，又是部队重点培养的对象，或许不愁娶一位城市姑娘为妻，但他依旧心在故乡，当年回白堂村探亲时，与邻村西易村的苗秀英订婚。苗秀英出生于1938年1月，比丈夫小10岁。据其长女张艳讲述，那年9月快过中秋节，按风俗母亲不宜留在娘家，所以她一个人前往沈阳与父亲相见，由校方主持为两人举办了简单的婚礼，一张老照片显示了具体时间："结婚纪念，55、9、5。"照片上的苗秀英辫着两条麻花大辫，眉清目秀，一点也不显土气。那次她住了半月多，仍旧独自返回老家，夫妻鹊桥相望。平时她常在娘家，每到过节才回白堂村小住几天，中间她曾经生下过一个女儿，却因患了肺炎，很不幸夭折了。

1956年10月，张诚华从炮校毕业，返回68军直属炮团。其时68军划归济南军区，驻防江苏徐州地区。张诚华报到后，职务仍按正营安排。1959年苗秀英在白堂村生下长女张艳，1960年才符合随军条件，随即到徐州与丈夫团聚安家，1962年生下次女张萍。1965年张诚华的儿子降生了，取名张卫国，寓意"保家卫国"，很有军旅及时代特色。那时候张诚华既有战斗经历，又有炮校学历，应该具备了一定的资历优势，但谁也没想到忽然跌入人生的低谷。据其长女张艳回忆，大约

结婚照

陈氏与儿子一家

就在1965年，部队统一抽调一批尖子干部奉命转业，支援地方建设，名单就包括张诚华在内，好像拟任他去贵州某地任职，家属也要随行。张诚华一来觉得贵州实在遥远，担心将来难回老家，二来实在舍不得脱去军装，所以向上级报告希望留下。可能他绝没有估计到后果的严重，最终虽说没走，但也受到免职处分，从正团被撸为机关干事，打击之沉重或许可以想象。不过毕竟没有离开军营，即使成为普通一兵，他还能坦然面对，别无所求。到1969年，他最小的女儿出生，大概因为在"文革"期间，取名叫张红。

恍然到了1975年，经中央军委批准，68军与沈阳军区第46军对调，奉命

移驻吉林省吉林市。那一年张诚华48岁,职务重新升到营教导员,但也就此为止到龄转业,7月份回到原籍平鲁县,他按行政18级职务被安排在平鲁机械厂担任厂长,妻子苗秀英则从徐州塑料厂调回平鲁鞋帽厂,举家住了机械厂的两间石窑。想想徐州为华东重镇鱼米之乡,号称"东方雅典",平鲁却是塞外小城,贫瘠落后,两地的反差实在太大,张诚华夫妻心有故土情结,终归衣锦还乡了,但孩子们一时太难接受,很难愿意适应一个新的艰苦的环境,尤其次女张萍,已是徐州二中活跃的红卫兵营长,甚至坚决表态要一个人留下,但怎么可能呢?张卫国回忆说,回来之后,伙食没了鱼肉,供应粮仅有15%的白面,剩下莜麦搭配,但他和姐妹们尝不惯莜面的土味,没有馒头时宁愿啃食玉米窝头,而父亲倒是兴致勃勃,第一件事就是拿回一条扁担,说:"没有自来水啦,孩子们准备轮流挑水吧。"

当时企业实行书记负责制,张诚华的厂长其实等于二把手,不过平鲁机械厂作为雁北地区唯一生产水泵的厂家,在计划经济时代四平八稳,厂里自己榨油,食堂拿了5斤胡油送给厂长改善生活,采购员出差时也买了两袋白面搬着送来,张诚华统统拒绝,态度不近人情:"我一辈子不多吃,不多占,来什么运动都不怕,都能睡得安然觉。"后来成了厂里的名言。还有烧炭,明明可以与厂里公私不分,他非要泾渭分明,带着孩子到灰堆里捡那些没烧尽的炭渣子,工人都笑话说:"厂长啊,你的工资每月102元,比县委书记都高,顶我们3倍多,至于抠门吗?"让他们更不能忍受的是厂长的军队作风,居然每天喊叫大伙儿跑早操,实践证明那一套根本没有必要,显然,不能适应地方工作的是张诚华自己,结果两年后他被调到农机修造厂当书记,仍然干得别扭,最终自己申请于1980年调到平鲁检察

转业回老家的张诚华及妻子

院，担任了法纪科的科长，因为级别有余，再兼了一个副处级检察员的虚衔。

除了对自己严苛，张诚华对子女更是如此。刚回来不久的1976年，大女儿张艳就去平鲁县林场插厂劳动，赶上宁武县财会学校要从知青中招考学生，她考上了，却被父亲拦住不许入学，理由是："当会计干啥？不劳动搞经济的，容易把人养坏，容易出问题。"张艳只能继续留在基层林业系统。那些年城镇户口特别是干部家庭，都可以招工上班，有些后门坐办公室，没啥后门下煤窑也有，张诚华预先向几个孩子表示："你们不要指望我出面给你们搬门子托关系，靠自己的本事好好学习吧，学习才有前途。"听起来虽然冷冰冰的，事实却证明挺有远见。恢复高考后，张萍1980年考入山西医学院。下一年张卫国高中毕业应届参加高考，却落榜了。社会上都说："吃细粮的都工作，吃粗粮的才考学。"张卫国也想工作，参加了招工考试，居然夺得全县第一，应该能选一个好单位，他想去银行，请父亲找一下知青办主任通融，父亲压根不予理睬，结果张卫国分到一个雁同电力公司55千伏高压巡线工指标，父亲说："你眼睛近视那么深，爬电杆出事怎办？好好念书去。"张卫国补习一年，1982年考入校址在徐州的中国矿业大学露天开采专业，最初的动机之一，竟是想回徐州看看。再到1987年，张红考上山西财经学院。

一个转业军人家庭，把三个孩子前后送进大学，在整个平鲁县都十分少见，几乎成了热点新闻。人们问张诚华："你是怎么培养的？传授一下经验。"张诚华只是说："孩子们叫买啥我就给买啥啊。"当然这也是其中一点。从1983年起，张诚华就离休了，享受行政13级待遇，他们夫妻的工资加起来相对不算太低，但为了供养一帮孩子们上学，日子过得以至于拮据。张卫国矿大毕业后问父亲："我该分配工作，还是考研究生？"父亲说："我有这点工资做后盾，你还能继续深造。"于是张卫国一直读完矿大研究生，1989年对口分配回中美合资的平朔露天煤矿，单位接收他的时候，必须经中外专家严格把关并出具相关的评估报告，他记得最后签字的是老外，给他的评语是："Excellent"——卓越的，优秀的，杰出的，太好了。

但是，就在此前一年的1988年，张诚华觉得吃饭不好下咽，经检查竟是

张卫国和父母

喉癌，然后做了手术，无奈回天乏力，只能听天由命了。面对很不乐观的病情，他十分平静，说："跟我一块出来当兵的死了那么多，我已经多活了几十年，而且有了这么一大家子人，自己很满足了。"嘱咐儿子说："我一死就啥也不知道了，你是男孩，就得撑起这个家。"他一生留下的产业，最值钱的是平鲁县政府分给他的三间平房，1999年儿子卖了3万元；家里的家具，只有在农机修造厂时用挖来的树根请人加工的两个木箱和一对自制的沙发，另外就剩下一些坛坛罐罐，仅此而已。现在看来很不可思议，但事实确实不假。

为了满足父亲最后的愿望，张卫国刚参加工作没几天，就于1991年正月和同在平朔公司上班的左云籍女孩韩文彬匆匆结婚。在儿子婚礼上，人们扶着病中的张诚华上台答谢亲朋，他已不能大声说话，只是低低地哽咽了一句："我很高兴，我看到儿子结婚了。"

1991年5月，张诚华病逝，终年64岁。

一位老兵，生命历程中传来最后的熄灯军号，他长眠回白堂村祖坟……

二　和平年代

太溪村张姓裔支，应该属于埋头种地的庄户人家，一直以来默默无闻，平凡极了，不过如今在本地颇有名气，主要因为走出一位比较争气的后辈张天茂。2015 年张天茂当选为朔州市副市长，难免引人瞩目。朔州毕竟地方不大，遍寻辖区 1684 个行政村，即使栽培一任县官都算十分稀罕，何况副市长又比县官大上一级。当然张天茂自己谈及官职根本不值一哂，他只是坦言感慨说，当年若非恢复高考，他作为寒门子弟恐怕一辈子就得安安心心耕田种地。对此他由衷钦敬自己的堂兄张天银，说是张天银黾勉苦辛率先跳离乡村，发挥了带头大哥的榜样效应，也让侪辈弟兄看到穷则可变的现实可能。

这么说来，张天银倒是挺不容易的。

实际前边已有交代，张天银排在太溪张家的第 4 代传人，其祖父张成业育有 3 个儿子：长子张昭，生于 1916 年，次子张悦，生于 1924 年，三子张英，生于 1933 年，此外还有两个女儿。大约 1945 年日寇投降时，张成业的光景可能陷入最惨淡阶段，想给老二张悦张罗成家，却又无能为力，不想二女儿生病早夭，被本村赵家娶了鬼妻，获得 120 元大洋彩礼，这才转手让张悦娶来潘家窑村的胡翠花。胡翠花属羊，时年才 15 岁，比张悦小 7 岁，因为父死母嫁、弟弟年幼也投奔了舅舅，她只能选择赶紧结婚。至于那一笔不菲的大洋去向，想来属于她弟弟吧，将来是个安身立命的本钱。

据说张悦迎亲时，被褥都是向本村高家老亲全套借来，胡翠花看着崭新光鲜觉得不错，谁知隔天回门完了再返婆家一看，被褥没了，铺盖换成麻线口袋片子，她这才明白自己被假象糊弄了。当然嫁鸡随鸡，也没啥问责可言，反正就此标志着一个新组建的小家庭生存之旅的艰涩起步。两年之后，太溪村开展土改运动，张成业一家划分为下中农成分，分田分地人人有份，真正赶上耕者有其田，跟别人再不显贫富差距。再到 1951 年，21 岁的胡翠花生下长子张天银，接着，次子张天金、三子张天荣、四子张天红、五子张天宇接连出生，最后一个女儿张彩琴生于 1974 年。开玩笑说吧，也算张悦夫妻对当时"禁止节育、鼓励生育"的国家人口政策的积极响应。

张天银记得，他六七岁时候，祖父年逾古稀，才决定给 3 个儿子主持分家。当时请来村里的文化人高有宽见证写约，采取抓阄的方式平分家业，实际除了坛坛罐罐，主要就是一处院落。其格局一共三间正窑、两间半南窑以及东西两孔低矮的躺窑；分家前老大张昭、老三张英分别居住正窑的西厢和东厢，老二张悦住在南窑，老父母居住在西躺窑。经过一番均衡搭配，确定分开三份，其中第一份为正窑东厢1间半外加东躺窑，占有院门；第二份为正窑西厢一间半外加西躺窑，占有茅厕；第三份单独为南窑两间半。抓阄时胡翠花说小孩运气好，就让张天银替代出手，结果老大抓到第一份，老二抓到第三份，老三抓到第二份，搞得老大老三的居室还得调换一下，老二原地不动。张悦深表满意，感觉妻子与另两个妯娌可以保持距离，免得闲话碰磕。他自己利用位置优势，将南窑就地改造为正窑，向南开门并往河岸方向扩垫出一处新院，继而垒起围墙大门，挖了茅厕。

分开之后，1大户人家变为4小户人家，原有院落变为前院和后院。张成业夫妻依旧居住已属于三儿子的西躺窑，说定由三子共同赡养。其时已实行了大集体农业社，老父母共有1亩多自留地和小块地，张悦弟兄3个轮流出工耕作。在人们记忆中，由于生产力低下，当年的太溪农业社乏善可陈，收不回足够的粮食，全年人均口粮维持在200斤左右，蔬菜类也只土豆一种，分得更少，有一年每人仅仅1箩头。为了弥补伙食，各家基本都去开辟小块地，民谣这样说：

    刨个钵钵，打个合合；
    刨个坡坡，吃个窝窝。

钵钵是土话，指小土坑；合合，指一合子粮，3两多。总体意思说，小块地可以救急，只是与公有制理念背道而驰，所以受到严厉禁止。张悦向来特别勤劳，他的小块地不敢公开在近处出现，一般寻找3里以外的沟畔或坡边刨挖，已进入上黑水沟、下黑水沟、白堂村地界，全都趁早贪黑偷偷耕种，忙乎一场，青黄不接时仍旧粮食欠缺，又得拔些名叫"崖蓬"的野菜拌入面团凑合果腹。

即使日子有些不尽人意，但再怎么都比过去当佃农、当长工强上千万倍，对张悦来说绝对无可挑剔，而且子女得到了在以前形同痴人说梦的读书机会。

1957年,张天银在本村的四年制初级小学上了一年级,同班七八个孩子。四年级读完,再到邻村白堂跑校,继续完成两年的高小学业。1964年,张天银经过考试升入初中,进城去井坪中学学习,跟白堂村的张润福同届。那时候他下面已有两个弟弟,家里没有现金的来项,只喂些鸡兔远不够他的上学费用,全靠在大同当矿工的舅舅给钱供养。本来正常情况3年毕业,谁知1966年"文革"开始了,最终1968年才拿到毕业证,那时高中停止招生,好像再没有升学高中一说,张天银当即回到村里,成为农业社的社员。

那一年他18岁,身体非常瘦弱。生产队也照顾他,让他赶了一辆毛驴车,拉田送粪之类,日工分执行7厘2,即每天挣不够一个工——挣够也体现不出多大价值,因为每个工分值只有1角钱左右。当年春节,弟兄们想换一件新衣服都没门。父母向张天银交底:"你大了,自己想办法吧。"张天银听说10里远的峙峪村砖窑收购糜黍秕糠,他费了大劲收拾几麻袋背去卖掉,刚够买来一件条绒裤子,好歹也算自我犒劳了一回。祖父提醒父亲说:"你这又是腰疼又是腿疼,叫人担心哩。看看三四个儿子了,能交代一个是一个。"催促首先考虑长孙张天银的婚姻大事。祖母是峙峪人,她让哥哥出面保媒,替张天银介绍了本家的女孩落翠花,双方都表示满意,张家给了女方两麻袋粮食,口头订下婚约。落翠花生于1956年,当时才十三四岁小学生的年纪,大概家中缺粮,预支了她的未来。

虽说娶媳妇有了着落,但客观现实让张天银认识到,待在村里太苦太穷,而且好像永无出头之日。那个年代,城乡之间正在彰显巨大的差别,城镇户口的吃供应粮分配工作,好像高人一等的人上人,农村户口的背朝黄土面朝天,苦干一年拿到的工分不够工人一个月的工资,好像祖祖辈辈人下人,是泥腿子是乡巴佬,对比太

入伍留念

明显了。那么人下人能不能转个户口换个血统？似乎也有机会，但肯定少之又少，难于上青天。而对乡村青年来说，最普遍最可能的途径，大概是参军入伍，和平年代也不怕流血牺牲，万一提干那就一劳永逸了，退一步说，即使退伍回来，招工还存在偶然的一点概率。

张天银所谋划的，就是当兵。

当然也不是轻而易举，寻常人家没啥依靠，总归望洋兴叹。不过，张天银真的具有可行性，他自己诙谐形容说："我家该是政治家庭。"原来，他母亲胡翠花素来持家整洁，无论再穷再困，土窑竟能收拾得纤尘不染井井有条，大人小孩的衣服即使打满补丁也缝洗得齐楚干净，所以凡有下乡干部或蹲点干部，都愿意选择来张悦家里吃派饭。村里为上级干部派饭，一般人家一听轮过来就头疼，不吃细粮不行，关键是细粮太少经不起消费，公认的得不偿失。唯有张悦胡翠花夫妻从来不计较得失，宁愿自家不吃，有些细粮全都应酬了客人，慢慢地几乎承担了太溪村多数接待任务，抑或大队还会尽量补助几斤细粮。有人说胡翠花有头脑，有人也说她重人情，但如果心胸不够宽阔，没有异乎常人的耐心，绝对难以做到。总之借此认识了地区级、县级和公社级不少官员，可以说积累了一点所谓的政治资源，在本公社范围内办事张口起码不会被拒之门外，关键时候靠人家某位干部动动嘴巴，岂非"一句顶一万句"？

1969年春季征兵，张天银报名了。全公社只招13人，条件为贫下中农家庭和相当于初中文化程度，两项他都够格，但体检出了问题，体重没能达到最低标准的80斤，结果首轮被卡下了。张天银那个着急，自己找大队、找公社，还把带兵的一位连指导员请来家里表达参军的迫切诉求，不排除还得到有关干部的从中关照，加之他是唯一能拿出初中毕业证的应征青年，最后如愿以偿，穿上了绿军装，3月4日乘火车前往国防科委兰州训练基地的8365部队。一路还很兴奋，觉得兰州是大城市，应该心满意足，谁知火车路过兰州并未停歇，继续昼夜西行，到了目的地一看，竟在新疆吐鲁番，黄风呼呼不说，又听消息说3月2日珍宝岛打起仗，又说不远的伊犁也有战事。许多新兵傻眼了，有的还哭了一鼻子，但张天银也不多想，抱定既来之则安之的念头，被分在反导弹大队的手摇计算机分队，60多名战士中竟有十几个大学生。

一年以后，中苏冲突没有扩大，张天银却随部队远程移驻云南曲靖。在部队他积极上进，不仅努力钻研业务，休息时间还要主动帮厨烧水扫厕所，受到分队官兵的好评，很快就入党并担任了班长。无奈身体素质始终较差，气管炎久治不愈，不可能不成为提干的短板，他只能选择复员，寄希望于退伍军人的身份安排一份城里的工作。就在他当兵期间，祖父张成业于1969年去世，祖母也于1972年故去。

1973年1月，张天银脱去军装，归田回乡。其时二弟张天金也已到公社当了话务员，使得家里的境况又有改观。虽然张天银不愿意待在村里，但公社的招工指标奇缺，还得伺机等待，也没有多少把握，于是他先去陶卜洼学校代课，旋即转为民办教师，在当时已算除了招工之外最好的选择。

再过一年，大同矿务局招工，原则上复员军人优先照顾，但工种是挖煤的矿工。母亲说那地方危险，拦住不许张天银报名，使他犹豫间错过一次机会，完了他后悔不已，完全认清好工种绝不会留给农村人口。恰好3月份又来补

在部队积极上进

张天银（后排）退伍安排了工作

在煤矿棚户区安家

曾经发表过的小文章

招,这番他无论如何坚决要走,仍是自己去找熟悉的公社干部,没有悬念,他被获准了,马上成为"非农业户口",到大同矿务局云冈矿成为矿井下的装煤工,月薪60元,好歹踏实了,也有了帮助弟弟妹妹读书的资本。1975年开春,他回去跟未婚妻落翠花领取了结婚证,两人只吃了一顿饭,连典礼都没有举办。次年,他在矿区的棚户区租了一间小房子,接来妻子住了十几天,就算草草安家。1980年,女儿张蕊出生;1987年,再有了儿子张彪。

对张天银来说,井下装煤力不可支,而且呼吸系统也不允许长久接触粉尘。他知道,父母的那点政治能耐已然鞭长莫及,自己独身在外,很难再得到照顾之类的好处,若想改变现状,还得自强不息。亏他读过初中,有些文化基础,业余时间他就买了《如何写好记叙文》系列书籍,埋头练习写作,不断给矿报和广播站投稿,微薄的稿费无关紧要,关键为了开辟一条出井的通道。如今他还保存下1974年11月27日的一张《大同矿工报》,三版显要位置发表了他的一篇文章《剥掉林彪"常胜将军"的画皮》,固然内容没啥新奇,但一定对辽沈战役及整个解放战争做过认真研究,无疑费了苦心才

闺女出嫁留念

写出来。

　　功夫不负有心人。1980年左右，经过五六年的苦苦修炼，张天银终于受到运输区区长书记的赏识，把他临时抽调在工会负责宣传，还让他担任了团总支书记，终于能够坐在办公室上班了。1980年，他又担任了运输1队的书记，走上了干部岗位，到1992年40岁出头时，他成为云冈矿的审计科长，2008年还被选为北京奥运圣火传递活动的火炬手。

　　说实话，张天银半辈子努力，职务最大不过国企的正科级，也说不上有什么职权，但他能够从社会最底层一步一步走出来，无论人生的失意也罢，挫折也罢，从不甘心，从不放弃，面对现实，脚踏实地，作为和平年代曾经的普通一兵，已经足够难得。

　　如今，张天银定居大同市安度退休生活。高堂健在，儿女成家，心无旁骛，夫复何求？

第十三章　坏裳为裤

第十四章 沉舟侧畔

一　穷根蒂固

如果说早先张红举在村里还算个人物，那么自从三查斗争开展，他就灰头土脸再没啥地位可言。毕竟当过几天日伪的甲长，虽说一直花钱雇了替身供职，但总是无法洗刷的历史污点，若非绥蒙公安队的顾政委对他一念之慈放他一马，白堂村1947年7月的那场激烈批斗肯定要让他遭到严厉清算，后果难以预测。

当他逃难40多天再回来时，村里已是农会当家，土改的暴风骤雨也基本平息。好在他家提前返贫了，之前要求回赎土地，把近些年购置的耕田无偿退还原主后，剩余部分已经不足全村的平均之数。至于家庭成分，又是一番有惊无险。一开始张红举被划定为破落地主，贴上了专政对象的阶级敌人标签，幸亏几个月后开展土改纠偏，根据实际情况他又被改为下中农，并且又给另分了大路东的8亩土地。住房则维持现状，原有的过厅院依旧属于张红举和侄子面换，颁发下来的晋绥边区土地证予以明细登记。即使重新回到翻身做主的贫下中农一方，张红举也照样抬不起头来了。

其时夫妻二人加上10岁的女儿润娥及刚出生的儿子润福，4口家庭的土地总数差不多40多亩。就以亩产百十斤计算，起码年产三四千斤粮食，按理维持全家温饱不成问题，但事实上张红举光景老比别人过得差劲，冬天舍不得烧炭，只好搬入宅院外边的破土窑居住，图个冬暖夏凉。究其寒碜的原因，还在于张红举自己不争气，赌毒俱全，不理会新政府的明令禁止。有一次他跟别人赌博被抓了现行，理当接受惩处，农会主席郭如跟他关系不错，感觉不好包庇，怕在区里派下的工作组跟前交代不了，不想工作组的组长却是他亲表姐的儿子名叫张新，张新把张红举叫去假意臭骂一顿，也算了却。若说赌钱，张红举好歹能赢，关键是吸食鸦片，那就无底洞了。据说土改完成之后，他还一直到全武营村的一个地下私藏的窝点去购买，每3天一次，每次1个大洋，怎能承担得了？

有一组数据显示：开国大典前夕，全国种植罂粟总面积2000多万亩，在4亿多人口中种植罂粟的农民多达1000万以上，吸毒人群竟有2000万，触目惊心。所以1950年2月24日，中央人民政府发布了《关于严禁鸦片烟毒的通令》，同年7月，华北人民政府颁布实施《华北区禁烟禁毒暂行办法》，吸毒贩毒终于成为人人喊打的过街老鼠，很快社会上的鸦片几近绝迹，客观说来，也挽救了张红举。大约1952年到1953年，他再也找不到买鸦片的渠道，毒瘾发作焦头烂额。那时六七岁的张润福已有一点印象，他记得父亲把烟枪烟具放在锅里煮熬，再啜饮那些灰褐难闻的寡汤淡水。熬过不知多少次了，最后还要把烟枪的枪杆劈成木条熬完，鸦片也就戒了，等于强制性弃邪归正。境况本该宽松向好，不过1951年添了次子张荣，隔两年再添三子张斌，人口一多，张红举的日子还是紧巴巴的，早早地就把女儿张润娥嫁出去了。女婿名叫陈生财，马营堡村人，中间的媒人为陈生财的舅舅田缠缠，也是白堂村张家的女婿。其实张红举早在1947年跑往上团堡村杜增家避难时已经结识了陈亲家，感觉脾性相投，彼此达成过结亲意向。张润福回忆说，陈家的彩礼是半袋子红高粱，大约三四十斤。

1955年兴起合作化，一夜之间张红举和所有村民一样都变成农业社的社员，土地牲畜全部归公，大家被组织起来参加集体劳动，白堂农业社共设3个生产小队，张红举分在3小队。有关资料这样定性："如果说土改运动主要是改变农村的生产关系，来解放被束缚的劳动生产力的话，那么，合作化运动实际上也是相同的思路，仍然是通过变革生产关系的途径，通过劳动者与生产资料的重组来提升农村的社会生产力。"农业集体化在当时相比单干而言确实显示出一定的优越性，人们出于对共产主义的急切式憧憬，都被调动起高涨的劳动激情。张红举是一把过硬的种田好手，表现也相当积极，不料经受了一次深刻的教训。

那是1958年，开春雨水不够，张红举掌犁耕种莜麦，根据墒情应该合理浅耕，但村干部不切实际，要求他按照深耕细作的模式操作，他的性子倔强，为负责起见执意浅耕下去,结果成为顽固落后的典型,被送进公社的学习班集训了7天。全公社一共七八个学员,白堂村仅有两个,另一个是安如老太太,因为偷过一个南瓜。集训倒不受苦,只是声誉进一步受损,好像越发被人瞧不起了。事后凡是张红举耕种的莜麦苗全苗壮,别人深耕的地里无不缺苗断垄,证明了教条主义危害不小。不过他也认清了形势,从此一概鼠首偾事,曾经一再叮咛儿子张润福:"你出去啥也别说,啥也别做,人家叫你做啥,你做好就是。"可能与极度低调有关,总算收到了明哲保身的效果,以后历次政治运动,村里都没有触及过张红举,虽在1964年"四清"运动中他又被举报是漏网的破落地主,但工作组未予采信。

但张润福险些因为父亲的问题而受到牵连。

他入学较迟,1957年直到11岁才上了本村的小学,比正常学龄推后3年,主要是家穷所致。父母两人出工,挣一个工分才3毛钱,要养活5口人顶多收支持平,倒不至于拖欠集体成为缺粮户,但日常生活几乎见不到分文现金,所以迟迟才攒够张润福一学期1元的学费和几毛钱的书费。早前时候,父亲本已按排行规矩为张润福取了学名叫张锋,只不过一直没有叫响,慢慢地张润福自己都遗忘了。头一天上学时,老师让他报上大名,他知道该是两字,就说叫张润也行张福也行。无奈两个选择都与别人重名,最终他随便以乳名登记为三个字的张润福,糊里糊涂打破了家族惯例。

当年的学校,阶梯式校园

那年张润福刚刚读书没几天,母亲却不小心跌断腿了,他又得回家照管母亲,结果留了一级,翌年还从一年级读起,已经12岁,在全班的岁数最大。鹤立鸡群当然也有优势,那就是接受能力相对强了,学习起来毫不费劲。就在读小学期间,他经历了记忆最深的饿肚子。其前奏始

时代印记

于1958年举国狂热的大跃进运动,"跑步进入共产主义""15年赶英超美"的口号喊得山响,很少有人怀疑实现神话世界的可行性,白堂村也不甘落后,投身大炼钢铁的同时设立了集体食堂。

炼钢的时间不长,几个月就以一无所获收场,但集体食堂从1958年秋后一直延续到1960年4月。开始时把全村每家的粮油土豆全部收集回来,一时显得满足供应,大家在食堂吃饭跟现在的自助餐一样放开肚子管饱,可惜滋润了不到一年,仓廪眼看着消耗殆尽,又因浮夸风虚报产量,绝大多数粮食上交国家,留下的口粮严重不足,结果进入1959年后半年就得大搞节约,食堂变成份饭供应,说是"闲时吃稀,忙时吃干,平时半稀半干,杂以番薯、青菜、萝卜、瓜豆、芋头之类",实际上以稀为主,并且越来越稀,虽然村里没有出现饿死人的现象,但状况实在堪忧。张润福记得他饿得头晕眼花,走路都跌跌撞撞,看见不能吃的东西都想往嘴里塞。最终食堂宣告散伙,让村民各回各家各自开灶,每家还分了一点自留地作为救急措施,

和母亲合影

这才总算度过了饥荒。

不觉到了1964年，张润福读完6年完小，参加了升学考试。全校同届100多号学生，一共7人考上初中；其中白堂村的20多名考生也有3人上榜，就包括张润福，成绩还是第一。当时全县只有城里一所井坪中学，64级初中招收了3个班，分别排序26、27、28班，张润福分在26班。入学要求先期交付9元的学杂费及第一个月6元的生活费，又说从第二个月开始就有助学金补贴了。一笔15元的支出对张润福家庭来说，可谓天文数字。那个年代，考上初中就能转为城镇户口，毕业基本都会分配工作，等于捧住铁饭碗，所以儿子好容易考上了，为前途考虑，张红举再穷都不能知难而退，他向本村吃劳保的大同工人大贵小借了15元，把张润福送进中学就读。

开学的头一个月结束，学校根据学生家庭经济情况发放助学金，每月最高的6元，也有3元2元的不等，由村里开具的鉴定表审定。星期日张润福返回村，自己去找村支书填表，村支书或许早年对张红举有过什么成见，或许愤疾于张红举的历史问题，当下也不含糊，大笔一挥写下非常顺口的4句话：

当过甲长，
入过红帮；
家庭比较富裕，
不需要照顾。

内容简明扼要，一下子为张润福申领助学金设置了壁垒。他明白一旦拿不到助学金，辍学不可避免，愁闷之下鼓起勇气跟自己的班主任老师张俊林说："如果不给我助学金，我肯定就念不成书了。"张老师说："我向校领导反映。"由于井坪中学属于正处级别，校长一职暂时空缺，县里指定副校长周元儒主持工作。周副校长军人出身，祖籍朔县利民镇，与白堂张映蟾的女婿周六猴还是叔侄关系，他听张俊林老师把张润福的鉴定情况一说，倒也通情达理，专门委派张老师到白堂村家访调查。张老师实际了解完了，才知道"比较富裕"扯淡，回去汇报给周副校长，结果张润福被评为每月 4 元的助学金等级，清除了张润福求学路上的最大障碍。

助学金的波折使张润福受到历练和启发，他忽然觉得有些良机通过自己的争取还是可以把握住的，只是在关键时刻不能一味胆怯畏缩，否则活该倒霉。又想每月家里再拿 2 元钱恐怕仍不现实，于是趁热打铁，再次向周副校长请求说："我放假也不回家，能给学校干活。"周副校长同意了，到了寒暑假就安排张润福留在学校勤工俭学，如跟马车拉炭、割草、清扫院落等，学校酌情支付他劳动报酬，一般是 10 元 8 元的，最多一次竟有 13 元。如此一来，张润福实现了自食其力，初中读书阶段，再也没向家里要钱，家穷确实促成了他的早熟。反观本村的一位同学高占礼，助学金评为每月 3 月，剩余 3 元父母负担不起，只好退学回家。

如果正常上完 3 年初中，张润福或许就会顺利成为工薪一族，但无奈事与愿违。1966 年 5 月，眼看临毕业只有最后一个学期，"文革"爆发了。学校突然停课，学生们破"四旧"、斗老师、背语录等革命造反不亦乐乎，大字报铺天盖地，每天学校的马车拉回一车的白纸都不够用。别的也罢，张润福最难理解的是批斗老师，自忖千古不闻。红卫兵头目看他表现消极，故意指派他到监所押解已被抓起来的县领导李清富、田雨润等，随即他又出去串联，怵于天气渐热往北最好，第一站竟跑到过齐齐哈尔，辗转再到湖南韶山观瞻领

当年的供销社招贴画

袖家乡,当年 12 月重新返回北京,参加了 26 日毛主席第八次对红卫兵的接见。一大圈跑完,最终回来了,仍旧不得消停,学生们又要"在校闹革命",不允许回村却又不正常上课,每天的任务就是打玻璃打灯泡,然后找学校更换,然后再打,叫作"不破不立"。1967、1968,整整闹了两年多,每月供应 33 斤粮食,他们一帮半大小子根本吃不饱肚子,但不影响瞎闹。张润福偶然回村看看,境况好不到哪里,农村同样抓革命,种地反而次之,人均口粮下降到 200 多斤。农民不种地、学生不读书,究竟要干啥呢?张润福迷茫不已。

直到 1968 年的年底,64 级初中生才拿到初中毕业证,所以张润福的初中等于上了四年半。其时他已经 22 岁,老大不小了。

在即将告别校园的时候,他发现革命了半天,却苦了自己:安排工作失之交臂,大学也不再招考;城镇供应户口还要迁回村里,恢复为农业户口;十年寒窗之后,到头来无功而返,还是农民身份。就像原先树上有个熟透的桃子,举手就能摘到,谁知忽而一下桃子飞得无影无踪,换了谁都会沮丧懊恼。

造化摆布,真是捉摸不透。

二 时移势迁

张润福初中毕业时候,一句风靡全国的说辞是"广阔天地大有作为",听起来非常鼓舞人心。广阔天地指哪里?当然是落后贫穷的农村。大有作为指什么?应该是改造农村面貌。而前提还有一句:"一切可以到农村中去工作的这样的知识分子,应当高兴地到那里去。"

宣传归宣传,事实归事实。比如张润福回到白堂村,怎么也高兴不起来。

首先面临一个难题:他从来没参加过农田劳动,所有农活对他来说彻底外行。唯一的措施就是他必须"接受贫下中农再教育"。如果他的年龄再小一点,或许还能被栽培成一个类似父亲的庄稼把式,但 20 岁出头的他目睹过城乡之间的巨大反差，对务农的认识比较清醒，觉得自己的将来最多也就是父辈的翻版：家徒四壁，一贫如洗，四季不闲，冬天却买不起每吨 1.8 元的取暖用炭。这怎么能让他甘心呢？

但眼下究竟怎么生活，他无所适从。被生产队叫去参加收割莜麦，他站在望不到地头的垄道里犯愁，手中的镰刀好歹不听使唤。别人埋头疾趋，好像《摩登时代》的卓别林，动作机械而效果显著，只有他一步一抬头，半天不积跬步，很快掌心指肚就挤起了水泡。勉强割到半路，他不知哪里生出满肚子的委屈和火气，不由自主甩掉镰刀，撂下一句狠话："我走啦！"早年父亲告诫过他："你出去啥也别说，啥也别做，人家叫你做啥，你做好就是。"但张润福实在不能苟同于父亲的活法，抑或他始终不想承认自己是一个安于现状之人，抑或也从来不想放弃寻求改变处境的出路。他是弟兄中的老大，自主惯了，父母也奈何他不得。

有时候破釜沉舟没用，哀兵也未必必胜。张润福负气离家，打算自己外出找事干，现在的说法叫打工，可是在当时的条件下几乎寸步难行。他先是到了百十里外的宁武，发现有一处打涵洞的工地，于是前去毛遂自荐当个小工，对方也缺人手，有意留用，但提出必须出示村里的介绍信，他无法提供，事情自然就告吹。再跑别处的工地，一概都要出具介绍或证明，谁都不敢触碰红线，毫无回旋余地，包括投宿住店也是一样的规矩，十分麻烦。没几个月他只好草草结束了"盲流"行径，最终灰溜溜返回白堂村。但依旧不愿意出工，队长找他也不理睬，自己闲着没事，就独自一人鼓捣着修缮破败不堪的老旧宅子，先把三间正房收拾好了，又在塌毁的耳房原址碴起一孔以备过冬的土窑。完了全家乔迁回来，空置将近 20 年的过厅院终于告别了沉寂。

屡次三番碰壁，迫使张润福冷静下来，不得不考虑客观现实的制约，感觉长此浪荡下去没啥结果，还是识时务为好。1969 年的冬天，他自己跟小队长张宗昌商量："农业社的营生我只能赶小驴车，别的确实不会。"张宗昌见他终于收心了，也很满意，马上点头答应，分派一辆毛驴车交由他去务作。没过多久，小队好歹缺个记工员，张宗昌提携张润福说："干脆你给小队记工吧。"张润福当

徐香云和孩子

张润福父子

然乐意，说："那我保证记不错。"于是当了记工员，除了干些轻活杂活之类，负责登记工分。可能队长发现了他的学有所长，1970年冬天，又安排他接任了小队的专职会计。会计不像记工那样条目单一，需要统筹核算成本、产量、分配等等，麻雀虽小，五脏俱全。张润福对数字生来敏感，又肯用心钻研，很快将账目梳理得井井有条，好像总算找到了适合自己的位置。

可别小瞧一个小队会计，在最底层的村民们心中已经足够风光。白堂大队3小队共计300多人，除了队长、副队长外，会计也意味着跻身管理层了，而且当会计不用出去风吹日晒，一般社员难以胜任，公认是不靠关系，完全凭自己的脑筋吃饭。白堂张家特别是张映蟾一脉，自从土改后由于历史或成分原因几乎毫无地位，能够出来一个张润福，大小也算干部，实在很不容易。张红举难免心中宽慰，想来儿子有这点出息，大概不至于打光棍了，所以盼着儿子尽早成家。谁知就在1970年的腊月十五，也即公历1971年1月11日，他感觉胃疼难忍，张润福赶紧陪他去白堂公社医院诊治，医生给他挂了药瓶输液，不知是过敏反应了还是病情突发恶化，药液还没滴完竟然猝不及防停止了呼吸，终年才59岁。妻子高银付55岁守寡，直到2011年去世，高寿95岁，正好与丈夫的年龄数字前后颠倒了一下。

父亲一走，意味着张润福必须挑起家庭的全部重担。毕竟担任小队会计，热心的媒人开始关注他，1971年七八月份，经本村高发牵线，他和本村徐家姑娘徐香云订婚，彩礼按行情800元，多方筹借不算费劲。当年腊月等过了父亲的周年祭日后，24岁的张润福迎娶了18岁的徐香云。婚后的1973年，长子张志明出生，张达一脉有了新的传人。而张润福进一步展露头角，不仅被提拔担任了白堂大队会计，而且兼任全部3个小队的会计，甚至公社做账也要他常去帮忙，俨然成为公社和大队的财务总监。

想当年，高平县秋子大队会计赵长保的名字曾经上过《山西日报》，说他"严格执行财务制度，账目从无差错，被群众誉为'铁算盘'"，大概与张润福的情形类似。大集体时又有乡间民谣说："惹下队长不能住，惹下保管不开库，惹下会计黑笔杵。"其中将会计的职权形容得精准生动，反正内中的学问不少，外行不得而知。对此张润福的体会是，农业社会计光会记账不行，关键是一定要掌握好相关政策，如何合理做账，在分配方面存在明显的变数。那几年白堂村的每个工分最高达到1.3元，村民都增加了收入。大家前后对比，都感觉与张润福发挥的作用大有关系。因为平时他还不遗余力为乡里乡亲排忧解难，好像主心骨一样，只在白堂大队的范围内，他应该算得上众望攸归。

转眼到了1978年，中国正处于划时代意义的历史转折点。从5月份以来，报纸上连篇累牍展开真理标准问题的大讨论，12月份中央又隆重召开了十一届三中全会，比如结束"文革"、恢复高考、不再坚持阶级斗争等等各种消息接连见诸报端。白堂村也订着几份报纸，别人几乎不瞧，平常也只有张润福仔细看看，主要为了从中获取一些财政信息，顺便关心关心国家大事。他首先发现买挂面不要粮票了，似乎商品领域露出了松动的迹象。为了试探一下自己的判断，他跟公社供销社主任商量，能不能外出贩些小麦回来销售，主任不敢，生怕违规惹事，张润福说："只借助供销社的旗号，具体我个人出面，一切我担责任。"说服了主任，他带车跑了一趟河北，采购回6000斤小麦，进价0.28元，卖出0.31元，差价也够费用。随即再拉两趟，全部销售一空，白堂人们一下子有了白面可吃。三趟下来畅行无阻，果真大气候不同以往了。在河北，他发现每家每户存有大量小麦，但人们过年买不起窗户纸、日常买不起一撮碱面，症结在于限制了流通，看来国家的大政方针到了调整的时候。

虽然平鲁远在塞外山区，三中全会后各公社好像暂时没啥实质性动静，但所谓"风起于青萍之末"，最先在田间地头有了微妙的征兆。那是1979年秋季，大队组织劳力挖土豆，社员们敷衍了事，懒洋洋随意浅挖，丢弃严重。时任白堂村支书王怀玉是老支书王厂之子，娶妻张兴的女儿张桂英，他被气得七窍生烟，回来跟张润福说："社员就像鬼催上了，怎么骂都不听话！"张润福说："姑父啊，我看出来了，大集体气数将尽，农业社非塌不可。风气涣散，说明人心变了。你能管得住？"王怀玉吓了一大跳，说："这是反革命话，可不敢乱说。"张润福说："我看报纸说，安徽、四川都开始包产到户试点，我觉得咱这里也快。"王怀玉一听有理，又问张润福该当如何？张润福说："我准备推掉会计，包产到户了还需要会计吗？你也别干了，想想退路。"王怀玉本来脑子机灵，一经点醒马上行动，不失时机让出支书职务，由他父亲重新挑起担子，他自己则到社办的东易煤矿当了矿长。同时张润福接任了村主任，不再担任会计。

其时中共十一届四中全会刚刚召开，会上通过了《中共中央关于加快农业发展若干问题的决定》，发出号召说："社队企业要有一个大发展。"涉足社队企业，其实正在张润福的蓄谋之中。他想既然农业社没啥前景，倒不如顺应形势干一番名堂。至于办企业的类型，他仍然选中煤矿，也算有的放矢。早前228地质队在白堂一带勘探地矿，队伍转移后安排一名队员留守白堂村待命，张润福跟他时有接

当了村长

触,偶然看过他手里的资料图纸,知道在白堂和马蹄沟、马鞍山三村交界地带探明一处优质煤层,覆盖仅有 60 米深,开采十分便利。

确定了思路,申请竟也一路绿灯,地方政府发展社队企业心切,恨不能拔苗助长,统统给予政策倾斜,大力扶持,比如小煤窑开采,仅需雁北行署出具一次会议纪要即可项目上马。张润福结识一位曾到白堂下乡的副专员,他找去一说,立刻获准同意,年底时"平鲁县马蹄沟社队煤矿"就已挂牌筹备,张润福就任矿长,还议定股权形式,以 10 股分成,白堂村占 8 股,马蹄沟村和马鞍山村各占 1 股,且不必投资,名义上又属于平鲁县社队局下属企业。当时银行鼓励贷款,主动上门放贷 130 万元,保证了煤矿的如期开工。

1980 年,当白堂村开始包产到户之际,张润福已经完成了他的华丽转身,那一年他 34 岁,而立之年,年富力强。

再过一年,煤矿掘进已经见煤,县里也成立了煤管局,予以正式办理采煤许可手续,煤矿更名为"平鲁县马蹄沟煤矿",去掉了社队二字,仍是集体所有制,工人就以白堂及附近的村民为主。当年投产后开采量为 15 万吨,吨煤价格为 6 元,经济效益还是相当可观。然后煤矿将白堂村的 1 股转给白堂公社,也等于挂靠婆家,一来权衡利益,二来凡事公社出面可以减少扯皮。最初张润福月薪 45 元,一线工人竟能赚到每月 100 多元。

正因为乡镇煤矿的异军突起,为贫穷落后的小地方平鲁县注入强势的发展动能,逐渐形成一煤独大的经济强县。仅以马蹄沟煤矿而

改革开放之初的农民企业家

言，将近 30 年间一共为县里上缴利税就达 1.6 个亿，每年还要为白堂等 3 个村交付十几万元用于学校维护及村里的日常开支。创造财富也罢，原始积累也罢，体现自身价值也罢，张润福为煤矿付出多少心血，只有他自己清楚，其间的许多艰难困苦一言难尽。说起他最难忘的，还是在办矿过程中切身经受了市场经济之路的寒热阴晴。还是 1980 年秋天，他带一辆汽车到榆次买水泵，路过太原发现大葱每斤 4 分，而平鲁每斤竟要 1.5 元，他赶紧掏钱买下 1 万斤拉回来准备到交易市场出售，计算怎么也可以赚个千把元，谁知担任交易所所长的表兄说是风向又变了，卖葱涉嫌投机倒把，没办法张润福只好原价把葱给矿上职工分了，赔钱 37 元。但没过几天市场再次松绑，1983 年又一次收紧，最终到 1987 年才彻底放开趋于正常，也够坎坷的。

再就是煤矿产权改制，越发一步一趋，百折多磨。

2000 年前后，煤炭销售陷入疲软，马蹄沟煤矿困难重重，好景不再。2004 年，由白堂公社变身而来的白堂乡政府罢掉元老张润福，另请高明对煤矿实行过短期的承包经营，情况却更加糟糕，负债竟有 530 万元。实际上，马蹄沟煤矿的境遇，也是乡镇企业的一个缩影。作为特定时代应运而生的乡镇企业，确实在 20 世纪 80 年代后期步入千载难逢的黄金时期，连一代伟人邓小平都承认说："我们完全没有预料到的最大收获，就是乡镇企业发展起来了。"但是乡镇企业生来具有自身的致命残缺，产权不清、政企不分，必然导致市场应变能力不足，难以与雨后春笋一样冒出来的个体私营企业抗衡竞争，也好像气数轮回一样，一旦遇到真正

全家留念

的大风大浪,终将走不出被灭顶的怪圈。那时候媒体经常出现一个热词"改制",专业些叫作"明晰产权",通俗说法也即政府选择把那些苟延残喘的垂危企业以白菜萝卜价卖给个人,将包袱一甩了之。

眼看着马蹄沟煤矿维持不下去了,挣扎在倒闭的边缘,改制同样提上议事日程。但是烂摊子谁敢招揽?嚷来嚷去,解铃还需系铃人吧?还得动员张润福出来救急。张润福很清楚危机重重,如果搞不好,轻则倾家荡产,甚而锒铛入狱。所以他根本不想铤而犯险,然而一来大势所趋,身不由己,二来毕竟于心不甘,责无旁贷,最终抱定存亡与共之心,2005 年还是接管了煤矿。不过连张润福自己都没有想到,当年煤炭市场走过寒冬,骤然火爆,并且每吨价格飙升到 500 多元,马蹄沟煤矿顿时柳暗花明,一派蓬勃,2007 年完成了产权明晰程序,标志着张润福成为传说中身价不菲的煤老板。接着,在 2008 年 7 月 2 日北京奥运会开幕前夕,政府责令停产。2009 年,山西省政府展开大规模的煤矿资源整合重组,所谓"国进民退",马蹄沟煤矿又被中煤平朔兼并,张润福从此退出煤炭江湖,望峰息心。

回眸岁月流逝,恍然弹指一瞬。

除了大儿子张志明,张润福夫妻于 1978 年有了女儿张文静,1986 年又有了次子张昊轩。到 2016 年,张润福已经整整 70 岁了,儿女都各自成家,用不着他再操心。他平时消闲度日,有时和老伴去给儿女带带小孩。久居城市,他常常有一种"梦里犹知身是客"的失落,但近年却

与孙子合照

村庄的煤炭场景

很少再回白堂村转转。由于地下采空,生他养他的村庄即将搬迁,大多村民提前离开了,留下的街巷窑舍空荡荡一片,让他总感觉不是滋味。

　　为了摆脱贫困,煤矿产业风生水起,而煤炭的采掘,又使白堂村难以立足。是是非非,怎么才能说得清楚?

第十五章 泽被无声

一　学而不辍

二十世纪五六十年代的学生，想必都对一篇课文《半夜鸡叫》耳熟能详，故事情节是否经得起推敲姑且不论，只说高玉宝敢跟东家周扒皮撕扯并喊出"还我书，我要读书"，还真叫人共鸣和佩服过。事实上，就在高玉宝一举成名、忙于为学生们忆苦思甜的年代，部分小孩仍然为了读书伤透脑筋，其中就有白堂村的张连英。

张连英是绣楼院张林举的二女儿，出生于1954年阴历正月初八。她还不足两个月时，就赶上四叔张鹏举下葬。张鹏举饱读诗书，是从白堂村走出去的家族精英，只可惜误入国民党阵营，致使解放后在平遥遭到镇压。三哥张林举千辛万苦将老四的遗体收拾回村，却也给自己的家庭蒙上历史问题的阴云，以后竟然成了女儿张连英上学路上险些没能迈过去的绊脚石。

需要从头说起。

当年张林举虽为处理母亲和四弟的后事而卖掉了牛驴，不过凭他的辛苦种地，光景还是很快有了起色，起码不比别人差到哪里，妻子苗玉花也说："尽孝花出去的钱，确实回来得也快。"随后合作化运动开始，私有土地一律入社，张林举连同家中的铜水勺铜面盆之类全都作为集资性质奉献出去，谁知1958年搬回绣楼院后，居然无意中找到老辈子埋下的一点藏宝，包括一顶十几个银钗组合的简易凤冠以及7个银元。即使局囿于形势一直不曾变卖，总归手中掂着一笔祖产，足够充实和聊以自慰。

自从张连英记事，她没感觉家里曾经困窘到吃了上顿没下顿的程度，即使在举国饥荒的1960年，正好姐姐张凤英考上怀仁煤校，老把捡拾晾干的馒头窝头带回来，由母亲重新磨成面粉，熬了糊糊贴补伙食，维持着度过了非常阶段。本来张连英两三岁时又有过一个妹妹，母亲考虑到当时孩子太多不好养活，竟给溺死了,随即她给西易村本家一个侄子当奶妈,挣些微薄的酬金。过两年那小孩接回去后,母亲奶憋胀痛,就让5岁的张连英再来吃奶,一吃不要紧,直到她一年级的第一学期,课间还要挂记一口母乳。张连英儿时营养不良,身体瘦弱,吃饭好歹不香,甚而她怀疑与吃奶过多有关。记得一次喝糊糊,她老用勺子从碗底乱捞,惹得父亲抢走勺子,发火说:"捞!捞!只管捞个啥?"

1960年秋天,张连英还不足龄就在村里小学入学了,开始时考试都写不好名字。本来父亲为她取名张莲英,她嫌莲字的草字头笔画多余,干脆擅自将"莲英"省略为"连英",也没人注意。小学阶段她的学习成绩平平,升到五六年级最愁的作业就是写日记,曾经发现老师的批语每次只写一个"阅",暗暗猜测老师可能不阅,于是有一次她偷偷擦去那个阅字,将昨天的日记以旧充新再交上去,结果没能蒙混过关,被老师叫去办公室问她怎么回事,她无法隐瞒,只能老实交代:"我以为您不看。"引得在场的校长老师大笑一场,批评就免了,但张连英生来头一次明白了什么是耻辱,以后再写日记非常认真。

那几年父亲的辛苦让张连英记忆深刻,许多场景至今她都历历在目。每天一早,不等天亮父亲就起来首先去南河湾挑两担水,自家一担,二妈家一担,来回的下沟爬坡已经汗流浃背,他匆匆再到南梁上开垦小块地。张连英记得,她动辄一溜烟跑上绣楼,扯开嗓门大喊父亲回来吃饭,早饭后父亲又要正常参加集体出工;到冬天两顿饭,下午收工较早,父亲风雪无阻,背起背篓前往8里外的陶卜洼东疙瘩的煤矿捡炭,一次可背六七十斤,无不裹着夜露或月色回来,二话不

中学时的张连英(前左),同学中年纪最小且唯一穿着打补丁衣服

说倒头就睡。张连英始终没听过父亲叫苦喊累，但多听过父亲的一句话"勤谨勤谨，衣饭随身"，意思说勤快了不愁吃穿。

从1960年腊月张连英的三妹张兰英出生，到1965年又有了弟弟张良，几年之间，大姐张凤英出嫁了，哥哥张元也考入县城的井坪中学读书，张连英成了父亲唯一的帮手，她和哥哥姐姐一样，放学之余习惯了跟着父亲劳动。她应该是一个少见的乖乖女，村里人评价"非笑不说话"，但印象中似乎有过一次小小的叛逆。那是一个春季的午后，她挎起一篮土豆种子，要到小块地帮父亲点种，生怕误了上学，所以急急跑在前头，父亲则挑一担粪土不紧不慢走在后面，半路上她回头一看还不见父亲的影子，心中忽然焦躁起来，扭头就往回返，父亲迎面上来问她："干啥去？"她嘀咕说："念书迟到啦。"顾自罢工回家，父亲只得折返回来，也是唯一的一次踢她一脚，第二天中午爷俩还得照常出地。

恍惚已是1966年夏天，张连英小学毕业放了暑假，学校传话让她和本村的全部五六个同班学生到县城参加升学初中的考试。不跟老师，也不跟家长，大家结伴徒步上路，村口碰上张兴的女儿张桂英，说："别看最数咱连英个子小，说不准只她才能考住。"其实张连英还不懂得一定要考住干啥，只觉得应该按程序该考则考。当时全县只有一所井坪中学，66级初中一共招收3个班150名新生，也不知应考人数多少，张连英还真被录取了，而且全村只她一个，父亲难免脸上有光，母亲也赶紧把父亲的一件破皮袄为她改作褥子，又用一块被面折回来缝了一个小被子，等于打理好了行李。到了开学之日，正准备走时，母亲病倒在炕，张连英不想走了，父亲说："你在家，也替不了你妈的病；你若不念书，可不是你一个人的事。"张连英开始不懂后半句的意思，长大成人以后琢磨，才觉得读书确实不仅为自己，也为了后人。

那一年9月，她才13岁，离别病中的母亲，进城求学。

开学后张连英才知道，她的运气实在不错，因为碰上了学校百年不遇的好老师，包括他们班主任苏水祺在内，一帮北京师范大学毕业的热血青年，从1965年来平鲁县支农，都留在井坪中学任教，水平非同一般，其中语文老师王木荣还曾在天安门播音。苏老师看见张连英最小，所以特别关照，给她评了跟孤儿同样待遇的每月4元的助学金；一开学全班同学都出去支农，苏老师却把张连英留在学校打杂，还拿出她的升学试卷让她翻看，她才知道录取分数两门课程120分，自己的语文50多，数学70多，刚刚达线。学校伙食比家里强得多，又要军训，张连英的身体也舒展开来，好像忽然长高不少。

谁能料到，只过了两个多月，"文革"爆发的冲击波强势而来，学校顿时瘫痪，学生翻脸不认老师，不仅大字报铺天盖地揭发，更要挖空心思地造反批斗，许多折磨老师的场面使得张连英心惊肉跳，不忍卒睹。到12月份，大串联开始，学生们天南海北纷纷走了，张连英没去，跑回村里待着。母亲看她沉闷，还说她："等明年春暖花开，你也出去走走。"但是第二年春天，狂热的运动高潮就趋于降温，串联不说了，大家陆续返校。但也没有以学为主，学生寻常被组织学农劳动，直到1967年10月复课闹革命，学校才慢慢恢复了教学秩序。不知不觉到了1969年，张连英初中毕业。她还留着当年一张同学的毕业合照，能够发现11个女生最数她小，并且唯有她穿着打补丁衣服。

虽然张连英的毕业成绩已列前茅，但想上高中居然不再考试了，改成推荐入学，而且权力掌握在各村大队，学习好坏倒无所谓，阶级因素才起决定作用。那年白堂村申请推荐的只有张连英和另外两个男同学，其中一个根正苗红，获准升学，却没去就读；张连英和徐步来的一个侄子徐玉同则因为家族的历史问题，都被卡下了。张连英不愿意辍学回家，非常难过，父亲说："要么你自己到学校找找，问问老师能不能去？"张连英还真敢去，她独自进城到了井坪中学，向原来的班主任赵荒年求助，赵老师跟校领导咨询，答复说要有教育局同意的证明才行。于是，张连英赶紧又去了教育局，可是哪有认识的熟人？纯粹的冒失盲目，看见局办公室坐着一人好像领导模样，就鼓起勇气走到跟前，领导抬头问："你干啥的？"张连英说："我想去念书。"

当时的社会风气已不注重上学，一个小女孩却要念书，反而打动了那位领导，他脱口说："想念书？好事情呀。不就在教室多摆一套桌凳？"张连英忙说需要一纸介绍信，领导说："开介绍信就由我管呀，很容易的。"随手拿出纸笔，张连英想到本村的玉同，说："我们村两个。"领导不假思索，大笔一挥写下两张介绍信交给张连英，嘱咐说："加盖公社和大队的公章才行。"以后张连英当了教师，才知道帮助自己的干部名叫王灵台，时任教育局副局长。

真是柳暗花明啊，张连英料不到事情如此顺利，她自己总结了经验，就是"想念书，得有胆量"。回村后她把其中一张介绍信送给玉同，说好各自盖章。然后她和父亲合计，担心按程序办事夜长梦多，决定暗中操作一下。大队会计是本家三贵小，一说意思，当即越权来了个与人方便；再说公社，就设在白堂村，马秘书举家住在村里，跟他一说，同样一蹴而就。这时候井坪中学已经开学一个多月，再不能耽搁，张连英怀揣加盖了三个红印章的介绍信，搭乘本家张贵喜为公社供销社拉货的毛驴车准备启程，谁知半路杀出公社书记刘磊，严厉阻拦说："不能去，赶紧回家。家庭有历史问题，村里有人向上反映了。"没办法，事情当然黄了。张连英以泪洗面，回家躺了大炕，高玉宝还能吼一声"我要读书！"，张连英不知朝谁吼去。堂兄张敬过来鼓励她："不要想不开。眼下这种政策，从古至今没有过，不可能长久的。你还小，你能等到恢复考试、凭成绩见高低的那一天。"本家的张根发也来安慰张林举："三侄啊，不叫男孩念书吧，怕影响顶门垫户；不叫女孩念书，莫非还怕挠不了个锅底？"张林举回答说："挠锅底也是有文化好。"传出去竟成了村里的一句名言。

抑或张连英真的就要接受挠锅底的现实了。又没想到十几天后，张连英有一位初中同学赵连英从中帮了一忙。赵连英是上麻花头村人，不仅跟张连英异姓同名，而且两人关系特别亲近。她已在高中就读，忽然发现白堂村的徐玉同入学了，心急之下，不知从哪里找电话打回白堂公社，给张连英捎话说赶紧也来上学。公社当时就占了张善计老宅，与绣楼院隔壁，接到电话的干部当即探墙把话喊给张林举，张林举心想宁碰勿误，不撞南墙不死心，第二天打五更起来，背起张连英的行李，爷俩悄悄离村进城，到学校交上介绍信后，张连英毫无纠葛地顺利插班入学，说复杂还很复杂，说简单就这么简单。

但毕竟是私自行为，后续还有惊险。没几天，张连英忽然发现徐玉同退学离校，她有些大惑不解，打听才得知村里有贫下中农仍在不屈不挠地举报，公社和大队将徐玉同带回去了。她开始惴惴不安，深恐自己也步徐玉同后尘。果然公社书记刘磊很快亲自来学校交涉，要求张连英回村，并强调说白堂村有人告发，令他十分为难，压力不小，如果县里追查责任，可能连书记也当不成了。时任井坪中学校长叫张秋霖，是一位参加过抗美援朝的老干部，据说对刘书记当场拍了桌子，说："你怕当不成书记，我不怕当不成校长！那个男孩稍大几岁，回去好歹已能劳动，这个女孩太小，回村能干什么？念完三年高中再回去劳动也不迟！"刘书记奈何不得张校长强势，只好作罢。这些情节发生在校长办公室，张连英不可能在场，她还是事后听学校工选队有人讲述的，心里对张校长充满无法用言语表达的感谢。

至于徐玉同，之前因张连英借机给他开了介绍信，肯定又费了周折好容易盖章入学，之后却又因张连英牵连东窗事发半途而废，落得空喜欢一场，他曾自我解嘲说："张连英帮了我又害了我！"真可谓成也萧何败也萧何。

可能最能体会读书的机会不易，所以张连英在高中阶段学习刻苦，数学成绩尤其不错，好像一下开窍了似的，有时老师还让她登台给同学讲课，她觉得挺有成就感的，并且也懂得了思考前途。她发现当时极其注重家庭出身，毕业后招工需要城镇户口，想上大学又需要推荐，而自己根本不具备任何条件任何门道，想想上个高中都经历一波三折，将来回村劳动似乎毫无疑问。因此她开始为自己憧憬一条可行的出路，首先想当医生，感觉治病救人受人抬举，于是节假日回村向担任赤脚医生的本家哥哥张贵小借来医书自学，背诵汤头歌等等；然后又觉得学习裁缝也算比较时兴的技能，课余就买了一本相关的书籍钻研，还是很有感觉，跟前的同学却看不懂子丑寅卯。反正她做了许多医学和裁剪的笔记，花季少女的理想比较现实，也比较丰满。

1972年1月，由于正赶上国家落实"五七"指示缩短学制，张连英提前半年高中毕业，她就此作别校园，走向社会。

二　师者不惰

接下来，张连英就该考虑怎么样做一个生产队的合格社员了。她从六七岁开始跟着父亲学干农活，心里并不排斥劳动，12岁时到地里割田，大人3垄她也照样3垄，速度还不落后；上中学的每年两个假期一直满负荷出工，挣来的工分指标竟够自己的分粮所需。但是，毕竟走出过山村，大开了眼界，隐隐感觉长此以往务农，有些不大甘心，况且一旦彻底变成"泥腿子"，什么当医生什么当裁缝，统统遥不可及。

许多时候，命运总叫人捉摸不透。

虽说张连英的高中学业好像被剥夺了半年，但却给她提供了可以只争朝夕的时间差。与学制改革相随而至的是大跃进式的普及农村教育，即使再小的村子，一律成立五年制小学，导致教师资源顿显短缺，为了解决当务之急，教育部门大量招用代课教员，并独创了极具中国特色的民办教员上岗机制。

1972年春节刚过，平鲁县统一部署，要求各公社自行录用一批民办教师，其中白堂公社一共8个名额，通过考试择优安排。也不知报名的多少，反正张连英考了第3名，按说等于捉住了煮熟的鸭子，一心等候分配即可，不想开学后，其余7个被指定了各学校补缺，唯独没有张连英的着落。可能还是历史问题的舆论影响，而且白堂村又是公社所在地，联区校长张茂龙心存顾忌，不愿意在张连英身上带来负面效应。张连英赶紧去找张校长未果，又到公社向马秘书打听，马秘书说南寺村还缺一个老师，张连英说："那我去行不行？"马秘书问："你想去？据说那个村较乱，不好待。"张连英说："总比坐在家里强。"马秘书表态说："那你就去吧。"

有了马秘书放话，张连英以为管用了，马上行动，将行李让南寺村一辆毛驴车先行捎走，自己随后徒步再去，走到半路的上窑村附近，忽然碰见联区校长张茂龙跟安太堡学校的校长李巧骑自行车迎面过来，张茂龙吃惊地问张连英："你干啥去？"张连英说："南寺村缺个老师，马秘书说让我去的。"张茂龙断然阻止，说："你一个小女孩，那个学校也敢去？走走走，返回去。"张连英不敢吭声，只好回村，忘了行李是怎么再弄回来的。

张连英、张兰英姐妹

没几天，眼看着学校已经开学，本公社7名新老师兴致勃勃登上讲台，张连英好生懊恼，深觉任教无望。谁知已在村里当民办教师的张敬风风火火回家告诉她，说是白堂学校刚刚调走两位老师，建议她自己去找教育局，争取代课也好。张连英急忙进城到了教育局，本想直接见见局长，却发现原来井坪中学的后勤主任肖老师竟提拔来担任了局办主任，他一听张连英希望代课，说："这事还用找局长？我也能做主。"当即开具一张纸条，事情不可思议地就办了。当个代课教师，对张连英来说可能唯此为大，高不可攀，但对肖老师来说，不过区区小事，举手之劳。其实代课的待遇微薄不说，关键是朝不保夕，打个比方，公办教师相当于长期工，民办教师则相当于合同工，而代课教师就类似临时工，属于教育战线的三等公民。

不管地位高低，张连英总算成为白堂村学校的任课老师，负责学前班、一年级和三年级的复式教学，同时身兼3个年级的班主任，月薪28元。学校也没啥岗前培训，只是父亲张林举很郑重地给她上了第一课，说："世界上干别的事情都能偷懒，唯有当医生、当老师不能偷懒。当医生偷懒，死人哩；当老师偷懒，误人子弟哩，而且对自己的子孙后代不吉。"父亲的忠告竟把当老师与后代的吉凶相提并论，让张连英内心凛然，几至沦浃肌髓。只要面对学生讲课，不

寒舍夜读

管内容难易,无不好像临深履薄,丝毫也不敢敷衍塞责,可能也因此承受着不堪重负的心理压力。

张连英代课不久,马蹄沟村她的舅姥爷也即母亲的舅舅高育为她介绍对象,男方名叫耿维山,与舅姥爷同村,父亲名叫耿和,在县党校后勤负责。舅姥爷先跟外甥女婿张林举说:"那后生眼下在云南当兵,生性机敏活泛,讨吃也能打住狗。"张林举说:"耿和老汉咱认识,很正气的。"当即一口答应下来,同意妻舅两边牵线。跟张连英一说,张连英对耿维山大体也有印象,两人小学同学,她知道耿维山大她1岁却小她一级,在班里当班长,长相比较俊朗,再说当时当兵复员一般分配工作,无论家庭个人,按现在的说法应该是绩优股吧,所以她没有反对。

不过舅姥爷那边再没下文,张连英猜测耿家可能对一个代课的农家女孩考虑不大积极,自己也就不放心上。大约6月份的一天,学校课间操期间,她发现办公室门口围了一堆人说话,竟是耿维山和公社书记的儿子柴树斌一起来看望母校老师,只见耿维山一身绿军装,帅气精干。张连英没好意思往人堆那边凑,但肯定期待耿维山顺便来她家一次,也许是媒妁的工作没做到位吧,很遗憾耿维山没来。张连英内心不可能不产生自卑,感觉自己受人家鄙薄了,被瞧不起了似的。虽说推测而已,事实是她有了一点心理阴影,她也将把耿维山作为对象的概念删除了,在性格方面,别人感觉她矜持得有些过头,放在古代那是淑女本色,放在当代就显得敏感内向。

就在那一学期,平鲁县根据全省精神,决定在民办和代课教师中招考200名公办教师,这一消息让张连英兴奋不已,而且民办教师报考还受名额限制,需要推荐竞争,代课教师却不设门槛,可以直接报考。张连英真是塞翁失马,从民办被降为代课,看似含金量大幅缩水,却又获得一次意想不到的良机,如果当初真成了民办,论资排辈轮不到她有考试资格。很快大家步入考场,张连英榜上有名,同时还包括堂兄张敬。1972年10月,兄妹俩都办理了转正手续,成为国家正式人员,工资定级29.5元。与代课相比,张连英月薪虽然只从28元增加了1.5元,但实质性差别简直一天一地,那个年代一说吃了商品粮,好像脱胎换骨一样,身价何止倍增?有人事后还议论说:"当初张茂龙没让张连英当民办老师,人家是故意照顾张连英,知道代课要占便宜。"怎么可能呢?

随即也要重用,张连英不久就调到较大的西易村学校,负责二、四两个年级的复式教学,然后五年级包班,即班主任兼授语文数学,忙碌而充实。那时她19岁,正是青春烂漫的时候,形容为校花也不夸张吧。到1973年正月间,耿和带着大儿子一起来白堂村,专程为二儿子耿维山正式向张连英求亲,并送上两块布料作为聘礼。张林举颔首认可了,不料张连英表示回绝,还有一肚子火气,心想代课时不来,转正了来了,动机不纯嘛。耿和碰了钉子,可能回去合计策略,向远在部队的耿维山通报了详情,耿维山很快给张连英写回书信,肯定是态度诚恳、文辞动听,打动了张连英,张连英也写了回信,再以后几番鸿雁传书,她等于半推半就接受了对象一事。不过耿维山写好大篇幅,换去她也就客气的只言片语,被耿维山形象地喻为"十六字令"。其间柴树斌的继母想把张连英介绍给她的弟弟,张连英婉言解释说:"耿家那边正谈着呢。"于是形成了名花有主的印象。军婚嘛,谁敢再勇于

小兵老耿(左后)

担任西易中学教导主任（二排左五），背景的标语极具时代特点

追她？

说实话，张连英和耿维山的恋爱谈得不算顺畅，磕磕拌拌的。1974年耿维山探亲，终于和张连英单独接触了，他的性格外向直爽，与张连英正好形成反差，张连英就嫌他说话张扬，可能两人磨合期太短，共同语言不多。1975年耿维山复员回到村里，也不知工作能否安排、何时安排，张连英看他没啥可干，比较失落，心软之下继续维持交往，态度不冷不热，肯定仍在犹豫不决中。但很快耿维山被安排到大同矿务局机修厂工作，以为婚事应该水到渠成，中间却又一次节外生枝。那是教师们在党校暑假培训期间，耿和看到张连英也来了，越看越觉得由衷满意，不由跟同事指点，意思说我那未来的儿媳出众吧。谁知张连英感觉老耿同志也不注意一下场合，越发怀疑自己与耿家不太合适。月余后，耿维山回来看她，她就拿出耿家求亲的布料及耿维山送过她的一副扑克、一个笔记本，悉数奉还，声言就此分手。耿维山急得团团乱转，拒绝收回礼品，沮丧地回去上班，分手之事拖着了。

那年正月，张连英忽然发现自己尿血，问母亲怎么回事，母亲苗玉花说："那怕哩。"却又不知该怎么求治。过年后教师又在城内集中开始寒假学习，苗玉花的一位本家爷爷也当老师，坚决叫张连英赶紧到县医院检查，张连英去了，又没查出什么，只抓了3副中药，吃下后再不尿血，身体也没感觉不妥，以为万事大吉。当时平鲁教育系统择优提拔女干部，张连英被任命为西易村7年制中学的教导主任，工作比较繁忙。转眼到了秋天，张连英和一批教师在神头师专进修，她的病情忽然发作，浑身极其疲累无力，忙到太原检查，结论是肾盂肾炎，医生要求回去注射青霉素、链霉素针剂治疗，谁知几个月没啥疗效，张连英的身体状况越发糟糕。耿维山听得消息，匆忙将张连英带去大同矿务局医院再行检查，内科诊断说是肾结核。张连英一听非常紧张，因为耿维山他们马蹄沟村结核病蔓延，一口气死了好几人。治疗一段，外科接手再用肾造影检查，可能设备不行造影模糊，医生竟判断说两边肾脏都坏了。外科无能为力，仍旧转回内科，医生给出建议：保守治疗吧，最多两年。

如此结论令张连英和耿维山都面临艰难时刻。张连英深知，自己之前已经说过分手的话，这时候耿维山选择拜拜顺理成章，不存在抛弃一说，也不受舆论谴责。因此她做了最坏打算，对耿维山说："我怕是不行了，你也别往我跟前跑了。"耿维山真的离开几天，张连英感觉他不会再来，谁知他再次来了，居然拿着两人的结婚证，说是自作主张回平鲁办妥了相关手续。他对张连英说："这下你名正言顺成了矿工家属，不用花钱能够长期住院医治。"又说："不行咱就去上海求医，上海医疗发达，可以给人换上狗肾。"也不知他通过什么歪门邪道，办结婚证居然不必让女方在场，一般人做不到，也不会这样做。危难关头，耿维山不仅没有知难而退，反而表现出难得的担当本色，一定也经过和父母商量，与全家取得了共识。所以张连英一直都说："我不仅病，还差点儿没了命，让老耿的大爱才表达了出来，否则他没机会。"确实有理。

爱情虽然一下子得到升华，治病还是当务之急。1976年的春节张连英也在大同矿务局医院度过，大哥张元赶来了，他在太原辗转约好山西医学院第一附属医院的一位权威肾病专家尹教授，当即带张连英前去诊疗，尹教授对张连英

新婚燕尔

的身体进行了详细检查,竟然得出截然相反的结果:"肾脏好好的,没病啊!"张连英如释重负,顿时感觉身体轻松了不少,分析一下,或许是她工作繁重?或许在婚姻问题上纠结郁闷?或许其他因素?总之好像与她心劲较大有些关系。她自己啼笑皆非,感叹说:"怎么命运跟我开了这么大的玩笑?"回去后立即就上班了,原来的病症奇迹般逐渐恢复了正常。母亲说:"人家耿家不嫌弃你,你出嫁吧。"1976年阴历腊月廿六,张连英与耿维山曲折的相爱之旅修成正果。婚礼那天,张连英和耿维山及迎亲队伍徒步从白堂村走到马蹄沟,给寒冬的山

张月女之女赵润平(左二)回山西时,与张连英(左一)、张元夫妻、张元之子(右二)、张连英之子(前)合照

间小路渲染了一抹艳丽的色彩。惯例也看忌讳，张连英衣着要搭配黄色，因此她脚下穿了一双黄球鞋，很有意思。

那时候由于调动极其费劲，婚后小夫妻就开始了聚少离多的两地分居生活。张连英在平鲁山村当老师，耿维山在大同矿务局机修厂干公安，各自安心上班。1979年，儿子耿欣出生，1982年，有了女儿耿力韫，都由张连英带在身边，许多辛苦也就不提了。还是中间的1980年，为了母亲方便帮助照顾耿欣，张连英调回白堂村学校，教授初中三个年级的历史地理。当年冬天全县开展教育大检查，抽调人员分组到各学校查阅老师的教案笔记、轮流听课等，张连英的业务素质反响不错，引起了教育局长武建华的注意。正好井坪中学迫切需要选拔一位历史老师，武局长组织有关人员，要求张连英试讲一课世界历史。井坪中学是全县最高学府，教学要求肯定不能和乡村学校相比。张连英提前一天接到通知，心中特别紧张，赶紧着手准备，又有同学赵锦梅特地为她及时找来一本参考书《高中历史疑难解答》，雪中送炭一样，使她临阵磨枪，效果尚可。那次她

讲台纪念

张连英夫妻与儿子儿媳、女儿女婿、孙女外甥合照

在孝义看望堂兄世雄、堂姐春梅

抽讲了"彼得一世的改革",虽说临场发挥难免有些露怯,但还是获得武局长好评:"张连英现蒸现卖,卖得好。"

连张连英自己做梦都不敢去想,她竟然一朝从乡下调回城里,成为井坪中学4个高一年级班的历史老师。对文科学生来说,历史也是主课,事关高考成绩,她越发不敢辜负学校的期望,课上课下加倍用功,很快得到学生们的欢迎,等于跻身一县的名师之列。她自己回忆说,每当她前去上课,学生老远都用亲近的眼光迎候她,有的还低语一声:"张老师好漂亮!"在张连英看来,能够回母校教书,对生活的帮助倒是其次,主要是体现了自己的价值。

1985年,张连英考入山西教育学院历史系学习,两年后毕业。两个孩子慢慢大了,家庭总得团聚。经过一再申请,张连英终于调回大同矿务局机修厂子弟学校,结束了十几年的夫妻两地分居。她一边相夫教子,一边兢兢业业教书育人,在以后的岁月中,她获得过大同市教师讲课比赛百花奖等荣誉,也评上了中教高级职称,儿子毕业于太原工业大学,如今在省移动公司上班,女儿毕业于山西大学,现在是大同市委办公厅干部。

百年树人,师者不惰。这是张连英的师道宗旨,也是一个教师应该具有的职业操守。

恍然 2009 年，张连英退休。回顾自己将近四十载教学生涯，她写下这样一段文字：

> 父亲的脊梁让我撑起了的是坚强，每当想起我父亲，他受了那么多的苦和罪，从来没有半点儿怨言。我曾经问过他，您感到过难或者苦没有？他带着微微的笑意告诉我：没有过不去的火焰山。这句话也成了我战胜困难的力量。现在想起来，无论是病中给我的大爱还是婚后的平淡对我都是珍宝，大爱给了我生命的奇迹，平淡给了我坚强。我感恩老父亲以及祖辈的厚重人品和文化，人不仅仅经历人生，更重要的是经营人生。自己都感觉说不清楚，本该趴下的人，结果不仅站了起来，还能感到有使不完的劲，我无数次地谢天谢地谢祖宗……

第十六章 留守以待

一　何去何存

到 2016 年，原本 1500 多人口的白堂村，只剩下不到 200 多人仍旧留守，其中就包括张存夫妻，而且也面临着何去何存的抉择。

张存的父亲，就是前边提到过的张福华，小名叫四六十四。张福华的身世，跟他的小名一样，总给人异乎寻常的感觉。

说来也有一段很辛酸的往昔。张福华祖父是老辈的张映悦，单传下张福华的父亲张香娃。张香娃排在仪善堂张家十八世，与张立、张达、张齐属堂兄弟一辈，按说应该以两字取名，但他压根儿没有学名，就用小名凑合替代。显然在张映悦一辈，家境已经大幅败落了，而且张香娃天生哑巴，娶妻成家都成问题。但是当年张映悦竟能未雨绸缪，据说从朔县火车站捡到流浪难民遗弃的一个小女孩，带回家童养起来，长大了就和张香娃结为夫妻。女孩被捡时好像仅仅五六岁的样子，说不清自己姓甚名谁哪里人氏，不过身体智力都还正常，日后人称"哑大娘"，她跟丈夫育有 4 男 1 女一共 5 个小孩，女儿嫁到安太堡村刘

楼院遗迹

家，早早病故，没人记得她的名字。

也不知是谁为张香娃的儿子们取了小名，一概没谱。老大叫六十四，往下依次排列为二六十四、三六十四、四六十四。他们本属于家族的举字辈，但六十四学名张国华，四六十四也即张福华，取名仍旧特立独行，谁给破例的，又是一个谜团，至于老二老三的学名，现在不得而知。往后到了"四清"运动开始时，张国华担任大队保管，没注意腐坏了一窖山药蛋，他自己过于胆小，生怕工作组上纲上线以"四不清"问责，居然跑到村西的长沟里上吊自杀，享年61岁。据他的大儿媳刘玉枝回忆，那年她是27岁；2016年她80岁了，推算于1937年出生，27岁时该是1963年。张国华1963年61岁，那么他的出生时间为1903年，假如母亲20岁左右生他，哑大娘的出生时间大约在晚清的1883年前后，而山西开始修筑铁路远在三四十年之后阎锡山主政时期，早前哪来的火车一说？无疑张映悦在火车站捡到她的说法经不起推敲，反正是来历实在不明。

大约到了民国年间，张香娃已经去世，具体时间及年龄全都无人记忆，但光景越发穷得一塌糊涂，堪称全村之最，原因是哑大娘和二六十四、三六十四母子都吸鸦片，以致负债累累，村里就此传下几句顺口溜家喻户晓：

黑牛六十四，
受死也不顶事；
二三六四，哑子家，
躺街卧巷抽洋烟。

俚语中的"哑子家"属土话，意思是"哑子的老婆"；黑牛，是张国华饲养的一头大黑牛。都说六十四张国华较早成家，他虽说耕田种地特别辛劳，却负担不起母亲和两个弟弟的鸦片消费，1940年才不得不把祖上留下的九进大院中的楼院卖给张明举，落得居无定所。翻看当年的契约，楼院及30亩耕地加起来售价315个大洋，也算一笔巨款吧。张国华除了用于还债，还给二弟娶了一房媳妇,并为老四与本村王厂的女儿订下娃娃亲。现在能够知道,四六十四84岁去世于2007年,他的出生之年就为1924年。在他11岁的1934年,母亲哑大娘死了,活了50多岁的样子,同时二六十四穷急了,也将妻子卖到邻近的施庄村。

那时候山西禁毒严厉,二六十四、三六十四听说内蒙地盘并不限制罂粟种植,干脆合伙带着老四一起远走口外,和老大分道扬镳。他们所到之处,就是托克托县伍什家镇小北窑村。不久,当长工的二哥、三哥相继吸毒身亡,埋骨他乡。四六十四曾跟子女说过,他知道两位兄长的坟地,甚至想把他们迁回祖坟,无奈一直力不能及,只好拉倒了。

再说孤身流落口外的四六十四,小小少年举目无亲,眼看活命堪忧,谁知被小北窑村一位家道殷实的好心寡妇收留,认他当了干儿子,忽然间衣食无忧、苦尽甘来。随着年龄渐大,四六十四十分勤快,为义母种地干活任劳任怨。义母只有两个小女儿,她打算将来把其中一个许配四六十四,让他上门入赘,继承家业并传递夫家的香火。这对四六十四来说还不等于天上掉馅饼的好事?他自然甘心乐意,准备扎根。可是1947年时,堂兄张明举逃来找四六十四落脚,说起老家土改的情由,四六十四才知道社会发生了巨变。没多久白堂村土改结束,正好村里的郭德兴、苗兴德前往口外有事,张国华拜托他俩给四弟

木刻版画
争阅土地改革法
朱宣咸作于1950年

土改:张福华回村的前提

捎话,告他说叶落归根的时机到了。这二位不辱使命,对四六十四夹诳带劝,裹挟他好歹回老家看看,他只好和义母作别,大约1948年返回白堂村,走西口14年,黄毛小孩长成了大后生。

可能四六十四回来的初衷只是探亲性质,仍打算再去口外当他的上门女婿,但最终留下未走。首先他发现,村里土改完了,自家被确定为贫农,地位一下子提高不说,还和大哥分回楼院五间正窑的其中两间半,另有相应的人头耕地;其次,小时候订下的娃娃亲也有了眉目。当时他已25岁,王家女孩王金娥17岁,双方都到了"宜其室家"时候。据说王金娥瞧不上四六十四,所谓人丑、家穷、岁数大,桩桩都是劣势。说实话四六十四并不抱多少希望,但王金娥的父亲王厂有些文化,又刚刚担任了村干部,在村里有威望名声好,不管女儿怎么想法,他自己说一不二,决意践诺为女儿完婚。王金娥迫于父亲之命,于1949年委屈地嫁给了"走西口的哥哥"四六十四。到了这个地步,四六十四只能辜负远在小北窑的干妹妹了。自那以后,他再也没敢去口外探望义母,直到老年时儿女跟他开玩笑说起来,他总会愀然瞋恼,忌讳提及。

成家的四六十四还面临住房困难,毕竟两间半的土窑没法容纳两户人家,但是有地就有奔头,哥俩扑倒身子,在楼院往下不远自己所分得的一块土地上截出一角碹起3间新窑,随即老大乔迁过去,旧窑丢给老四,标志着四六十四拥有了完全属于自己的小家庭,寒

王金娥

张福华

张国华旧居，其儿媳刘玉枝已是留守一族

磣却也安乐，从 1952 年到 1961 年，9 年之间王金娥以隔 3 年一胎的频率连续生育了 4 个女孩：桂梅、桂兰、桂莲、桂芳。只因父母一门心思追儿子，将老四桂芳取了小名叫五女，谐音要捂住一个弟弟。竟然也还管用，1964 年终于有了长子，爱惜得不得了，无论如何不能有半点闪失，小名就叫了"存小"，学名张存。桂梅好歹读到三年级才辍学给村里人们放猪，桂兰却不能再去学校上学了，待在家里专职照看弟弟。

1968 年，张存的弟弟张连出生，王金娥的生育生涯才画上句号，前后持续了 16 年。其间四六十四一家跟所有贫下中农一样，经历了互助组、合作化、大跃进、吃食堂、人民公社、大集体等过程，虽说安定平淡，但所谓"生瓜籽多，穷汉儿多"，始终被一个穷字纠缠不放。张存记得，父亲在 1975 年之前，一直为生产队赶骡子，日常多去十几里外的陶卜洼东疙瘩驮炭，一年四季基本没有鞋子可穿。随后他又当了一段饲养员，不过中途又被抽去参加冬季农田基本建设，不料让冻土砸断一条腿，伤愈后走路不太利索，结果又去干了饲养员，直到 1980 年包产到户。

其时张存正在高中读书。因为有姐姐们出工出力，家里不缺张存这个劳力，他可以安心上学，成绩还算可以，考高中没感觉费劲。虽说四六十四已经跻身为余粮户人家，但关键缺少现金，每月为张存拿出 6.77 元伙食费仍然捉襟见肘。

1981年张存高中毕业，有幸赶上了高考，得知平均成绩51.5分，遗憾没能跃过龙门。别的同学落榜仍要补习，出嫁的大姐也准备资助他一把，不过他放弃了，一来没能意识到上大学上中专的极端重要性，二来遇到了现成的出路，族兄张润福牵头办起乡镇企业马蹄沟煤矿，凡是白堂村、马蹄沟村的村民一律可以前来就业。张存姥爷王厂再次担任了村支书，照顾外孙举手之劳，当即让张存到矿上开了绞车，已属最好的工种，月薪45元，外加每月5元奖

全家福

金、1元医药费。即使考上学校分配了工作，待遇还不如煤矿，谁还舍近求远？赶紧挣钱才是硬道理。相应地，张存弟弟张连初中刚刚毕业，也到煤矿打了杂工。以后张存自己反思一下，认为白堂村与他同龄的一茬人，就算"煤一代"吧，客观上都让煤矿给害了，只看见眼前收入高，人人不去好好读书，到头来不过是窑黑子身世。

而四六十四，也托包产到户的福，走出了穷困的泥淖。他家一共6口，包括夫妻两个、未出嫁的女儿两个、儿子两个，当时每口人分地7.5亩，合计就是45亩，产量再低都够丰衣足食。还分得一匹叫驴，四六十四拉去改造成骟驴，使唤才得心应手。他又添了小平车，赶着毛驴车给村里拉炭，给入驻的钻井队拉水之类，等于副业收入，手头也就宽裕不少，1981年舍弃了破烂不堪的旧窑，另行择址碹起五间新窑，居住环境顿时为之亮堂。

转眼进入1982年，四六十四的小女儿五女找了马蹄沟村的对象，准公公担任潘家窑煤矿的书记，自然要体现一下亲戚间的眷顾，就把张存调来潘家窑煤

张存初婚

矿仍开绞车，工资却提高到月薪130多元，响当当的高薪一族，比当时机关干部工资的3倍还多。很快媒人上门，为他介绍了潘家窑村的女孩张银桃，小他1岁。张银桃父亲是村里的老会计，倒不在乎男方挣钱多少，主要看重张存高中毕业，当即表示满意，两家就订下婚约，彩礼1200元，再给女方准备了嫁妆，包括自行车、手表、缝纫机、收音机这"三转一响"四大件。1984年，张存风风光光迎娶了张银桃，到1987年又在村子西部申请了宅基地，花费1万5千元左右碹起五间更上档次的新窑，夫妻搬出来居住。前前后后间，1986年张银桃生下大女儿张春艳，1988年又生下儿子张艳龙，1992年再生了次子张宝龙，儿女双全，光景喜气。

到了1987年，平鲁县煤管局组织专业技术人才进行3个月培训，马蹄沟煤矿矿长张润福重新抽调回张存，让他前去学习了采煤专业，回来就安排为技术员兼团支部书记。那段时间的张存很有干劲，据他回忆，时任团省委书记的金银焕还来煤矿调研，与他们一帮团员青年合影留念，令人好不自豪。

然而乡镇煤矿上班毕竟是泥饭碗，跟铁饭碗没法相比。也就在1987年，张存的技术员没当多日，忽然矿上人事变动，张润福离任了。张存好像一下子感觉干得别扭，再一琢磨，总归打工性质，吃不肥饿不瘦而已，相反当时社会上个体户进入快速发展阶段，有些头脑的人纷纷选择项目大干快上。张存不甘落后，干脆离开煤矿，和本村的边海平每人筹资3000元，购买了一辆二手的推土机，承揽修路、垫土、装煤等业务，由边海平负责驾驶，张存负责揽活，配合十分默契，两年后鸟枪换炮，一次性投资4.5万元购回一辆全新的推土机。1989

当年的团省委书记金银焕（女）与矿工留念，右一为张存

年，张存又回潘家窑煤矿应聘了采购，只在白堂村来比较，他的光景就算中上等水平了。

身在产煤地方，煤炭市场的风吹草动确实牵一发而动全身，这一点张存大有感受。1999年时，所有地方小煤矿一片疲软，潘家窑煤矿无奈裁人，他也卸职了，随之推土机没啥业务，只好停止运营。那一年，张存回白堂村担任了村委会副主任，年薪4000多元。收入看似鸡肋，但毕竟有事可干。随着年龄增长，张存由不得常常考虑家族现状，他觉得辈分的繁衍分支多了，每门每户也就相对地疏远松散，还有因为时代变故使然，许多人家离散外地，互相之间联络不多，总之好像失去了凝聚力，也丢掉了应该传承的良好家风。出于一种责任，他想尽量把族人间彼此拉近，让白堂张家的子孙后人不能忘记自己的祖宗和根本。为此他竭尽所能为族人热心相助，谁家遇到难处绝不袖手旁观，好像接替了原来张润福扮演过的角色。近些年来，张家凡有婚丧嫁娶，不论亲疏贫富，张存都参与并担任总管，从来不嫌麻烦，虽是绵薄之力，却见一片苦心。

张银桃是村里有名的贤惠媳妇

2007年,四六十四张福华84岁,也走到了生命的尽头。临终前一天,他觉得身体不适,在家里自己为自己把脉,左手把了右手,右手又把左手,然后凝神摇头说:"我怕是不行了。"儿媳妇张银桃对他一直孝顺体贴,他拿出私藏的350元现金,硬是悄悄塞给张银桃。张银桃心里有些犯嘀咕,但看着公公不像到了生离死别的时候,谁知当天晚上公公真的安然离世。她自己再拿40元,凑齐390元买了一个银镯,戴在手臂上,她说:"总是对老人的一点念想,记着公公的好处。"2013年,她婆婆也走了,享寿82岁。

大约从2005年开始,中煤平朔露天煤矿为了加大产煤力度,也开始井工采掘,其中的井工1矿在地下穿行十几里,直到白堂村南的高家沟村脚下,从而造成白堂村处于采空区边缘,地下水位急剧下降,所有的水井几乎干涸了,同时村外的田野到处出现了令人惊悚的裂缝,纵横交错,有时掉进牲畜。地方政府出面协调,平朔就得掏钱摆平,答应从2008年开始支付白堂村每亩耕地每年1390元,村民每年每人补贴水费720元,落到人头,以2012年为例,张存一家每人得到6300元。这样一来,白堂村的村民也就不能种地了,实际上,村子早已名存实亡,自从学校撤销,孩子们一上幼儿园父母必须跟着进城,若非一些老弱病残走不了,恐怕连一点人烟的迹象都要消失……

2008年,高家沟村整体搬迁进城,纷传白堂村很快也将搬迁。村民闻讯,为了多拿一点补偿,全体动手,自发地多盖房子,名为"抢修房",一时之间,村里到处开工,忙乱极了。2011年,政府派出人员进行了丈量登记,并警告以后再盖一律无效。2016年7月,据悉平朔已和地方政府协议发文,达成白堂村搬迁意向,时间迫在眉睫了。张存为自己估计一下,假如有朝一日离开村子,连同土地房舍大致可以得到二三百万元的补偿。他听说平鲁城已经建起9个村子的安置小区,每位在册迁出的村民可以分到33平米的居住面积,但需要以拆迁房屋补偿相同的价位,也即每平米1360元的平价购置。

毫无疑问,结束留守的日子不会久远,到时候族人可能就要正式各奔东西了。想到离开不可避免,张存越发对村子充满留恋。如今,他女儿张春艳山西水利学院毕业后远去新疆哈密就业,次子张宝龙也是山西水利学院毕业,分配到山西测绘局上班。长子张艳龙读书不多,应聘到本地一家单位开车,他在朔州市区安家,2008年已有了儿子张栋。至于自己两口子的去向,张存心想怕是也得到市区买房,起码经常见见孙子,也就知足吧。

令他忧虑的是,将来祖坟在不在迁离范围?该往哪里迁呢?

小哥俩

二 在人在天

2016年9月21日,刚刚下过一场秋雨,70岁的三贵小出来买盐,为怕忘记,他在手背上写了一个"盐"字。来回走在白堂村泥泞坎坷的街道上,他嘴里不由喃喃自语:"那么好端端的一个村庄,被破败得不成个样子。"在他眼里,每家每户的房前院后遍地瓦砾,杂草丛生,残垣断壁比比皆是,学校荒弃、井水枯涸……

白堂村原来怎么个好法？三贵小记得本家叔辈张林举说过："一出朔州北城门，咱们村子也算名不虚传。背梁面水，风水荫庇；地处半坡，不高不低；进城入市，不远不近；五谷杂粮，能种能收。出过学富五车的念书人，也出过腰缠万贯的大老财。"此言不虚，可是眼下哪里还看见什么风水？难怪三贵小痛心疾首呢。

三贵小学名张润，是白堂张家三门上的后人，精熟易经八卦，村里都叫他"阴阳先生"。

三门的先祖，也就是张瀚勋九子中的廷字辈老三。名字没有留下，他也没有葬在父亲的脚下，而到鼻祖老坟的上首另行停坟，连三

三贵小买盐回家

贵小自己都承认择坟之选确有欺祖之嫌，若以不恭来断言一下，他认为老辈的三先生可能属于奸雄一类人物。每年清明，三贵小到三门的祖坟祭奠，都要认真端详坟前唯一留存的石桌，发现上面隐约有字，但好歹辨认不清，所以三先生及其往下的两辈断代了，而且九进院落也没见居占其一，肯定当初也分到了，但可能在某一辈卖给了他姓人家。

往上追溯，口传有了信息时最多到了三贵小的老爷爷也即曾祖父一代。三贵小说，其曾祖父名字的读音叫张思业，究竟哪两个字，难以肯定，而宗谱写的是"张史业"。不过，在张贵喜家存下一张当年的契约，标明为"张师悦"，应该以此为准。张师悦与张映蟾同辈，也不知弟兄几个，只知道他娶妻陶卜洼村徐氏，据说夫妻二人都活了80多岁，育有4子两女，两个女儿都嫁在范家岭村，一户姓张，一户姓周。4个儿子分别是张夺、张宽、张选和张雷。其中老二张宽未娶，打了光棍，生卒不详；老三张选去世于农业社期间，享寿75岁，早

年在口外当长工时引回一个内蒙女子为妻，育有一个儿子张绍举；老四张雷只活了30多岁，他井坪的妻子改嫁走了，留下一个孤女由爷爷奶奶拉扯养大，后来嫁给范家岭村张家，她的婆婆正是其中的一位姑姑，她的丈夫就是她的亲表兄了。

而张夺即是三贵小张润的祖父。

张夺去世于三查斗争时的1947年，终年61岁，推算生于1887年。姑且就以父母20岁有了他，可以大体猜测张师悦夫妻的出生时间在1867年左右，年纪略比横向同辈张映蟾小一点。看情况到张师悦时光景仍旧一般，但张夺就比较了得，据说精明能干，学会了经商，一直以贩卖羊毛为主，生意无疑做得风生水起，最终竟然积累起颇为可观的家业，到土改之前共有耕地两顷，相当于小亩200亩，还有两处土窑院落。这样的规模，除了对两家大老财张二老汉和张善计甘拜下风外，已经超越其余所有的中小地主及富农。比如绣楼院张明举，名头足够响亮，比之张夺还是逊其一筹。

说是张夺二十几岁时初涉商贩，往鼻祖张瀚勋的始迁故里小堡村走动较多，小堡族亲中有人看他挺有作为，于是热心为他牵线保媒，介绍他与小堡邻近的摇摇村刘氏结为夫妻。摇摇村实在太小，后来干脆并入马营堡村了。刘氏大约卒于1968年左右，享寿80多岁，看样子与丈夫张夺年纪差不多。夫妻二人只有一个独子张合举，生肖属猴，应该生于1908年。张合举的妻子也娶自小堡村毗邻的沙涧村，而且同样姓刘，小名刘三女，换作江南习惯，怕得称呼刘三姐了。她的学名叫刘花，在45岁时就因身患臌症不幸早亡，那一年儿子三贵小才13岁。三贵小生于1947年10月，他13岁是1959年，推算刘花生于1913年，比丈夫小5岁。

张合举夫妻一共育有4男2女。长女张

张合举

盘女，生于1930年，母亲18岁就有了她，显然起码17岁就成亲了；往下长子贵小，学名张祥却没有叫响，习以为常变成张贵小，生于1932年；次女张二女，生于1935年；再往下次子二贵小张厚，生于1937年；接着是三贵小张润；下去又是四贵小张富，生于1953年。也就是说，母亲刘花去世时，最小的四贵小才7岁。

将相应的时间整理清楚之后，就可以追记发生在张夺父子身上的陈年旧事，其中最引发轰动效应的是牵扯了一桩人命案。

俗话说树大招风，张夺也有类似的遭遇，仍在抗战期间。那会儿大老财张二老汉曾被土匪抢去家中藏宝，而且受尽火烤逼供，使得白堂村闻匪色变。张夺虽说算不上最大的招风之树，却也手头不缺流动资金，难免惹得土匪觊觎。据传找张夺滋事的土匪是附近南寺村人氏，名叫武来成，大概与过厅院张益举的妻子属于本家，此人另有身份，兼职日伪军的密探，所谓黑道白道都有背景，他带了一帮子乌合之众公然对张夺敲诈勒索，可能狮子大开口、手段太可恶了，张夺忍无可忍，招呼儿子豁出去拼命，而张合举也正当壮年，上阵父子兵，哪里有深浅？结果用一把铰羊毛的剪子将武密探当场宰了，其他的土匪当然一哄而散。

固然武来成死有余辜，但毕竟后台很硬，张夺父子摊上大事了。汉奸政府也乐得有富户涉案，当即出面追凶，摆出一付替苦主做主的架势，简直无异于养盗自肥。当时张贵小已经稍微记事，他回忆说为了摆平命案，祖父不惜血本花去了整整1300元现洋，用于疏通关节和经济赔偿，父子俩这才免于牢狱之灾，但也把所有积蓄花销殆尽，真所谓"为出一口气，敢舍十亩地"，况且何止10亩？就以张明举于抗战期间购买张茂德的一块土地对比，0.8亩买价12元大洋，每亩折合15元大洋，1300元大洋可以购买大约87亩土地！听起来吓人。

或许经历了霉运的张夺还寄希望于儿子张合举东山再起，但显然已经没有多少时间。日本鬼子被打走后的1947年，晋绥边区土改运动轰轰烈烈开展起来，首先绥蒙工作队进驻白堂村，动员曾经牛衣夜哭的穷人组成农会，当仁不让掌握了村里的命脉，对立的地主富农顿时面临山雨欲来风满楼的堪忧处境，几家富户比如张善计、张二老汉、张明举等感觉大事不妙，纷纷逃跑。当时张夺家还雇了一个峙峪村的小孩杨三当长工，农忙还雇短工，土地两顷房院两处，算不上地主才怪，但张夺一来无处可去，二来也不想离开，只能另行琢磨一个两全之策。

当时白堂村选举的农会主席郭如，早前从花圪坨那边搬来，穷得居无定所，他手下的两个骨干高德志、张科举都和张夺一家关系不错，其中的张科举因为耳朵小，获得绰号"马耳张六"，还是张家四门上的举字辈后人，张夺的一处房院就是向他买来。张夺跟高德志、张科举商量，决定走一下郭如的门道。据说经他俩斡旋，张夺将自家买自张科举的房院卖给郭如，价钱自然好说，印象中只有象征性的七八个现洋，不到时价的三分之一。如此优惠，肯定存在变相行贿的嫌疑，但那时村里还没有贿赂的概念，就算彼此联络感情而已。郭如心知肚明，再加上高德志、张科举从中叨叨，不知他们如何操作变通，总之张夺一家得到照顾，拖到三查斗争快要结束时，最后一家划定成分为富裕中农，不久还要纠偏，进一步改为中农。日后张夺跟郭家一直交往甚笃，郭如的侄子郭振芳曾经担任过村支书，感觉张合举多子，还把自己的儿子认了张合举干爹，指望沾些后嗣发旺的光气。

虽然张夺顺利漏网、达到目的，但情绪十分低落，连续的破财免灾，毕竟把他一辈子的心血付之东流，很快他就积郁成疾，害了一场伤寒，结果要了性命。临终他告诫儿子张合举说："以后你要牢牢记住，一不许赌钱，赌钱是补不起的黑窟窿；二不许抽大烟，抽大烟害人心身，没好下场。你只要把儿女平安地养大成人，就是你的本事。"就在祖父去世前后，三贵小出生了，张合举已有三子两女，他眼见家道中衰，一时感觉白堂村不值得留恋。正好他的大姨子嫁在神头附近的安庄村，土地平坦肥沃，自然条件较好，由她做媒，三贵小的大姐张盘女嫁给安庄的张二。张合举谋算女婿或可帮忙将自己一家到安庄落户，谁知张二也是母亲再嫁带过去的，小门小户能耐有限，没能办成事情，张合举这才打消了迁移的念头，之后他的二闺女就近嫁在陶卜洼村高家。

等有了四贵小，张合举已是村里的穷困一族，4个儿子负担沉重。1954年，

曾经在外打工　　　　　　　当过乡村代课教师

张贵小已经23岁了，眼看连个上门的媒妁都没有，需要另谋出路。他打听到大同矿务局五矿招工，立即自己跑出去当了井下矿工，虽然劳动环境危险，一般青年望而却步，却终归挣上工资，为娶亲奠定了物资基础，得以与霍庄村的高存英结婚。高存英生于1941年，比丈夫小9岁，可想而知大贵小成家够迟了。最终两人在大同矿区安家，一共育有5个儿子。1958年，经老大从中拉引，二贵小张厚也到五矿办理了招工手续，娶过安家岭村的李月娥，又是生下5个儿子。二贵小招工后的次年，母亲刘花去世，父亲再未续娶。

到三贵小成年，当工人吃皇粮越发彰显出极大的优势，但社会上人口流动已开始严格控制，他再想去煤矿没了机会，结果留在村里。大约20世纪70年代初，张贵小因为工伤劳保回村，担任了赤脚医生，跟公社及大队干部多有接触，竟然通过关系拿到一个煤矿招工指标，又把老四送到大同一矿上班，老四在煤矿自由恋爱，娶过天镇籍的媳妇名

高凤英

叫王美，夫妻育有两个儿子。

单说三贵小的路子，走得也还不差。他在村里读完初中后，没能再上高中，就得回村务农了。可能与郭振芳在村里掌权有关，不排除照顾的因素，委任三贵小接任大队的会计，下地劳动不多。过了两年，白堂学校录用民办教师，三贵小感觉教书育人总是受人尊重，因此扔掉会计，在本村干起了民办老师。1970年，联区调他去一个小村子崔家岭任教，不知怎么又把他变成代课教员，月薪不到30元，全校只他一个人教着18个小学生。次年也即1971年，三贵小与本村的姑娘高凤英结婚。

高凤英比丈夫小8岁，正是前边提到的农会办事人员高德志的女儿。她的母亲本是从打鹰沟村改嫁过来的，身边还带着一个拖油瓶儿子贾文玉，跟高德志只生了高凤英。而且高凤英刚刚4岁，母亲就病逝了，再到她13岁，父亲也弃她而去。没办法，同母异父的隔山哥哥贾文玉将她带回打鹰沟村过活。白堂村张绍举与贾文玉往来较多，他给高凤英介绍了自己的堂侄三贵小，贾文玉表示满意，然后为妹妹当家做主，收下彩礼500元，包办了她和三贵小的终身大事。说来也没举办什么仪式，贾文玉择日把高凤英徒步送来白堂村，大家吃一顿油糕完事。当时张贵小在煤矿受伤后已经回村，与三弟一道申请了一块宅基地，碹起一排五间土窑，其中两间分给老三，高凤英就娶在新窑里，年仅17岁。

就在婚后没几天，三贵小的泥饭碗丢了。崔家岭村的支书兼任大队饲养员，他打心眼里瞧不起臭老九，惯于指使学校老师替他干些扫槽垫圈的杂活，偏偏三贵小不愿买账，他愤愤

三个小孩

兄弟姐妹留念（前中为大贵小，前左张盘女，前右张二女，后排从右到左：二、三、四贵小，二排为大、二、三贵小之妻）

不平拒绝说："干这些还用我从白堂大老远跑到你崔家岭吗？"村支书大为不满，竟去联区校长那里告状，说三贵小不能胜职，结果联区校长把三贵小开除了。三贵小也不留恋，不让干就算了。不过他再也没有回村劳动，而是辗转到公社、农机站、专业队以及乡镇煤矿当伙夫，大集体解散前每月上缴大队十几元，名为以工补农。那些年来妻子高凤英先后为他生育了两子两女：长子张元平，生于1972年；次子张万平，生于1976年；长女张金花生于1983年；次女张金兰，生于1985年。

1980年包产到户时，两个姑娘还未生下，三贵小一家按4口人连承包地带自留地一共耕作了30多亩，主要劳力依靠张合举和儿媳妇高凤英，三贵小偶然打打下手，当年出于人多拥挤考虑，另外审批了一处宅基地，碹起五间土窑。1992年，张合举去世，终年85岁，他的一句遗言是："闹下银钱财产，都是虚的；唯独后代读书，读进自己肚子里，别人偷不走也抢不走。"对此三贵小深有感触，他得出结论说："人生成败，不论贫富，关键在于后继有人。"与一句民间哲理异曲同工：门前车马非为贵，家有书生不算穷。在并不短暂的三四十年间，三贵小日复一日守在灶台前经受汽熏热燎，哪家单位工钱多就给哪家掌厨，只为多赚几个钱供养儿女读书，光为两个女儿就花费出十几万元，如今4个孩子中除了长子读书未成留在村里成家立业外，其余3个全都考入中专或大学，各自在外工作，靠知识改变了命运，也是对三贵小最大的回报。再看他们弟兄一辈，为张家三门传下人数不菲的子嗣人丁，可不令人再宽心不过。

在自己60岁出头时，三贵小歇息下来，回村安度老年，也才有了闲暇，拾起一直喜欢的周易八卦研究研究，就算怡情养性。近些年来，眼看着村子的搬迁不可避免，各家的抢修房建起拆掉，只等补偿到位。经过商量，三贵小和几个兄弟一起在上秤沟那边买下一块坟地，将祖父张夺请去立祖，首要保证先人的根祖寄托和后人的心灵归宿，不至于到时候仓促无措。二儿子城里有一套闲房，多次提议三贵小夫妻搬去居住，也好尽孝照顾，但祖祖辈辈生活过的白堂村始终使三贵小纠结于心，他实在舍不得离开，却不知最终还能再留多久。运势可卜，但造化无常，冥冥之中，在人在天，谁知道呢。

在三贵小看来，全村搬迁的相应补偿至少需要十二三亿元，中煤平朔公司恐怕拿不出来，所以人们一时半会儿起身还难，只不该早早把个村子毁损了……

第十七章 去意徊惶

一 若了不了

跟张存一样，张孝先夫妻也是白堂村的留守一户。

到 2016 年，张孝先恍然 74 岁。虽说他的身子骨仍旧硬朗，乍看之下并没有垂垂显老，但毕竟年逾古稀，该是鬓丝禅榻的清净时候了。然而曾经的一桩人间悲剧使他先后失去两位亲人，却始终没有一个说法，至今已经三十一年过去，他内心沉重的阴影始终挥之不散，好像噩梦缠身备受煎熬，每晚上睡到半夜三更，他都会倏然惊醒、久久呆坐，非得一连抽掉两支烟才能稍稍放松，再用一声一声的叹息催眠自己。

孝先孝先，还是先从张孝先的先辈说起。

他这一支，属于白堂村张家 6 门，也即张瀚勋九子中廷字辈老六的后裔。老六没能留下名号，下来子辈同样不详，直到孙辈的九字辈才可以找到脉络，家谱显示为弟兄二人，分别名叫张九功、张九如，祖坟距离鼻祖老坟不远，坟内竟是这哥俩并肩立祖，没有立碑也就没有更多上溯的信息。张九功在九进院落有其一处，只传下一个儿子，名叫张步荣，其子就是土改时逃亡口外的大老财张善计，后人再未回村居住。而张九如已经不在祖宅居住，可能光景不行了，他传下两个儿子张步蝉、张步洲，长子张步蝉育有二子张根其和张根发，其中张根发没有儿子，张根其则有 2 子张作书、张成书，如今张作书的三女儿张秀珍担任朔州市平鲁区副区长，已算白堂村走出去的为数不多的区县级领导干部。

张九如的次子张步洲就是张孝先的曾祖父。

据张孝先介绍，张步洲只活了 30 岁就不幸亡故，那年他的儿子张根同仅仅 12 岁。张根同去世于 1960 年，终年 70 岁，出生时间应为 1891 年，他 12 岁就是 1902 年；由此推算，张步洲出生于 1873 年，与本家长门的叔辈张达差不多同龄。他去世后，娶自曹庄村的妻子安氏再嫁马蹄沟村高家，将儿子张根同留

张根同老宅子

给张家。张根同虽说孤苦伶仃，但已可以自谋生路，从小就给本家的地主老财当长工糊口，特别吃苦耐劳，甚至得到一个绰号叫"务义务义张根同"。务义是土话，与"务作"一词相近，务义务义好像张根同的口头禅，意思是极其勤快没个消闲，或者说闲不住。

　　庄户人懂得，吃苦就是看得见的优势。当张根同20多岁时，本家弟兄张根其张根发们都说："这哥们将来赖不了。"不失时机替他做主保媒，娶回细水村的路氏。路氏卒年63岁，大约早丈夫五年去世，时间就是1955年，那么她应该出生于1893年，比丈夫小两岁。婚后的张根同越发保持勤劳本色，首先在祖宅九进院落往西不远的土崖下掏出三间土窑，与妻子路氏信心满满地安居度日，前后育有两男两女4个孩子，长子玉书也即张孝先之父，次子鹏书，长女玉花，次女玉兰。张玉书属龙，生于1916年，宗谱又显示张鹏书生于1931年，与大哥中间相隔15年，想来排在最末。同时可以分析，张根同的结婚时间最起码在1915年。以后张玉花嫁给党家沟村聂连真，张玉兰嫁给范家岭村张福德，张鹏书娶妻赵兰英，育有3子3女，繁衍生息。

第十七章　去意徘徨

张根同留下的专放种子的陶罐

张根同留下的立柜

看样子张根同的光景稍微有些起色，如今留下一顶立柜，也还较有档次。他的两个儿子也都生得身强力壮，可能凭借积累的一点资本，有条件买了牲口，由老二负责赶脚驮物，还能让老大拜在铜川的师傅名下学了石匠手艺。大致抗日战争爆发之际，张玉书成家了，娶妻上马石村的赵大女。翻看赵大女去世时的礼账，时间为1978年，终年60岁。她的生肖属羊，小丈夫3岁，生于1919年。婚后张玉书与父亲分家，1938年赵大女生下长子张孝文，小名叫满西，1943年生下次子二满西即张孝先，下来又生一个三满西夭折，1947年生了唯一的女儿张连枝。土改前张玉书的日子紧张，赵大女每到冬天就带了一帮孩子去娘家常住，蹭个一吃一喝，1956年她最后生下小儿子四满西张孝平。

1947年时，白堂村完成了土改，张根同一家定为贫农成分。张玉书属于没房没地一族，根据政策分到了土地和房舍。一张晋绥边区土地证至今还由张孝先认真保存，显示发证的时间是民国三十八年也即1949年，张玉书全家大人两口、小人3口，分得房屋是上街窑院半所，包括土窑两间；分土地人口却缺少女主人赵大女，不知为何只有张玉书及3个小孩张满西、二满西、张连枝，4人一共分了6块地，总计24.33亩，人均6亩多。关键在于，土地证写明的半处院子两间土窑，出了岔子。那处院子原来属于郭姓地主，让张玉书分去一半，白纸

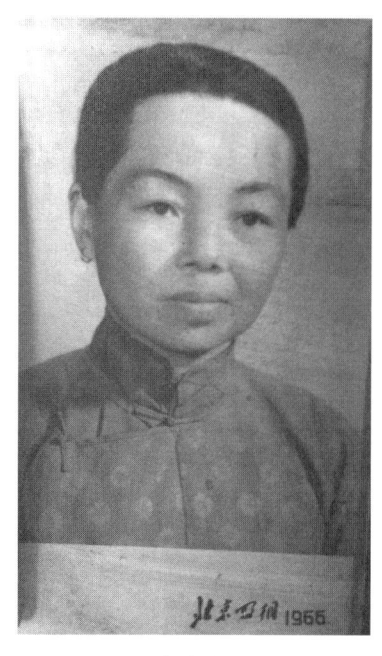
赵大女

张玉书

黑字确定下来。搬进去6年多时,又由本村郭德兴和边汉二人说合,张玉书买下郭大之子郭喜厚的三间东下窑,郭喜厚卖房的原因是搬往潘家窑去了。翻看当时的契约,1953年3月写下私契,5月再去平鲁县办理了官契,三间下窑一共是第一套人民币19万元,也即现在的19元,纳税2万1千4百元即2.14元,税率11%。

买下郭喜厚的土窑,张玉书的半处院子才形成整体。谁知又过去两三年,郭喜厚的五叔郭五从部队复员回村,没有安身之所,村干部必须予以考虑,商定还是物归原主合适,于是通知张玉书:"你把分到的房院还给郭五吧,原来也是人家的。"张玉书没做抗争,只能照办了,搬回去跟老父亲再挤,真是半路杀出个程咬金,煮熟的鸭子飞了。要知道曾几何时,村里最基本最值钱的生活资料也就是土窑而已,若以晋绥边区土地证为证,随便退还说不上合理,若以乡里乡亲睦邻友好来说,也算合情吧,反正侧面说明张玉书在村里比较软弱可欺、逆来顺受,假如稍微强硬一些,不至于轻易让自己的切身利益无端遭致损失。

哥三个（从右到左排列）

那时候他还是中苏友好协会的会员，1952年上缴过3元的会费，看来那个协会没啥现实作用，保障不了会员的权益。

往后就相继进入合作化、人民公社时期。其间张孝先在白堂小学读完六年级就回村劳动了，可能因为年龄才十五六岁，难免顽皮捣蛋，生产队不好管束，好像成为一个挂了号的落后分子，所以1962年部队征兵，白堂村分派一个名额，大队连忙指定让张孝先去大熔炉里锤炼。那时候征兵不像现在把关严格，年轻人普遍都怕当兵，担心发生战争，张孝先亦然。但是也没法推脱，当即穿上绿军装光荣入伍，居然好运气到了北京卫戍区某部，隶属首都香山炮兵司令部，专司操作1959年才装备部队的最新型加农炮，当年他的照片曾经在《战友报》上刊登过，相当威风的。据他回忆，参军服役以来，曾经在易县集训，准备开赴中印边界参战，但最终因为两国冲突短暂结束而没有成行。他一共11次见过领袖毛主席，至今依旧心潮澎湃；"文革"期间，他又被派去北京矿院支左，增长了不少见识，还把母亲接到北京逛了一次，为老人家留下一张珍贵的照片。

再说家里，自从张孝先走后，确实受到了应有的军属优待。首先，过年时公社和大队干部上门慰问，送上几斤稀缺的饺子面，更主要的是把1963年的一个招工指标给了张孝文，让张孝文吃了皇粮，成为大同矿务局12矿的井下工

张孝先在部队留念（后排左一）

人。当年他就娶过安太堡村的李氏为妻，不过二人没能培养起感情，仅仅一年后离婚拜拜，翌年他再娶了第二任妻子、娘家窝窝会村的赵继莲，这次双方情投意合，张玉书夫妻总算省心了，1964年又和老二张鹏书平分了老父亲张根同留下的家产，还写下一纸分单，很有纪念意义，纸张中部破损了，大体摘抄一下：

分单

分户人张玉书、张鹏书，今将父亲遗产和后修住所分给个人。正窑三间，各分间半，玉书占东间半，南窑一间，门窗俱全。大门在伙，厕所……玉书所有，出水出路照旧通行，空口无凭，立约为证。（张玉书　存）

书写人：郭崇福　说合人：徐耀升　张根发　苗如德　张作书

公元1964年11月8日

白驹过隙，时光匆匆，张孝先的军营岁月不觉过去6年，1968年他脱下军装,转业回来。按规定可以分配工作,但是好像许多单位都不愿意接收,先是派遣到朔县理发馆,却没有空缺岗位,然后接连改派朔县电影队和平鲁木瓜界煤矿,依然难以着落,最后才正式安排进雁北外贸公司神头冷库,整整折腾了一年多。虽说退伍军人就业时不太吃香,但工人身份毕竟比所有的农村青年更具优越性,张孝先成家之事水到渠成。施庄人张如富与张玉书交好,他给张孝先介绍了窝窝会村的赵继翠,还是张孝文妻子赵继莲的本家姊妹,赵继翠的二奶奶又是白堂村张根发的女儿、张玉书的堂姑,总之远近沾些亲戚。

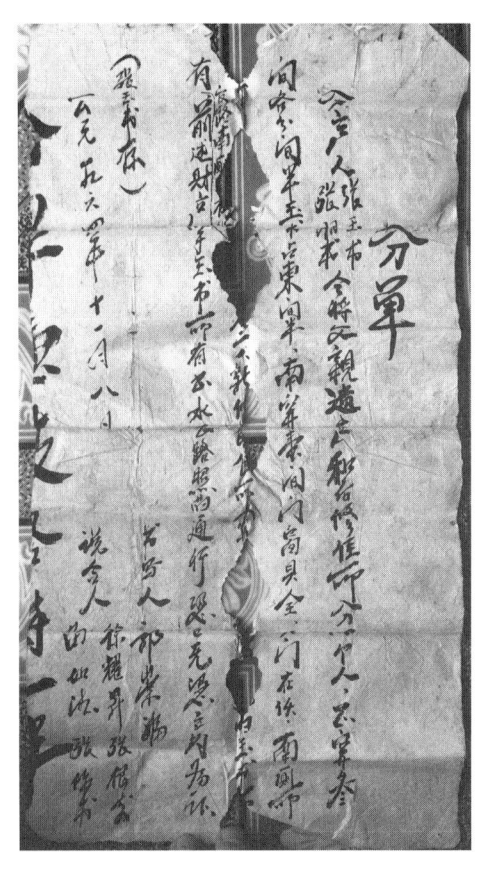

张玉书、张鹏书兄弟分家契约

赵继翠的父亲名叫赵贤,早年刚刚13岁就加入了顽固军,结果被八路军俘虏,又成为解放军西北野战军的一员,参加过保卫延安战役,在米脂县负伤转业,评定为二等甲级伤残军人。公允而言,赵继翠和张孝先基本也算门当户对,而且她长得秀气斯文,又是初中文化,在乡下属于少见的高学历,般配张孝先绰绰有余,谁知见面时张孝先竟然没有相中,还颇费了一番踌躇,最后自我解劝:"管她哩,人家肯给我就要上吧。"似乎有所保留地同意了,说好300元彩礼都凑不齐,最终欠下100元,妆新衣服也没有;完了将赵继翠领回白堂,吃一顿饭就等于典礼,客人只请了一个堂叔张根发。婚后张孝先刚好上班了,在冷库附近的王圐圙村租间房子,接来新媳妇安家,长子张保国1969年出生,次子张保华生于1974年,女儿张保艳生于1977年。日后赵继翠宽宏厚道，待人接物过日子广受好评，是白堂村数一数二的贤良媳妇。

1973年的腊月初，各家各户准备迎新之际，张孝先的大哥张孝文出事了，一场突如其来的矿难，夺去了他的性命。当时他有了两个儿子，长子张永红6岁，次子张小红4岁，顿时和母亲赵继莲变成孤儿寡母。噩耗传来，张玉书一家沉浸在悲恸之中，但也没有法子，只能处理后事。至于赔偿金额，数目不得而知，可能不多，不过煤矿答应18岁的四满西张孝平接班，也去了煤矿上班。两三个月后，赵继莲带了两个儿子嫁往碓臼沟村，无疑与公婆关系不睦，临走把一点家产委托大队保管，生怕让公婆占去。现在还留有一份堪称稀奇的合约：

张永红的家登记
1974年4月17日

赵继翠（右）与父亲、弟弟

赵继翠初中时候（最后排）

土窑三间，其中缺门一合；大瓮好的二个，次的三个，共五个；小瓮一个，坛一个，口箱一支；大柜一顶，小炕桌子一个；盔子六个，其中大的一个；小铁筛一个，簸箕一个，洗衣盆一个；大小锅各一个，锹一张，笼击二节；挂镜一个。

以上一切财产托王怀玉保管，但不得丢失。此登记表一式五份：张玉书、张永红、王怀玉、大队、公社各执一份，上述东西属张永红继承。

合约原件

参加盘点人员有：大队党支部书记高占礼（章）、大队治保主任徐耀章、二队队长王怀玉（章）。

平鲁县白堂人民公社革命委员会（章）

平鲁县白堂人民公社白堂大队革命委员会（章）。

白堂大队　1974年4月17日

有好有次，细致全面，赵继莲考虑够周全的。后来张永红兄弟都回白堂生活，不知上述财产是否依旧完好无缺。总之，张孝文之死，为张家的连锁悲剧触发了引信。

大约1976年，张玉书老伴赵大女好歹思念被大媳妇带去的孙子，张孝先总得为母亲分忧解愁，打听到赵继莲后夫家在峙峪煤矿，于是悄悄赶到峙峪小学，等侄子张永红放学时抱起来偷回白堂村。赵继莲哪肯干休？惊动了公社和法院与她一起前来交涉，婆婆赵大女抵门不开，不料慌乱间跌倒一下，残废了腰椎要害。虽然多方斡旋，说好张永红务必两家来往，但他奶奶从此瘫痪不起，医治无效，张孝先只能搬家回村，方便妻子悉心照顾母亲。

两年后的1978年，赵大女身心交瘁，终至怏怏去世，刚刚60岁。但是，灾难还在接踵而至。且说四满西张孝平在煤矿下井，心头本来就有大哥被砸死的阴影笼罩，加之他又遭遇了一次安全事故，被轧掉一根手指，结果惊吓过度，意志崩溃，患上了间歇性狂躁型精神分裂症，发病时状态十分吓人。煤矿赶紧将他送往山阴县精神病院治疗，并派了劳保科一位家在山阴的杨姓工人负责陪侍，不久四满西病情稳定了，老杨就把他送回白堂村的父亲身边。

1985年五月初九，四满西再次出现犯病的迹象，父亲张玉书情急之下忙去山阴找到老杨，请老杨再把病人接回医院，无奈老杨家中有事，未能及时前来采取措施。拖延到阴历十一晚上，四满西忽然狂性大作，竟然举起菜刀砍死了熟睡中的老父亲。随后他清醒过来，吓得跑到野外在树林中待了一晚，天明才去了嫁在店坪村的姐姐张连枝家里，说了实情。张连枝大惊，急忙先找拖拉机把四满西送到山阴医院，然后她匆忙再返回白堂村，与二哥张孝先看着父亲的遗体，欲哭无泪。精神病人还能把他怎么样？以后四满西边治边养，没完没了，再没有离开医院，更别说成亲结婚。直到1992年，山阴精神医院送话回来，说他已经死于肺结核，尸体由煤矿方面拉去等候处理。那个时期煤矿还掌握着绝对的话语权，给死者家属的交代堂皇得理，张孝先束手无策，所以四满西的善后工作一直未能了结，被无限期搁置。

早前的1981年，包产到户，除张孝先属于城镇户口外，老父亲及赵继翠和3个孩子一共5口人，每人承包土地7.5亩耕种，总计37.5亩。1982年产粮不少，张孝先向大队审批了一块宅基地，卖掉3麻袋玉米简单碹起三间土窑，真正有了自己的住宅。随即他办理了神头冷库的内退手续，回村和妻子躬耕种田。3个孩子陆续长大，都去城里找了工作，各自成家。长子张保国在平鲁电力公司上班，娶妻店梁村杨利显，育有一子两女；次子张保华在朔州燃气公司就业，娶妻窝窝会村赵宏华,育有两个儿子;女儿张保艳毕业于临汾卫校,分配到霍州矿务局医院,嫁给霍州人杨会中。

儿孙满堂,安居乐业,张孝先已别无所求,唯有一直想为四弟之事讨个说法,讨个公道。2012年中央召开十八大后,他重新看到希望,开始到大同矿务局找有关部门上访,虽然依旧困难重重,但是决心很大,不打算轻言放弃。

张孝先夫妻和长子

只是他不知在自己的有生之年,能否等来最终的了结,能否告慰九泉之下的父母和弟弟。

二 背井难离

四年前,白堂村张贵喜在北京做过一次颈椎手术,割除病灶后原以为能够慢慢恢复如常,谁知症状迟迟不见好转,该疼的胳膊依旧疼痛,不该疼的腿脚竟也大不利索,拄根拐杖到村后的西梁上蹒跚一圈,走不了以前的一半就昏昏沉沉坚持不住,回家坐下只想赶紧睡觉。

张贵喜属蛇,2016年已经76岁,或许因为上了年纪,即使与手术无关,体格一年不如一年也属正常。问他老辈的名号,他很少能提供什么子丑寅卯,只知道自己属于白堂村张姓四门,也即第二代廷字辈老四的后人,还说他5岁时父亲张文裕就过世了,至于父亲活了多大年纪竟也没啥具体数字。实际上,前些年编撰仪善堂张氏宗谱,关于四门的世系,供稿人张敬同样不曾调查出更有价值的信息，录入人物条文时最靠上也只是十八世的张文裕、张文焕弟兄及其堂弟张文兵，他们往上的 4 辈一律空缺到始迁鼻祖张瀚勋，无奈都画了方格代替。

张文裕妻子苗仙枝

按照宗谱所记，张文裕生于 1918 年，张文焕、张文兵则生卒不详。已知张贵喜生于 1941 年，既然他 5 岁丧父，那么张文裕肯定卒于 1945 年，如果对应宗谱，寿终时才 28 岁。其妻为西易村苗仙枝，张贵喜说她生肖属牛，74 岁去世，推算她的出生时间是 1901 年，卒年该是 1974 年。再者，张文裕去世时留下 3 女 1 子，长女张喜成，生于 1928 年，次女张元成，生于 1932 年，三女张三女，生于 1938 年，独子张贵喜最小，比三姐小 3 岁。

如此而言，宗谱将张文裕的出生记作 1918 年有误，他不可能比妻子年少 17 岁，更不可能刚 10 岁就有大女儿。另据张贵喜妻子郑淑兰回忆，婆婆说过自己 38 岁守寡，比丈夫略大两三岁。苗仙枝 38 岁是 1938 年，也是张文裕的卒年，正值抗日战争时期。就以他比妻子小两岁左右来估计，当出生在 1903 年左右，卒年大约 36 岁。

与龙钟委顿的张贵喜相比，妻子郑淑兰看上去气色和精神相对还行，她也 75 岁了，满头白发丝丝如雪，给人的印象淳朴慈和。正是赖于她的存心，珍藏着婆婆早年留下的一包陈杂资料，其中的两份裔支簿竟然难得地将四门的先人上推了两辈。一份是张贵喜堂兄张贵举去世时做道场诵经用过，加标点摘录关键内容如下：

……慈造伏维故显考张翁讳贵举，一位之灵在日得年四十七岁原命，生于民国乙亥相三月廿日吉时受生，大限于公元辛酉年九月十八日卯时告终，并及张氏门中先远三代宗亲兼荐故显妣张高氏，故祖考张文换、张氏，故伯祖张文裕,故曾祖张继、程氏,故高祖张山功,故叔高祖张山德、张山行。

述意　　　　　　　　　　　　　　　公元辛酉年九月二十四日

解读一下:辛酉年为1981年;张贵举生于民国乙亥即1935年三月廿日,去世于辛酉年即1981年的9月18日,终年47岁;其妻姓高,早于张贵举先逝;张贵举父亲张文换、母亲张氏,大伯张文裕;张文裕、张文换的父亲是张继、母亲程氏;张继之父张山功,叔叔张山德、张山行。也就是说,张家四门追溯到十七世张继,与长门的张映蟾同辈;十六世张山功、张山德、张山行,与长门张九龄同辈,已是鼻祖张瀚勋的曾孙辈,只剩十五世及往上的廷字辈老四名字尚不清楚——很不容易了。

第二份是张贵喜母亲苗仙枝去世时的裔支簿,也有可以补充的地方。同样摘录一段:

……故显妣张门苗氏一位之灵,在日耆寿七十四岁,原命生于宣统辛亥相,正月初七日吉时受生,大限于公元甲子年十月初五日亥时告终,并

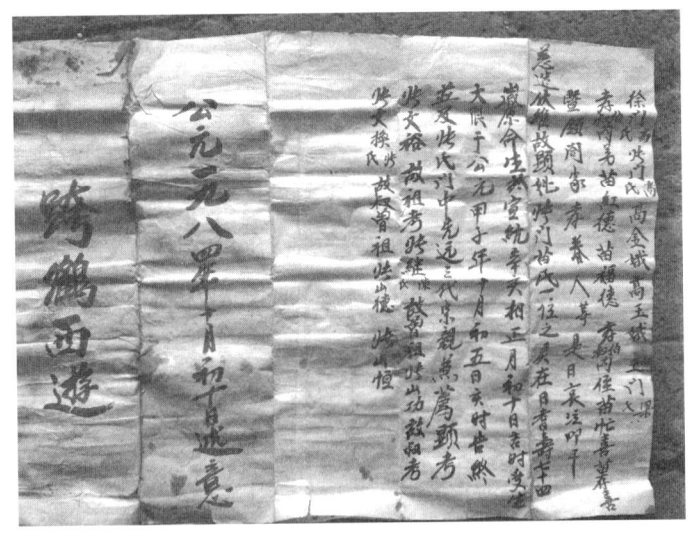

苗仙枝葬礼时的张家裔支簿

及张氏门中先远三代宗亲，兼荐显考张文裕，故祖考张继、陈氏，故曾祖张山功、故叔考张文换、张氏，故叔曾祖张山德、张山恒。

公元一九八四年十月初十日

显然张贵喜把母亲的生卒记错了。根据裔支簿，苗仙枝生于宣统辛亥即1911年，卒于1984年，看情况她结婚很早，18岁就生下长女张喜成；就按她38岁守寡，张文裕应该卒于土改后的1948年，儿子张贵喜8岁才对。仍按张文裕比妻子小两三岁，他只能生于1913年左右，亡故时大约36岁。这一结论比较靠谱，就此将前边的纠正。再者，第一份裔支簿跟第二份出现了同一人竟有两个名字：张山行、张山恒，分析可能为张山珩，还有张继妻子一说程氏、一说陈氏，无法判断哪个正确，显然都是读音传下的。

四门的祖坟在村东的石头嘴，一共两处坟地毗邻，其一就是张文裕、张文换的先人立祖。据张贵喜介绍，他们这边的老祖坟前留有石桌，上面有些字迹却模糊不清，他往下又有三座坟丘，表明三个儿子，应该是张山功、张山德、张山珩，其中后两个断嗣，只有张山功之下单传1子张继，张继下来两子张文裕、张文换，跟裔支簿的记录吻合。至于另一处坟地，应该是张文兵的先人立祖，坟地布局及向上排辈等无从掌握。

总之，张家四门的传人到仪善堂十八世，也就剩下同辈的张文裕、张文换和张文兵。下来将各自一脉梳理一下：

先说张文兵，生卒不详，妻子不详。夫妻育有两个儿子，学名分别叫张其举、张科举，对应小名是张五、张六，而张六就是前边提及的"马耳张六"。据说早年张五出口走了，再无音讯，宗谱显示未嗣；张六张科举一直在村里，娶妻名叫苏春花，2016年82岁，出生时间该是1935年。张科举和妻子只生下两个女儿，为了传递香火，就从石崖湾村抱养了一个螟蛉之子，取名张军。都说苏春花堪称白堂村数一数二的美妇，寻常连家门都不出，只在院墙探头瞭街，白净精致的面孔引人注目，可惜也够命硬。包产到户后的1982年，张科举发病早逝，他比堂侄张贵喜大一两岁，卒年还不到50岁；第二年，张军联合张贵小的三儿子张兴成合伙购置了小四轮拖拉机,他驾驶拖拉机拉石头时与汽车相撞,不幸死于车祸,刚刚20岁出头,尚未娶亲。苏春花连续两年遭遇丧夫丧子的打击,黯然改嫁到陶村去了。站在传宗接代的角度看来,张文兵一脉等于画上了句号。

再说张文裕、张文换,起码截至1933年前,哥俩尚未分家,应该同堂而居,有如冯梦龙《三言两拍》诗云:"同气从来兄与弟,千秋羞咏豆萁诗。"但是,就在那年,兄弟二人将他们共同拥有的房产、土地,转手卖与张如,契约还完好保存下来:

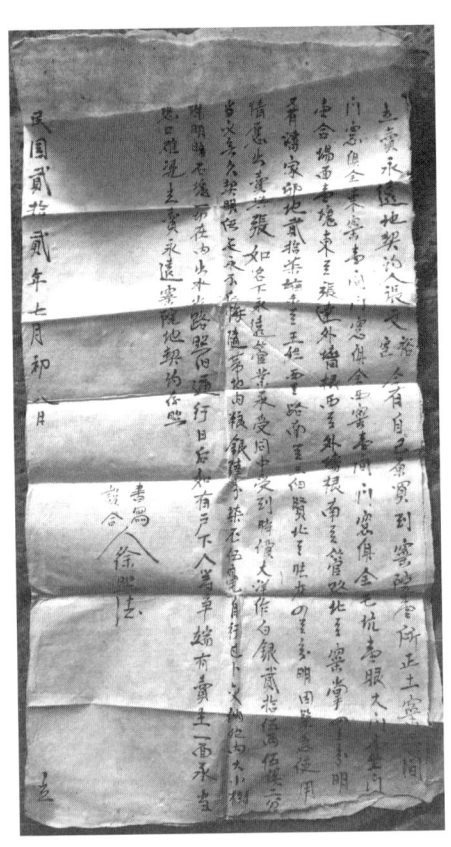

张文裕兄弟卖房卖地文书

立卖永远地契人张文裕张文宦,今有自己原买到窑院一所,正土窑三间、门窗俱全,东土窑一间、门窗俱全,西窑一间、门窗俱全;茅坑一眼,大门一座、门一合;场面一块,东至张达外墙根,西至外墙根,南至官路,北至窑章,四至分明;又有潘家峁地二十七亩,东至王姓,西至路,南至王佃贤,北至张在,四至分明。因紧急使用,情愿出卖与张如名下,永远管业承受。同中收到时价大洋作白银二十五两五钱二分,当交无欠,契明两足,永不反悔。随带地内粮银六分七厘五毫,自行过拨交纳,地内大小树株、明暗石块一切在内,出水出路照旧通行,日后如有户下人等争端,有卖主一面承当,空口难凭,立卖永远窑院地契约存照。

说合书写人:徐照德

民国二十二年七月初八日

契约表明，张文裕弟兄的共同产业包括窑院及正偏五间土窑、一块场面、27亩土地，合价白银25.52两，相当于35个大洋吧，买主张如应该是本家张映福的次子。明显是卖价低廉，打包贱售性质，可见张文裕张文换出于分家的急迫，又为了免于扯皮不均，才干脆一次性卖掉家业，分钱最公平。好端端为什么分家呢？据说张文换抽鸦片败家，当大哥的可能恕不奉陪，不想和他一块儿搅稀稠了。之后，张文裕重新买下大圪扒院的三间土窑居住。

张文换吸毒，不像捕风捉影。他的生卒未能了解，只知最初娶妻牛家梁村，姓氏不详，生下两个女儿，以后一个嫁到黑水沟村高家，一个嫁到曹庄村安家。但前妻过世很早，张文换又娶了安家岭村张氏，生下两个儿子张贵举、张二贵及一个女儿，也叫张三女。张贵喜隐约记得，张三女从小就被她父亲张文换卖到口外，自己长大后居然逃跑回来，嫁给上窑村一个名叫瞎靖四的人，纷传因为家暴被丈夫打死了。而宗谱只收录张贵举生于1934年3月，至于张二贵，比张贵喜小1岁，出生于1942年。应该是在解放初，张文换夫妻大概已不在人世，张贵举为谋生路独自外出打工，流落到晋南的霍县当了煤矿工人，还把弟弟张二贵介绍到煤矿上班，哥俩双双离开了白堂村。

1960年左右，张贵举娶过下窑村小他6岁的高金莲，带去霍县生活，但其间夭折了一个三四岁的男孩，因为不堪打击，夫妻于1963年返回白堂村，买下别人的三间西下窑安身，当年生下长女海娥，1966年生下独子福全，1968年又生下次女福娥。1970年的一天，高金莲夜间突发肚疼，临明竟然死了，丢下3个未成年的小孩，由张贵举自己苦苦拉扯。而张二贵则入赘霍县煤矿的一户徐家，宗谱记录其妻徐改花，生下一个儿子张龙，现在张龙也有了儿子张佳瑞。

改革开放之初，张贵举正在公社农机站做饭，打听到落实政策，马上着手到原单位申诉，竟获准让17岁的儿子张福全接班，1982年9月也去霍县煤矿当了工人。过了整整一年时，张贵举乘坐一辆拖拉机进城，不幸在二铺煤矿附近的崔家岭沟口发生车祸，伤重不治。前前后后，张海娥嫁给马蹄沟村边旺，张福娥嫁给堡子沟村贾志军，张福全则娶过霍县那边的妻子冯新翠，1989年生下一个男孩，小名宝宝，学名张杰，2016年5月结婚。

以上张文换一脉的大致情况,由张贵喜口述,不一定完全准确,只是说明张福全、张龙兄弟,都已在千里之外扎根,白堂村对他们的子嗣而言也就是原籍而已。

所以在白堂村支撑张家四门的,现在也只有张贵喜一户人家。

回头还要从张文裕说起。张贵喜隐约听说,父亲也曾抽洋烟,临终时家里存粮告罄,好像只剩下半升米了,他死在秋收时节,地里的庄稼没有收回也有可能。贫穷是毫无疑问的,但经过翻阅其儿媳郑淑兰拿出的契约之类,可以发现张文裕首先有地,购置还不在少数。比如民国十五年也即1926年,张文裕购买本村边宦银的西梁地两块共15亩,时价才大洋15元,每亩仅仅1元;民国二十年也即1931年的阴历十一月十九日,张文裕又拿大洋55元,购买了本村郭荣珠的西窊地两块,一共22亩,平均每亩2.5个大洋,还并显示地内粮银5分3厘,赋税不重。

而且有据可循,张文裕不仅买地,还鼓捣放贷业务,也是一项可谓资本运营的收入来源。依然有当年的借条留下,看着很有意思,这类资料难得一见,挑选摘录两张。

一张是向外借钱:

> 立借银元约人苗启瑞,今借到张文裕名下本银元三十三元,言明二分半行利,按月计算。空口难凭,立借银元约为证。　知见人:张义仁
> 民国二十四年十一月十三日

一张是向外借粮:

> 立借粟约人张兴花,今借到张文裕名下旧麦六斗,言明四升行息,上秋交还,空口无凭,立借粟约为证。　知见人:徐耀文
> 民国二十六年二月十二日

分析两张借据,其一借出银元33元,按月息2.5%计,每月产生利息将近

1元；其二借出旧麦6斗大约180斤，秋后可收利息4升大约12斤，总利率约6.7%。这么算计，不知算不算民间高利贷，但在当年合理合法。类似的还有五六张，时间集中在民国二十几年，大致抗战之前，不能说张文裕生活困难，想想借条还在他手里，可能本息没收回来。众所周知，日军入侵后，在山西特别是雁北一带大肆推行"毒化"政策，许多乡间精英吸毒成风，幸免不多，张文裕也没能躲过一劫，到土改之际，他无疑返贫了，家庭成分确定为贫农，随即共产党人民政府严厉禁毒，但张文裕可能毒入膏肓，很快就撒手人寰。

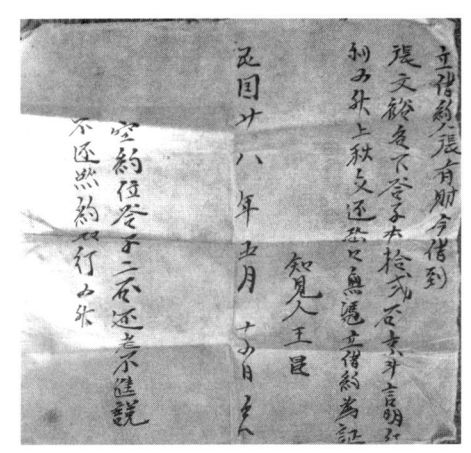
张文裕出借粮食的凭据

丈夫一走，苗仙枝有苦头吃了，自家的二三十亩薄地需要耕种，还得力所能及为别人锄地拔草，受尽劳碌。其间，长女喜成嫁给马营堡村田家，次女元成嫁给元墩村高家，剩下老三和弟弟张贵喜与母亲相依为命。本来张贵喜学名张振举，但半天书也没读过，因此人们一直习惯叫他小名，学名没有叫响，最终被遗忘了。他9岁时就去上窑村跟羊倌安二猴放羊，打下手学徒性质，俗称"打半"，管吃管住，每年能挣4个大洋；之后

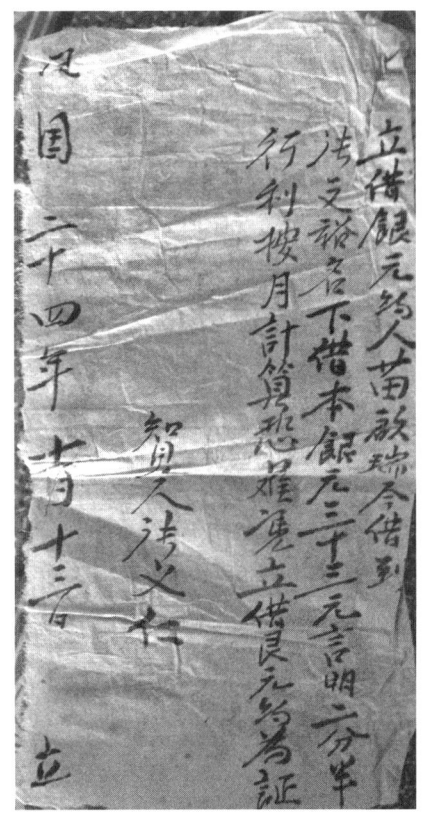
张文裕放贷凭据

来回跳槽，在本村、曹庄、西酸茨、麻黄头等几个村子都当过小羊倌，前后干了六七年，后期工钱变成人民币，每年也就十几元。1955年时，张贵喜15岁，三姐也出嫁到黄土坡村，他觉得家里常年只有母亲一个不像回事，于是丢掉羊鞭，回村陪母亲务农，只不过已进入大锅饭农业社时期，他家分在二队，队长当即安排他参加集体劳动。

由于一直放羊，张贵喜什么农活都不会干，只能跟着一位小组长叫朱珍的，做些修梯田拢地埂之类杂活，到了大跃进之年，队里劳务派工一样，让他去附近的双合成煤矿从井下背炭，二年后转到窝窝会煤矿继续下井，由生产队结算工钱，再给他记工分。直到1962年，煤矿可能改进了原始的挖煤方式，才将他退回村里，他又赶了一辆小毛驴车。当时全村3个小队，每队都有一辆驴车，常年承揽为公社供销社的进货运输业务，往返在平鲁城和白堂之间。时年恰逢甘肃兰州那边闹饥荒厉害，平鲁山区的不少未婚青年获知信息，都过去很容易地引回媳妇，其中就包括打鹰沟村三贵小的妻兄贾文玉，甚至传开口诀："平鲁尽些光棍汉，有钱就往兰州窜。"眼看张贵喜也有22岁，本地成亲没人问津，蠢蠢欲动之下，他跟本家的张绍举、潘家窑的王二骡结伴，带了几百元盘缠于5月份直奔兰州。

实际上口诀所说的兰州很宽泛，多指甘肃全省。大家去了漫无目标，乱闯乱碰，其中一站转悠到武威市，在火车站遇到几个打零工糊口的女

张贵喜夫妇在武威市留念，背景是正宗出土地的马踏飞燕雕塑，后来该雕塑被朔州市仿制，立于飞马广场

孩,肯定是饥肠辘辘,于是上前搭讪,得知她们是附近城中村郑家营人氏,其中之一就是 21 岁的郑淑兰。郑淑兰苦命,3 岁死了父亲,母亲带她和一个哥哥一个妹妹过活。村里土地奇缺,人均不到半亩,但还算上水的良田,只因放卫星式虚报产量,公粮任务太重,致使社员的口粮告急,1961 年大食堂倒闭后,家家户户靠救济,开始每人每月供应 10 斤杂粮,进入 1962 年青黄不接时的日供应量缩水成了 5 斤,喝糊糊都不能饱腹,郑淑兰的处境可想而知了。

这边张贵喜他们假装往山西招工,吹嘘勾引说:"我们那里富得流油,吃点心还要剥皮。"那时候信息闭塞,谁知道真假?郑淑兰听得心驰神往,但也表示怀疑,得到承诺说去了以后不满意保证平安送还。她回家商量,哥哥说:"眼看莜麦快熟了,别乱走了,等等再说。"但郑淑兰不想再等,她二妈的两个小女儿都已饿死,她怕步了后尘,觉得可以去山西看看,指定只跟张贵喜。张贵喜喜滋滋和张绍举王二骡分手,将郑淑兰带回平鲁,当然招工的谎言戳穿了,也根本没有点心可吃,更别说剥皮云云。不过,白堂村毕竟还能吃饭管饱,她选择留下,和张贵喜结为夫妇,可不是千里姻缘一线牵?另一位张绍举同样不虚西行,引回一个甘肃永昌县的媳妇,宗谱没有登记名字。

草草成家后,或许郑淑兰给张贵喜带来了好运。也因张贵喜踏实辛苦,供销社进货不多时,往往只叫他一个出车,继而感觉雇人不是长远之计,因此自备了一辆小驴车,需要招用一名车倌,当时算不上肥差,所以没啥竞争,顺理成章张贵喜成为不二人选,人家还给他办理了合同制手续。1964 年,张贵喜夫妻有了长子张权,1966 年又有了次子张义,这时候郑淑兰才回武威市探亲,看看娘家状况仍旧没有多少改观,哥哥娶了

苗仙枝与儿媳及孙辈

大权小、二权小兄弟，都是供销社职工

媳妇却又坐月子死了，丢下一个小女儿，妹妹则去招待所上班。

到1970年时，承蒙供销社领导青睐，决定将张贵喜转正为正式职工，对张贵喜来说，不啻于天上掉下馅儿饼。眼看事情刚有眉目，不料节外生枝了。当时二队张贵喜曾经跟过的朱珍喝酒抽烟缺钱，竟偷出生产队车辆的一套磨杆，正好供销社的车子需要，张贵喜就几元钱买下了。队长王怀玉知道后质问张贵喜："谁叫你买的？"张贵喜说："若是你卖，我也买。"王怀玉说："他是偷的！"张贵喜说："我也不知道来路。"王怀玉大发雷霆，警告张贵喜："你这是拆二队的台！我看你不想在供销社干了，赶快回来吧！"张贵喜生怕坏了大事，再不敢顶嘴，赶紧虚与委蛇说："我回去呀。"拖了几天，转正手续办完，张贵喜一朝吃上皇粮，定级月薪33元，生产队也就再也奈何不了他了，磨杆的事情不了了之。

从1969年到1973年，郑淑兰连续又生下3个闺女银娥、银芬、银莲，连同婆婆苗仙枝在内全家8口人，光凭丈夫的工资无以为继，但她特别扛苦，将孩子们交给婆婆照管，她自己照常出工，为能多挣工分，从来都和男社员分在一起干活，诸如锄田、帮耧、抓粪之类的重活苦活样样可行。农业社后期几年，白堂村的工分上过1.2元，郑淑兰连续三四年都是余粮户，最多一年结余160多元，许多男劳力自愧弗如。1981年包产到户，张贵喜工作人员除外，他家按7口人一共承包了56亩土地，郑淑兰的劳动量肯定更大，直到近几年地下采空土地撂荒才罢。

张贵喜夫妻安度晚年

也是在包产到户后的1984年,苗仙枝去世,张贵喜另行在西阳坡停坟,迁来父亲张文裕立祖,与母亲合葬。差不多同期,他又攒钱在村里碹起十间气派的石窑,分给长子、次子每人五间,老大娶过水头村的孟玉花,老二娶过上乃河村的李桃花。本来哥俩都办理了招工手续,成为供销社的正式职工,但进入

风光不再的白堂供销社

2000年前后,基层供销系统整个垮掉了,他们只好下岗自谋生计,生活也平平静静。张贵喜的3个女儿,老大嫁给上泉观村王家,老二嫁给二道梁村陈家,老三学校毕业后经由甘肃的姨姨帮助,安排在武威市上班,并与武威人肖永忠结婚,好像命运轮回,她竟去往母亲的故乡。

不论理想与否,做父母的好歹都把儿女交代了,张贵喜夫妇留在白堂村,凭借张贵喜的每月两千多元退休金和平朔煤矿支付的几千元青苗补贴度日。如今,张贵喜看到白堂供销社空置,就和妻子搬来占了两间土窑居住。村里受煤矿采空影响,吃水无源可寻,老两口全靠孙子按期拉回的一水箱储水节约使用,一句话,村子已经不再适宜居住。按一张《白堂村房屋初评报告鉴定单》的数字,光是郑淑兰名下,就有808079元,也不知巨款到手指日可待,还是空中楼阁遥遥无期,张贵喜夫妻只能被动地等待,无法提前打算。

背井离乡,背井离乡,井已没了,何日离乡?

两辆水罐车

第十八章 何为命运

一 颠沛殊途

翻寻白堂村历史，张家六门的张善计绝对是个绕不过去的人物。根据公认的说法，土改前张善计和长门的张立张二老汉并称全村最大的地主老财，但他的光景又要略胜张二老汉一筹，早年娶亲时罕见地出动了八顶骡驮轿，可见声势。所以说张善计是曾经的白堂村首富，并不虚传。

光阴倏忽，张善计的后人都已远离朔州，四下离散，唯有其孙女张凤梅有时还和族亲间电话联系，大家也才知道这一脉后继有人，与白堂村仍有些藕断丝连。如今的张凤梅差不多常年居住在天涯海角的海南岛，只为湿润的气候可以免除遗传的呼吸系统病症发作。她出生于1943年，正好亲历过抗战胜利前后的那一段多事之秋，回想往昔，依然记忆犹新。

仪善堂张氏宗谱记载，张善计祖父名叫张九功，自然是张瀚勋廷字辈九子中老六的后辈，与二满西的曾祖父张九如为嫡亲弟兄。张步云是张九功的单传

曾经的院落几经改造，面目全非

独子，娶妻井坪郭氏，夫妻生卒不详，育有一个儿子张善计以及起码4个女儿，其中二女儿嫁在磨石沟村，四女儿嫁在安太堡村。都说张步云一辈的光景已经有了一定的气候，显然张善计的财富离不开祖传的基础。据张凤梅说，祖父张善计1976年去世，享年83岁，由此推算他出生于中日甲午战争爆发的1894年。他的妻子是峙峪村落氏，比丈夫小两三岁，两人共有两男一女三个孩子：长子张提书，生于1917年，娶妻双碾村王玉兰，比丈夫大两岁；次子张林书也即张

张云霞旧照

凤梅父亲，属猴，生于1920年，娶妻曹井沟村寇素英，比丈夫大3岁；女儿张云霞又比二哥小3岁，生于1923年，嫁给峙峪村的王光山。

而当年张善计家业究竟发展到多大，已经难以说出具体的规模，留下过的宅院也因新中国成立后被乡政府和供销社占用，历年不断修葺改造得面目全非，全然失却了原有的痕迹。不过听说光是村西的场西地和西首梁两处土地，可能都在上千亩，城里还有若干的铺面商号。在张凤梅印象中，爷爷长得微胖方脸，个头中等，穿衣打扮跟寻常农夫一样，看不出半点老财气派，生活也十分节俭，他天生吃素，日常就在自家的粉坊跟长工大锅吃饭，但对于行善助人一贯舍得付出，特别是每年的春节和中秋节往往杀猪宰羊，摆往村里的大庙前分给周边行乞流浪的穷人，让他们和家人好歹有肉过节。他跟儿子们说过一句话："娃们，随便把咱家的哪座粮仓磕一磕，就够他们吃些了。"因此人们给张善计起了绰号叫"大盖窝"。土话的盖窝是被子，意思说张善计好像一床温暖的大被子，能遮护许多乡里乡亲。

然而，自从进入抗日战争，张善计的大盖窝就开始破洞百出，别说兼济乡亲，连自己都很难独善其身。首先，他吸食洋烟，儿媳妇寇素英经常咳嗽，难

免也吸几口，结果跟公公一样上瘾了，家里的两杆烟枪，消耗肯定不小，为光景埋下滑坡的隐患。再者，地方上匪患猖獗，瞄准老财人家明火执仗敲诈抢劫，张善计胆小怕事，凡有土匪上门，不敢贸然反抗，只有破财相送。这也罢了，到1945年六七月份，正值小麦收获时节，日军也到了苟延残喘之际，大肆下乡搜刮所谓的囤粮，那年张凤梅刚刚3岁，幼小的心灵已经刻下恐怖的一幕。她记得，有一天穿黄衣戴钢盔的日军和穿灰衣戴大盖帽的伪军闯进院子，一个伪军上前抓住下蛋的花母鸡，咔嚓一下扭断脖子，顿时鸡血四溅，那家伙还洋洋自得说："鸡也是一把菜！"

然后他们喝令张善计交粮，张善计推说家中早已没粮，竟被鬼子捆绑起来仰面摁倒，强灌辣椒水，灌完再往他肚子上搁一根椽来回挤压，让他把辣椒水反吐出来，场面叫人不忍目睹。张凤梅不懂害怕，上前想拉爷爷一把，又被伪军挥舞枪托揍翻在地。最终鬼子伪军没能逼出粮食，悻悻地撤了，张善计好几天起不来炕，嘴里骂骂咧咧："狗日的，要粮哩？要我命吧！凭啥给你们粮食？"真乃大节不亏。然而自那以后，张凤梅父亲张林书由于惊吓过度，得了间歇性精神病，几成废人。

所幸很快日本鬼子就宣布投降，共产党八路军解放朔县，随即又由国民党阎锡山势力占领，张善计的长子张提书也跟着本家弟弟张鹏举前去晋中当兵，加入了阎锡山部队。不到一年国共两边又爆发内战，八路军重新夺回朔县城，白堂村也成立了由穷人组成的农会和民兵队伍，响应晋绥根据地号召，积极为即将启动的土改斗争宣传造势。到了1947年初秋，风闻西山一带的地主富农被杀掉不少，几家老财陷入恐慌，张提书预先回来带走妻子和4个儿子效良、作良、维良、安良，以防不测。当时张凤梅的二舅寇振潭担任共产党一方的区长，他动员张善计献出土地，跟他闹革命。张善计偌大田产，肯定于心不舍，正在迟疑之间，形势发展已到了迅雷不及掩耳的地步。

张凤梅隐约记得，那年农历五月的一天，比她大3岁的哥哥石柱跟着奶奶和父亲一起去了奶奶的娘家峙峪村躲避运动，爷爷则到城里的商号打点生意，家里只剩下她和母亲。新麦刚刚入仓，母亲叫她说："香娃，妈给你午饭做馒头吃。"她小名叫桂香，母亲昵称她香娃，娇惯着呢。到了上午时候，寇素英张罗着将一点新麦淘洗晾干，正准备再用小磨磨面，其间去了一趟临街的厕所，忽听街外农会人员对话，含糊说是收到贾县长来信，对待地主务必鸡犬不留云云。意思可能要全部没收家产，但寇素英听得毛骨悚然，理解会被灭门，仔细再听，得知农会下午落实来信措施，所以饭也不敢再做，赶紧背起张凤梅逃出村子，就近跑到安太堡村张凤梅的四姑奶家。四姑奶给娘俩吃了一顿午饭，挽留她们住下再说，寇素英说："事情着急，还是先去峙峪村找香娃奶奶才是。"

匆匆告别出来，寇素英抄了一条荒野小道，没走多远竟被一只饿狼盯上，她慌忙跳下一条土沟，背靠崖壁与狼对峙，拼死保护女儿，嘴里喊着"救命"。也是命不该绝，四姑爷偏偏打响出去锄地，闻声跑来挥锄打跑野狼，干脆把寇素英娘俩护送到峙峪村边，自己又独自返回。寇素英直等夜色朦胧，这才悄然进村，与婆婆一行见面了，听说公公张善计已经安全逃到应县，在刘懋赏儿子刘小泉经营的水利公司落脚，送话回来要求全家赶紧前去会合。寇素英决定次日打五更出发，不料婆婆落氏磨蹭不走，她最为宠爱女儿，声言一定要等回在太原的女婿，将云霞交代合适才放心。寇素英拗不过婆婆，夫妻二人只好带着儿子石柱女儿凤梅先行一步，到应县见了张善计，同时逃来的还有本家张二老汉和他儿子张鹏举及其小老婆王白女。

原来张善计也经历过一番凶险。他那天下午从城里返回途中，忽然本家的义仁半路截住他，对他说村里农会正组织民兵抓捕地主，万万不敢回去送死。义仁学名张作书，是张善计的堂侄，一直给张善计当长工，张善计待他宽厚，还出钱为他娶妻成家，所以他才冒险出来通风报信。据说张善计当下还不太在乎，说："我一辈子没有坑人害人，谁会为难我？"张作书说："真的就要抓你了，赶紧跑吧！"张善计说："早上出来时，身上分文没有，叫我怎么跑？往哪里跑？"张作书随身装有一块大洋，掏出来交给张善计姑且救急使用，张善计最后望一眼白堂村，转身离去，再未回来。他先到磨石沟村二妹家躲避，但磨石沟的土改运动也已开展起来，显然不宜久留，最终他选择了到应县投奔表亲，其时应县尚在阎锡山部队控制之下，八路军屡攻不克。

安顿下来，张善计好生惦挂妻子和女儿，但很快张云霞独身跑来，哭诉说母亲不仅没等回女婿，却被白堂村民兵抓回去了。这就大事不妙，果然几天后消息传来说，落氏在村里遭到严厉批斗，不幸身亡。那时张善计54岁，妻子也就刚刚50岁出头，忽然遭致无妄，女儿、媳妇哭作一团。只有张善计还够刚强，说："死就死了，也是命数。活人还得好好活下去。"自己首先戒掉鸦片毒瘾，直面应对艰巨的命运挑战。1948年5月份，解放军华野部队再次兵临应县城下，发动攻势，阎军终于不支，弃城逃窜大同，张善计、张鹏举两家又得踏上流离之旅，刘小泉建议说："你们所去之处，越远越好，越偏僻越好，地方越小越好，离铁路越远越好。"事实证明刘小泉误判了局面。当运动的势头一过，晋绥土改随即纠偏，地主富农再没有生命之忧，话说回来，即使逃进大城市，同样万事大吉可以居留，但谁能预测不被追查呢？而张善计妻子落氏付出的生命代价，已经彻底堵上两户地主重回白堂村的门路。

下一站张善计一行到了大同市内，那儿还是国民党军队固守的孤城，他们在九龙壁附近的难民营滞留了3个多月，受尽饥寒惊恐，寇素英身患斑疹伤寒，几乎要命。当年的年底，眼看大同解放在即，张善计等先期出去打好前站，回来集合起两家人众再逃口外的绥远，一路向北，遵循刘小泉的"远、偏、小"宗旨，辗转清水河、北壕堑、陶林、北河、西壕堑等地，路上两家人如履薄冰，自动组成一个大家庭，抱团取暖性质，打工或乞讨糊口，千方百计共同求生。途中张凤梅的哥哥石柱又患上痢疾症，张善计空有医术不错，却无钱买药，眼巴巴看着心肝一样的孙子夭折了，仅仅9岁多。寇素英深受打击，几欲崩溃不振，还是公公鼓励她："你不能倒下，你倒下咱这一家就全完了。"

1949年，绥远省和平解放，新中国宣告成立。张善计一行也最终到了口外阴山北麓的察右中旗，口里人习惯叫作后山。据张凤梅回忆，同行的张二老汉张立因为年老体衰，病逝在察右中旗大滩乡的泉子洼。将他就地埋葬后，张鹏举和张善计商定不再远行，选择隐姓埋名，留在大滩乡的后孔独林村为生，其中张善计改名张计，张林书改为张二小，寇素英改为寇二女、张鹏举改名张积武等，声称都是逃荒而来的穷苦农民。后孔独林村原有4户人家，都也十分淳厚好客,热心给予他们留居栖身便利,还指点他们搂草卖给往来的骆驼队,得以勉强度日。其间张善计发现骆驼队有个脚夫胃病严重痛苦不堪,就毛遂自荐为人家针灸施治,居然手到病除,传扬开来,他逐渐有了用武之地,还闯出"神医"名头,十分受人抬举。1950年寇素英生下一个儿子,就是张汉梁,高兴得张善计连呼:"后山有宝!"

再过一年,绥远土改,村里一位大老财郝义闻风而逃,土地家产都被另外几户均分,也有张善计他们一份,标志着他们正式在口外察右中旗落地生根,变成"耕有其田、居有其屋"的翻身贫农,随即两户人家重新分开,各安生业,光景都过得可以。特别是张善计,不愧乡间精英,持家有方,谙熟农业之道,只要有地就能生金,儿媳寇素英却又承担起家庭的贤内助角色,仅仅两三年之间,俨然已经东山再起。张凤梅说,截至农业合作化前,她家买回一匹马驹养大下了骡子,养了母猪生下十几只小猪崽,羊群也发展起来,雇了羊倌老满银放牧,等于长工一样。村里艳羡张善计说:"哎呀,又出来一个老郝义!"很快,张云霞也再度结缘,改嫁了一位长征干部时义常,丈夫担任察右后旗五金门市大经理,她就成了官太太,日子一朝滋润。大滩有一个开小卖铺的寡妇老板娘姜侉子,也希望嫁给张善计老来相伴,但张善计婉言谢绝,说:"我若和你结婚,

隐藏在大青山背后的后孔独林村

儿子一家没人管了。算了吧。"张林书神志有病，身体却无恙，1953年和妻子寇素英生下次女张淑梅，1955年又生了三女张蟾娥。张鹏举夫妇还没有一男半女，彼此商量之下把蟾娥收养了。

那段时间，年届花甲的张善计焕发出人生的第二次风光，今昔对比，他感慨说："还是共产党好。叫人戒毒不说，又彻底消灭了匪患，平安盛世啊。我再不怕土匪抢劫，每天睡得安然。"张凤梅也已十几岁，寄宿上了大滩小学，她慢慢开始懂事，曾好奇地问爷爷过去家里究竟有多富裕，爷爷始终闭口不提，只是说了一番让张凤梅终身牢记的名言："是儿的不死，是财的不散，命中注定不是咱的东西，就别去再想。要想浮华，再弯倒腰干吧。"他说的浮华一词，肯定是丰衣足食、人前显贵的意思，其本意却包含虚浮不实，明摆着措辞不当，或许预示了浮华真是浮华。大致在1955、1956年间，内蒙包括察右中旗也要推进合作化，后孔独林村已发展到23户人家，成立了一个生产小队，归辖于大滩乡石兰哈达大队，张善计的土地牲畜再度变为集体所有，杜绝了他家和其他村民出现两极分化的苗头。至于张善计怎么甘心接受，不得而知，不过令他欣慰的是，1959年，儿媳寇素英最后为他生下次孙张国梁，没多久他的长子张提书因为加入顽固军获刑5年期满释放，带着妻子和4个儿子前来投奔老父亲，张善计帮他家落户在大滩乡前孔独林村，举家终于团圆。

马上又是大跃进，张善计、张鹏举两家不到10年的坦然告一段落。大概政策要求落实原籍户口资料，凡是迁徙村民都得开具老家的户口介绍，张鹏举和张林书只好返回白堂村办理相关事宜，村里提出条件：交出当年埋下的大洋就好商量。可是时过境迁，两家原来的窖藏大洋早已无迹可寻，结果他俩一直滞留了数十天，好歹把介绍开出来了，却无可通融地表明其逃亡地主成分，内蒙方面一看真相大白，张善计在后孔独林村的声望足以一落千丈，好像隐瞒历史，阴险不赦，张凤梅上学时也感觉抬不起头来，受到同学的歧视。到1962年，她初中毕业了，成绩位列全旗35名尖子生之一，原先说好分配工作，可能赶上国家压缩城镇人口而泡汤，只能回村务农，她很不甘心，期盼着还想再考中专和高中之类，但受到成分牵连，升学已不可能了。接下来"四清"运动开始，后孔独林村也要大搞阶级斗争，组织人马对两家逃亡地主展开批斗，张善计正逢病卧不起，张林书和张鹏举就成为主要挨斗对象，工作组甚至动员张凤梅站出来揭发爷爷和父亲的罪行，争当运动的积极分子，

后孔独林村几间旧土房是当年张善计一家住过的寒舍

但张凤梅坚决拒绝，还敢引用一些"前十条""后十条""二十三条"等，豁出去和人家辩论，若不是工作组中有一位上届的初中同学帮她说情，或许她会惹来更大的麻烦。在批斗中，张林书胆小无助，尿了一裤子，张鹏举更是忧愤难当，被斗后的1965年郁郁早逝，其时张善计父子还被限制行动自由，张鹏举的遗孀王白女拿出100元，由张凤梅出去置买回棺材才装殓下葬。

那一年张凤梅已经23岁，青春年华，待字闺中。村里的贫下中农子弟中的穷光棍看她既有文化又很能干，也不管成分如何，纷纷托了媒妁上门，但张凤梅心高气傲，一个都瞧不上眼，宁愿向大龄剩女靠拢。不期公社的武装部长丧偶，下乡时私下看中张凤梅漂亮，村里姓范的支部书记上门试探，说是如果成其好事，可以帮着张家摘掉"黑五类"帽子。张林书有些动心，对女儿说："这倒是个好机会。"张凤梅委屈万分，说："帽子是轻易能摘的？骗人吧！我宁死不嫁二婚男！"

如此一来，村支书灰头土脸，自然恼火，暗地里施以影响，结果张凤梅感觉村里处处和她家为难，派活最苦最累，分些粮食补助基本不予考虑，她痛切感受了阶级成分带来的心身磨难，并对故乡白堂村充满说不出的怨怼，想想自己一家背井离乡，是因为白堂村；好容易隐瞒了出身，又因白堂村被戳穿了真相……难道爷爷真的是希望重新骑在人民头上作威作福的坏人？即使真是，后辈儿孙难道也该有罪？这些复杂的命题，无不让她痛苦、万分难解。很长一段时间，她常常独自徘徊在山野林间，打算一死了之，有两次还挽好了上吊的绳

第十八章 何为命运

子，只等引颈投缳，但最终下不了决心，心想自己是母亲从狼嘴里救下来的，老天不让早死，干吗轻生？一定要好好活下去！

1966年开春，王白女独自拉扯儿子张福柱和女儿蟾娥，因无法维持生计，经过亲戚介绍，她返回山西老家那边，改嫁了大同矿务局大斗沟煤矿的离异矿工温美云。半个月后，她就给张凤梅写了一封信，说是煤矿有户好人家，可以为张凤梅牵线。张凤梅求之不得，立刻就要动身，一天都不想在口外多待。她记得临走时父亲抽着一锅旱烟，蹲在地上嘱咐女儿："这回就是猪八戒，你也找他一个。"也没钱陪女儿前去，只能叹气说："唉，猫啊狗啊还有个主人，眼下女儿出去嫁人，也没人替她做主……"

张凤梅来到大同大斗沟煤矿，王白女立刻带她和男方见面，但一见之下，张凤梅好生失望。男方名叫马德日，空军地勤当兵后转业到煤矿下井，和温美云老乡，都是应县刘霍庄村人氏，他给张凤梅的第一印象是具备三大特点：黑、干、穷。身体再没那个瘦小，脸色再没那个黝黑，家庭再没那个贫穷，自言28岁，实则已经31岁，生生瞒掉3岁。张凤梅自然没能看对，王白女和温美云抖擞精神再行物色，把煤矿整条山沟住户的男青年逐一问询，也安排了若干次见

张凤梅夫妻及儿女

面,要不张凤梅摇头,要不人家嫌弃张凤梅成分,反正高不成低不就。可是张凤梅无路可退,赌气一样,决定狠心就嫁给马德日算了。当时马德日还是入党积极分子,有人劝他不宜与地主女儿结亲,马德日毫不含糊地说:"不要党了,要老婆呀。"于是,结局是花好月圆,说好的 300 元彩礼,还让温美云借去 200 元,张凤梅到手 100 元筹措了婚事。

终于卸掉成分的紧箍咒,不管丈夫黑干穷也罢,张凤梅起码轻松了,她开始像爷爷所说的那样,弯倒腰干吧。她没有留在煤矿当家属,而是住回刘霍庄村,与公婆在一块儿参加集体劳动,陆陆续续生育了三子两女,长子马耀,生于 1967 年,次子马金,生于 1971 年,三子马兴,生于 1975 年,长女马俊芳,生于 1976 年,次女马俊花,生于 1981 年。小孩接二连三,全凭婆婆辛劳包带,不影响张凤梅照常出工。

转眼到了十一届三中全会之后,正如一首流行歌曲唱道:"那是一个春天。"张凤梅也才由衷体味到久已渴望的春风信息,相随而来的是,大集体土崩瓦解,农村实行包产到户,农民的阶级成分被提及越来越少,直至化作一个过期的历史名词。张凤梅全家头一年承包土地 20 多亩,次年别人嫌多退地,她又接手了 20 多亩,一共 40 多亩,耕种基本靠她独力应对。她已焕发出更大的吃苦肯干激情,居然和一批"四属户"家属们组成小型互助组生产,互相换工,有张有弛。粮食生产多了,她还养起一群肥猪,成为村里的养猪专业户,光景过得有声有色。说起来似乎诗情画意,实际上可以想象一个女人家的劳作形象,或许就像《项链》中的路瓦栽夫人,头发蓬乱,手掌粗糙通红,但应当理解,只要失去灵魂的枷锁,再怎么劳其筋骨都可以满足,都不在话下。1985 年,她和子女有幸转为城镇户口;1987 年,全家迁居马德日工作的大斗沟煤矿,彻底脱离了农村。

再说张凤梅出嫁后娘家的情况。她母亲寇素英于 1975 年 11 月病逝,不到 60 岁;爷爷张善计顽强地活到 83 岁,于 1976 年 4 月去世,和儿媳都葬在后孔独林村外。张汉梁娶亲困难,采取了最无奈最落后的"转亲"模式,与邻村大东滩陈家、贾家营张家互相牵连换亲,他娶来陈家女儿陈树珍,妹妹张淑梅嫁

张汉梁之子张永胜（右）与妻子苏小凤（左）、母亲陈树珍及女儿张钰琪、儿子张竞泽。2016年，张永胜37岁，苏小凤34岁，女儿6岁，儿子3岁。张永胜从事教育工作，苏小凤为呼和浩特市人。

给张家儿子，张家女儿再嫁给陈家儿子。陈树珍生于1954年，比丈夫小4岁，婚后，夫妻育有两男一女：张永恒、张永霞、张永胜。恢复高考后，张国梁学习成绩突出，考取了呼和浩特财经学院，毕业后分配到巴盟上班，然后调往省城呼和浩特发展，与清华大学毕业的赵素萍结婚。1987年，张林书68岁过世，张国梁相助大哥张汉梁一家都来呼和浩特定居，做些小本生意，而张提书也于1982年去世，享年66岁，20年后其妻王玉兰去世，高寿88岁，四个儿子各自成家传宗接代。总体说来，张善计一脉繁衍生息，人丁兴旺。

2002年，张汉梁兄弟和张凤梅商量，准备给爷爷和父母迁坟，不想让其孑然留在后孔独林。选择墓地时，也考虑到白堂村故乡，但张凤梅依旧对老家心有纠结，她主张还是在呼和浩特合适，最终大家确定了呼和浩特市的红山口公墓，并很快完成了改葬事宜。其时，张凤梅百感交集，好像了却了最大的一个愿望。2004年初春，张凤梅的丈夫马德日也去世，时年69岁，不到一个月，张汉梁也去世了，年仅55岁。虽说他俩的享寿相对不高，但是人生并无所憾，因为他们的儿女考学的考学，招工的招工，创业的创业，都十分争气。特别是张凤梅的长子马耀，北师大毕业后又去留学美国读完博士，学有所成，报效国家，事业风生水起，实在让张凤梅引以为傲。

近年来，张凤梅枕稳衾温，安度桑榆岁月，有时住在北京，有时住在海南。随着年岁渐高，她不由自主老是梦到白堂村，说不清道不明的思乡念旧，感觉她距离白堂村是那么远，又那么近，宛然咫尺天涯。她曾经几次专程回去看过，儿时的印迹时而模糊时而清晰，看着那些旧窑破屋，无比熟悉却又像完全陌生。她与留在村里的近亲族人

老年张凤梅

在一起时，心中特别亲切和充实，而别后的挂怀仍旧俱增不减。在本家堂弟张孝先家中，保存了张凤梅写回的一纸书信，字里行间的亲情乡情表露无遗，不妨摘抄如下：

亲爱的孝先弟：

你好！

好久未有见面和通讯了，我在北京十分想念咱们家乡的亲人。为此我专门从此地买回些风味小吃，供你们全家品尝。我也弄不清义仁叔还是双仁叔的夫人，反正是没改嫁的那位老太太，我回去聘平平的那年，我和她交谈时，让我叫她姐姐，我想一说你就明白了。顺便我也给她买了一盒果脯，希望你

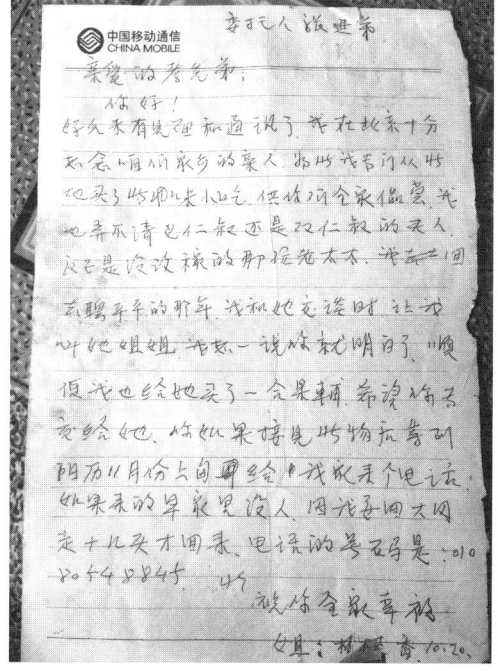

张凤梅写给堂弟张孝先的信

第十八章 何为命运

转交给她。你如果接见此物后等到阳历 11 月上旬给我家来个电话，如果来得早家里没人，因我要回大同走十几天才回来，电话的号码是——

此

祝你全家幸福！　　　　　　　　　　　　　　　　　姐：桂香　10.20

对白堂村爱恨交织，或许就是张凤梅真实的故里情怀。

二　始于足下

2016 年农历八月十三日，中秋节将至，朔州处处涌动着团圆的节日气氛，街衢车流滚滚，人们购物送礼异常繁忙。那天张天林也骑着摩托车进城了，说是为秋收回来的一些小杂粮寻求销路，不料与一辆送酒的货车发生碰撞，等家人接到消息赶来，他已躺在医院急救，诊断结果是全身多处受伤，尤其颅内出血导致生命垂危。他的突然出事，不仅让 5 天前小孙女刚刚出生带来的喜悦荡

张善

高桂莲

然消散，也将自己原本遭际多舛的家庭再一次陷入极端困境。

张天林是白堂村张姓二门后人，也即太溪村繁衍的那一分支。二门从十七世张连始迁，到张天林排到二十世。前边已知，张连有4个儿子，分别为张成业、张巨业、张守业、张立业，其中张巨业与妻子王月娥育有3子张善、张义、张成以及两个女儿，老大张善就是张天林之父。宗谱显示，张善生于1925年6月，卒年未登记，不过其孙女张荣说，他的去世时间为1987年初，享年应是63岁。另据张成介绍，大哥一开始娶过安太堡村刘氏为妻，好像刘氏还是当地名流刘懋赏的本家侄女，但因为智力差迟而被休掉，没有生过孩子，随即张善续娶了上庄头村的高桂莲。

高桂莲也属二婚。她本人也是太溪村人氏，因为父亲去世较早，母亲带她改嫁陶卜洼村，等她长大后嫁给朔县团堡村梁家，生下两个女儿桂英、二桂英。无奈丈夫同样早逝，高桂莲无子，守寡没啥资本，再者婆婆家穷，实在养活不了她，只能让她找个人家走，于是她才改嫁回本村，和张善重组家庭，开始还把桂英姐妹带来一段，但后来其奶奶把她们接回去了。高桂莲和张善婚后生育了4个孩子，按照年龄排序：长女张爱花生于1960年，独子张天林生于1963年，次女张爱平生于1966年，三女张天花生于1971年。由此可以推断，高桂莲再嫁张善的时间最晚在农业社时期的1959年。

虽说张巨业年轻时很能干，光景在4个弟兄中也算最有起色，但可惜夫妇过世很早，并没积蓄下多少家产，好像窑院只有一处，为3个儿子共有，到高桂莲过门，生活已是十分贫困，除了老三张成跟随姐夫去往包头谋生，老大和老二两家分开住在正窑的东西两厢，堂窑则需伙占，肯定是拥挤不堪，磕磕碰碰的妯娌摩擦也可能偶有发生，烦恼也就相随而至。为了改变现状，张善夫妻还去包头走了一段，大概没啥立足之策，只好返回，可又感觉村里太穷，分粮都达不到一般标准。高桂莲比较强势，家中大事小事可以左右，她做出一个决定，就是举家迁移，离开太溪村另行找个好些的村子落户。

大集体时代对人口流动控制极严，对常人来说，想要触动户籍手续等于痴人说梦。不过事在人为，高桂莲的姨姐夫正是当年土改时朔县的农会主席孙兴昌，全县所有晋绥边区土地证上无不印有他的大名。新中国成立后，孙兴昌一直在朔县担任要职，为妻子的姨妹选择一个自然条件差不多的村子，谅来不会费劲，结果在张天林10岁的1972年，张善夫妻举家落户到朔县下团堡公社上庄头村，迁居过去后还碹起5间土窑居住。上庄头村土地比较平坦，南距县城十几里路，而且紧傍国道，城郊型集体经济相对宽裕。故此从户籍而言，张善一家已经不再属于太溪村了。当年上庄头另有一户张姓，恰是张家祖地小堡村知名老财张沂的孙子张喆，比张善小一辈，土改时由母亲改嫁带去的。在邢姓大户为主的上庄头村，张善、张喆彼此倒有个近门。

往后的日子平静安然，恍然已是十几年之后，张善一家和普通农家一样，自然也经过了大集体结束、包产到户的时代变革，孩子们一个一个长大了，各自择偶成家。宗谱显示，张爱花嫁给石曹村的李座山，张爱平嫁给峙峪村的刘金贵，张天花嫁给朔州城里的卢友胜，而张天林娶回邻村铺上村的王海鱼，妻子还比他大两岁，生于1961年。据说早年高桂连曾给城里一个小男孩当过奶妈，两家关系不错，后来奶儿子的父亲担任了朔县小电厂的厂长，还把张天林招为小电厂的合同工，说不上捧到铁饭碗，好歹也成为社会上的工薪一族。从1984年起的7年间，王海鱼一共生育了4个孩子，分别是长女张艳，1984年出生，次女张荣，1987年3月出生，独子张曙，生于1988年，三女张珍，生于1991年。就在二孙女张荣即将出生的前一两个月，张善因病去世，仅有63岁，另立新坟安葬在上庄头村。他生前没能见到孙子，也算人生遗憾。

姐弟四人

总与密集地添丁进口有关，张天

林的光景相对窘困。自从张荣记事,她就感觉父亲实在辛苦,每天骑自行车早出晚归去电厂上班,中午随便带些饭食充饥,回来时往往驮一块大炭。至于花钱消费,特别拮据节俭,张荣记得每年过年家里只买一箱苹果,还得母亲心情不错时,才拿出一个切作4块,每个小孩分得其一。冬天张天林偶然也会捡便宜买一箱冻橘让孩子们敞开来吃,张荣觉得那是她和姐弟们最快乐的时刻。不管怎说,"虽家无斗储,意怡如也",只要安然无事就好。

但是谁也想不到,一场突如其来的变故,竟在张荣身上不期引发。

张荣小时候特别调皮,上学后也多跟男同学玩耍,对女同学瞧不上眼,嫌她们哭哭啼啼,表现软弱。可能也算自身的特长,她天生奔跑迅速,摔倒跌伤屡见不鲜,却也没事一样,起身拍拍衣服,一溜烟再跑,曾经参加"六一"节赛跑比赛,获得过全年级第二名。想想家中只有弟弟一个男孩,肯定受到父母的偏爱,张荣可能因为本能的逆反情结,出现一点男孩性格倾向不足为奇,当然她并没有想跟弟弟攀比在父母心目中的位置,依旧显得无忧无虑、阳光活泼,直到三年级的那个寒假。

宅院将被拆迁

时间是1996年的元宵节,10岁的张荣和弟弟、三妹一起,跟随奶奶及父亲进城看热闹,晚间先到了父亲上班的小电厂,顺便奶奶也去看看奶儿子。不知什么原因,电厂竟然断电了,四下一片昏黑,谁也没有注意张荣躲到车间附近的变压器旁边撒尿,蓦然之间电光火石,她就失去了知觉。须臾她醒来一下,觉得自己被谁抱着,好像看见一溜排的灯光,接着又没了知觉;再醒来一下,却在摇晃的火车上,然后继续沉睡,一直睡到再次醒来了,看见自己被纱布包裹成木乃伊似的,身体也一动不动。不知过了几天,她的意识彻底清楚,终于得知自己当时遭到高压电击,强大的电流从两臂间穿过,虽说父亲和二舅及时把她送到北京积水潭医院抢救,使她九死一生保住性命,但她的左右胳膊被截肢,两只下臂没了,双手没了,专业术语叫作双上肢二级伤残。她刚刚10岁,灾难来得够残酷的。

一开始张荣很难相信无情的现实,而且双臂的神经系统照常运行,她感觉两手还在,只是被包扎起来,或者能够像草木一样再生再长。然而,在疼痛和绝望的交替折磨下,她很快放弃了幻想,独自在医院的重症监护室悄然流泪,用她自己的话说:"一黑夜成长了。"同时,她的触电对家庭的考验更加严峻,父亲陪她来京后,母亲则跑遍每一户亲戚熟人,忙着四下借钱筹款,再匆匆送来医院,然后留下与丈夫一起陪护女儿。究竟花去多少钱,父母没说,张荣也始终没问,她害怕听到一个具体而骇人的天文数字。不过后来,电厂还算人道,每月支付张荣400元的生活补贴。

俗话说"是福不是祸,是祸躲不过",张天林经过最初的愁绪郁结,渐渐冷静下来,女儿的未来还得他认真考虑。在与同

父母和张荣在北京

类的病人家属交谈时,他听到不少身残志坚的励志事例,受到两方面启发:其一,失去双手,可以锻炼用脚代替部分功能;其二,经过后天努力,身体残疾也有可选的人生之路。于是,等张荣伤情稳定,父亲就坐在她身边,迫切地为她掰拉脚趾,甚至疼得她躲入病床下边不出来。当住院70余天时,眼看钱将告罄,父母只好买了药物,提前带张荣返回朔州居家医治,其时她还没能痊愈,腋部仍有积液引流。刚回家里,只见丢给奶奶照管的三姐弟倚门迎候,眼神切切。

回家后的张荣只能辍学,新的烦恼也如影随形。村里的许多大婶大娘们络绎前来她家,肯定出于关心,但也并不排除猎奇的因素,对一个人失去双臂充满兴趣,有的还会伸手摸摸张荣伤残的臂端,似乎很稀罕、围观到西洋景一样。张荣实在受不了那些眼光,不由得横眉冷对说:"看啥看?有啥看的?"却又无济于事,她只好躲入茅厕中,一时委屈填膺,怨恨自己如此不幸,真不知活下去有什么意义。那几天,也就成为她一生最灰暗的日子,她不想多说话,不想跟同龄的孩子接触,性格变得极度内向。不过,她感觉父母给予自己的关爱,好像超过另外两个姐妹,和弟弟平起平坐、一般无二。每顿吃饭,母亲不厌其烦,眼泪汪汪地举个小勺一口一口喂她,喂完母亲再吃,饭都冷了。有一天她对母亲说:"妈您别喂我了,我自己用脚试试!"从此她开始锻炼使用双脚,为使弯腰灵活,还要像舞蹈演员一样练习拉伸腰腿韧带,日复一日吃苦受疼,渐渐地,脚趾从笨拙迟缓到灵活自如,可以吃饭穿衣,可以生火烧水等等,一般的日常生活都能差不多自理,常人很难想象。当然她只是不能把脚伸到脑后扎辫子,干脆就梳齐耳短发,显得干练。

看看女儿颇有恒心,张天林也感欣慰,接下来他决定利用女儿的一点体育特长,将她培养成一个运动员,抑或有望失之东隅,收之桑榆。每天清晨的黎明时分,他就骑车子慢行,让张荣跟着跑步,从村里出来绕行自家的责任田一圈,大约5千米的距离,严寒酷暑从不间歇。有时父亲有事不在,张荣只能自己出来锻炼,天色太黑,风吹草动,往往令她胆颤心惊,却也坚持下来。那几年人们还不兴晨练,她不能等到天亮出来,生怕被人看见,以为她神经病犯了,又要指指戳戳。至于跑得是否有效也很难说，但对张荣来说，总像前边有了一个隐约的目标。因为窑后就是学校，每天听着熟悉的上下课铃声和朗朗的书声，张荣又渴望上学，不止一次爬上墙头望着教室里出出进进的学生，十分羡慕。1999年，13岁的她对父亲说："我还想上学。"父亲急忙到学校跟老师通融，但老师都有顾虑，觉得不太现实，经过张天林一再请求，到底还是接纳了张荣，让她仍读三年级，坐在教室最后，脚下搁个小凳，方便脚趾捉笔写字，同学们慢慢也就见怪不怪了。

也在1999年暑期，张天林打听到山西省第六届残运会将于9月在太原举办，他赶紧去朔州市残联为张荣申请报名。朔州地方不大，在残疾人中挑不出几个运动员，自然没啥竞争，轻易获准，通知张荣到城里一家新兴服务大楼招待所参加集训，同样残疾的盲人、小儿麻痹症等总计十几人，管吃管住，每天还有15元的零花钱补助，再根据身体条件确定参赛项目。在这里张荣遇到了她的启蒙教练、市体校的曲文亮老师，他对张荣了解一番，发现她耐力不错但冲刺速度不行，所以让她练习中长跑，以400米、800米、3000米为主，并教给张荣怎么样呼吸及科学合理的跑步要领，非常严格，跑不好动辄挥起秒表的绳带抽打，每一节课包括400米跑道的热身5圈、5次百米、3次400米等。毕竟肌体不全，张荣跑起来上肢轻飘，平衡不好掌握，一不小心就会摔个跟斗，体育场的跑道还是炉渣铺就，致使她的肩部面部常常受伤流血。但张荣顽强，同时伤残后头一次感觉到无比的充实，跟一帮同病相怜的人在一块，彼此惺惺相惜，似乎共有了一个温暖的集体。

40天的集训结束，朔州市残联组队如期到太原参加全省残运会，张荣急切地想和省内高手一决高下。谁知她的双上肢伤残"T45"级别尚未立项，再无报名人员，结果张荣的800米、1500米、3000米三个项目都成了她一个人的表演赛，有些独孤求败的调调儿。跑完了与国内相关赛事的成绩横向比较，张荣全部达标，获得"山西省第六届残运会优秀运动员奖"，这是张荣拿到的第一个体育奖项。1999年10月1日的《朔州日报》辟出专版予以报道朔州队的事迹，题目为"我市残疾运动员披金挂银载誉而归"，打头位置登出张荣的照片，配发的文字是:"年仅12岁残疾人张荣,3000米平了全国纪录,成为这次运动会最有价值运动员。"

赛后队伍解散,各回各家。张荣还去村里的学校上学,心里有些失落,但她没有料到,经过《朔州日报》的渲染,各路地方媒体闻风而来,纷纷采访她,给她拍照摄像,无形中让她在朔州一地声名鹊起,社会各界纷纷以示关心残疾人工作,好像也能借机在媒体露露脸儿。经过一位热心记者的搭桥,促成张荣被吸收进入朔州体校培养,寄宿制生活,规定下午训练,上午则在朔州市二小插班学习。每天张荣紧张忙碌,来回奔波在体校和二小之间,却也非常开心,城里的师生果然见多识广,对她没有半点儿歧视,她慢慢恢复了久违的开朗乐观。

张荣的照片登上《解放日报》

《朔州日报》宣传版面

2000年她前往上海,参加5月7日隆重举办的第五届全国残运会,在开幕前一天,著名的《解放日报》在体育版显眼地刊出记者王君武的专题报道《向着阳光奔跑——残疾田径选手扫描》,配发了张荣的训练照片,王记者动情地写下这样一段文字:"……虽然这些残疾选手没有健康的体魄,可是,在阳光的映照下,他们刻苦训练的身影折射出勇往直前的信念,他们是运动场上的强者,更是生活中的强者。"

各种奖牌

在那次残运会上,张荣终于用实力证明了自己,400米跑出1分10秒,打破1分13秒的残疾人世界纪录,还有1500米平了世界纪录。在新华社当记者的平鲁老乡池茂花兴奋不已,和同行裴少铭联名撰写了人物专访《断臂夺金牌,无手写人生——记两破世界纪录的小姑娘张荣》,并由新华社发布传播,也成了家乡朔州的一个多年少见的新闻亮点,走出山西,走向全国。那次有关部门奖励了张荣5000元钱,这是她平生头一回拿到那么一笔巨资,夹在行李箱生怕被盗,从太原返回朔州时,她乘坐长途大巴,按要求行李箱被放入随车的货仓内,张荣一路上心头忐忑,半路到休息区小憩,忍不住将货仓瞄了一眼又一眼,不知自己的奖金会不会丢失,以后有钱一直随身装着,再不往行李箱放了。

总而言之,通过比赛,张荣不仅收获了奖牌奖金,还有了自信以及尊严。根据媒体的说法,"此后10年,张荣在国级、省级赛场上出如脱兔,奔跑不止,先后15次获奖,屡次夺冠,屡次打破世界纪录和国家纪录"。各种荣誉接踵而至,翻看她的许多奖章证书,含金量值得掂量的包括"山西省'三八'红旗手""朔州建市20年杰出人物"等,刚刚18岁时就被选为朔州市第四届人大代表。

2005年,张荣经过考试,被山西省体育职业运动学院录取,进入大学校园深造,同时在省队集训,其间还去国家队集训过半年多。上大学期间,她正值青春花季,也不乏男孩追求,但她无暇考虑爱情,自己这样下了决心:"一定不能分心！一定要出人头地！"用她父亲张天林的话来通俗诠释一下，就是："努力快跑，多出成绩，能换来一个铁饭碗就OK啦！"遗憾的是，她的强项因为与国际接轨，双上肢残疾与单臂残疾级别合并，让她失去了更进一步的优势条件。2007年，她毕业了，随着年龄渐长、伤病纠缠，只能选择了退役，而找工作成了面临的最大难题。曾经依靠自我奋斗赢得的一些光环，看似耀眼，实则缥缈，根本无助于让张荣唾手得到一份工作。只能待在家里，愁闷不堪，年载光景一筹莫展。

2008年，张荣从电视上得知，冯改朵当选为朔州市长，不由看到希望。她对冯市长并不陌生，或者说也算熟悉。当年冯改朵担任市纪委书记时，曾有一年专程登门慰问张荣，留下一句暖人的话："以后有困难找我。"都说冯市长心慈公道，又当了市长，或许可以求助一下，碰碰运气。于是张荣自己到市政府求见冯市长，但门槛太高了，保安保卫人员恪尽职守、铁面无私，没有得到明确指示，闲杂人员休想接近领导半步。张荣连续被撵，却也不甘心放弃，就像跟人家打游击一样，暗中得到同情她的几个保洁员的掩护，终于有一天穿越封锁，贸然闯进冯市长的办公室。冯市长倒是和蔼，一眼认出张荣，听张荣抓紧时间诉说了苦衷后，她很感慨地说："你为朔州争光了，朔州不能亏待你啊。"拿过张荣的申请材料，爽快地在上面大笔一挥，写下四个字"特事特办"。张荣如获至宝，拿着出来再找有关部门落实。其实有了市长的批条，事情也并非一帆风顺，各种政策、规矩、条条框框都有制约，往后张荣的奔波不亚于跑一场马拉松，各种苦涩一言难尽，不过，最终她梦想成真了，2008年10月，乘着北京奥运会的东风，被安排进入朔州市体校担任教练，捧到了传说中的铁饭碗。

其时张荣22岁，也到了该找对象的时候。就像所有的少女一样，她何尝不想人生的另一半是高颜值、高富帅？但她更清楚客观事实，稍微有些基础的男孩，谁愿意青睐一个失去双手的残疾人呢？果然事情一拖再拖，蹉跎间五六年过去，张荣已经徘徊在大龄剩女的边缘。最着急的还是父亲张天林，他只要有机会就会托人替女儿保媒，直到2014年，他认识了一位修三轮的师傅，说起有个合适的后生，名叫杨怀亮，是朔城区王东庄村人，与张荣同岁，身体健全但

结婚照

家境比较贫寒,在城里从事个体电焊,可以给张荣撮合介绍。很快两人见面,杨怀亮对张荣还是可以接受,张荣一看小杨,双手跟父亲一样布满老茧,觉得肯定是个吃苦耐劳之人,别的还挑什么?三个月之后的2015年新年刚过,两人携手步入婚姻殿堂。朔州一位最早报道张荣事迹的媒体朋友李振江因故未能参加张荣的婚宴,但写来一段文辞飞扬的祝福:"作为张荣的娘家人,虽然因为相隔天南海北,未能参加你的婚礼,但是诗人有诗情,一路走过这些年,看着你长大,你就像开在悬崖上的鲜花,我们不需要太多的语言,我们只想告诉大家,野百合也有春天,迎春花迎着太阳开放,红梅开在寒冬,是怒放的生命!"

嫁出了女儿,张天林也就心满意足。近些年小电厂散伙倒闭,他已下岗回村种地养家,不过因为城郊规划建设,他家的宅院拆迁,也获得一定的补偿,生活还可以。大女儿张艳到北京打工时与山东的小伙子齐自强相识,追随对象远嫁鲁南临沂;三女儿张珍就近嫁给下庄头村徐家;儿子张曙也在朔州的市政公用处上班,方方面面都也宽心。而张荣的结婚,竟无意间为弟弟张曙搭了鹊桥,张荣曾经学过一段绘画,结识了曹沙会村的武彩凤,婚礼时武彩凤当她的伴娘,一眼相中了张曙,很快两人热恋成亲,在市区购置了楼房安家。2016年春天,张荣生下一个男孩,取名杨洲;过了半年,武彩凤生下一个女孩,取名张慧洁。

接连地添孙女见外甥,张天林可谓喜气盈门,然而谁又能够想到,他自己竟然出了要命的车祸,真是造化弄人、生死莫测,好容易日子过得顺利了,却又一次跌入谷底。张荣赶到医院，揪心得不忍目睹父亲气息奄奄的模样，再看母亲已经受不了打击，变得有些痴痴呆呆。父亲才54岁，万一有个三长两短，真是天塌了一样，丢下母亲和年迈的奶奶怎么办呢？

万幸，张天林的生命力顽强，做了开颅手术后，过了月余他终于转危为安，如今基本恢复了知觉，清醒过来，儿女们每次到医院探望他，他叮咛最多的一句话是："路上千万慢些，千万慢些。做啥都要操心……"

确实，路还长，事还多，多操心没大错。

驾轻就熟

天空之城的微信截屏

2016年10月15日，取名"天空之城"的一位网友在互联网微信朋友圈发布了一条视频，题目叫"中国·山西·平鲁·白堂"，以俯瞰的视野多角度拍摄出如今的白堂村景，突出的是鳞次栉比的土窑旧舍和环徊弯曲的村间小道。虽说镜头里随处可见散落的碎砖乱瓦，昭示这个村庄即将拆迁，但是黄土高坡浑厚的塞上风光仍在蓝天白云的映衬下，营造出强烈的视觉冲击效应。还伴随着节奏匆促的一曲配乐顿挫萦回，听起来使人感觉画面的意境更加悠长高远。

毫无疑问，"天空之城"是白堂村的子孙，他用一种别具诗意的方式，表达了对故乡的深深怀恋。视频只有短暂的4分半钟，但刚1天的时间，观阅的人数随机统计竟达12349位，其中同样从白堂村走出来的张姓后人张连英女士看完视频后，心情久久不能平静，她语气惆怅地回复了一段文字："珍贵的录像，如临其境，感同身受，它让我打开了尘封已久的记忆闸门，如烟的往事浮现在眼前……"肺腑之言，抑或传递了每一位白堂人的心声。

不过，"天空之城"却为视频写下这样的引言："我想去呼吸每座城市的空气，感受那里的人，感受那里不同的风景。"设身处地想来，白堂村的存在显然来日无多，到时候黄春梁下的原址将是一片废墟，与其"受命不迁"，倒不如早作打算远走高飞，也不可谓不识时务。然而，"金窝银窝，不如自家的狗窝"，绵绵浓郁的乡情，哪能轻易就义无反顾割舍得了？

10月的朔州，正值晚秋初冬，碧云天，黄叶地，霜林如醉。当呼啸的冷空气横穿外长城杀虎口席卷而至,排队成行的大雁展翅迁徙,一只接着一只都将向南飞越内长城上九塞尊崇的雁门关。雁门关外高耸的两座回雁峰间,风云变幻,气流恣肆,回荡着大雁为了脱困险阻而发出的呕哑鸣叫,正如《诗经》所述:"鸿雁于飞,肃肃其羽……鸿雁于飞,哀鸣嗷嗷。"确实也满含着说不出的幽咽和道不尽的苍凉。不少的雁群如常也会路过白堂村的上空,以前人们司空见惯,可能并没什么特别感受,可是一旦祖祖辈辈繁衍生息的村庄即将拆迁,离愁别绪就会触景而生,倒也不至于"悠悠万事,唯此为大"或者"虽则劬劳,其究安宅",但惶惶不安的满腹忧思还是纠结不散,挥之不去……

寻觅岁月流逝的印痕,纵览白堂村的前世今生,可以发现其经历了"因白而生"到"因黑而迁"的兴衰轮回,最终在一声叹息中步入消亡的边缘。遥想当年,张家的始迁鼻祖张瀚勋站在村南的红土梁上,放眼在黄春梁下的白堂村所在之处,是一方落雪即融的吉壤,充满穷其文字都难以形容的诗情画意,何其浪漫而诱人;再看今朝,由于煤矿采空,整个村庄的周边陷坑无数裂缝纵横、水源断绝煤尘漂浮,触目惊心之下,显得现实是如此黯然而苍白,哪里还有什么风水宝地可言?可以这样来说,假若地下无煤,白堂村也就不可能在漫天大雪中显出其独有的氤氲,书卷气的张瀚勋自然不

张永来为白堂村张姓题字

俯瞰白堂村　杨洋　画

会为之怦然心动；假若地下无煤，肯定也就不会遭致过度的挖掘采空，相应地，谁还会对一处区区的小山沟感兴趣呢？

无奈规律使然，不可逆转，人有生老病死，大概村庄亦然，故而清代女诗人骆绮兰才写下这样的诗句："莫怪世人容易老，青山也有白头时。"客观来说，当今时代工业化城镇化的潮流汹涌冲击势不可挡，几乎所有的村庄没有独善其身的道理，何况一个微不足道、浑不起眼的白堂村？只不过白堂村原本可以继续偏安于山区一隅，其沦陷好像未免太仓促了一些。如果非要寻找一个宿命论的牵强口实，白堂村没准就与村庄布局奇巧的蝴蝶形状有关。

蝴蝶可谓一种大自然的美丽精灵，古往今来也是文人墨客笔下的宠儿，但不要忘记，其生命旅程其实非常短暂，即使是存活最久的品种，流连尘世的时间大概也只有半年，可惜那"红颜弹指老、刹那芳华"！想想山西的平遥古城，最初就独具匠心专门设计为乌龟造型，可不一直受到精心保护，成为名扬海内的世界文化遗产，而为什么白堂村偏要像一只蝴蝶呢？莫不真是暗合天成、冥冥安排？

关于蝴蝶的臆想，当然没啥科学道理。换而言之，即使白堂村作为一个自然村的存在只有将近300年，放置岁月长河确显不够漫长，但是，张瀚勋老先生传下的张姓人家毕竟已有十几代了，他们在白堂村的土地上留下了不可磨灭的足迹，留下了生动真实的过往，留下了生存智慧的结晶，而只要留下来的，那也就叫作——历史；一个村野凡俗的草根家族，曾经前赴后继地"行其田野，视其耕耘，计其农事"，并且薪火传递，世系延续，分支出一脉相承的芸芸子裔，那也就叫作——价值。

沧海桑田，人间正道，"生灭流动，无有住相"。白堂村原本就是从无到有、从一家一户再到聚族成村的，如果某一天真的被从地图上彻底删除，谁说不会在所有父老族人的内心获得另一种形式的长久保存？"求木之长者，必固其根本；欲流之远者，必浚其泉源。"不管怎说，白堂村永远是每一位白堂人的桑梓故乡，独此唯一无可替代；白堂村永远是白堂张家的灵魂家园，基因注定根祖所系。

无论离散漂泊，无论显达寒微，有根就有归宿，有根就有未来……

2016年12月1日于朔州经济开发区

后　记

　　大约两年前时，因为犹豫于一桩写作事宜，我向朋友鲁顺民先生求教。顺民与我同岁，担任山西省作协权威文学杂志《山西文学》主编，文才见识都也出类拔萃。他为我释疑解惑后，又说了一句话："咱们这个年龄，眼看写不了几年了。"

　　顺民的话让我惶恐心惊，好像猛然意识到，自己确实老大不小了，恍惚已经迈过50岁的门槛。都说好汉不提当年勇，在年龄的考量上不服不行，很快我就体会了一次切身而痛彻的人生教训。

　　记得很清楚，是在2015年8月12日，天气依然暑热，家里买回一个熟沙的大西瓜，把吃剩的一大半搁在窗台上，次日一早闻着竟有些疑似发酵的酸味，按理就该果断扔掉，但我舍不得，也不信邪，抢抓时间用小勺挖着吃光不说，一边还拍着肚子洋洋自得大发感慨："咱长了一个铁胃，吃过多少残羹剩饭都没啥毛病。"

　　谁知这话说得大了。当天晚上我的胃口就突然隐痛，肚子胀成死水一潭，所谓的铁胃不哼不哈进入罢工状态，一连十数日吃不下东西。出去将附近药店五花八门的胃药买来试吃，却没有一种奏效，而我的体重迅速降下了10多公斤，未免令人感觉不算什么好现象，忙去医院检查又没发现什么病症，这才略略心宽。直到过了一年有余，朋友推荐了一位广灵县过来的中医，经他开出三四十付中药吃下，我的消化功能好歹恢复了一点，不过已留下疾患，生冷一概不敢再沾。和医生探讨病因，人家淡然说：岁月不饶人，以为你还年轻吗？

胃病捣乱期间，我正在创作以朔州仪善堂张姓的家族史为背景的纪实文学《耕读世家》，出版之际就到了2015年底，自忖无论如何休息一段，起码养好身体，不能提前预支了日渐微薄的革命本钱。之后刚刚过了春节，仪善堂后人张永来先生约我出来，介绍我认识了他的本家二姑张连英女士，姑侄两个明确期望我再写一本关于仪善堂张氏白堂村裔支的纪实文学，在《耕读世家》的基础上，更全面地记录和反映张家后人的命运传奇。当时我颇费踌躇，不知道再写有没有新意，再写会不会力不从心。

但永来曾经倾力主编《朔州张氏仪善堂宗谱》，并为《耕读世家》的采写成书给予过无私的帮助，我很难拂逆他的一番好意；再者他二姑的一片苦心真的令人感动。一般的女子嫁人之后，往往不太关注父系家族的盛衰荣辱，但张连英女士绝对例外。她担任过中学历史教师，退休后已经定居大同市，但说起自己生活过的白堂村以及张家大院，说起从小所见所闻的祖辈父辈的往事，说起故乡白堂村面临的搬迁和族亲的去留，无不情真意切耿耿萦怀。同时我才获知，白堂村张家大院难得保存至今的那座绣楼，竟是她家的祖宅，在摇曳的历史烟云中，见证了数百年间的沧桑变迁和悲欢离合，可惜被我在《耕读世家》中简略带过，心中留下意犹未尽的遐想。

正如顺民先生所说，肯定我也写不了几年了。为了不至于到山穷水尽时再有遗憾，到底我还是推后了驻足暂歇的节奏，决定接受张连英姑侄的建议，一鼓作气创作这本纪实文学《薪火传家》。从2016年之初开始，经过张连英老师及其许多族人极尽热忱地提供便利，我循着一座绣楼引出的线索，一段一段寻访白堂村张姓薪尽火传血脉延续的生存之旅。作为一个寻常的乡村家族，芸芸人世草木春秋，没有叱咤风云的英雄，也没有发生过闻名遐迩的事件，却不乏厚道公正的乡贤，传承着向善崇德的家风，何尝不是我们民族坚韧不拔生生不息的缩影？

没有想到的是，《薪火传家》完稿了，我的胃病并没有加重，相反还有了进一步好转的迹象。事实证明，所谓的积劳成疾，有些时候不一定完全在理；都说生死有命,反而可以聊以自慰。既然写不了几年了,能多写一本书那就多写一本,或许,这就是创作《薪火传家》给我自己的启示吧。

作　者
2017 年 5 月 11 日

图书在版编目（CIP）数据

薪火传家 / 郭万新著. -- 北京：人民日报出版社，2017.3
ISBN 978-7-5115-4723-1

Ⅰ.①薪…　Ⅱ.①郭…　Ⅲ.①纪实文学－中国－当代
Ⅳ.①I25

中国版本图书馆CIP数据核字（2017）第151253号

书　　名：	薪火传家
作　　者：	郭万新
出 版 人：	董　伟
责任编辑：	陈　红
封面设计：	主语设计
版式设计：	大有图文
出版发行：	人民日报出版社
社　　址：	北京金台西路2号
邮政编码：	100733
发行热线：	（010）65369509　65369527　65369846　65363528
邮购热线：	（010）65369530　65363527
编辑热线：	（010）65369844
网　　址：	www.peopledailypress.com
经　　销：	新华书店
印　　刷：	大厂回族自治县彩虹印刷有限公司
开　　本：	710 mm × 1000 mm　1/16
字　　数：	290千
印　　张：	21.75
印　　次：	2017年7月第1版　　2017年7月第1次印刷
书　　号：	ISBN 978-7-5115-4723-1
定　　价：	48.00元